古典文學研究輯刊

二八編

第3冊

宋金戰爭與南宋文學研究（上）

劉春霞 著

國家圖書館出版品預行編目資料

宋金戰爭與南宋文學研究(上)／劉春霞 著 -- 初版 -- 新北市：
花木蘭文化事業有限公司，2023〔民 112〕
目 4+206 面；19×26 公分
（古典文學研究輯刊　二八編；第 3 冊）
ISBN 978-626-344-447-8（精裝）
1.CST：文學與戰爭 2.CST：宋代文學 3.CST：研究考訂
820.8　　112010483

古典文學研究輯刊
二八編　第 三 冊　　ISBN：978-626-344-447-8

宋金戰爭與南宋文學研究（上）

作　　者　劉春霞
總 編 輯　杜潔祥
副總編輯　楊嘉樂
編輯主任　許郁翎
編　　輯　張雅淋、潘玟靜　美術編輯　陳逸婷
出　　版　花木蘭文化事業有限公司
發 行 人　高小娟
聯絡地址　235 新北市中和區中安街七二號十三樓
　　　　　電話：02-2923-1455／傳真：02-2923-1452
網　　址　http://www.huamulan.tw 信箱 service@huamulans.com
印　　刷　普羅文化出版廣告事業
初　　版　2023 年 9 月
定　　價　二八編 18 冊（精裝）新台幣 47,000 元

宋金戰爭與南宋文學研究（上）

劉春霞 著

作者簡介

劉春霞，女，漢族，1978年2月生，湖南省澧縣人，文學博士。現為廣東開放大學、廣東理工職業學院教師，副教授。華南師範大學訪問學者，中國古代散文研究會會員，劉禹錫研究會會員。主要從事唐宋文化與文學、宋代儒學與兵學方向研究。在《華南師範大學學報》、《海南大學學報》、《山西師範大學學報》等學術期刊上發表學術論文三十餘篇，出版專著一部，參與國家社會科學基金項目兩項、省級課題兩項，主持省級課題一項、校級課題三項。

提　　要

宋金南北對峙長達一個多世紀。宋金對峙時期，雙方戰爭不斷，戰爭作為一種狀態長期存在。這深刻地影響了南宋文人的思想、心理、行為及文學。

首先，以具體的戰爭事件為中心，文人就對金國採取是戰還是和的政策提出建議，並形成了不同的政治集團與文人群體。

其次，在宋金戰爭的時代背景下，形成了南宋文人特定的心理情感，並最終形成具有鮮明戰爭內涵的士林風尚，包括「恢復」情結、「中興」理想、英雄意識與隱逸追求等。

再次，宋金戰爭的文化生態環境影響了南宋文人的行為。文人普遍談兵論戰、研習兵學，形成一時談兵勃興的現象；文人開府治邊，或受辟入幕充當幕府僚屬，擔當起抗金衛國的責任；文人出使金國，或按常規之需如賀正旦、賀生辰等出使，或因臨時之需如商談和議等出使，都具有鮮明的戰爭色彩。

另外，宋金戰爭對南宋文學產生了深遠影響，產生了幾類具有突出時代特徵的文學作品，包括戰亂文學、幕府軍旅文學與使金詩等。

最後，宋金戰爭也影響了南宋的文學思想。詩論中強調「言志」的思想，強調詩歌反映社會現實；詞學理論中「復雅」呼聲高漲，要求賦予詞載負時代精神的功能。

本文在宋金戰爭對峙的文化生態下，重點探討南宋文人的戰爭觀與文人關係、文人論兵與兵儒思想的融合，文人入幕、使金等行為的文化內涵，探討南宋戰爭文學與文學思想。

目次

上冊

緒　論……………………………………………………1
第一章　宋金戰爭的歷史背景……………………11
本章小結……………………………………………19
第二章　宋金戰爭與南宋文人的戰爭觀及文人關係……………………………………………21
第一節　靖康之難前後文人的和戰之爭與文人關係……………………………………………21
一、靖康之難前後文人的和、戰之爭…………22
二、汪伯彥、黃潛善對主戰派的打擊與李綱主戰文人群體的形成……………………………24
第二節　紹興中期文人的和戰之爭與文人關係……27
一、紹興中期文人的和、戰之爭………………27
二、秦檜對主戰派的打擊與趙鼎主戰文人群體的形成……………………………………………35
第三節　「隆興北伐」前後文人的和戰之爭與文人關係……………………………………………38
一、張浚與湯思退的戰、和之爭及張浚主戰集團的形成…………………………………………38

二、張浚與史浩的戰、守之爭及主守派的發展 …… 41
第四節　乾、淳年間文人的戰爭觀及其與理學之關係 …… 44
一、「隆興和議」後主守派的發展及與理學之關係 …… 45
二、浙東事功學派與朱子理學的哲學分歧及戰、守之爭 …… 52
第五節　開禧北伐前後文人的戰爭態度與文人關係 …… 63
一、開禧北伐中文人的態度 …… 64
二、開禧北伐前後文人與韓侂胄之關係 …… 73
本章小結 …… 76
第三章　宋金戰爭背景下的南宋文人士風 …… 79
第一節　南宋文人的「恢復」情結 …… 79
一、南宋以前文人的「夷夏」觀 …… 79
二、南宋「夷夏之辨」思想的強化 …… 81
三、南宋文人解經強化「夷夏之辨」的思想 …… 84
第二節　南宋文人的「中興」理想 …… 89
一、希望南宋君臣及文人士子建立「中興」之功 …… 90
二、頌揚高宗「中興」之功 …… 92
三、借賦詠「浯溪」勝境表達「中興」理想 …… 95
四、借徵引《車攻》之事典表達「中興」理想 …… 99
第三節　南宋文人的英雄意識 …… 110
一、借謳歌英雄人物表達英雄理想 …… 110
二、塑造英雄自我形象表達英雄理想 …… 113
三、「功名乃真儒事」——對儒學清談之風的批判 …… 116
第四節　南宋文人的隱逸之風 …… 118
本章小結 …… 122
第四章　宋金戰爭背景下的南宋文人行為 …… 123
第一節　南宋文人談兵勃興 …… 123

一、南宋文人談兵勃興的表現……………………124
二、南宋文人談兵的文化思考……………………148
三、南宋文人談兵的原因及特點…………………154
第二節　南宋文人統兵、入幕……………………157
一、幕府制度沿革及宋代將帥幕府………………158
二、南宋幕府的發展及主要將帥幕府……………162
三、南宋幕府的特點及職能………………………170
四、南宋文人的入幕心態…………………………176
第三節　南宋文人出使金國………………………183
一、使臣制度溯源…………………………………184
二、南宋泛使名目及遣使目的……………………187
三、南宋文人使臣之選及其使金表現……………200
本章小結……………………………………………204

下　冊

第五章　宋金戰爭背景下的南宋文學創作…………207
第一節　南宋戰亂紀實文學——以靖康之難為中心……………………………………207
一、靖康之難與戰亂文學的產生…………………208
二、戰亂詩…………………………………………210
三、戰亂詞…………………………………………216
四、戰亂文…………………………………………228
第二節　南宋幕府軍旅文學………………………232
一、幕府邊塞軍旅詩………………………………232
二、幕府散文………………………………………250
第三節　南宋使金文學……………………………256
一、留金詩人的詩歌創作…………………………256
二、使金紀行詩……………………………………271
本章小結……………………………………………285
附：入幕邊塞——陸游接受岑參的新契機………285
第六章　宋金戰爭對南宋文學思想的影響…………299
第一節　「詩言志」傳統的回歸與杜詩精神的接受……………………………………………299

一、張戒《歲寒堂詩話》……………………300
二、黃徹《碧溪詩話》……………………303
三、葛立方《韻語陽秋》…………………305
第二節　詞的「復雅」思潮及「以詩為詞」之蘇詞範式的確立……………………308
一、南宋詞「復雅」理論…………………308
二、「復雅」的具體要求…………………311
本章小結…………………………………316
結論與餘論………………………………317
參考書目…………………………………323
附　錄……………………………………331
附表一：宋金交聘中的南宋泛使表…………333
附表二：宋金交聘中的南宋正旦、生辰常使表…341
附表三：宋金交聘中的南宋弔祭等常使表………358
後記一……………………………………363
後記二……………………………………365

緒　論

「戰爭」指「國家或集團之間的武裝鬥爭」〔註1〕，指一種具體的歷史事件。如果從戰爭的行為及影響來看，戰爭不僅指具體時間裏敵我雙方發生的兵戎相見的事件，而且指一種存在狀態。這是因為，戰爭雖然發生在具體的時間裏，但往往包括戰爭前的準備狀態、戰爭中的鬥爭與戰爭後雙方講和息戰、嚴陣對待的狀態；戰爭雖然在具體的時間內發生、結束，但戰爭開始之前，人們已經就和議、戰爭及戰爭策略等問題進行議論，而戰爭的過程帶給人們的心理影響也不會隨著戰爭的結束而消失，乃至在敵我雙方守和約好的時間內，這種影響依然存在。所以，戰爭具有持續性的特點。

南宋建國的歷史可以說是一部戰爭史，其中又以宋金之間的戰爭為主。宋金對峙的百餘年時間裏，雙方爆發了大小規模戰爭不下四十餘次〔註2〕，包括欽宗靖康元年（1126）金滅北宋的靖康之難〔註3〕、高宗紹興中期宋金戰爭與

〔註1〕廣東、廣西、湖南、河南辭源修訂組、商務印書館編輯部編：《辭源》，商務印書館出版，第645頁。

〔註2〕《中國軍事史》編寫組編《中國歷代戰爭年表》，解放軍出版社2003年版，第2～19頁。

〔註3〕宋金之間發生了以靖康之難、紹興北伐、海陵南侵、隆興北伐、開禧北伐等幾次大規模戰爭，靖康之難是最為關鍵的一戰。這是因為，宋朝以前，地處中原之國的都是以正統地位自居的漢民族國家；宋金戰爭時期，一直被視為「夷狄之邦」的少數民族國家金國佔據中原之地，從而處於「天地之中」，統治了中華文明、文化傳統之所在。這改變了以往中原之國「君臨天下」「四夷」居於四方的地理格局及中原之國繼承「斯文」傳統統制「四夷」的政治局面。這對南渡後文人的思想、行為、心理產生了深刻影響，並進而影響到文人的文學創作與文學思想。

紹興和議、紹興末期金完顏亮南侵、孝宗隆興北伐（1163）與隆興和議（1164）、寧宗開禧（1206年）北伐與嘉定和議（1208）幾次重大的戰爭事件。戰爭成為南宋重要的文化生態背景，並作為一種歷史狀態長期存在，深刻地影響了南宋的政治、軍事、經濟、學術與文學的發展。本文在戰爭這一時代背景下，探討南宋文人的思想、心理、情感、行為及其文學創作。

一

法國著名史學家兼批評家丹納稱「作品的產生取決於時代精神和周圍的風俗」，「不管在複雜的還是簡單的情形之下，總是環境，就是風俗習慣與時代精神，決定藝術品的種類」〔註4〕。文學作為一種藝術形式，其產生與發展都離不開特定的環境。「時代精神」與「周圍的風俗」是「環境」的重要內容。宋金「戰爭」就是南宋「時代精神」、以戰爭為背景的文化生態環境就是「周圍的風俗」。批評家劉勰在《文心雕龍·時序》中道：「文變染乎世情，興廢繫乎時序。」文人生活的環境是文人行為、心理、情感及文學創作的條件。戰爭是宋金南北共治對峙的歷史文化環境，這對南宋文人的思想、行為、心理及文學創作都產生了深遠影響。

首先，戰爭對文人最直接的影響是對文人戰爭觀的影響。宋金戰爭從一開始就面臨著對金是和還是戰的問題，所謂「宋自南渡以後，所爭者和與戰耳」〔註5〕。在不同的戰爭時期，文人由於對和、戰的不同態度，形成了複雜的文人關係。

其次，宋金戰爭影響了文人的心理、情感，並最終形成了具有鮮明戰爭文化內涵的士林風尚。面對中原淪陷、朝廷偏安的社會現實，文人士子普遍關注朝廷政治、軍事問題，表現出深厚的「恢復」情結、強烈的「中興」理想與英雄意識。

再次，宋金戰爭影響了南宋文人的行為。第一，文人普遍關注軍事問題，他們研習前代兵學著作，整理考校歷代兵書，並自己創作兵書，希望改變朝廷兵弱將驕、戰鬥力低下的現狀。他們在上疏、奏論、策對等文章中，普遍討論軍事政策、用兵方略。談兵論戰成為宋代帝王「與士大夫共治天下」的重要內

〔註4〕（法）丹納著、傅雷譯《藝術哲學》，安徽文藝出版社1999年版，第70、77頁。

〔註5〕王夫之《宋論》卷一三《寧宗三》，中華書局2003年版，第234頁。

容。第二，文人直接參與軍事實踐：一則文人以帥臣身份開府治邊；一則受辟於將帥幕府。第三，在宋金戰爭的背景下，大多文人有過出使金國的經歷，包括按時出使的賀金國正旦、生辰的常使與向金國通問、議和的泛使。戰爭背景下的使臣，其職能在睦鄰友好的外交禮儀之外，帶上突出的「覘國」即打探對方軍情的職能，這使他們的文學創作同樣帶上了「覘國」的視角與書寫特點。

另外，在宋金戰爭的時代背景，產生了幾類具有鮮明時代色彩的文學作品。第一，文人歷經戰亂，他們以紀實手法記載戰爭給人民帶來的災難，表達個人在戰爭中顛沛流離的命運與漂泊無依的黍離之悲歎，產生了一批戰亂文學。第二，文人出入幕府，以幕主為中心形成了一個文人群體，他們創作了一批邊塞軍旅詩與幕府散文。第三，文人出使金國，他們一部分人被拘禁，在留金期間寫下了一些詩歌；一部分人出使後回到南宋，他們紀寫沿途所見、所聞與所感，寫下了一批使金紀行詩。

最後，宋金戰爭對南宋文學思想產生了一定影響。第一，就詩歌方面而言，南宋詩人突破了北宋後期江西詩派重視句律、用典而輕視思想內容的傳統，廣泛關注現實，體現出向「詩言志」傳統回歸的傾向，並具體表現為以杜甫為榜樣，學習其關注現實民生的詩歌精神；第二，就詞體而言，詞學理論中「復雅」呼聲高漲，要求詞作與詩三百、「騷雅」之趣與儒家詩教傳統結合起來，從而賦予詞載負時代精神的功能，並最終確立了蘇軾「以詩為詞」的創作範式。

二

近年來，古典文學研究突破了從時代背景、思想內容及藝術成就等方面進行單一分析的方法，注意文學與多種因素的聯繫，在深入到作家內心、注意其心靈歷程的同時，將研究領域深入到史學、哲學、民俗、美學、經濟、藝術等方面；對文學的研究常在還原歷史真實的過程中，以研究文人思想、行為、心理、情感為中介，在文學、史學、哲學交叉互動領域，多層次、多角度地解讀文學作品。當今學界有關宋代戰爭與文學之關係的研究成果較為豐富，這包括軍事制度與文學研究，戰爭背景下的文人思想、心理、情感研究，戰爭背景下的文人個案與文學創作等方面的研究。

首先，關於宋代軍事制度的研究。軍事制度是特定時代的產物，宋朝軍事制度與戰爭密切相關，制度直接影響了文人的行為，並進一步影響文人心理情感。前人的研究成果主要表現在史學領域，包括以下幾方面：（1）關於幕府制度的討論：如徐明德《中國幕府制度的淵源、特徵與嬗變》〔註 6〕，對古代幕府制度的發展、幕僚的職能等情況予以論述。周國平的碩士論文《宋代幕府研究》〔註 7〕，梳理宋代幕府的發展情況及特點，並對岳飛、文天祥幕府作個案研究。姚建根碩士論文《宋朝制置使職能初探》〔註 8〕，探討制置使的對內與對外職能。姚建根博士論文《宋朝制置使職能研究》〔註 9〕，探討制置使類別、制置使發展過程、制置使與南宋國防戰略的關係、制置使與相關職官的關係及對地方行政的影響等問題。（2）關於宋金交聘制度：宋金交聘是在宋金戰爭對峙的狀態下進行的，雙方使節往還與戰爭的關係非常密切。南宋使金的使臣正使都由文人擔任，這些文人在特定的時代背景下出使金國，其心理、情感及文學創作都具有了鮮明的戰爭文化特點。這方面的成果代表作有李輝博士論文《宋金交聘制度研究（1127～1234）》。〔註 10〕李文首先對宋金交聘的背景進行了分析，其次梳理南宋聘使機構設置、南宋國信使的種類、使團的人員構成、國信禮物、宋金交聘禮儀和國書等問題；再次，對南宋不同時期的國信使節進行群體性研究，探討布衣出使、宰執出使等情況；然後對金朝的交聘使制度進行論述；最後對涉及宋金交聘的部分史料即宋人使金「語錄」進行專題研究。

其次，關於宋金戰爭背景下的文人研究。戰爭首先對文人經歷、行為、心理、情感產生影響，文人的行為、心理、情感又影響到其文學創作。學界已有研究包括以下幾方面：（1）戰爭中文人關係的研究：如崔英超、張其凡《論「隆興和議」前後南宋主戰派陣營的分化與重構》〔註 11〕一文，李本紅、錢建狀《和戰之爭與南渡文人的分野》〔註 12〕一文，論述文人由於不同的戰、和態度與觀點形成了不同的文人集團。沈松勤《南宋文人與黨爭》〔註 13〕一書中，部分章節論述了南宋文人對於和、戰的態度，及對文人黨爭的影響。（2）文人的軍事

〔註 6〕《貴州文史論叢》1997 年第 6 期。
〔註 7〕博碩論文數據庫 2003 年 6 月，河北大學。
〔註 8〕博碩論文數據庫 2004 年 5 月，上海師大。
〔註 9〕博碩論文數據庫 2007 年 4 月，復旦大學。
〔註 10〕博碩論文數據庫 2005 年 5 月，復旦大學。
〔註 11〕《甘肅社會科學》2004 年第 3 期。
〔註 12〕《安徽史學》2006 年第 5 期。
〔註 13〕沈松勤《南宋文人與黨爭》，人民出版社 2005 年版。

思想與戰爭策略：方如金《論陳亮的軍事思想》〔註14〕一文，探討陳亮的軍事思想；孫小呂《從陸游的愛國詩文看他的軍事思想》〔註15〕與史美珩《陸游的戰略思想》〔註16〕探討陸游的軍事思想；陳朝鮮《辛棄疾的作戰和治軍思想》〔註17〕、傅秋爽《〈美芹十論〉與辛棄疾的政治軍事才能》〔註18〕、史美珩《謀之於陰，行之於漸——辛棄疾的軍事思想初探》〔註19〕等，探討辛棄疾的軍事思想。趙國華《中國兵學史》第三編《隋唐宋元編》中專節論述了陳亮、葉適的兵學思想，及陳傅良《歷代兵制》、錢文子《補漢兵志》兩書對兵學理論的貢獻。〔註20〕關於戰爭策略：王麗華《試論李綱的抗金策略與措施》〔註21〕，總結南渡初期李綱一些重要的抗金策略和措施，包括反對投降、防懲叛亂和堅持戰守三點。王雲裳《劉錡與紹興末年的宋金戰爭》〔註22〕一文，論述劉錡晚年所領導指揮的紹興末年的宋金戰爭，尤其是位居主戰場兩淮戰區的戰爭形勢及過程，分析造成這場戰爭失敗的諸多原因及劉錡個人在軍事指揮上的功過是非，屬於歷史軍事人物研究。（3）關於文人士風：吳寧、范立舟《兩宋士風述論》〔註23〕，探討兩宋士人風尚，認為隨著歷史的變化，宋代士風與世風也出現新的面貌，這表現在宋代文人士大夫由盛唐時對功名的追求轉向對道德精神的弘揚，為國家效力的自覺性和以天下為己任的責任感空前強烈；他們重義輕利、隱逸獨善；兩宋之際與宋元之際這樣特定的歷史時期，士風也有奔競、華靡、苟且的突出特點。陳忻《兩宋文人主體精神之比較》〔註24〕一文，比較兩宋士風主體精神之區別，認為兩宋政治鬥爭對文人產生了重要影響：北宋文人以曠達之心應對伴隨黨爭而來的打擊挫折，表現出超然物外的理性精神和瀟脫豁達的胸襟；南宋文人處於民族矛盾尖銳之時，他們執著於恢復之志，以其特有的堅毅執著，呈現出入世而不返、憤激熱烈的精神。

〔註14〕《軍事歷史研究》1990年第3期。
〔註15〕《江西教育學院學報》1994年第1期。
〔註16〕《浙江師範大學學報》1996年第1期。
〔註17〕《軍事歷史》1985年第4期。
〔註18〕《河北學刊》1993年第4期。
〔註19〕《浙江師範大學學報》1993年第4期。
〔註20〕趙國華《中國兵學史》，福建人民出版社2004年版。
〔註21〕《江漢論壇》1996年第4期。
〔註22〕《杭州大學學報》1997年第2期。
〔註23〕《西安交通大學學報》2006年第3期。
〔註24〕《重慶師範大學學報》2003年第4期。

另外，關於戰爭文學的研究。(1)南宋文學研究中涉及到戰爭文學的內容：任昭坤《中國軍事文學史》第五編《宋遼金軍事文學》〔註25〕對南宋抗金文學進行了論述，重點介紹了南宋以陸游為主的抗金詩和以辛棄疾、陳亮為主的抗金愛國詞，並對此時抗金文人胡銓、虞允文、岳飛、陳亮、辛棄疾等人的抗金散文作了簡要介紹。王兆鵬《宋南渡詞人群體研究》〔註26〕把南渡初期的詞人分為幾個群體，其中「英雄志士型」一章論述辛棄疾等人，屬戰爭文學研究的範圍。浙江大學黃海博士論文《宋南渡詞壇研究》〔註27〕，把南渡詞人群體當作一個整體來研究，探討金人南侵、宋朝在汴京城破之際南遷這一戰爭的歷史背景對文人心理情感、文人文學創作的影響。中國社科院王福美博士《南宋中興詞人群體研究》〔註28〕是對南宋「中興」時期詞人的研究，有很大一部分內容涉戰爭文學。(2)關於文化環境與文學創作之關係的研究：如劉揚忠《南宋中後期的文化環境與詞派衍變》〔註29〕，指出「靖康之難」促使詞的創作在內容與風格上發生了巨大變化。南宋文人在金兵進攻、南宋國勢岌岌可危的情況下，文人士大夫階層外憤於金人肆虐，內痛於秦檜賣國，於是抗敵禦侮的英雄主義精神較長時間灌注詩苑詞壇，南渡詞人群體與其後的辛派詞人，吐納時代風雲之氣，成為詞壇審美主潮。宋金「隆興和議」以後，抗戰精神與英雄主義逐漸退潮，宋金守和約好時期，苟安享樂之風日盛，偏安江南的局面，使南宋人普遍變得情緒感傷，士氣大大銷落，民風重歸柔靡，這促使詞壇向典雅化、柔婉化、音律化轉化。該文較深刻地論述了歷史環境與文學發展之間的關係。劉乃昌《兩宋文化與詩詞發展論略》〔註30〕一書，對南宋的文化背景與詩詞內容及藝術風格特徵作了探討。(3)關於兵學與文學之關係。南宋文人普遍研習論述兵事，深具兵學修養的南宋文人以兵家身份談兵論戰，寫下了一批論兵之文。當前學者開始關注南宋文人兵家身份與其論兵之文。典型如趙惠俊《貂蟬卻自兜鍪出——辛棄疾統兵文臣的身份認知與詞體表達》〔註31〕一文，從辛棄疾「統兵文臣」的身份研究其詞作，基於兵學的研究視角，為辛詞這一已然成

〔註25〕任昭坤《中國軍事文學史》，四川人民出版社1999年版。
〔註26〕王兆鵬《宋南渡詞人群體研究》，鳳凰出版社2009年版。
〔註27〕博碩論文數據庫，2004年6月。
〔註28〕博碩論文數據庫，2003年6月。
〔註29〕《中國社會科學研究生院學報》1997年第6期。
〔註30〕劉乃昌《兩宋文化與詩詞發展論略》，山東大學出版社2005年版。
〔註31〕《文學遺產》2021年第5期。

熟對象的研究得出了耳目一新的結論。(4)關於文人在戰爭中的人生際遇與文學創作的個案研究。這些成果以研究戰爭中的文人為中介，通過探討戰爭中文人的人生際遇、生活情感，研究文人的文學作品。這方面的研究較為充分，如研究李清照、陳與義在戰爭中的遭遇及其文學作品中表現出的個人心理情感與對戰爭現實的反映；對張孝祥、陸游、辛棄疾等個案研究，都是將他們置於戰爭的時代背景下，探討其詩詞的新變特徵，都屬於戰爭與文學之關係主題的研究。

綜上所述可知：當前關於宋代戰爭與文人、戰爭與文學主題的研究或散見於單篇文章，或僅於專著中附帶涉及，沒有專著對此進行系統地研究，研究角度、視野及方法較為單一，還留下許多研究空白，概而言之，包括以下幾方面：

從研究思路上來看，有的以具體的時間來劃分，研究南渡初期的文學、中興時期的文學，沒有從戰爭這一角度把宋金戰爭背景當作一個整體，在戰爭背景下系統地討論文人的生存狀況與文學走向。

從研究角度來看，有的專門研究南宋歷史背景、軍事制度，有的則專門研究南宋文人軍事思想、文人行為與文學創作，沒有將歷史、政治、軍事與文學的研究結合起來，在一定程度上剝裂了宋代文學中實際存在的學術、歷史與文學三者交叉的聯繫。在研究文人的過程中，將文人放在政治、軍事、儒學或文學的不同領域，進行單一的研究，在一定程度上忽視了宋朝文人集官吏、學者、文學家於一身的現實，很少在文人政治活動、學術思想與文學創作的結合中尋求立論點、還原文人的歷史真實情況，並進而研究其文學作品。

就研究對象來看，當前的研究多集中於南宋一些較重要的文人如陸游、辛棄疾、范成大等，很少涉及其他中小作家；重視個案研究，極少進行文人群體的研究。

就研究方法來看，重視從文學本身進行探討，就文學論文學，很少挖掘戰爭這一生態環境深層文化內涵對文人心理、情感的影響及其文學表現。

針對以上當前研究中的薄弱環節與不足之處，本文試圖從以下幾方面努力：

首先，將宋金戰爭看作一個整體背景，以宋金戰爭、對峙狀態為文人生存的環境，考察文人對戰爭的感受、態度、情感及與戰爭相關的行為、文學創作與文學思想。這樣，既能夠系統完整地探討戰爭與文人及文學之關係，又能夠在戰爭發展的歷史過程中，以動態的視野理解文人思想、行為、心理及文學發展走向。

其次，遵循宋朝文人集官吏、學術、文學家三重身份於一身的特點，在文人政治觀點、學術思想與文學創作三者中尋求立論點，使文人的研究兼顧文人三重身份，還原文人的歷史真實。本文所尋求的切入角度是文人的戰爭觀，因為文人的戰爭觀問題既是一個政治問題，又與學術思想有密切關係，而文人同時又是文學作品的創作者。以文人的戰爭觀切入研究，使文人處於政治、學術、文學的中心，能夠對文人進行立體的考察，在此基礎上更好地理解文學作品的多層次文化內涵。

另外，注重深入挖掘宋金戰爭的深層文化內涵，探討宋金戰爭性質、戰爭形成的民族格局對漢民族文人心理的衝擊，在此基礎上理解文人民族意識與民族情感，文人對於繼承文化傳統、建構社會秩序的思想，及其文學表現。

最後，本文是在宋金戰爭背景下系統的文人研究，既考察李綱、張孝祥、陸游、辛棄疾、范成大等重要文人，也考察趙鼎、朱敦儒、葉夢得、王炎、虞允文等中小作家。本文注重從整體上把握戰爭對文人及文學的影響，考察因戰爭事件形成的文人關係，不僅注重個案研究，還注重研究圍繞戰爭事件形成的文人群體。本文除了研究主戰派文人文學之外，還對主和派文人心理及文學創作稍作探析。本文研究宋金戰爭時期的南宋文學，還注重使之與前後各朝相似的文學進行比較，探討在戰爭影響下的文學走向，以期對戰爭背景下的文人與文學有一個更全面、多層次的認識與理解。

本文分三部分：第一部分，戰爭歷史概述；第二部分，研究戰爭背景下的文人戰爭觀與文人關係、士風及行為；第三部分，研究戰爭背景下的文學創作與文學思想。分六章進行論述：

第一章，宋金戰爭的歷史背景。以靖康之難與宋室南渡、高宗紹興中期宋金戰爭與「紹興和議」、孝宗「隆興北伐」與「隆興和議」、寧宗「開禧北伐」與「嘉定和議」等幾次重大戰爭事件為中心，敘述宋金戰爭的歷史狀態。

第二章，宋金戰爭背景下文人的戰爭觀及文人關係。分五節：靖康之難前後文人的戰爭觀及文人關係；紹興中期文人的戰爭觀及文人關係；隆興北伐前後文人的戰爭觀及文人關係；孝宗乾道、淳熙年間文人的戰爭觀及與理學之關係；開禧北伐時期文人的戰爭觀及文人關係。

第三章，宋金戰爭背景下的文人士風。分四節：文人的「恢復」情結；文人的「中興」理想；文人的英雄意識；文人的隱逸追求。

第四章，宋金戰爭背景下的文人行為。分為三節：文人「談兵」；文人統兵、入幕；文人使金。

第五章，宋金戰爭背景下的文學創作。分為三節：戰亂文學——以靖康之難為中心；幕府軍旅文學；使金文學。

第六章，宋金戰爭背景下的南宋文學思想。分為兩節：詩歌「言志」的強調及對杜甫詩歌精神的接受；詞學「復雅」理論及「以詩為詞」蘇詞範式的建立。

三

在研究方法上，本文主要運用社會文化分析方法與文史交叉的研究方法，在戰爭這一文化生態環境下考察文學，並在歷史、政治、文學的綜合領域考察南宋文人的心態情感與文學創變。

首先，採用了社會文化分析方法。文學發展有其自身的規律，但南宋文學的發展、新變與北宋滅亡、南宋流亡、文人復國抗金的理想與行為有著非常密切的關係。本文在歷史文化背景下，探討時代、文人與文學之間的關係。在具體研究過程中，文人是研究重點，這是因為：（1）時代的變遷影響到文人心理、情感、命運，並進而表現在其文學創作中；（2）對戰爭的態度形成了文人之間錯綜複雜的關係與不同文人群體，文人群體的活動直接影響了較長時間內的文學走向；（3）戰爭直接影響了文人的行為，他們或流亡、或使金、或入幕，豐富多變的生活經歷打開了文人的視野，並在文學創作中體現出來。趙小華《初盛唐禮樂與文學》序言中說：「時代風尚和社會文化的變動會在一定程度上造成文人特定的精神面貌和文化心態，從而影響和改變他們的現實行為。文人的不同行為方式是推動社會文化建構最有影響的力量，文人以自身的行動宣揚和實踐社會理想，並在行動中實現對自我的改變和提升。」〔註32〕文人的心理、行為對文學創作亦具有決定性作用。

其次，本文在特定的歷史生態環境下，解讀文人心理、行為，並進一步研究文學，探討歷史與文學的關係。戴師偉華教授稱：「文學研究不一定非要把對文學作品的分析作為研究對象與重點，因為文學作品只是文化人用形象的語言、特殊的體式，對既定的自然、社會的一種表達方式。作為文化人的表達方式，除了文化人用詩、詞、文等形象的形式來表述之外，還有各種思想表述

〔註32〕博碩論文數據庫，華南師範大學，2007年12月，《緒言》第6頁。

形式。故我們可以擴大研究對象，探討文化人亦即文人關於思想的、哲學的、社會的表述，並力圖還原其歷史真實性，使其呈現出歷史的真實狀態。概而言之，我們研究社會制度與文學、文化與文學，不應受『文學』觀念的限制，應該重視在相關事物中尋求聯繫，並試圖揭示出其規律，這就必然涉及歷史、思想、哲學等領域。」〔註 33〕傅璇琮先生指出，文學研究採用文史交叉的方法，「就是試圖通過史學與文學的相互滲透或溝通，掇拾古人在歷史記載、文學描寫中的有關社會史料作綜合的考察，來研究唐代士人（也就是那一時代的知識分子）的生活道路、思維方式、心理狀態，並著力重現當時部分的時代風貌和社會習俗，以作為文化史整體研究的素材和資源」〔註 34〕。

本文在戰爭時代背景下考察南宋文人與文學，旨在探討文化生態與文人心理、情感、行為及文學作品的產生、發展之關係，並重點在政治、歷史、文化與學術的多重領域，綜合考察身兼官吏、學者、文學家三職的文人，以期多層次、多角度、立體地解讀南宋文人與文學作品。

〔註 33〕引自 2007 年 6 月 8 日博士讀書報告會上戴師偉華教授總結性話語。
〔註 34〕傅璇琮《唐代科舉與文學》序言，陝西人民出版社 1986 年版，第 1 頁。

第一章　宋金戰爭的歷史背景

公元 1115 年（宋徽宗政和五年），宋朝東北部少數民族完顏部頭領阿骨打建立金國。宣和二年（金天輔四年，1120）宋金議定夾攻遼朝，簽定「海上之盟」。宋金結盟攻遼後，宋軍的腐敗與孱弱使金人萌生南侵之意。宣和五年（1123）十月，金藉口宋朝招納叛亡張覺，下詔攻宋。金兵長驅直入，不久即進圍太原、佔領燕山。宣和七年（1125），宋徽宗在大敵當前的危急形勢下，在大臣吳敏、李綱等人的逼迫下，禪位於太子趙桓，即宋欽宗，改元靖康。靖康元年（金天會四年，1126）金軍進攻開封，在東京留守李綱的率領下，宋軍多次打退金軍進攻，但終於不敵金人銳猛攻勢，被迫議和。十二月，宋欽宗上降表，金下令廢除徽宗、欽宗二帝，並將徽宗、欽宗二帝及其宗族押往金國。與此同時，金國建立偽楚，統治黃河以南原屬宋朝的治區。靖康二年（1127）五月，在二帝北狩、宋朝無君的情況下，徽宗第九子、欽宗趙桓之弟趙構採用李綱、宗澤的建議，前往南京應天府（今河南商丘）稱帝，改元建炎，是為宋高宗。在金人不斷南侵的情況下，高宗害怕抗金會招致帝位丟失，所以不顧群臣阻攔，倉皇南逃，先後逃往鎮江、杭州、越州、明州（今寧波），從明州乘船至定海（今鎮江），隨即入海至昌國（今定海），然後自昌國南逃至台州（今臨海）海邊，再至溫州，又經餘姚回到趙州，最後金主在宗弼遭到韓世忠抗擊北返後，高宗才回到臨安，並定都於此。從此，宋金開始了長達一個多世紀的拉鋸戰。

宋室南渡之初，宋金戰爭不斷，雙方均有勝敗，但誰也不能完全消滅誰，宋高宗決意與金求和。紹興七年（1137）宋高宗在偽齊傀儡劉豫南侵失敗、金國問罪劉豫後，派遣徽猷閣待制王倫使金，請還梓宮（徽宗於紹興五年四月卒於金之五國城）與求河南諸地，對金左副元帥完顏昌說道：「河南之地，上國既不有，與其付劉豫，曷若見歸？」並賄賂完顏昌。〔註1〕不久，金人廢偽齊劉豫，並遣王倫等歸宋，完顏昌送王倫回國時說「好報江南，既道途無壅，和議自此平達」，並答應宋人的要求，「許還梓宮及皇太后，又許還河南諸州」〔註2〕。宋高宗提拔王倫為徽猷閣直學士、提舉醴泉觀，提拔高公繪為右朝奉大夫，任命他們二人為「大金國奉迎梓宮使」和副使，再次出使金朝，與金人商量和議事宜。紹興八年（1138）初，王倫等到達金左副元帥魯國王完顏昌軍前，倫見金主，首謝廢豫，然後致上旨」，請求金朝將劉豫管轄的河南、陝西之地交還宋朝，「金主始密與群臣定議許和」〔註3〕，並於十二月達成協議。據趙永春《金宋關係史》，宋金此次和議的內容如下：（1）金人歸還河南陝西等地；（2）宋向金稱臣，改國書為「詔諭」，改「宋」為「江南」，稱「金」為「大金」；（3）金人歸還徽宗、顯肅皇后（鄭后）及高宗母韋氏等歸還宋朝；（4）宋向金歲貢銀絹五十萬兩匹。〔註4〕

但是，和議未來得及施行，金國內部發生政變，金國朝中主戰的首相完顏宗幹、都元帥宗弼等掌權，於紹興十年（1140）五月初，撕毀和議，再次發動聲勢浩大的戰爭，聲言收回河南、陝西等地。迫於形勢，高宗於六月丙午下詔賞軍功，使「將佐士卒，各思奮勵，用命殺敵，以赴功名之會」〔註5〕，不久正式下詔伐金。這次戰爭是金人渝盟、宋廷被迫發動的一次戰爭，故宋朝君臣抗金士氣高漲，宋軍取得了很大勝利，在大將劉光世、韓世忠、張浚、岳飛等指揮下，相繼收復了為金人所佔的數州，取得了「兵興以來未有」〔註6〕之戰績。但此時高宗下詔岳飛不許北進深入，岳飛只得奉詔退兵。紹興十一年（1141）初，宗弼又率金國主力渡淮侵宋，宋將楊沂中、劉錡、王德與之大戰於柘皋（今巢湖市西北），金軍大敗北歸。柘皋之戰，有力地改變了宋軍被動挨打的局面，抗金復國呈現一片大好形勢。但高宗為了保全自己對半壁江山的統治，不顧群

〔註1〕（宋）李心傳《建炎以來繫年要錄》（以下簡稱《要錄》）卷一一〇，紹興七年四月丁酉條，中華書局1988年版，第1782頁。
〔註2〕《要錄》卷一一七，紹興七年十二月癸未條，第1894頁。
〔註3〕《要錄》卷一一九，紹興八年五月丁未條，第1929頁。
〔註4〕趙永春《金宋關係史》，人民出版社2005年版，第147～150頁。
〔註5〕《要錄》卷一三六，紹興十年六月丙午條，第2179頁。
〔註6〕《要錄》卷一三九，紹興十一年二月乙未條，第2236頁。

情鼎沸，決意向金求和。金人提出以殺害岳飛為議和條件。紹興十一年（1141）四月，秦檜夥同范同等人，除去韓世忠、張俊、岳飛樞密官，解除三大將的兵權，並以「莫須有」的罪名，將岳飛及其部將殺害，開始與金國議和。〔註7〕十月，高宗遣魏良臣、曾公亮為通問使副使金，「國書但使之斂兵，徐議餘事」〔註8〕，開始向金請和。十一月，高宗派遣簽書樞密院事何鑄充報謝使，知閤門事曹勳落階官為容州觀察使充副使使金。何鑄入辭，高宗諭之：「委曲致詞，事在必濟。」〔註9〕惟議和是求。高宗許割唐、鄧二州與金，並下詔：「大金國已遣使通和，自今官司文字，並稱大金，不得指斥。」〔註10〕下詔戒邊將生事，「大金已遣使通和，令川陝宣撫司照會保守見存疆界，不得出兵生事，招納叛亡。」〔註11〕十二月，「何鑄等至軍前，金國都元帥宗弼遣鑄往會寧，且以書來索北人之在南者，因趣割陝西餘地。是日，朝廷亦遣莫將、周聿往割唐、鄧，又命鄭剛中分劃陝西，以劉豫、吳玠元管地界為準。」〔註12〕金許歸還梓宮、太后，遣何鑄等回。〔註13〕紹興和議的簽訂完成於紹興十一年（1141），其內容大致如下：雙方以淮河至大散關一線為界；南宋每年向金國貢銀絹各二十五萬兩、匹；宋帝向金稱臣，由金主冊封為帝。

高宗紹興中期宋金和議持續了較長一段時間，分為紹興七、八年間宋金和議與紹興十一年間和議兩個階段。史稱「紹興和議」，通常是指紹興十一年（1141）年十二月宋金簽訂的和議。紹興和議以後，宋廷經濟得到了較大發展，軍備有所增強，宋金軍事力量逐漸趨於均衡，這使得雙方謹守和約，維持了較長時間的和平狀態。紹興十五年（1145）十月，金太師、尚書左丞相兼侍中監修國史院元帥梁王宗弼卒，臨死之際，對周圍的人說宋朝「軍勢強盛，宜益加和好，俟十餘年後，南軍衰老，然後可為寇江之計」〔註14〕，可見金軍此時也不敢輕易渝盟南侵。

金皇統九年（宋紹興十九年 1149）十二月，金副相完顏亮刺殺金熙宗後奪取帝位。完顏亮在帝位穩固以後，羨慕江南繁華，企圖滅亡南宋，統一中國。

〔註7〕（元）佚名《宋史全文》卷二一上，黑龍江人民出版社 2005 年版，第 1350 頁。
〔註8〕《要錄》卷一四二，紹興十一年十月壬午條，第 2283 頁。
〔註9〕《要錄》卷一四二，紹興十一年十一月丁巳條，第 2291 頁。
〔註10〕《要錄》卷一四二，紹興十一年十一月戊午條，第 2292 頁。
〔註11〕《要錄》卷一四二，紹興十一年十一月「是月」條，第 2293 頁。
〔註12〕《要錄》卷一四三，紹興十一年十二月乙亥條，第 2297 頁。
〔註13〕《要錄》卷一四四，紹興十二年二月戊子條，第 2313 頁。
〔註14〕《要錄》卷一五四，紹興十五年冬十月「是月」條，第 2489 頁。

金貞元元年（宋紹興二十三年 1153），完顏亮把都城由上京即會寧府（今黑龍江阿城縣白塔子）遷往燕京大興府（今北京），改名中都，並積極備戰。金正隆四年（宋紹興二十九年 1159）冬，完顏亮派翰林侍講學士施宜生等為賀宋正旦使使宋，讓畫工隱於使臣之間。後來當完顏亮看到畫工偷繪來的臨安城郭與湖山景色，欣喜異常，便在畫上添繪自已策馬吳山絕頂的形象，作為畫屏，並題詩其上，詩云：「萬里車書已混同，江南豈有大江封。提兵百萬西湖側，立馬吳山第一峰。」〔註 15〕表明他要滅亡南宋的決心。而此時，使金窺探敵情的孫道夫、黃中、葉義問、楊椿等人皆認為金人有南侵跡象，上書高宗做好抗金準備，但高宗、湯思退仍然抱著僥倖苟和之心。

金正隆六年（宋紹興三十一年 1161）二月，完顏亮以巡守名義前往南京開封府，五月中旬赴杭州，直接向宋高宗提出劃江為界的要求，且以軍事相威脅。六月二十三日，完顏亮再遷都至汴京，隨即進行侵宋部署。〔註 16〕迫於輿論的壓力，高宗同意陳俊卿擢用張浚的建言，並於十月正式下詔抗金。〔註 17〕十月中旬，帥守淮西的副帥王權在金兵攻擊下倉皇出逃，金軍即將到達長江北岸，消息傳到臨安，高宗大為驚恐，「欲散百官，浮海避敵」，但遭到陳康伯等人的堅決反對，高宗只得「遂定親征之議」〔註 18〕，遂任命知樞密院事葉義問到建康督視江淮軍馬，中書舍人虞允文任參謀軍事，統一指揮江淮戰事。就在金軍渡淮大舉南侵之後數日，金國發生政變，反對完顏亮窮兵黷武的將領擁立金東京（今遼寧遼陽）留守完顏雍即帝位於東京，即金世宗，改元大定，並於一月之內迅速佔領黃河以北地區。完顏亮得知這一消息，決定立即加緊對南宋的攻勢，虞允文指揮宋軍與金軍戰於采石，金軍大敗。這即是有名的「采石之戰」。

紹興三十一年（1161）十一月底，金軍內部矛盾激化，都統制完顏元宜等於揚州以奉金世宗詔令名義殺死完顏亮，金軍遂退兵北歸。隆興元年（金大定三年 1163）三月，金左副元帥紇石烈志寧致書南宋樞密使張浚，要求「凡事一依皇統以來舊約」（按：指「紹興和議」）〔註 19〕，索取「侵地」即被宋收復的

〔註 15〕（宋）徐夢莘《三朝北盟會編》（以下簡稱《會編》）卷二四二，紹興三十一年三月，影印文淵閣四庫全書本。

〔註 16〕《要錄》卷一九一，紹興三十一年七月「是月」條，第 3205 頁。

〔註 17〕《要錄》卷一九三，紹興三十一年十月甲辰條，第 3233 頁。

〔註 18〕《要錄》卷一九三，紹興三十一年十月辛亥條，第 3243 頁。

〔註 19〕（元）脫脫等《金史》卷八七《僕散忠義傳》，中華書局 1975 年版，第 1937 頁。

海（江蘇連雲港）、泗（今江蘇盱眙縣）、唐（河南唐河縣）、鄧（河南鄧縣）四州和貢賦，並以大兵壓境相威脅。而此時南宋新即位的孝宗一直不滿意宋金之間的不平等地位，積極作好北伐抗金的準備，擢自己的老師史浩為參知政事，以頗負抗戰盛名的領袖張浚為少傅、江淮東路宣撫使，封魏國公，以指揮采石之戰的虞允文為兵部尚書出任川陝宣諭使，並先後恢復了主戰大臣胡銓、李光等人的官職，起用積極主張抗金的文人陸游等，為岳飛平反昭雪，「復其官爵，祿其子孫」〔註20〕，又「逐秦檜黨人，仍禁輒至行在」〔註21〕，以鼓舞抗金鬥志。隆興元年（1163）春，金人突至淮上，提出增加商、秦之地作為議和條件，孝宗下詔抗金，史稱「隆興北伐」。

北伐開始時，張浚命李顯忠、邵宏淵分別自濠州（今安徽鳳陽東北）、盱眙（今屬江蘇）渡淮北攻。在李顯忠與邵宏淵合力圍攻下，宋軍攻下了淮北重鎮宿州，這極大地鼓舞了南宋君臣。不久孝宗即下詔親征。宋軍迅速攻佔靈譬、虹縣、宿州，金世宗大為震動，隨即派中使督戰。金左副元帥紇石烈志寧立即率精兵進攻宿州，李顯忠率部與金兵連日激戰，雙方都有傷亡。由於李顯忠以前對士兵分賞不均，造成士兵怨憤。當張浚命令另一大將邵宏淵聽從李顯忠節制，邵按兵不動，且大興謠言，他對大家說：「當此盛夏，搖扇於清涼猶不堪，況烈日中被甲苦戰乎？」〔註22〕蠱惑軍心，致使宋軍大潰，軍資盡失，導致宋軍潰敗，「天子哀痛，下詔罪己」〔註23〕的結局，隆興北伐旋即失敗。隆興元年（1163）八月，金副元帥赫舍哩志寧也以書來通和好，要求疆土、歲幣一如隆興戰前即停戰。當時朝多數大臣認為南宋無力北伐，金也無力南侵，南宋有必要與金議和，但不能過於遷就。基於這種情況，孝宗反對割讓四州給金人，但主和派大臣湯思退卻主張割讓四州。十二月，孝宗在高宗皇帝「深勸」下，決定遣使議和，湯思退迫使孝宗同意割讓四州，要求他「請上以社稷大計，奏稟上皇而後從事」，以致孝宗很憤怒地批道：「敵無禮如此，卿猶欲和。今日敵勢非秦檜時比，卿之議論秦檜不若。」〔註24〕隆興二年（1164）八月，南宋派

〔註20〕（元）脫脫等《宋史》卷三九六《史浩傳》，中華書局 1977 年版，第 12066 頁。

〔註21〕《宋史》卷三三《孝宗一》，第 621 頁。

〔註22〕《宋史》卷三六七《李顯忠傳》，第 11432 頁。

〔註23〕（宋）葉紹翁《四朝聞見錄》丙集《張史和戰異議》，沈錫麟、馮惠民點校，中華書局 1989 年版，第 103 頁。

〔註24〕李心傳《建炎以來朝野雜記》甲集卷二〇《癸未、甲申和戰本末》，徐規點校，中華書局 2000 年版，第 469 頁。

遣宗正少卿魏杞赴金議和，孝宗向他交待「今遣使，一正名，二退師，三減歲幣，四不發歸附人」，態度強硬，魏杞決心與金人力爭，陛辭時對孝宗說：「臣若將指出疆，其敢不勉。萬一無厭，願速加兵。」〔註25〕湯思退秘密派人到金營，「諭敵以重兵脅和」〔註26〕。待魏杞到盱眙（今屬江蘇），金人以國書未如儀式而拒絕接受，扣留魏杞，進而要求南宋再割商（陝西商地）、秦（甘肅天水）二州，並以武力相威脅。十月，金國再度施展以戰爭迫使南宋接受和議的策略，對南宋發動大規模的軍事進攻。十一月，孝宗下詔諭沿邊將士，稱雖「以太上聖意，不敢重違」，而「宰輔群臣，前後屢請，已盡依初式，再易國書，歲幣成數，亦如其議。若彼堅欲商秦之地，俘降之人，則朕有以國斃不能從也」〔註27〕。但迫於金國強大的軍事壓力，孝宗只得再次做出讓步，於閏十一月派國信使大通事王抃前往金元帥府求和，在與金議和的條約中，「請正皇帝號，為叔侄之國，易歲貢為歲幣，減十萬」，割四州及商、秦兩地予金國，雙方疆界恢復了完顏亮南侵前的狀態，「歸被俘人，惟叛亡者不與」〔註28〕，史稱「隆興和議」。

隆興和議後，宋金雖然表面上處於相對和平，但孝宗決意恢復中原，他一面派遣使臣使金，要求改變宋金交聘中的不平等禮儀，一方面積極進行人事布置，準備再次抗金北伐。隆興二年（1164）八月，孝宗原來倚以為「長城」的抗金大臣張浚去逝。乾道元年（1165），主戰大臣陳康伯以老病辭去相位，不久去世。乾道三年（1167），長期守衛川陝的主帥吳璘病故。在這樣的情況下，孝宗轉而倚靠指揮采石之戰的大臣虞允文。乾道三年（1167），孝宗任命虞允文為知樞密院事兼參知政事，並代替吳璘出任四川宣撫使。虞允文到達四川後，採取了一系措施練兵修城，以防禦金軍從川陝入侵。不一年，「蜀民頓蘇，軍政一新」（楊萬里《虞允文神道碑》）〔註29〕。乾道五年（1169）八月，虞允文被升任為尚書右僕射，並同中書門下平章事兼樞密使及制國用使，掌握了政權、軍權、財權。乾道八年（1172）二月，虞允文除左相，孝宗對虞允文說：「丙午之恥，當與丞相共雪之。」虞允文決心協助宋孝宗出兵中原。同年九月，

〔註25〕《宋史》卷三八四《魏杞傳》，第11832頁。

〔註26〕《宋史》卷三七一《湯思退傳》，第11531頁。

〔註27〕《建炎以來朝野雜記》甲集卷二〇《癸未、甲申和戰本末》，第469頁。

〔註28〕《宋史》卷三三《孝宗一》，第629頁。

〔註29〕曾棗莊、劉琳主編《全宋文》卷五三六二，上海辭書出版社2006年版，第240冊，第105頁。

虞允文授四川宣撫使，進封雍國公。虞允文入蜀陛辭時，孝宗授以陣圖，諭以進取之方，且期以某日會師河南。虞允文曰：「異時戒內外不相應。」孝宗稱：「若西師出而朕遲回，即朕負卿；若朕已動而卿遲回，即卿負朕。」〔註30〕決定與虞允文東西兩路出兵伐金。虞允文到達四川後積極備戰，但在長期的戰爭實踐後他逐漸認識到，宋金軍事力量基本上處於勢均力敵的狀態，南宋尚無力北伐，所以不主張冒然進兵，應該首先休息生民、充實國用、整頓軍事。他向孝宗上書稱當今事之最大者，莫過於「世仇未復，輿圖未歸，南北生靈未底於休息」，而「事幾之急，莫急於兵、財」兩事，應該在宋朝財力、軍力等條件成熟的條件下才可對金用兵，並提出遣泛使使金，以請河南陵寢地及更改受書禮儀激怒金人，讓金人先背盟舉兵，再後發制人。〔註31〕因此，虞允文一再推遲用兵時間，而孝宗卻希望早日北伐。乾道九年（1173）十月，當金使回國時「別函申議受書之禮」，同年末金賀正旦使到，孝宗以「受書禮不合」拒絕接受金國書，但最後卻只得「以太上皇有旨」，而「姑聽仍舊」〔註32〕。孝宗要求更改受書儀式的鬥爭失敗後，密詔虞允文，催促四川宋軍早日出師。虞允文上奏稱：「機不可為，但令機至勿失耳。植根本，圖富強，待時而動可也，安敢趣師，期為亂階乎？」〔註33〕拒絕了孝宗急於北伐的請求。淳熙元年（1174）二月，虞允文病逝於任上，孝宗失去了賴以依靠的北伐大臣，加上堅持主靜、主和政策的太上皇帝高宗的掣肘，孝宗逐漸失去了北伐恢復的熱情。在金國方面，此時正是素有「小堯舜」〔註34〕之稱的金世宗在位，他力主與宋廷守和約好，不再考慮侵宋，反而嚴防宋朝伐金，所以「世宗每戒群臣積錢穀，謹邊備，必曰：『吾恐宋人之和，終不可恃。』蓋亦忌帝之將有為也」。〔註35〕此時，南宋朝中先前一批主戰的大臣也逐漸走向主守，主張先改革朝政綱紀、富國強兵，伺時機成熟後北伐，朝中主守派逐漸佔據主導力量。此時發展成熟的朱子理學思想，在強調個體持敬修性等「內聖」工夫等哲學思想的指導下，要求採取先內修後外攘的對金政策，成為這一時期主要的政治思想。這樣，自宋室南

〔註30〕《宋史》卷三八三《虞允文傳》，第11799、11800頁。

〔註31〕（明）楊士奇等編《歷代名臣奏議》卷二二四虞允文奏議，影印文淵閣四庫全書本。

〔註32〕《宋史》卷三四《孝宗二》，第656頁。

〔註33〕楊萬里《虞允文神道碑》，《全宋文》卷五三六二，第240冊，第107頁。

〔註34〕《金史》卷八《世宗下・贊》，第204頁。

〔註35〕《宋史》卷三五《孝宗紀三・贊》，第692頁。

渡後宋金表面和平、南北共治的局面得以形成，雙方保持了相當長時間的南北對峙狀態。這種關係直到寧宗開禧二年（1204）時才被打破。

章宗完顏璟即位後，不斷進攻西北新興少數民族部落蒙古，金國境內也不斷發生起義，引發連年兵禍。此時南宋正值權臣韓侂冑當政，「有勸韓侂冑立蓋世功名以自固者，侂冑然之，恢復之議遂起。」〔註 36〕嘉泰三年鄧友龍使金，更堅定了韓侂冑北伐的決心。史載：嘉泰三年（1203）十二月，鄧友龍使金，「有賂驛使夜半求見者，具言金為蒙古所困，飢饉連年，民不聊生，王師若來，勢如拉朽。友龍大喜，歸告韓侂冑，且上倡兵之書，北伐之議遂起。」韓侂冑隨之進行戰略部署，「起參知政事張岩帥淮東，同知樞密院事程松帥淮西，侍郎丘崈守明州，大卿辛棄疾帥浙東，以李奕為荊、鄂副都統兼知襄陽。」〔註 37〕並採取一系列措施：嘉泰四年（1204）六月追封岳飛為鄂王，在詔書中稱：「將慰九原之心，亦以作三軍之氣。修車備器，適當親暇之時；顯忠遂良，罔親幽明之際。」葉紹翁評曰：「韓氏興師恢復，故首封鄂王以為張本。」〔註 38〕為高宗朝名將韓世忠在鎮江建廟祭祀，追奪秦檜王爵，改謚號為謬丑，詔沿江四川軍帥簡練軍實、增置廬州強勇等等，鼓舞士氣，積極為抗戰作準備。〔註 39〕開禧元年（1205）二月，韓侂冑出封樁庫金一萬兩以待賞功。七月，韓侂冑出任平章軍國事，積極部署伐金。開禧二年（1206）五月初七下詔「伐金」，史稱「開禧北伐」。

北伐初期，宋軍主動攻擊，取得了一定勝利。但多數宋軍一戰即潰，甚至不戰而潰。五、六月間，北進的宋軍紛紛自宿州（今屬安徽）、蔡州（今河南汝南）、唐州（今唐河）前線敗退至南宋境內。宋軍西線四川宣撫使吳曦暗中降附於金，求封蜀王，企圖割據四川，這使金軍得以全力攻擊南宋兩淮和襄樊地區。當金軍抵達長江北岸附近時，誓與淮南共存亡的簽書樞密院事、督視江淮軍馬丘崈對北伐已經完全失去信心，開始與金人秘密議和。西線吳曦叛變，東線丘崈主和，使韓侂冑陷入孤立的境地。開禧三年（1207）一月，

〔註 36〕（明）陳邦瞻《宋史紀事本末》卷八三《北伐更盟》，中華書局 1977 年版，第 925 頁。

〔註 37〕（清）畢沅《續資治通鑒》卷一五六，「寧宗嘉泰三年」，中華書局 1957 年版，第 4214 頁。

〔註 38〕《四朝聞見錄》戊集《岳侯追封》，第 162 頁。

〔註 39〕《續資治通鑒》卷一五六「寧宗嘉泰三年」，卷一五七「寧宗嘉泰四年」，第 4216、4221～4222 頁。

韓侂胄罷丘崈，以知樞密院事張岩督視江、淮軍馬，轉而採取以守為攻的策略。但在朝廷要求停止北伐而與金妥協的強大勢力面前，韓侂胄只得遣使議和。八月，三次出使金國的方信孺帶回金給張岩的覆信，提出割讓兩淮，增歲幣五萬兩，犒軍銀一千兩，歸還陷沒人和歸正人，斬元媒奸人（指韓侂胄）並函首以獻等挑釁性五項議和條件。韓得知後大怒，再度準備北伐。任命辛棄疾為樞密都承旨，讓他代替已經被貶黜的蘇師旦指揮軍事，立即赴行在奏事，養病在家的辛棄疾未到任就已病逝。韓侂胄又罷張岩督視江、淮軍馬之職，以趙淳為殿前副指揮使兼江淮制置使，以加強長江一線的防禦。就在韓侂胄準備再戰時，宮廷內外政敵正秘謀對他的謀害。十一月，主和派大臣、禮部侍郎史彌遠在與楊皇后密謀下，將韓侂胄秘密殺死於玉津園。嘉定元年（金泰和八年，1208）三月，史彌遠在金人要挾下，將韓侂胄、蘇師旦之頭奉予金人，換取淮、陝侵地，宋金議和簽訂「嘉定和議」。依靖康故事，改金宋叔侄關係為伯侄關係，歲貢由每年銀、絹各20萬兩、匹增至30萬兩、匹，還有一次性的犒軍費300萬貫錢，疆界與紹興時同（金放棄新佔領的大散關、濠州等地）。〔註40〕

「嘉定和議」對宋人而言是一個極具屈辱性的和約，其內容之不平等甚於以前任何一個和約。這足可見宋朝此時已經到了暮秋之時。以「嘉定和議」為起點，宋朝的政治如西山之日，開始由「中興」走向衰落，南宋的歷史進入到後期。隨著北方蒙古部族的興起，以「嘉定和議」為起點，宋金對峙格局變而為宋、蒙、金鼎立的形勢，宋朝處於更加複雜的外交矛盾之中，宋朝在聯合蒙古滅金後最終被蒙古所滅。

本章小結

戰爭是宋金時期重要的歷史文化背景。宋金第一次戰爭的結果導致了北宋的覆亡與南宋偏安政府的建立。南宋建立後，宋金對峙達百餘年，雙方發生了數十次戰爭，其中包括靖康之難、紹興北伐與紹興和議、隆興北伐與隆興和議、開禧北伐與嘉定和議幾次重大戰爭事件。戰爭對南宋文人及文學產生了很大影響：一方面，圍繞著具體的戰爭事件，南宋文人對戰爭表現出不同的戰爭態度，形成了錯綜複雜的文人關係；另一方面，在戰爭的文化生態環境下，南

〔註40〕《宋史紀事本末》卷八三《北伐更盟》，第933頁。

宋文人的心態、行為、心理及文學創作都帶上了深刻的時代烙印，包含了深刻的時代文化內涵。

第二章　宋金戰爭與南宋文人的戰爭觀及文人關係

宋金對峙時期，南宋文人被普遍捲入到戰爭中來。在每一次具體的戰爭事件發生時，文人都會對是和還是戰的政策展開激烈的論爭，所謂「宋自南渡以後，所爭者和與戰耳」〔註 1〕。具有相類戰爭態度的文人多以權臣〔註 2〕為中心，形成一個形式較為開放的文人群體；和、戰之爭的結果最終取決於當權者的態度，文人的命運則隨著權臣地位的升降起伏不定，從而形成了文人之間錯綜複雜的人際關係。

第一節　靖康之難前後文人的和戰之爭與文人關係

靖康之難前後，文人由於和、戰態度不同，形成了以李綱、宗澤為主的主戰集團與以汪伯彥、黃潛善為主的主和集團的對立。在李綱周圍集中了一群主戰文人，他們在政治上互相支持，堅決要求抗擊金兵，並通過詩文唱和、書信往來，共同商討抗金大計，聲討金人入侵的行徑與宋廷妥協的政策，表達出強烈的抗金意識與歷史使命感，形成了一個關係較為密切的文人群體。

〔註 1〕王夫之《宋論》卷一三《寧宗三》，第 234 頁。

〔註 2〕王水照先生稱：「宋代士人的身份有個與唐代不同的特點，即大都是集官僚、文士、學者三位於一身的複合型人才，其知識結構一般比唐人淹博，格局宏大。」「政治家、文章家、經術家三位一體，是宋代『士大夫之學』的有機構成。」（王水照《宋代文學通論》，河南大學出版社，1997 年版，第 27 頁）這種有機構成，使宋代文人同時具有了參政主體、文學主體和學術主體的三重身份，呈現出複合型的特點。本文所指的「權臣」大部分既是宋朝的官僚，也是當時重要的學者與文學家。

一、靖康之難前後文人的和、戰之爭

金人南侵，宋軍力量孱弱，各地勤王之師首鼠兩端，致使金人長驅直入，汴京城破。大敵當前，宋廷內部就是奮起抗爭還是遣使議和展開激烈爭論。以李綱、宗澤為代表的文人強烈要求抗金復國，反對與金人和議；以黃潛善、汪伯彥為代表的大臣則主張與金人和議。

李綱（1083～1140）字伯紀，邵武（今屬福建）人，政和二年（1112）進士，累官至監察御史兼殿中侍御史，是高宗朝的首任宰相。靖康元年，李綱指揮京城保衛戰，取得大捷，京城解圍。《宋史》贊道：「以李綱之賢，使得畢力殫慮於靖康、建炎間，莫或撓之，二帝何至於北行，而宋豈至為南渡之偏安哉！」〔註3〕

李綱在北宋汴京城破時，堅決主張高宗抗擊金兵，反對南逃避敵或屈膝求和，任相不久即上疏提出「罷和議」「務戰守」的「國是」之策：

> 其一曰，議國是。大略謂今日之事，欲戰則不足，欲和則不可。竊恐國論猶以和議為然，蓋以二聖播遷，非和則所以速二聖之禍。臣竊以為不然。漢高祖與項羽戰於滎陽，太公為羽所得，置之機上者屢矣。高祖不顧。其戰彌力，羽卒不敢害而還太公，然則不顧其親而戰者，乃所以還太公之術也。昔金人與契丹二十餘戰，戰必割地厚賂以講和。既和則又求釁以戰，卒滅契丹。今又以和惑中國，至於破都城，墜宗社，易姓改號，而朝廷猶以和議為然。是將以天下畀之敵而後已。
>
> 為今之計，莫若一切罷和議，專務自守之策，建藩鎮於要害之地，置帥府於大河及江、淮之南，修城壁、治器械、教水軍、習車戰，使其進無抄掠之得，退有邀擊之患。則雖有出沒，必不敢深入。三數年間，軍政益修，甲車咸備，然後大舉以討之，報不共戴天之仇，雪振古所無之恥。彼知中國自強如此，豈徒不敢肆橫，而二聖有可還之理矣。且金人於國家，雖奉藩稱臣，竭天下以予之，亦未為德也。必至於混一區宇而後已。故今日法句踐嘗膽之志則可，法其卑詞厚賂則不可。臣謂止當歲時遣使，奉問二聖，至於金國，我不加兵，專以守為策，俟吾政事修、士氣振，然後可以大舉。〔註4〕

〔註 3〕《宋史》卷三五九《李綱傳・贊》，第 11274 頁。
〔註 4〕《要錄》卷六，建炎元年六月庚申條，第 142～143 頁。

所謂「國是」即國家的根本政策。李綱提出的「國是」指反對和議。他舉出漢高祖的例子說明當時國論所謂「非和則所以速二聖之禍」是靠不住的，稱「不務戰守之計，惟信講和之說，則國勢益卑，制命於敵，無以自立矣」〔註 5〕，認為在當前形勢下只有嚴飭武備、訓練將士，以自治為守，以守備戰、以戰促和。

宗澤（1060～1128），字汝霖，婺州義烏（今屬浙江）人，元祐六年（1091）進士。宗澤是南渡之初主戰派的代表。建炎元年（1127）六月，宗澤被任命為知襄陽府，他極力反對割地求和，表示「臣雖駑怯，當躬冒矢石為諸將先，得捐軀報國恩足矣」〔註6〕，遂改知青州（今屬山東）。宗澤在赴任途經應天府時朝見高宗，並與李綱會面。李綱在高宗面前力陳宗澤「卓犖有節氣」「綏集舊邦，非澤不可」，高宗便命宗澤出任開封知府、東京留守〔註 7〕。宗澤數次上書，要求高宗揮師北進，恢復中原，然而「澤每疏奏，上以付中書省。黃潛善、汪伯彥皆笑以為狂。」〔註8〕所陳恢復進師之計，始終受到汪伯彥、黃潛善的阻撓而不得實現。建炎二年（1128）七月，宗澤憂憤成疾逝世，「澤將沒，無一語及家事，但連呼過河者三。遺表猶贊上還京，先言已涓日渡河而得疾。其末曰：『囑臣之子，記臣之言，力請鑾輿，亟還京闕。』」〔註9〕其忠心復國之志可見。南宋葉適稱：「如澤，未足以見古之立功立事者；然使澤得用，二聖不終北狩矣，固可一戰而敗也。」〔註 10〕可見其愛國熱忱與膽識才能備受後人稱頌。陸游《夜讀范至能〈攬轡錄〉言中原父老見使者多揮涕感其事作絕句》一詩道：「公卿有黨排宗澤，帷幄無人用岳飛。」把宗澤與南宋著名抗金大將岳飛相提並論，對其終不得用表示沉痛惋惜之情。

除了李綱、宗澤，還有其他文人反對與金人和議。如貢士周紫芝應詔上書稱：「今金人盛強，憑侮中國，雖驅天下之兵以脅之，不足以當其強；竭天下之財以餌之，不足以厭其欲；盡天下甘言以悅之，不足以回其意。臣深思之，不過一言，曰：上策莫如自治而已。自治之策無他，在力救前日之弊耳。」〔註 11〕

〔註 5〕李綱《議國是》，《全宋文》卷三六九八，第 169 冊，第 295 頁。

〔註 6〕《宋史》卷三六〇《宗澤傳》，第 11279 頁。

〔註 7〕王伯《宗忠簡公傳》，《全宋文》卷七八〇八，第 338 冊，第 371 頁。

〔註 8〕《要錄》卷九，建炎元年九月乙巳條，第 220 頁。

〔註 9〕《要錄》卷一六，建炎二年七月癸未條，第 236 頁。

〔註10〕葉適《葉適集．水心別集》卷一五《外稿．終論三》，劉公純等點校，中華書局 1983 年版，第 822 頁。

〔註11〕《要錄》卷六，建炎元年六月「是月」條，第 170 頁。

他認為不可與金人和，因為金人貪得無厭，無財滿足其欲；也不能與金人戰，因為朝廷軍事力量尚弱。他提出通過改革朝廷弊政，實現自治、以行備不虞的策略。建炎三年（1129）正月，御使中丞張澄以邊事未寧，請高宗向臣下詢問應敵之策，戶部尚書葉夢得稱：「兵機事也，不度時則每為難。……陛下毋以宇文虛中奉使未回，意和議為可恃也。靖康正緣恃和議而墮敵計，今安可待萬里之報哉？」〔註 12〕明確反對議和。

以李綱、宗澤為代表的主戰集團與汪伯彥、黃潛善為代表的主和派的對立與鬥爭，其實質是主戰派與高宗及主和大臣集團的對立。高宗曾對大臣說：「潛善作左相，伯彥作右相，朕何患國事不濟。」〔註 13〕然而黃潛善為相多年，事無所成，汪伯彥繼之，繼續主和，「決幸東南，無復經理中原之意」〔註 14〕，「敵國益無所憚」〔註 15〕。高宗對汪伯彥、黃潛善的態度，明確表示了他對主和派的支持，是他確立以「和議」為最高基本政策的具體表現。

二、汪伯彥、黃潛善對主戰派的打擊與李綱主戰文人群體的形成

南渡之初，面對中原淪陷、人民流離的慘痛現實，北伐抗金、恢復中原成為廣大文人士子最普遍的心聲。李綱因其特殊的身份在其周圍聚集了一批主戰文人。他們因為主張抗金而普遍遭到主和集團的排斥打擊，其命運起伏與李綱地位升降息息相關；他們通過詩文唱和互通聲氣，表達政見。

李綱因主戰而遭劾被貶。李綱為相七十五日即被罷為觀文殿大學士提舉杭州洞霄宮，「先是，河北招撫使張所才至京師，河北轉運副使、權北京留守張益謙附黃潛善意，奏所置司北京不當。……綱所坐，皆潛善密以傳勝非。」〔註 16〕宗澤上書要求恢復北伐，被汪、黃「笑以為狂」〔註 17〕。

汪伯彥、黃潛善還對支持、同情李綱、宗澤，要求抗戰的文人士子進行普遍打擊。如太學生陳東等因上書「言宰執黃潛善、汪伯彥不可任，李綱不可去」，為黃潛善所忌恨而遭誅殺，「東始未識綱，特以國故至為之死」，只因為主張起用主戰大臣李綱就遭到主和派的迫害。〔註 18〕直龍圖、江淮發運使向子諲「為

〔註 12〕《要錄》卷一九，建炎三年正月戊戌條，第 383 頁。
〔註 13〕《要錄》卷一八，建炎二年十二月己巳條，第 375 頁。
〔註 14〕《要錄》卷一八，建炎二年十二月己巳條李心傳注釋，第 375 頁。
〔註 15〕《要錄》卷一八，建炎二年十二月己巳條，第 375 頁。
〔註 16〕《要錄》卷八，建炎元年八月乙亥條，第 201～203 頁。
〔註 17〕《要錄》卷九，建炎元年九月乙巳條，第 220 頁。
〔註 18〕《要錄》卷八，建炎元年八月壬午條，第 206 頁。

李綱所喜，故黃潛善斥之」〔註 19〕。御史中丞許景衡主戰反和，在「宗澤為東京留守，言者附黃潛善等，多攻其短，欲逐去之」時，上書稱宗澤「有赤心為國」，以辯宗澤之誣，後除尚書中丞，但「潛善、伯彥以景衡異己，共排沮之」。〔註 20〕呂中論曰：「汪、黃之所主者，和議而已，故竄馬伸，殺陳東、歐陽澈，罷衛膚敏、許景衡，以遂其私。方且奏復科舉，策進士，行郊祀，定配享，置講讀官，以文其欺，幸而渡江，猶罪李綱以謝金，冀和議之可成耳。彼其說曰：『非和則所以速二聖之禍。』然金與我有不共戴天之讎，則其不可和也明矣。祈請使還，而兩河被兵，通問使遣，而維揚失守，金豈虛言之所能動哉！」〔註 21〕

以李綱為中心形成的主戰群體在政治上同聲相應、同氣相求，他們還通過詩文唱酬、書信往來商討抗金大計，聲討金人入侵的行徑與宋廷的妥協政策，表達出強烈的抗金意識，形成了一個抗戰志士的文人群體〔註 22〕，包括南渡之初最重要的一批詩人、詞人。朱熹稱：「李伯紀丞相為宣撫使時，幕下賓客盡一時之秀。胡德輝、何晉之、翁士特諸人，皆有文名。」〔註 23〕當時與李綱關係密切的文人，不僅指其幕下諸人，還包括李光、葉夢得、向子諲、張元幹、王以寧、鄧肅等著名文人。

李光是南宋四大名臣之一，反對與金人議和，與李綱關係極為密切，李綱甚至視其為黨派中人，他在《與李泰發端明第二書》中道：「自靖康以來，所遭之變皆古所未有，豈曰細故，其實本於君子小人之混淆，君子常不勝，而小人常勝，然天實為之，謂之何哉！吾儕當益信此心，進則盡節，退則樂天，死而後已，余復何道。」〔註 24〕將李光視為「吾儕」的君子類人物。李光之罷官亦與李綱有關，紹興二年（1132），李光罷江東安撫使，就因呂頤浩向高宗進言，說李光「與其儕類，結成黨與，牢不可破」〔註 25〕，「其儕」指李綱。

〔註 19〕《要錄》卷九，建炎元年九月甲午條，第 214 頁。

〔註 20〕《宋史》卷三六三《許景衡傳》，第 11345～11346 頁。

〔註 21〕《要錄》卷二〇，建炎三年二月乙丑條引呂中《大事記》，第 401 頁。

〔註 22〕王兆鵬《宋南渡詞人群體研究》一書指出，南渡初期，以李綱為中心形成了一個詞人群體，曾多次以詩文唱和酬答，縱論天下之事（見《宋南渡詞人群體研究》第一章《群體關係》，文津出版社 1992 年，第 25 頁）。

〔註 23〕朱熹《朱子語類》卷一三一《中興至今日人物上》，（宋）黎靖德編，王星賢點校，中華書局 2020 年版，第 3389 頁。

〔註 24〕《全宋文》卷三七三七，第 171 冊，第 19 頁。

〔註 25〕《要錄》卷五八，紹興二年九月丙戌條，第 1014。

向子諲是南宋著名的詞人，也是抗擊金兵的重要愛國志士。建炎四年（1130）掛帥荊湖南路帥印，值金兵圍長沙城，他「率軍民死守」，擊戰八日，城陷後，還「率眾入子城巷戰者二日」〔註 26〕。向子諲「素為李綱所善」，且時有詩詞唱和、書信往來。李綱罷相後，向子諲也因「素為李綱所善，故黃潛善斥之」，罷江淮發運使。〔註 27〕

張元幹是個「英雄人」。靖康元年，他談笑「擊賊」、夙夜「登陴拒敵，矢集如蝟毛，左右指麾，不敢愛死」〔註 28〕。張元幹屢次上書反對與金人議和，主張抗擊金兵。靖康元年，張元幹為李綱辟為行營屬官，李綱落職後，張元幹即與之「同日貶」〔註 29〕。他與李綱又同是福建人，兩人多有交往〔註 30〕。紹興元年（1131）至九年（1139）間，張元幹、李綱多居閩中，張元幹「歲時必升公（李綱）之堂，獲奉觴豆。間乃登高望遠，放浪山巔水涯，相與賦詩懷古，未嘗不自適而後返」〔註 31〕。

王以寧「勇而有謀」，敢「卓矢石立功名」，曾「走鼎州乞師，躬率入援，解太原圍」，並「鬥敵」生擒「番賊一百餘人」。靖康元年，李綱任河北河東宣撫使率兵援救太原時，王以寧任參謀官。李綱罷相，王以寧隨之罷兵權歸鄉。〔註 32〕

另外，趙鼎、葉夢得、李彌遜等人亦與李綱關係密切。靖康元年（1126），李綱任河北河東宣撫使救太原時，趙鼎在其幕下為幹當公事。〔註 33〕此後，他們多次書信往來。葉夢得反對與金人講和，與李綱也有文字交往。李綱與李彌遜自小即為「好朋友，政治主張相同，詩歌酬答也很多」〔註 34〕。

〔註 26〕汪應辰《徽猷閣直學右大中大夫向公墓誌銘》，《全宋文》卷四七八〇，第 215 冊，第 253 頁。

〔註 27〕《宋史》卷三七六《向子諲傳》；李綱《梁溪先生文集》卷一一四、卷一二一、卷一二八所載與向子諲書簡；周必大《跋李伯紀青原詩》：「（李綱）同遊向伯恭、朱子發、張恭甫仕未甚顯，已而俱為名侍從。」（《全宋文》卷五一三四）

〔註 28〕王兆鵬《張元幹年譜》，南京出版社 1989 年版，第 59 頁。

〔註 29〕王兆鵬《張元幹年譜》，第 63 頁。

〔註 30〕張元幹《祭李丞相綱佚文》：「後數歲《建炎以來繫年要錄》，始克見公（李綱）梁溪之濱，歷論古今成敗，數至夜分。語稍洽，爰定交焉。」（見王兆鵬《張元幹年譜》，第 50 頁）

〔註 31〕張元幹《祭李丞相綱佚文》（見王兆鵬《張元幹年譜》，第 142 頁）

〔註 32〕王兆鵬《王以寧生平事蹟考辨》，載《中國文學研究》1988 年第 1 期。

〔註 33〕《會編》卷一六八：「李綱為河北河東宣撫使，薦（解）潛自嗣，趙為幹當公事。」又見《要錄》卷九四，紹興五年十月乙卯條：「趙鼎嘗為綱辟客。」

〔註 34〕錢鍾書《宋詩選注》，人民文學出版社 1979 年版，第 144 頁。

總之，南渡之初，以李綱為中心形成了一個陣容較大的主戰文人群體。他們強烈要求抗金復國，反對高宗南逃避敵，具有一致的政治主張；他們遭到以黃潛善、汪伯彥為守的主和集團的打擊排斥，具有相似的人生命運；表現在文學上，他們詩文唱和、互通聲氣，形成了一個形式相對鬆散的文人群體。

第二節　紹興中期文人的和戰之爭與文人關係

紹興中期，宋金雙方力量處於均衡狀態，皆有意通好。紹興八年（1138），宋金簽訂和議。由於不久金國發生政變，主戰大臣把持朝廷，開始渝盟南侵，宋廷在岳飛、劉光世、韓世忠等大將的指揮下北伐抗金，取得了前所未所的戰績。但高宗秦檜一意苟和，合謀奪取三大將兵權，打擊抗金志士，於紹興十一年（1141）再次簽訂合議。對以高宗、秦檜為主的宋金和議，南宋文人普遍反對，形成了主戰集團與主和集團的對立與鬥爭。

一、紹興中期文人的和、戰之爭

宋金在紹興中期簽訂了兩次和議，一次是紹興八年（1138）和議，一次是紹興十一年（1141）和議，趙永春在《金宋關係史》一書中，分別稱之為「天眷和議」和「皇統和議」〔註35〕。歷史上一般意義的「紹興和議」是指紹興十一年（1141）十二月簽訂並付諸實現的和議。紹興中期宋金兩次和議的性質與內容皆有不同，但都遭到南宋文人的普遍反對。

（一）「天眷和議」前後宋高宗、秦檜集團與主戰文人的和、戰之爭

紹興初期，宋金雙方戰爭不斷，高宗不斷遣使求和，但無甚結果。紹興八年（1138）前後，金熙宗即位，大臣傾軋，政治漸衰，遂有意與宋朝講和。就當時的政治、軍事形勢而言，南宋處於有利的一面，故而高宗、秦檜的求和行為遭到了文人士子的普遍反對，形成了高宗、秦檜與主戰集團的對立與鬥爭。

秦檜於紹興元年（1131）八月，被高宗任命為右僕射、同中書門下平章事兼知樞密事，紹興二年（1132）在呂頤浩的攻擊下罷相。紹興六年（1136）張浚「以檜在靖康中建議立趙氏，不畏死，有力量，可與共天下事」〔註36〕相薦，

〔註35〕趙永春《金宋關係史》，第144頁。
〔註36〕《要錄》卷一〇七，紹興六年十二月甲午條，第1737頁。

再度入朝。紹興七年（1137）八月，張浚因為淮西兵變請求罷去相位，高宗問張浚是否可以秦檜代其職，張浚道：「近與共事，始知其闇。」乃薦趙鼎。秦檜知之，「錯愕而出」。李心傳論曰：「浚始引檜共政，既同朝，乃覺其包藏顧望，故因上問及之。」〔註37〕後趙鼎為秦檜所害，秦檜得以長期獨相，完全掌握了朝中大權，並與高宗一起，嚴守和議政策，打擊異己。

紹興八年（1138）五月，金使來宋商談和議條件，高宗以接回徽宗梓宮和生母為藉口，有意向金人求和。秦檜道：「不憚屈已，講好外國，此人主之孝也。」〔註38〕勸高宗與金人和議。在宋金互遣使臣商談和議條件時，秦檜力主高宗接受金人條件，並最終簽訂和議。這次和議，是在宋廷處於相對軍事優勢的情況下簽訂的，所以即使金人作出了一定讓步，如歸還河南陝西等地、歸還徽宗、顯肅皇后梓宮等，還是遭到了南宋文人普遍反對。秦檜主和期間，形成了強大的反戰群體，呂中《大事記》記載道：

> 檜雖以和議斷自聖衷，而人心公議，終不可遏。爭之者，臺諫則張戒、常同、方庭實、辛次膺；侍從則梁汝嘉、蘇符、樓炤、張九成、曾開、李〔張〕燾、晏敦復、魏矼、李彌遜；郎官則胡珵、朱松、張廣、凌景夏；宰執則趙鼎、劉大中、王庶；舊宰執則李綱、張浚；其他如林季仲、范如珪、常明、許（訴）〔忻〕、薛良貴、薛徽言、尹焞、趙雍、（王）〔馮〕時行、連南夫、汪應辰、樊光遠，交言其不可。大將岳飛、世忠亦深言其非計。而胡銓乞斬王倫、秦檜、孫近二疏，都人喧騰，數日不定，人心亦可知矣。〔註39〕

紹興中期，南宋文人普遍反對秦檜與金主和的政策。這主要基於以下幾個原因：

首先，反對向金人稱臣的議和條件。自古以來，地處中原的漢民族國家以君臨天下之勢統制居於四方的少數民族國家，金滅北宋後，隨著地理格局被打破，宋金君臣關係也發生了根本性變化。早在北宋末年，宋欽宗就主動「上表稱臣」〔註40〕。高宗在建立南宋政權後，曾試圖取代張邦昌傀儡政權自居，不斷遣使赴金，希望以稱臣為條件換取金國對南宋朝廷的承認。在高宗南逃期

〔註37〕《要錄》卷一一三，紹興七年八月甲辰條，第1830頁。
〔註38〕《要錄》卷一二〇，紹興八年六月戊辰，第1938頁。
〔註39〕《要錄》卷一二四，紹興八年十二月庚辰條引，第2029頁。
〔註40〕（金）佚名編《大金弔伐錄校補》第129篇《宋告諭合交割州府官吏軍民指揮》，李慶善整理，中華書局2001年版，第348頁。

間，表示「願去尊號，用正朔，比於藩臣」〔註41〕。紹興四年（1134）九月魏良臣等使金時，按金人旨意稱宋朝為「江南」〔註42〕，承認了宋朝不再是「中國」、金國不再是臣屬於「中國」的「夷狄」的現實。紹興八年（1138）七月，王倫再次使金，辭行「至都堂，稟所授使指二十餘事，一議和後禮數，趙鼎答以上登極既久，四見上帝，君臣之分已定，豈可更議禮數」〔註43〕，所謂「君臣名分已定」，即承認金宋「君臣」的關係。可見在紹興和議之前，宋廷以向金稱臣為條件求和，金宋君臣地位已經確立。紹興八年，南宋文人認為應該趁金人主動講和之際改變這種關係，一同改變宋金交聘中的不平等禮儀與名分稱謂。如張戒主張應先定宋金交聘禮儀、宋金名分，方可與金議和：「王倫遽回，金使遂有江南詔諭使及明威將軍之號，不云『國』而且云『江南』，是以我太祖待李氏晚年之禮也，曾不得為孫權乎？一則『詔諭』，一則『明威』，此二者何意？金云『詔諭』，臣不知所諭何事？金若果欲和，則當以議和之名而來，何詔諭之有？臣觀今日金使之來，與前日大異，禮必不屈，事必難從。臣為朝廷計，上策莫若遜詞卻之，其次且勿令遽渡江，先問其官名何意，詔諭何事，禮節事自議定，得其實而後進退之，則尚可少折。」〔註44〕認為宋金雖然互遣使臣以議和好，但是金人在交聘國書上稱宋為「江南」，稱國書為「詔諭」，不符合禮儀，有屈國體。胡銓反對議和，認為「今者無故誘致敵使，以詔諭江南為名，是欲臣妾我也，是欲劉豫我也。劉豫臣事金國，南面稱王，自以為子孫帝王萬世不拔之業，一旦金人改慮，捽而縛之，父子為虜。商鑒不遠，而倫又欲陛下傚之。夫天下者，祖宗之天下也；陛下所居之位，祖宗之位也。奈何以祖宗之天下，為金人之天下？以祖宗之位，為金國藩臣之位？」〔註45〕主要認為自古以來金國藩臣，向金人稱臣不合祖制。

其次，認為宋廷不出兵而金人主動請和一定有狼子野心，其目的在於以時月消磨宋廷國力，然後一舉滅亡宋朝。如紹興八年（1138）五月，權吏部侍郎魏矼被命為金使館伴使，但他稱「嘗論和議之非，今難專對」，固辭使命。當秦檜問其不主和議的原因時，魏矼「具陳敵情難保」。秦檜稱：「公以智料敵，檜以誠待敵。」魏矼則對道：「相公固以誠待敵，第恐敵人不以誠待相公

〔註41〕《要錄》卷二三，建炎三年五月乙酉條，第484頁。
〔註42〕《會編》卷一六二，炎興下帙紹興四年十月條，引王繪《紹興甲寅通和錄》。
〔註43〕《要錄》卷一二一，紹興八年七月戊戌條，第1955頁。
〔註44〕《要錄》卷一二三，紹興八年十一月甲申條，第1979～1980頁。
〔註45〕《要錄》卷一二三，紹興八年十一月丁未條，第1997頁。

耳。」〔註46〕魏矼認為金人陰謀和議，必有不可告人的野心，斥責秦檜與金人議和的行為。樞密副使王庶稱「無故請和者，謀也」，認為金人主動請和，必定是包藏禍心，金人許歸大河之南，「千里邱墟，得之，須兵屯守，事力支持不行，是所謂非徒無益而又害也」，認為宋廷無力自守河南之地，得之無益，而金人以歸地為由要求增幣納帛，必然耗空宋朝國庫。〔註47〕京東、淮東宣撫處置使韓世忠稱「金人，本朝結怨至深，又金人事力熾盛，賊情窺伺，已逾十年，朝夕謀畫，意在吞併。今遣使講和，及傳聞許還關、陝諸路」，是欲「搖動人情」，或「詐許交還陝西，意望移兵就據，分我兵勢，其賊必別有謀畫，志在一舉，決要傾危，絕彼後患」，然後再圖大舉。〔註48〕他認為「金人自要講和，本非實情」，「決有重兵在後」〔註49〕。兵部侍郎兼權吏部尚書張燾稱，金使來議和好，許歸宋梓宮、太后、宗族及土地與人民，但當時金人既不懼宋朝的兵甲強盛，亦不懼宋朝國勢強盛，在彼強我弱的情況下，金人主動議和，「狼子野心，未易測也」〔註50〕。吏部侍郎晏敦復亦稱：「自古夷狄為中國患，世皆有之，然未有若今日之甚者。自古夷狄與中國通和，亦世皆有之，然未有非中國強盛、力足以制之，而自肯與中國和好者也。大金兩次遣使，直許講和，非畏我而然也，且幣重而言甘，烏知非誘我也？此不可不疑也。」〔註51〕不相信金人會在金盛宋衰之際答應宋廷議和條件，所以反對宋人恃和約而廢武備。新除權禮部侍郎兼侍讀尹焞在給秦檜的書信中稱，萬一與金人講好約和，則「彼日益強，我日益怠。則中國號令，皆從敵出。國事廢置，皆從敵命。侵尋朘削，天下有被髮左衽之憂；讒間疑貳，將帥有誅戮奪權之害。」〔註52〕觀文殿大學士、提舉臨安洞霄宮李綱認為，金使來宋，擅自以「江南」稱「宋」，以「詔諭」稱「國信」，強迫宋朝奉藩稱臣，如果真如金人所欲，則「必繼有號召，或使親迎梓宮，或使單車入覲，或使移易將相，或使改革政事，或竭取賦稅，或朘削土宇。從之則無有紀極，一不從則前功盡廢，反為兵端」，如與金人和議，則宋朝有為金人完全滅亡的危險，所以決不可向金人稱臣，任其擺

〔註46〕《要錄》卷一一九，紹興八年五月辛亥條，第1931頁。
〔註47〕《要錄》卷一二〇，紹興八年六月戊辰條，第1938～1940頁。
〔註48〕《要錄》卷一二三，紹興八年十一月甲午條，第1987頁。
〔註49〕《要錄》卷一二三，紹興八年十一月辛卯條，第1985頁。
〔註50〕《要錄》卷一二三，紹興八年十一月壬寅條，第1991頁。
〔註51〕《要錄》卷一二三，紹興八年十一月壬寅條，第1992頁。
〔註52〕《要錄》卷一二四，紹興八年十二月己夘條，第2027頁。

佈，而應該趁當時「土宇之廣，猶半天下；臣民之心，戴宋不忘」的有利形勢，與大臣共謀自振，徐圖恢復。〔註 53〕尹焞認為金國在有內亂的情況下，以甘言款我，志在圖謀滅亡宋朝，故當務之急乃在於「訓飭號令，申嚴賞罰，鼓士卒之心，雪社稷之恥」，「今之上策，莫如自治。自治之要，內則進君子而遠小人，外則賞當功而罰當罪。使主上之孝悌，通於神明；主上之道德，成於安強。」〔註 54〕

另外，認為如果宋金達成和議，宋朝必然恃和苟安，加以朝廷每年向金國獻納歲幣造成國庫空虛，長此以往，將造成嚴重後患。如紹興九年（1139）正月，胡銓移書張浚，稱「敵人果欲以河南地授我，則應接當謹始。十餘年間，凡有詔令，必以恢復中原為言，所以繫百姓心也」，並對高宗在臨安修太后、欽宗皇帝宮殿提出激烈批判，認為「是不為北遷之計也。然則居杭者乃實情，而恢復者乃空言耳」，擔心宋廷一旦與金人和好，君臣偷安苟且於杭州，中原民心一失，朝野不恤國事，則恢復就會成為空言。〔註 55〕秘書省汪應辰上疏稱「和議既諧，則因循無備之可畏；異議既息，則上下相蒙之可畏」，對和議之後因循苟且、上下相蒙之習表示憂慮，認為「以敵人雖通和，疆埸之上，宜各戒嚴，以備他盜」，但今日朝廷以和議既成，就「肆赦中外，厚賚士卒，褒寵諸帥，以為息兵休民，自此始矣。縱一朝遂忘積年之恥，獨不思異時意外之患乎？」〔註 56〕對宋朝講和之後的命運表示憂慮。秘書省正字樊光遠上書稱：「今日士大夫之論，莫不憂金人之詭詐。臣獨曰：詭詐不足憂，而信實深可懼也。通和之使，項背相望，吾既空府庫以奉之矣；河南之地，賦租悉蠲，吾又將竭江左民力以給之矣。府庫已空，民力已竭，士氣已墮，一言不酬，金人改慮。此臣之所以私憂過計，而為陛下深懼也。」〔註 57〕認為兩國講和約好，宋廷每年向金人繳納巨額銀帛，給人民造成巨大災難，也造成朝廷財政空竭，故講和無益。這都對宋金講和約好之後的形勢表示憂慮。

最後，從儒家義理出發認為應當報仇雪恥，不應與金人和議。秘書省正字范如珪引儒家禮儀反對與金人講和，提出秦檜應當從禮儀出發，助君報仇復國：「禮經有曰：『父母之讎，不與共戴天。寢苫枕干，誓死以報。』徽宗皇帝、

〔註 53〕《要錄》卷一二四，紹興八年十二月戊午條，第 2010 頁。
〔註 54〕《要錄》卷一二四，紹興八年十二月己卯條，第 2026～2027 頁。
〔註 55〕《要錄》卷一二五，紹興九年正月丁酉條，第 2042 頁。
〔註 56〕《要錄》卷一二五，紹興九年正月己亥，第 2044 頁。
〔註 57〕《要錄》卷一二七，紹興九年三月己亥條，第 2063 頁。

顯肅皇后崩於沙漠，去春凶問既至，主上擗號擗踴，哀動天地，四海之內，若喪考妣。相公身拜元樞，不以此時建白大義，乘六軍痛憤之情，與之縞素揮戈，北向以治女真反天逆常之罪，顧遣一王倫者，卑辭厚幣，以請梓宮，甚矣謀之顛錯也。」〔註 58〕尹焞從儒家義理出發，認為金滅北宋，宋金有不共戴天之仇，所以與金人議和則意味著降金：「禮曰：『父母之讎，不與共戴天。兄弟之讎，不反兵。』今陛下方將信仇敵之譎詐，而覬其肯和，以舒目前之急。豈不失不共戴天不反兵之義乎？又況使人之來，以詔諭為名，以割地為要，欲與陛下抗禮於庭，復使陛下北面其君，則是降也，非和也。」〔註 59〕

但此時也有一些大臣出於對當時嚴峻形勢的認識，主張暫且與金人和議，在與金國守和約好的情況下選練將帥、嚴飭武備、加強自治，待宋朝民富兵強再與金國戰爭。如吏部侍郎晏敦復認為「專以和議為是者，必謂和議既成，則兵可不用而得休息，是大不然」，「和議與用兵，二者不可偏廢」，這是因為即使和議成後，「敵之詔令，必有不可從者，不免違異。而敵以逆命來，則兵可不用乎」，「使敵知我不憚用兵，則和或有可議之理」，主張雖和而不廢兵事，嚴修武備以防金人之渝盟。〔註 60〕兵部侍郎兼權吏部尚書張燾提出「和議姑為聽之，而無必信可也」，如果金人「如我所欲，是必天誘其衷，使之悔罪，必不復強我以難行之禮，而在我者，將以已行之禮待之，則事亦何患乎不成？如其初無此心，二三其說，責我以必不可行之禮，而要我以必不可從之事，其包藏何所不有，安知非上天堅我復讎之志乎？便當責以大義，杜絕其來，修政事、謹邊防、厲將士，俟天休命，起而應之。」只要金人在答應宋人的條件下，與金人和議是完全可以的，但應該嚴整武備「俟天休命起而應之」，如果金人借和議之名「責我以必不可行之禮，而要我以必不可從之事」，則必須順應民心天意，絕使抗金，「若乃略國家之大恥，置宗社之深讎，躬率臣民，屈膝夷狄，北面而臣事之，以是而覬和議之必成」則是他堅決反對的。〔註 61〕

（二）「皇統和議」前後宋高宗、秦檜集團與主戰文人的和、戰之爭

紹興八年和議簽訂後還未實行，金國發生內亂，金國主戰大臣把持朝政，

〔註 58〕《要錄》卷一二三，紹興八年十一月辛亥條，第 2000 頁。

〔註 59〕《要錄》卷一二四，紹興八年十二月己卯條，第 2026～2027 頁。

〔註 60〕《要錄》卷一二三，紹興八年十一月壬寅條，第 1993 頁。

〔註 61〕《要錄》卷一二三，紹興八年十一月壬寅條，第 1992 頁。

開始拘囚宋使，準備渝盟南侵。此後一段時間，宋金開始了邊戰邊和的過程。對於是否與金人和議，高宗、秦檜依然堅守主和路線，並不斷遣使議和，廣大文人則普遍反對議和，反對遣使。

紹興九年（1139），金國內亂，韓世忠提出乘機襲擊金人，但高宗稱：「世忠武人，不識大體。金人方通盟好，若乘亂幸災，異時何以使敵國守信義？」〔註 62〕堅決主張與金議和。但南宋文人面對金國新當權者提出的議和請求普遍表示反對，如臨安府司戶參軍毛叔度上書論事稱：「自宣和以來，敵人常以反覆變詐困中國，啖我以土地，要我以厚利，一旦兵力得騁，則長驅深入，暴犯宮闕，震驚陵寢，邀遷兩宮，竭取金幣。中原之民，肝腦塗地，所謂不共戴天之讎，何可和也？」認為金人許約歸梓宮、兩宮且「一無所邀」，然而「閱時寖久，未聞屬車之音，而使者見留」，一定有所圖謀，而國家自金人南侵以來，費用日廣，財用嚴重不足，如果此時敵人渝盟犯邊，則無以抵抗，所以，當務之急應「修兵備以杜其窺測之漸，謹財用以待吾軍旅之費，無或贈送，以伐其貪婪之謀」。〔註 63〕時吏部員外郎許忻出為荊湖南路轉運判官，將行，亦上疏言稱，「金人為本朝患，十六年於茲矣。昨者張通古輩來議和好，陛下以梓宮、母后、淵聖之故，俯從其欲，覆命王倫等報聘。今王倫既已拘留，且重有邀索，外議籍籍，謂敵情反覆如此」，所以，不可與金人講和，應該「繼自今時嚴為守備，激將士捐軀效死之氣，雪陛下不共戴天之讎。上以慰祖宗在天之靈，下以解黎元倒垂之命」。〔註 64〕右正言陳淵稱：「如取河北之民，則失人心；用彼之正朔，則亂國政。此誠不可。至於歲幣之數，多未必喜，寡則必怒，與其多，不若寡之為愈。蓋和戰兩途，彼之意常欲戰，不得已而後和；我之意常欲和，不得已而後戰。或者必欲多與之幣，以幸其久而不變，則無是理。願訓所遣之使，俾無輕許，以誤大計。以和為息戰之權，以戰為守和之備。」〔註 65〕主張誡諭使臣，不可輕易答應金人條件，宋廷應在息戰講和的同時嚴飭武事以備戰。高宗迫於形勢，在回答陳淵「和戰二策，不可偏執」時說道：「今日之和，不惟不可偏執，自當以戰為主。」〔註 66〕但隨著北伐的深入，高宗又開始遣使議和。高宗稱：「戰

〔註 62〕《要錄》卷一三一，紹興九年八月丙寅條，第 2109 頁。
〔註 63〕《要錄》卷一三三，紹興九年十二月丙辰條，第 2140 頁。
〔註 64〕《要錄》卷一三四，紹興十年正月辛巳條，第 2145 頁。
〔註 65〕《要錄》卷一三四，紹興十年正月己亥條，第 2148 頁。
〔註 66〕《要錄》卷一三四，紹興十年正月辛巳條，第 2145 頁。

守本是一事，可進則戰，可退則守。非謂戰則為強，守則為弱，但當臨機而變而已。」〔註67〕所謂臨機而變，其實是為自己主和政策尋找藉口。又稱：「士大夫言恢復者，皆虛辭，非實用也。用兵自有次第，朕比遣二樞使按閱軍馬，措置戰守。蓋按閱於先，則兵皆可戰，兵既可戰，則能守矣。待彼有釁，然後可進討以圖恢復，此用兵之序也。」〔註68〕批評朝庭議恢復者為無用之虛辭，可見其講和之意已決。

面對抗金復國的大好形勢，高宗與秦檜遣使議和、殺戳抗金大將的行為，引起了文人的普遍反對。大將韓世忠極論金人不可和，稱：「中原士民，迫不得已，淪於域外，其間豪傑，莫不延頸以俟弔伐。若自此與和，日月侵尋，人情銷弱，國勢委靡，誰復振乎？」且上疏力陳秦檜講和誤國，「詞意剴切，檜由是深怨世忠」。韓世忠也因岳飛遭殺而懼秦檜，故上書請求退閒，高宗許其退，以橫海武寧安化軍節度使充醴泉觀使，「自此杜門謝客，絕口不言兵。時跨驢攜酒，從一二童奴遊西湖以自樂。平時將佐，罕得見其面」〔註69〕。時徽猷閣待制洪皓在金，秘密上書於宋朝，要求宋廷趁金國內亂之際進兵，必有大成，稱：「敵已厭兵，勢不能久。異時以婦隨軍，今不敢攜矣。朝廷不知虛實，卑詞厚幣，未有成約。不若乘勝進擊，再造猶反掌耳。所取投附人，只欲守江南，歸之可也，獨不見侯景之禍乎？欲復故疆，報世讎，則不宜與。胡銓封事，此或有之，彼知中國有人，益生懼心。張浚名動殊方，可惜置之散地，並問李綱、趙鼎安否。」〔註70〕認為此時宋廷有可乘之機，不應卑詞厚禮與金人約和，也不應歸還西北投附之人，應起用為金人所懼怕的主戰大臣張浚、李綱、趙鼎等人，與金人抗戰。但高宗秦檜主和態度已決，不聽其言。高宗在和議次年還對大臣說：「朕兼愛南北之民，屈己講和，非怯於用兵也。若敵國交惡，天下受弊，朕實念之，令通好休兵，其利博矣。士大夫狃於偏見，以講和為弱，以用兵為強，非通論也。」〔註71〕聲稱「屈己講和」乃在於休養生民，批判士大夫恢復之論。可見其主張和議、不思復國的本質。

〔註67〕《要錄》卷一三七，紹興十年八月癸未條，第2208頁。
〔註68〕《要錄》卷一四〇，紹興十一年五月壬子條，第2251頁。
〔註69〕《要錄》卷一四二，紹興十一年十月癸巳條，第2285頁。
〔註70〕《要錄》卷一四三，紹興十一年十二月「是月」條，第2304頁。
〔註71〕《要錄》卷一四四，紹興十二年三月辛亥條，第2317頁。

二、秦檜對主戰派的打擊與趙鼎主戰文人群體的形成

（一）秦檜對主戰派的打擊

在秦檜把持朝政、高宗主和意決的情況下，主戰派普遍遭到秦檜打擊。如紹興八年（1138）殿中侍御史張戒上書言：「國只當自勉，不可僥倖偷安，果得偷安猶可，但恐屈辱已甚，而偷安亦不得耳。講和而是則可以息兵，非則亦可以招侮。」「疏入，秦檜怒，愈有逐戒之意矣。」〔註72〕紹興八年（1138）十一月，樞密副使王庶充資政殿學士知潭州。原因在於王庶「論金不可和，於道上疏者七，見帝言者六。秦檜方挾金自重以為功，絀其說。」王庶還上書秦檜：「公不思東都抗節存趙時，而忘此敵耶？」遭到秦檜忌恨，故不得已請求外任，知潭州。〔註73〕紹興八年（1138）十一月，任樞密編修官胡銓上疏反對與金議和，稱：「陛下有堯舜之資，檜不能致陛下如唐、虞，而欲導陛下為石晉。近者禮部侍郎曾開等引古誼以折之，檜乃厲聲責曰：『侍郎知故事，我獨不知？』則檜之遂非狠愎，已自可見，而乃建白令臺諫侍臣簽議可否，是蓋畏天下議己，而令臺諫侍臣共分謗耳。」〔註74〕可見秦檜把持臺諫、打擊異己的行徑。胡銓連上二疏，乞斬王倫、秦檜、孫近三人頭以謝天下，在朝野引起很大反響，「都人喧騰，數日不定，人心亦可知矣」〔註75〕。不久，胡銓被貶，送吏部與廣南監。雖有臺諫官勾龍如淵、李誼、鄭剛中等人營救，亦無濟於事，監登聞鼓院陳剛中在送胡銓啟中有言：「屈膝請和，知廟堂禦侮之無策；張膽論事，喜樞庭謀遠之有人。身為南海之行，名若泰山之重。」又稱：「知無不言，願請上方之劍；不遇故去，聊乘下澤之車。」「秦檜大恨之。」〔註76〕尚書禮部侍郎曾開反對秦檜主和被貶，「秦檜嘗因語和議事，曰：『此事大系安危。』開於坐中抗聲曰：『丞相今日不當說安危，止合論存亡爾。』檜矍然驚其言而罷，遂命出首。開辭，改提舉江州太平觀。」〔註77〕

紹興十一年（1141）宋金講和後，朝中大事完全由秦檜掌控，其對主戰派的打擊更是肆無忌憚。如紹興十六年（1146）七月，檢校少傅崇信軍節度使和國公張浚上書言當前形勢，稱與金議和，「如養大疽於頭目心腹之間，不決不

〔註72〕《要錄》卷一二三，紹興八年十一月甲申條，第1980頁。
〔註73〕《要錄》卷一二三，紹興八年十一月甲辰條，第1995頁。
〔註74〕《要錄》卷一二三，紹興八年十一月丁未條，第1998頁。
〔註75〕《要錄》卷一二四，紹興八年十二月庚辰條引呂中《大事記》，第2029頁。
〔註76〕《要錄》卷一二三，紹興八年十一月壬子條，第2004頁。
〔註77〕《要錄》卷一二四，紹興八年十二月戊午條，第2010頁。

止。決遲則禍大而難測，決疾則禍輕而易治」，主張對金人用兵，「秦檜以謂時已太平，諱言兵事，見之大怒」，故落張浚節鉞職名，提舉江州太平觀，連州居住。〔註 78〕趙鼎、李光、胡銓尤為秦檜所惡，秦檜曾將這三人姓名書於「一德格天閣」內，「欲必殺之而後已」。〔註 79〕胡銓被送海南編管，時雷州守臣王趯廉因「厚餉銓」，「卒以引得罪」。〔註 80〕隆興元年（1163），胡銓曾上疏痛陳紹興年間「與敵和議有可痛哭者十」，其六「可痛哭者」為「秦檜力排不附和議之士九十餘人，賢士大夫、國之元老相踵引去」，其中「趙鼎、王庶、李光、鄭剛中、曾開、李彌遜、魏矼、高登、吳元美、楊輝、吳師古等皆死嶺海，或死罪籍」〔註 81〕。呂中《大事記》說：「甚矣，秦檜之忍也！不惟王庶、胡銓、趙鼎、張浚、李光、張九成、洪皓、李顯忠、辛企宗之徒相繼貶竄，而呂頤浩之子摭、鼎之子汾、庶之子之荀、之奇，皆不免焉。蓋檜之心太狠愎，尤甚於章（惇）、蔡（京）。竄趙鼎而必置之死，殺張浚而猶及其家——末年欲殺張浚、胡寅等五十三人，而秦檜已病不能書。可畏哉！」〔註 82〕《宋史》云：「檜兩據相位者，凡十九年，劫制君父，包藏禍心，倡和誤國，忘仇斁倫。一時忠臣良將，誅鋤略盡。其頑鈍無恥者，率為檜用，爭以誣陷善類為功。……晚年殘忍尤甚，數興大獄，而又喜諛佞，不避形跡。」〔註 83〕

（二）紹興中期主戰文人群體的形成——以趙鼎為中心

紹興中期，宋金和議持續了多年，朝中反對和議的大臣佔據主要勢力，但以秦檜為主的主和派把持朝政，高宗堅定地與金人議和，主戰文人遭到秦檜打擊迫害，形成了戰、和集團的對立狀態。以趙鼎為中心，形成了一個主戰的政治集團與文人群體。〔註 84〕

〔註 78〕《要錄》卷一五五，紹興十六年七月壬申條，第 2509 頁。

〔註 79〕《宋史》卷四七三《秦檜傳》，第 13764 頁。

〔註 80〕《要錄》卷一五八，紹興十八年十月己亥條，第 2571 頁。

〔註 81〕《宋史全文》卷二四上《孝宗一》，第 1653、1654 頁。

〔註 82〕《要錄》卷一六九，紹興二十五年十月辛卯條引，第 2769 頁。

〔註 83〕《宋史》卷四七三《秦檜傳》，第 13764、13765 頁。

〔註 84〕王夫之稱：「高宗之畏女真也，竄身而不恥，屈膝而無慚，直不可謂有生人之氣矣……抑主張屈辱者，非但汪、黃也。張浚、趙鼎力主戰者，而首施兩端，前後無定，抑不敢昌言和議之非。」（《宋論》卷一〇《高宗》）由於形勢變化及高宗一意主和，與張浚一樣，趙鼎在對金政策上也搖擺不定，但紹興和議與秦檜專政期間，趙鼎是堅決反對秦檜議和、主張抗金復國的，並與秦檜形成了和、戰黨派之爭（詳見沈松勤《南宋文人與黨爭》第二章，與曾小華《評宋金戰爭中的趙鼎》，《河南大學學報》1990 年第 1 期）。

趙鼎於紹興七年（1137）九月因張浚之薦再度入相。趙鼎初相時，對高宗稱「秦檜不可令去」〔註 85〕。紹興八年（1138）秦檜任右相，與趙鼎共主國政。隨著宋金關係在紹興中期的變化，秦檜、趙鼎開始了和、戰之爭的過程。紹興八年（1138）十月，時特進尚書左僕射、同中書門下平章事、兼樞使趙鼎罷為檢校少傅，奉國軍節度使、兩浙東路安撫制置大使、兼知紹興府。至於趙鼎去相原因，李心傳記載道：「時檜力勸上屈己議和，鼎持不可，由是卒罷。」〔註 86〕

與主戰大臣趙鼎關係密切的文人有張戒、王庶、李彌遜、薛微言等，他們的仕途起伏亦與趙鼎地位升降息息相關。張戒在趙鼎被罷相時，上疏請留趙鼎：「臣本貫河東絳州，趙鼎本貫陝西解州，鄉里相近，士大夫通號曰西人。臣被召除館職，除郎官，實自聖恩。然人亦或云鼎進擬，是非臣不得而知也。今趙鼎求去，議者皆以為未可。臣欲言，則形跡如此；欲不言，則大臣進退、國家安危所繫。」〔註 87〕張戒因為上疏請留趙鼎而罷侍御史之職，詔曰：「張戒為耳目之官，附下罔上，可與外任。」〔註 88〕不久，右諫議羅汝楫又奏論張戒主和，稱「異議之人，尚有偶逃憲網者，張戒是也」，彈劾張戒為主戰大臣趙鼎之餘黨，張戒遂罷右承事郎之職。〔註 89〕李心傳記載：「一日，右諫議大夫羅汝楫入對，言：『……然方和議之初，譏謗紛然，往往出於庸愚無知，不足深誅。……在宰執則趙鼎、王庶，在侍從則曾開、李彌遜。是四人者，同心並力，鼓率其黨，必欲力沮是事而後已。是宜明正其罪可也。」〔註 90〕稱趙鼎、王庶、曾開、李彌遜四人「同心並力，鼓率其黨」，將其視為同一政治集團。起居舍人薛徽言為趙鼎主戰派中文人，史稱薛徽言：「雅為趙鼎所知，會秦檜於上前論和議事，徽言直前引義固爭，反覆數刻，遂中寒疾而卒。」〔註 91〕

與趙鼎政治主張相同、交往密切，且命運相關的主要文人還有呂本中、李光、胡銓及陳與義、朱敦儒等人。紹興八年（1138）中書舍人呂本中兼權直學士院，是趙鼎力薦的結果。〔註 92〕趙鼎遷特進時，呂本中草制頌美，惹得秦檜

〔註 85〕《要錄》卷一一五，紹興七年十月戊戌條，第 1859 頁。
〔註 86〕《要錄》卷一二二，紹興八年十月甲戌條，第 1974 頁。
〔註 87〕《要錄》卷一二三，紹興八年十一月己丑條，第 1982 頁。
〔註 88〕《要錄》卷一二三，紹興八年十一月己丑條，第 1982 頁。
〔註 89〕《要錄》卷一四七，紹興十二年十一月庚戌條，第 2369 頁。
〔註 90〕《要錄》卷一四七，紹興十二年十一月丙午條，第 2368 頁。
〔註 91〕《要錄》卷一二五，紹興九年正月癸巳條，第 2039 頁。
〔註 92〕《要錄》卷一二〇，紹興八年六月壬午條，第 1947 頁。

「深恨之」，秦檜在擠掉趙鼎相位後，也隨即把呂本中革職。〔註93〕李光、胡銓亦反對秦檜主和，受到秦檜打擊，秦檜曾大書李光、趙鼎、胡銓三人姓名於其家格天閣下，必欲殺之而後快。後來趙鼎被貶瓊州，於紹興十七年（1147）卒，胡銓《哭趙公鼎》詩云：「閣下特書三姓在，海南惟見兩翁還。」李光《莊簡集》中存有七封與趙鼎書簡，其交情之深可見一斑。胡銓與李光也保持良好關係，紹興十八年（1148）十一月新州編管人胡銓貶吉陽軍〔註94〕，經過儋州即瓊州時，被貶儋州的李光送胡銓詩。李光《莊簡集》中存二十六幅與胡銓的尺牘，共談天下形勢與政治態度，並互相激勵。文人因為共同的政治觀點與相似的人生命運，形成了一個較為開放的政治集團與文人群體。

第三節 「隆興北伐」前後文人的和戰之爭與文人關係

面對金人無端挑釁、渝盟南侵的現實，孝宗即位之初即謀北伐，發動了「隆興北伐」，但由於各種原因，戰爭旋即失敗。孝宗隆興北伐前後，宋廷內部出現了主戰、主和的對立，同時還出現了主戰與主守的對立，改變了以前非戰即和的二元對立狀態。文人之間由於戰爭觀不同形成了不同的政治集團和文人群體。

一、張浚與湯思退的戰、和之爭及張浚主戰集團的形成

隆興北伐時期，南宋內部出現了主戰派與主和派的對立，其中主戰派以張浚代表，主和派以湯思退為代表。以張浚為中心，形成了一個主戰的文人群體，其命運與張浚密切相關。

（一）張浚與湯思退的戰、和之爭

孝宗一向不滿意宋金關係中的不平等地位，「上（孝宗）每侍光堯（高宗），必力陳恢復大計以取旨」〔註95〕，「孝宗即位，銳意規恢」〔註96〕，即位後就積極準備北伐之事。孝宗首先起用被貶在外的張浚，任其為樞密使都督建

〔註93〕《要錄》卷一二二，紹興八年九月丁未條、十月乙亥條、十月辛巳條，第1971、1975、1977頁。

〔註94〕《要錄》卷一五八，紹興十八年十一月己亥，第2571頁。

〔註95〕《四朝聞見錄》乙集《孝宗恢復》，第58頁。

〔註96〕（宋）羅大經《鶴林玉露》丙編卷四《中興講和》，中華書局1983年版，第301頁。

康等路軍馬，隆興元年（1163）十二月，孝宗以張浚為右相，同時起用秦檜主和黨中人湯思退為左相。隆興北伐之議起，張浚與湯思退議論不合，主要出於戰、和之爭，而張浚北伐的阻力也主要來自湯思退。據載，張浚曾上奏孝宗道：「近日，外間往往謂臣與宰執議論不和，便欲陛下用兵，今日若能保守江淮，已為盡善。萬一機會之來，王師得勝，敵眾潰散，不得不為進取之計。是時陛下須幸建康，亦望宰相協力。」湯思退則批駁道：「敵情變詐無窮，朝廷規模要先定。」〔註97〕所謂「先定規模」主要指加強內治，而加強內治無外乎是其奉行靜守約和政策的藉口。

張浚主持「隆興北伐」，不久即遭「符離之潰」，金人以割讓唐、鄧、海、泗四州為條件與宋朝議和，湯思退、王之望、尹穡三人認為「盡毀其邊備山寨、水櫃之類，凡險要處有備禦皆毀之。還了金人四州，以謂可以保其和好而無事矣」〔註98〕，力主割地求和。而張浚與湖北、京西宣諭使虞允文、監察御使閻安中等上疏力爭，以為不可與和。湯思退惱羞成怒，怒斥倡言戰爭者「皆以利害不切於己，大言誤國，以邀美名」〔註99〕。隆興二年（1164）八月，「兵部侍郎胡銓上書，以賑災為急務，議和為闕政。其諫議和曰：『自靖康迄今，凡四十年，三遭大變，皆在和議，則金之不可與和彰彰矣。今日之議若成，則有可弔者十，請為陛下極言之。……』」，極言不可與金人議和的原因，並歷陳自秦檜首倡和議之風以來金人反覆無常、宋朝恃和苟安導致戰爭屢敗、生民塗炭的慘狀。〔註100〕

（二）張浚主戰集團的形成

張浚被孝宗起用不久，就開始舉薦主戰文人。以張浚為中心，形成了一個較大陣容的主戰文人集團。由於理學的發展，張浚所用這一批主戰文人都與理學有很深的淵源，文人的戰和之爭與理學義理之爭結合在一起，形成此時文人和戰之爭的新特點。

張浚「既入輔，首奏當旁招仁賢，公濟國事。上令公條具奏，公薦虞允文、陳俊卿、汪應辰、王十朋、張闡可備執政，劉珙、王大寶、杜莘老宜即召還。胡銓可備風憲，張孝祥可付事任，馮時行、任盡言、馮方皆可備近臣。進士中

〔註97〕《宋史全文》卷二四上《孝宗一》，第1653頁。
〔註98〕《朱子語類》卷一三二《中興至今日人物下》，第3421頁。
〔註99〕《續資治通鑒》卷一三八，「孝宗隆興元年」，第3677頁。
〔註100〕《續資治通鑒》卷一三八，「孝過隆興二年」，第3685頁。

林栗、王秬、莫沖、張宋卿議論據正，可任臺諫，皆一時選也」〔註 101〕，所引之人皆為主戰人士。北伐失敗後，湯思退等人主張割地求和，時太學生張觀、宋鼎、葛用中等七十二人伏闕上書，「乞斬湯思退、王之望、尹穡三姦臣，竄其黨洪适、晁公武，而以陳康伯、胡銓為腹心，召金安節、虞允文、王太寶、陳俊卿、王十朋、陳良翰、黃中、龔茂良、劉夙、張栻、查龠，協謀同心，以濟大計。」〔註 102〕其中所涉文人所屬和戰陣營涇渭分明。由於此時「士大夫皆議浚之非」〔註 103〕，張浚最終被免去樞密使一職，支持張浚北伐的文人也一同受貶。一時間，「國之元老如張浚、張闡、王大寶、王十朋、金安節、黃中、陳良翰相躡黜逐。」〔註 104〕由張浚貶官受牽連的還有張燾等人。〔註 105〕

隆興北伐之初張浚所引薦的一批主戰文人主要是道學之士。據李心傳記載：「自秦檜死，學禁稍開，而張忠獻公為檜所忌，謫居連永間者十有餘年，精思力行，始知此學為可用。然檜之餘黨相繼在位，國論尚未達也。惟山林之士不以其榮辱貴賤累其心者，乃克好之。」〔註 106〕隆興初年，張浚被孝宗起用，期以北伐之重任時，遂起用「眾賢」〔註 107〕助其北伐。所謂「眾賢」者，即指一批道學家。清代朱彝尊有詩論張浚北伐：「我思南渡後，思陵失其政。謀夫多去國，魏公執兵柄。幕府盛賓寮，子弟談性命。棄師累十萬，三敗無一勝。肆將功罪淆，第許心術正。猛將反先誅，豈惟一檜橫。哀哉小朝廷，自此和議定。」〔註 108〕把張浚符離之潰的原因歸結為幕府引用一批高談「性命」「道德」的道學人士，有失偏頗，但張浚引用道學人士為己助卻屬事實。隆興元年（1163），孝宗以張浚為左相，故將隆興之政「比於慶曆、元祐」〔註 109〕，

〔註 101〕徐自明《宋宰輔編年錄校補》卷一七，王瑞來校補，中華書局 1986 年版，第 1166～1167 頁。

〔註 102〕《建炎以來朝野雜記》甲集卷二〇《癸未、甲申和戰本末》，第 470 頁。

〔註 103〕《續資治通鑑》卷一三八，「孝宗隆興元年」，第 3670 頁。

〔註 104〕《歷代名臣奏議》卷三〇六胡銓奏議。

〔註 105〕胡銓上書認為張浚之貶不當，並稱：「陛下自即位以來，號召逐客，與臣同召者，張燾、辛次膺、王大寶、王十鵬。今燾去矣，次膺去矣，十鵬去矣，大寶又將去，惟臣在爾。以言為諱，而欲塞災異之源，臣知其必不能也。」（《續資治通鑑》卷一三八）

〔註 106〕李心傳《道命錄》卷五《晦庵先生辭免進職狀》李心傳語，叢書集成初編本。

〔註 107〕劉克莊《跋陳丞相家所藏御書二》，《全宋文》卷七五八〇，第 329 冊，第 334 頁。

〔註 108〕朱彝尊《曝書亭集》卷一七《初夏重經龍洲道人墓三十二韻》，影印文淵閣四庫全書本。

〔註 109〕劉克莊《跋陳丞相家所藏御書二》，《全宋文》卷七五八〇，第 329 冊，第 334 頁。

主要是因為當時「眾賢」助張浚北伐，儒學彬彬、士風進取有為。這體現了孝宗隆興北伐時期和、戰之爭的新特點，即主戰、主和的政派之爭與道學、反道學的學術之爭互為表裏，當代學者沈松勤道：「孝宗即位之初出現的朋黨之爭，既是政治上的主戰與主和之爭，又是學術上的道學與反道學之爭。」〔註 110〕

二、張浚與史浩的戰、守之爭及主守派的發展

隆興北伐前後，除了張浚與湯思退的戰、和之爭外，還存在張浚與史浩、王之望等人的戰、守之爭。主守派隨著宋金戰爭的發展從主戰派出分化而來，他們對戰爭不再表現出非戰即和的二元對立態度，而是主張在守備的基礎上伺機而戰，其實質是「戰守派」〔註 111〕。

（一）張浚與史浩的戰、守之爭

主張「戰守」的觀點出現較早。建炎元年（1127），貢士周紫芝提出，在當前情況下「上策莫如自治而已，自治之策無他，在力救前日之弊耳」。所謂「救前日之弊」就是改變宋朝「用人不專，黜陟不明，剛斷不足」〔註 112〕的狀況，是一種主張以守備戰的觀點。紹興二年（1132），禮部尚書洪擬上書稱：「國勢強則戰，將士勇則戰，財用足則戰，我為主彼為客則戰。」認為高宗駐蹕之處未定，國家歷經戰亂後經濟未得到恢復，兵食不足，「千里出戰，則彼逸我勞。凡此皆可以言守，未可以言戰也」〔註 113〕，反對用兵，主張守備。紹興五年（1135）三月，提舉臨安府洞霄宮的李綱上書言治兵之策，稱應該「駐蹕建康，料理荊、襄以為藩籬，料理淮南以為家計。俟防守既固，軍政既修之後，即命諸將分道攻討」，「守備既成，然後可以議攻戰之利」，亦主張先加強守備，然後伺機進攻。〔註 114〕紹興八年（1138）六月，高宗遣王倫使金議和時，監察御史張戒上疏，主張「外則姑示通和之名，內則不忘決戰之意，而實

〔註 110〕沈松勤《南宋文人與黨爭》，第 82 頁。

〔註 111〕崔英超、張其凡《論「隆興和議」前後南宋主戰派陣營的分化與重構》（《甘肅社會科學》2004 年第 3 期）一文，認為介於戰、和之間的主守派出現於孝宗隆興和議前後，並論述了主守派的形成，主守派與主戰、主和兩派的關係與其對當時政治走向的影響。

〔註 112〕《要錄》卷六，建炎元年六月「是月」條，第 170 頁。

〔註 113〕《要錄》卷六〇，紹興二年十一月壬申條，第 1035 頁。

〔註 114〕《要錄》卷八七，建炎五年三月癸卯條，第 1452～1453 頁。

則嚴兵據險以守」〔註 115〕，「以和為表，以備為裏，以戰為不得已」〔註 116〕，主張以和議為權宜之計，在守和約好的情況下嚴飾武備、提高軍事力量、加強防邊能力。這都明確地表示出以守備戰的觀點。

主守派真正成為一個政派，是在孝宗隆興北伐前後，以史浩為代表，包括前期一批重要的主戰派文人。孝宗即位時，任命其為普安郡王與建王時的王府教授史浩為參知政事，隨後擢居右相，與主戰將帥張浚一起被委以抗金復國的重任。史浩與主戰文人一樣，堅決反對屈膝侍金。在史浩的建議下，孝宗起用了積極要求抗金復國的陸游等人，並下詔為岳飛平反，「復其官爵，錄其子孫」，又「逐秦檜黨人，仍禁輒至行在」〔註 117〕

史浩反對屈膝事金，但亦反對冒然對金人用兵，主張在物力、軍力都有充分準備的條件下再進行北伐。他對孝宗說：「先為備禦，是謂良規，倘聽淺謀之士，興不教之師，寇去則論賞以邀功，寇至則斂兵而遁跡，謂之恢復得乎？」〔註 118〕史載史浩曾上書孝宗道：「靖康之禍，孰不痛心疾首？悼二帝之蒙塵，六宮之遠役，境土未還，園陵未肅。此誠枕戈待旦、思報大恥之時也。然陛下初嗣位，不先自治，安可圖遠？矧內乏名臣，外無名將，士卒既少而練習不精，而遽動干戈以攻大敵，能保其必勝乎？苟戰而捷，則一舉而空胡庭，豈不快吾所欲；若其不捷，則重辱社稷，以資外侮。」並認為紹興中期，「以張、韓、劉、岳各領兵數十萬，皆西北勇士，燕冀良馬，然與之角勝負於十五六載之間，猶不能復尺寸之地」，今天「欲以李顯忠之輕率、邵宏淵之寡謀，而取全勝」是不可能的事情，指出在當前形勢下，皇帝應該「少稽銳志，以為後圖。內修政事，外固疆圉，上收人才，下裕民力，乃選良將，練精卒，備器械，積資糧，十年之後，事力既備，苟有可乘之機，則一征無敵矣。」〔註 119〕堅決反對在宋廷軍事薄弱、將帥乏人的情況下冒然北伐，是典型的「以守備戰」的觀點。

對於是否立即興兵北伐，張浚與史浩展開了激烈的論爭：張浚認為自己年歲已老，時不我待，故力主戰爭；史浩認為「觀時審勢」，宋人並無北伐取勝的能力，需先「立規模」。史載，史浩勸張浚：「明公以大仇未復，決意用兵，此實忠義之心。然不觀時審勢而遽為之，是徒慕復仇之名耳。誠欲建立功業，

〔註 115〕《要錄》卷一二一，紹興八年秋七月乙酉條，第 1951 頁。
〔註 116〕《要錄》卷一二二，紹興八年九月乙巳條，第 1970 頁。
〔註 117〕《宋史》卷三三《孝宗一》，第 621 頁。
〔註 118〕《宋史》卷三九六《史浩傳》，第 12066 頁。
〔註 119〕《四朝聞見錄》丙集《張史和戰異議》，第 103 頁。

宜假以數年，先為不可勝以待敵之可勝，乃上計也。」張浚答道：「丞相之言是也。雖然，浚老矣。」史浩道：「明公能先立規模，使後人藉是有成，則亦明公之功也，何必身為之？」爭論的結果是，決意恢復北伐的孝宗「於是不由三省、樞密院而命將出師矣。其年五月，師渡淮」，史浩覺得自己相位權力有限，「遂力請罷歸」。〔註 120〕

（二）主守派的發展

除了史浩，還有一些文人大臣亦主張以守備戰，反對冒然征戰。如武鋒軍都統制陳敏以為：「盛夏興師，恐非其時。兼聞金重兵皆在大梁，必有嚴備，萬一深入，我客彼主，千里爭力，人疲馬倦，勞逸既異，勝負之勢先形矣，願少緩之。」以吏部尚書、龍圖學士致仕的韓元吉致信張浚，向他分析和、戰、守三者之間的關係說：「和，固下策，然今日之和與前日之和異。至於決戰，夫豈易言？今舊兵憊而未蘇，新兵弱而未練，所恃者一二大將，大將之權謀智略既不外見，有前敗於尉橋矣，有近衄於順昌矣，況渡淮而北千里而攻人哉，非韓信、樂毅不可也。若是則守且有餘，然彼復來攻，何得不戰？戰而勝也，江淮可守；戰而不勝，江淮固在。其誰守之？故愚願朝廷以和為疑之之策，以守為自強之計，以戰為後日之圖。」參贊軍事唐文若、陳俊卿都不贊成出兵，「皆以為不若養威觀釁，俟萬全而後動」。〔註 121〕采石之戰期間「朝臣震怖，爭遣家逃匿」時而「率家屬在中」的主戰派大臣陳康伯，上疏孝宗，主張「國為自治之計，以待天下之變而圖之。」群臣亦紛紛上疏，認為由於秦檜專政期間形成了士風偏安習危、兵不習戰、財用匱乏的情況，所以必須「苟目前之安」，待「作成人才」「選將勵兵」「均財節用」後，再「成他日之恢復」，不同意立即北伐。周葵、洪遵上奏稱：「今日之舉，當量度國力。」〔註 122〕在秦檜當國的紹興時期「落落不合，人咸稱其有守」的王之望，也極力反對張浚用兵，「以為南北之形已成，未易相兼。惟當移功戰之力以自守，然後隨機制變」，四庫館臣稱其：「其斟酌時勢以立言，與史浩意頗相近，亦不可謂之不知時務。」〔註 123〕

〔註 120〕《四朝聞見錄》丙集《張史和戰異議》，第 103 頁。

〔註 121〕周密《齊東野語》卷二《張魏公三戰本末略·符離之師》，張茂鵬點校，中華書局 1983 年版，第 27、28 頁。

〔註 122〕《宋史全文》卷二四上《孝宗一》，第 1644 頁。

〔註 123〕紀昀、陸錫熊、孫士毅等著《欽定四庫全書總目（整理本）》卷一五八《〈漢濱集〉提要》，四庫全書研究所整理，中華書局 1997 年版。

韓元吉、陳康伯等人曾經都是態度堅決的主戰派，隆興北伐後，他們都從主戰轉向主守，主張以守為備，在改革朝政綱紀、提高軍事能力的情況下再事北伐。朝中戰、和之爭也逐漸轉向戰、守之爭。隨著主戰大臣虞允文的逝世，在太上皇帝高宗的屢次干預下，孝宗開始接受大臣們議和與「內治」的主張，他稱：「彼能以太上為兄，朕所喜者。朕意已定，正當因此興起治功。」〔註 124〕又稱：「中國既治，自然懷服矣。」〔註 125〕體現出由外向內政治重心的轉變。而在和平時期裏發展成熟的朱子理學思想，重視儒家「內聖」工夫，強調個體持敬修性，在對金政策上，主張先修內後攘外，促進了主守派的發展。這樣，主守派逐漸佔據了朝廷主導地位。主守派的發展最終為開創宋金守和約好、南北長時間並存共治的局面起了關鍵作用。

第四節　乾、淳年間文人的戰爭觀及其與理學之關係

「隆興和議」以後，宋金守和約好，在南北共治的和平形勢下，南宋理學思想得到空前發展。以朱熹為代表的理學思想重視持敬修性的「內聖」工夫；在對金政策上，他們要求先加強內治，整肅朝政綱紀、改變朝中澆溥士風，然後伺機抗金恢復。孝宗隆興以後，主守派成為朝廷主導勢力，與理學思想的發展分不開，而朱熹等理學家也成為此時期主守派的重要代表。

與朱熹等性理之學相對，產生了以陳亮、葉適為代表的浙東事功學派，重視「道」在日用之「器」，認為「事功」即是「道」的表現、實現抗金復國即符合「道」。與其哲學思想一致，在對金政策上，他們激烈要求抗金復國，反對朱熹等人消極待時、空談性命的做法。這就使儒家學派內部的性理之儒、事功之儒的學派之爭與主守、主戰的政見之爭密切聯繫起來，學術之爭與政見之爭互為表裏，是乾、淳年間文人戰爭觀的突出特點。

不過，朱熹持「守」的戰爭觀，與主「和」派截然不同。朱熹堅決反對向與宋朝有「不共戴天之仇」的金人屈膝投降，強烈要求抗金復國，報國之仇恥。以朱熹為代表的主守戰爭觀與以陳亮、葉適為代表的主戰戰爭觀的對立，其實質是主戰派內部的對立，是保守主戰派與激進主戰派的對立。

〔註 124〕《宋史全文》卷二四上《孝宗一》，第 1644 頁。
〔註 125〕留正《皇宋中興兩朝聖政》卷五四，續修四庫全書本。

一、「隆興和議」後主守派的發展及與理學之關係

「隆興和議」以後，宋金開始了長達四十餘年的南北和平共治局面，這為南宋的發展提供了良好的社會環境，宋朝也進入到有「小元祐」〔註 126〕之稱的乾、淳盛世，被史家奉為宋朝的「中興」時期。南宋的政治、經濟、文化、學術得到空前發展，其中學術繁榮發展的突出表現是儒家思想活躍、學術爭鳴激烈。提倡心性修煉、誠心正意的朱熹「性理」之學，成為最主要的儒學思想。朱子理學在哲學層面上重視修煉「心性」、發明「天理」等「內聖」工夫，在戰爭態度上，他們主張先內修、後外攘的政策。朱子理學的發展促進了乾道、淳熙年間主守派觀點的發展與主守派陣容的強大。這些理學家以朱熹、張栻、劉珙等人為代表。

（一）朱熹的哲學思想及其主守戰爭觀

朱熹是南宋最重要的理學家。他認為「理」為世界存在的終極本原，「天地之間，有理有氣。理也者，形而上之道也，生物之本也。氣也者，形而下之器也，生物之具也」。〔註 127〕理與氣不能分離，「天下未有無理之氣，亦未有無氣之理」，但理是第一性，氣是第二性的，「有是理便有是氣，但理是本」，「先有個天理了，卻有氣，氣積為質，而性具焉。」〔註 128〕「太極只是天地萬物之理。在天地言，則天地中有太極；在萬物言，則萬物中各有太極。未有天地之先，畢竟是先有此理」。〔註 129〕朱熹認為理即道是萬物形成的形而上的終極本體和根據，也就是說，「道」是存在於一切自然現象和社會現象之外的精神本體，是超於自然界和人類社會的一種脫離具體事物而獨立存在的抽象原則，他要求人們去追求超離於現實社會的精神的「道」即「天理」。

朱熹稱「人人有一太極」，每人所具有的太極就是這人的心中之理，「性便是心中所有之理，心便是理之所會之地。」〔註 130〕人心所具有的這個理就是人的行為必須遵照的原則。他又稱「一心具萬理，能存心，而後可以窮

〔註 126〕周密《武林舊事》序：「乾道、淳熙間，三朝授受，兩家奉親，古昔所無。一時聲名文物之盛，號『小元祐』。」所謂「小元祐」者，主要指在當時政治穩定的情況下，國家經濟、軍事發展，文化、學術繁榮的情況，指當時儒風淳粹的士林風尚。

〔註 127〕朱熹《答黃道夫》。《全宋文》卷五五七〇，第 248 冊，第 275 頁。

〔註 128〕《朱子語類》卷一《理氣上・太極天地上》，第 2 頁。

〔註 129〕《朱子語類》卷一《理氣上・太極天地上》，第 1 頁。

〔註 130〕《朱子語類》卷五《性理二》，第 97 頁。

理」〔註 131〕，認為心中有理性，而這理性就是世界必須遵照的原則，人心雖含有萬理而不能直接認識自己，必須通過「格物」工夫才能認識「本心」。朱熹認為理在事先，只有掌握了這個固定的理，才可以在處理具體變化的事物中發揮無窮的作用，用古代的道理駕馭當代的事件，用不變的概念制約變化的實際。他稱：「理定既實，事來尚虛。且應始有，體該本無。稽實待虛，存體應用。執古御今，以靜制動。」〔註 132〕朱熹所提出的「窮理」的手段最主要是熟讀聖賢之書、貫通聖賢之意，形成人本心中所具有仁、義、禮、智等道德品質，「讀書以觀聖賢之意；因聖賢之意，以觀自然之理。」〔註 133〕具體而言指四書五經。概而言之，朱熹強調人的內心修性問題，主張以靜養持敬為主，並通過「持敬」「修行」來「發明本心」「認識天理」，隨之也就明確了指導現實政治的「治道」，從而實現復興宋室、抗金復國之「道」。這種觀點在客觀上迎合了明哲保身、恃和苟安的士風，成為南宋中期主守派政治觀點與決策的理論基礎。

在政治觀與戰爭觀上，朱熹主張：首先，皇帝應修「自古聖帝明王之學」，以仁德治天下。他稱：「聖躬雖未有過失，而帝王之學不可以不熟講也。」所謂「帝王之學」者，即儒家修養之學，是堯舜相傳的「人心惟危，道心惟微，惟精惟一，允執厥中」的精神，其具體內容則須用《大學》來解讀：「蓋格物致知者，堯舜所謂精一也。正心誠意者，堯舜所謂執中也。自古聖人口授心傳而見諸行事者，惟此而已。」他又稱：「古者聖帝明王之學，必將格物致知以極夫事物之變，使事物之過乎前者，義理所存，纖微畢照，了然乎心目之間，不容毫髮之隱，則自然意誠心正，而所以應天下之務者，若數一二、辨黑白矣。……然則人君之學與不學，所學之正與不正，在乎方寸之間，而天下國家之治不治，見乎彼者如此其大，所繫豈淺淺哉！」〔註 134〕朱熹強調「帝王之學」是朝廷建立恢復之功的「大根本」。隆興元年（1163）十月，孝宗再次召見朱熹，「對於垂拱殿，其一言：『陛下舉措之間，動涉疑貳，聽納之際，未免蔽欺，由不講乎大學之道，而未嘗隨事以觀一，即理以應事。』其二言：『非戰無以復仇，非守無以制勝。』末言：『古先聖王所以攘外之道，其本不在威

〔註 131〕《朱子語類》卷九《學三・論知行》，第 167 頁。

〔註 132〕《朱子語類》卷六七《易三・綱領下》，第 1777 頁。

〔註 133〕《朱子語類》卷一〇《讀書法上》，第 174 頁。

〔註 134〕朱熹《壬午應詔封事（紹興三十二年八月）》。《全宋文》卷五四二八，第 243 冊，第 8、9 頁。

強而在德業，其備不在邊境而在朝廷，其具不在兵食而在紀綱。開納諫諍，杜塞幸門，黜遠邪佞，安固邦本。四者為先務之急，庶幾形勢自強而恢復可冀矣。』」〔註 135〕認為「非守無以制勝」，而所謂「守」者，則在皇帝加強德治，整肅綱紀，矯勵士風等道德倫理方面的「內治」。

其次，朱熹主張大臣應持敬守誠，修煉心性，即主張「君止於仁，臣止於敬，各止其所而行其所止之道。知此而能定」〔註 136〕。乾道六年（1170）張栻自嚴州赴任吏部郎中兼權起居郎任至任後，朱熹有一封信予張栻，其中有言：「虞公能深相敬信否？頗聞尚有湖海之氣，此非廟廊所宜。願從容深警切之，使知為克己之學，以去其驕吝之私，更進用誠實沉靜之人，以自輔其所不足，乃可以當大任而成大功。不然，銳於趨事而昧於自知，吾恐其顛躓之速也。」〔註 137〕朱熹希望張栻能勸告虞允文，「使知為克己之學，以去其驕吝之私」，即希望大臣能夠以「持敬」為本，且「止於持敬」，要求大臣安分守己，加強臣子持敬工夫，且能夠「知止」。虞允文自紹興末指揮采石之捷後，受到一心北伐抗金的孝宗的重用。在孝宗與虞允文的共同努力下，朝廷呈現出北伐抗金的緊張局勢。朱熹此時反對虞允文冒然用兵，應該先克己復禮，正心誠意，然後伺機而動。

另外，朱熹認為在當前的形勢下，主張先修內政，在政治清明、綱紀整飭、經濟軍事得到發展的情況下方可言戰，反對冒然興兵伐金。淳熙十五年（1188）十二月孝宗再詔被貶在外的朱熹，朱熹辭，且有上書曰：「獨以天下之大本與今日之急務深為陛下言之。蓋天下之大本者，陛下之心也。今日之急務，則輔翼太子、選任大臣、振舉綱維、變化風俗、愛養民力、修明軍政六者是也。」〔註 138〕指出了「內修」的具體內容。朱熹極力主守，他稱：「今朝廷之議，不是戰，便是和，不戰便和，不知古人不戰、不和之間，亦有個硬守底道理，卻一面自作措置，亦如何便侵軼得我！今五六十年間，只以和為可靠，兵又不曾練得，財又不曾蓄得，說恢復底，多是亂說耳。」〔註 139〕主張朝廷五六十年間都應以守備為主。他指出應「先以東南之未治為優」，並

〔註 135〕《續資治通鑑》卷一三八，「孝宗隆興元年」，第 3676 頁。
〔註 136〕《朱子語類》卷一四《大學一・經上》，第 285 頁。
〔註 137〕朱熹《答張敬夫書》。《全宋文》卷五四六九，第 244 冊，第 262 頁。
〔註 138〕朱熹《戊申封事（淳熙十五年十一月）》。《全宋文》卷五四二九，第 243 冊，第 25 頁。
〔註 139〕《朱子語類》卷一三三《本朝七・夷狄》，第 3454、3455 頁。

對此解釋道：「數年以來，綱維解弛，釁孽萌生，區區東南，事猶有不可勝慮者，何恢復之可圖乎？」〔註 140〕又稱：「主上憂勞惕厲，未嘗一日忘北向之志，而民貧兵怨，中外空虛，綱紀陵夷，風俗敗壞，政使風調雨節，時和歲豐，尚不可謂之無事，況其飢饉狼狽，至於如此？」〔註 141〕他認為「苟政事之不修，而囂囂然務以外攘夷狄為功，亦見其弊內以事外，而適所以為亂亡之資也」，指出周宣王中興，不外乎「內修政事、外攘夷狄」二途，但「內修政事」應置於「外攘夷狄」之先。〔註 142〕

朱熹稱「治天下當以正心誠意為本」〔註 143〕，其理論核心是「欲平天下者所以汲汲於正心誠意，以立其本也」〔註 144〕，「須理會自家身心合做底」〔註 145〕，「正吾此心而為天下萬事之本……先王之治所以由內及外，自微至著，精粹純白，無少瑕翳，而其遺風餘烈猶可以為後世法程也。」〔註 146〕總之，他提出解決問題之先應重點解決「正人心」的問題，偏重在道德修行的「內聖」工夫，而忽視了傳統儒學中「外王」的事功精神，使抗金恢復大業最終落實到朝野上下修心性、習「正心誠意之學」的行為中，致使朝野沉心於道德性命這一離開日用、社會的精神之「道」的研究，脫離了南宋戰爭的嚴峻社會形勢，形成了高談玄論的士風，在客觀上迎合了朝廷主守、主和派的思想，並成為主守、主和派處理宋金戰爭問題的理論依據。

（二）張栻的哲學思想及其主守戰爭觀

張栻亦是理學家中的主守派代表。張栻（1133～1180）字敬夫，又字樂齋，號南軒，漢州綿竹人，是南宋著名主戰大臣張浚之子。歷任嚴州（今屬浙江）知府、吏部侍郎、廣南西路經略安撫使知靜江（今屬廣西）等職。張栻秉承父志，反對和議，力主抗金，朱熹稱其「慨然以奮伐仇虜，克復神州為己任」〔註 147〕。張浚開幕府北伐時，張栻「內贊密謀，外參庶務，其所綜

〔註 140〕朱熹《戊申封事》。《全宋文》卷五四二九，第 243 冊，第 42 頁。
〔註 141〕朱熹《上宰相書》。《全宋文》卷五四七三，第 244 冊，第 329 頁。
〔註 142〕（宋）段昌武《段氏毛詩集解》卷一七《車攻八章章四句》條下引，影印文淵閣四庫全書本。
〔註 143〕朱熹《戊申封事》。《全宋文》卷五四二九，第 243 冊，第 26 頁。
〔註 144〕朱熹《答張敬夫書》。《全宋文》五四六九，第 244 冊，第 265 頁。
〔註 145〕《朱子語類》卷八六《禮三・周禮・總論》，第 2361 頁。
〔註 146〕朱熹《戊申封事》。《全宋文》卷五四二九，第 243 冊，第 26 頁。
〔註 147〕朱熹《張栻神道碑》。《全宋文》卷五六七，第 253 冊，第 27 頁。

畫，幕府諸人皆自以為不及也。」〔註 148〕隆興北伐失敗後，孝宗起用虞允文備戰以伐敵，張栻一改其主戰的堅決態度，反對冒然興兵北伐，主張以守備為主。乾道五年（1169）十二月，「丙午，張栻新除知嚴州。入見，上言：『欲復中原之土，必先收中原百姓之心；欲得中原百姓之心，必先有以得吾境內百姓之心。求所以得吾境內百姓之心者無他，不盡其力，不傷其財而已。苟中原之人，聞吾君愛惜百姓如此，又聞百姓安樂如此，則其歸孰御！』」〔註 149〕認為只要皇帝以仁德治天下，使人民富足，則民心歸附，天下可傳檄而定。

張栻認為在當前形勢下，應該把內修政事置於首位，在沒有勝敵的足夠把握時，反對興兵北伐。乾道六年（1170），虞允文用兵策略之一是「建遣泛使，往請陵寢」，旨在尋釁，激敵敗盟，然後出兵討伐。對此張栻等儒學家極力反對。史載：「乾道六年六月，張栻入對。上曰：卿知敵國事乎？對曰：『不知也。』上曰：『金國飢饉連年，盜賊四起。』栻曰：『金人之事，臣雖不知。然境內之事則知之詳矣。比年諸道歲饑民貧，而國家兵弱財匱，小大之臣，又皆誕謾不足倚仗。正使彼實可圖，臣懼我之不足以圖彼也。』」認為雖然金兵有可乘之機，但國內無「必勝之形」，即使與金戰爭，也無必勝之理。他稱：「度之事勢，我亦未有必勝之形，夫必勝之形，當在於蚤正素定之時，而不在於兩陣決戰之日。」提出當務之急，在於「下哀痛之詔，明復讎之義，修德立政，用賢養民，選將帥、練甲兵，以內修外攘、進戰退守之事，通而為一，且必治其實，而不為虛文，則必勝之形隱然可見矣。」應該把政治重心放在國內治理上。〔註 150〕張栻強調，使我具有「必勝之形」，還必須「以其胸中之誠，足以感格天人之心而與之無間」，亦即「當以明大義，正人心為本」，主張以正心誠意感格天人之心，使人的行為合於天理，則遠人自服，而正人心者指整肅朝綱、矯勵士風、用賢遠佞、體恤民病。〔註 151〕這體現了理學家哲學視野下獨特的政治、軍事觀點。

（三）劉珙、黃中等理學思想家的主守戰爭觀

劉珙、黃中等儒學家亦主張與金人守和約好，修內攘外。劉珙（1122～1178），字共父，一字恭父，崇安（今福建武夷山市）人。高宗紹興十二（1142）

〔註 148〕《宋史》卷四二九《張栻傳》，第 12770 頁。

〔註 149〕《續資治通鑒》卷一四一，「孝宗乾道五年」，第 3767 頁。

〔註 150〕《續宋編年資治通鑒》卷九。

〔註 151〕朱熹《張栻神道碑》。《全宋文》卷五六七五，第 253 冊，第 26 頁。

年進士，累遷至中書舍人。劉珙是南宋著名主戰大臣劉子羽之子、著名道學家劉子翬之侄，劉子翬為朱熹之師，故劉珙與理學家有很深淵源。劉珙的哲學思想與戰爭觀與張栻、朱熹等人相似。

乾道三年（1167）閏七月，劉珙自湖南召還，對孝宗談論儒道，稱「天下之事無窮，而應事之綱在我，惟其移於耳目，動於意氣，而私欲萌焉，則其綱必弛，而無以應夫事物之變。是以古之聖王無不學，而其學也必求多聞，必師古訓，蓋將以明理正心而立萬事之綱，則雖事物之來，千變萬化，而在我常整而不紊矣」，孝宗「亟稱善」。〔註 152〕劉珙認為當務之急在於「明理正心而立萬事之綱」，故能以不變應萬變，這與朱熹提出的「理定既實，事來尚虛。……執古御今，以靜制動」〔註 153〕觀點一致。劉珙重視人君心性修煉，乾道八年（1172）十二月，劉珙復除湖南安撫使，上書孝宗：「人君能得天下之心，然後可以立天下之事；能循天下之理，然後可以得天下之心。然非至誠虛己，兼聽並觀，在我者空洞清明而無一毫物慾之蔽，亦未有能循天下之理者也。」〔註 154〕強調人主虛靜養性、兼聽並觀之治德對於治國平天下的重要意義。

在戰爭觀上，劉珙亦主張以守備為主，重視內修政事。乾道三年（1167）十一月，「帝顧輔臣議恢復，劉珙曰：『復仇雪恥，誠今日之行先務。然非內修政事，有十年之功，臣恐未可輕動也。』廷臣或曰：『漢之高、光，皆起匹夫，不數年而取天下，安用十年！』珙曰：『高、光身起匹夫，以其身蹈不測之危而無所顧。陛下躬受宗社之寄，其輕重之寄，豈兩君比哉！臣竊以為自古中興之君，陛下所當法者，惟周宣王。宣王之事見於《詩》者，始則側身修行以格天心，中則任賢使能以修政事，而於其終能覆文、武之境。則其積纍之功至此，自有不能已者，非一旦率然僥倖之所為也。』帝深然之。」〔註 155〕劉珙認為孝宗應該倣仿周宣文，在修明政治、加強內治的前提下，實現報仇雪恥之大志。乾道七年（1171）五月，劉珙上疏，認為「今以陛下威靈，邊陲幸無犬吠之警」，宋金守和約好，邊境安寧，但「天下之事，有其實而不露其形者，無所為而不成；無其實而先示其形者，無所為而不敗。今德未加修，賢不得用，賦斂日重，民不聊生，將帥方割削士卒以事苞苴，士卒方飢寒窮苦而生怨謗，凡吾所以自

〔註 152〕《續資治通鑒》卷一四〇，「孝宗乾道三年」，第 3734 頁。
〔註 153〕《朱子語類》卷六七《易三．綱領下》，第 1777 頁。
〔註 154〕《續資治通鑒》卷一四三，「孝宗乾道八年～九年」，第 3824 頁。
〔註 155〕《續資治通鑒》卷一四〇，「孝宗乾道三年」，第 3739 頁。

治而為恢復之實者，大抵闊略如此。而乃外招歸正之人，內移禁衛之卒，規算未立，手足先露，其勢適足以速禍而致寇」〔註 156〕，指出要恢復中原故土，就必須加強寬民賦稅、選練將帥、體恤士卒等「內治」。劉珙上書論政治策略、防邊措施，始終把天理、德義及戰爭現實結合起來，體現了理學思想觀照下的戰爭觀特點。

著名道學家黃中亦主張先修內政，後攘夷狄。「乾道六年春正月，上召黃中。中入見，因復以正心誠意、致知格物為上精言之。又言：『比年以來，言和者忘不共戴天之仇，固無久安之計；言戰者復為無顧忌大言，又無必勝之策必也。暫與之和而亟為之備，內修政理而外觀時變，則庶乎其可。』上皆聽納，除為兵部尚書兼侍讀。」〔註 157〕黃中指出了「和」「戰」「守」三者之間的辯證關係。

以朱熹為代表的理學家，在哲學層面上主張「誠心正意」、持靜修行；在形而下的政治策略層面，主張先加強內治，在整飭國家綱紀法度、休養生民的基礎上，然後與金抗戰。對此，南宋史學家何俌在《中興龜鑑》中總結道：

> 考之當時端人正士如黃通老（中）、劉恭父（珙）、張南軒（栻）、朱文公（熹），最號持大義者，而黃通老入對，則謂「內修政事而外觀時變」而已；劉恭父逢樞府入奏，則謂「復仇大計，不可淺謀輕舉，以幸其成」；文公自福宮上封章，則謂「東南未治，不敢苟為大言，以迎上意」；南軒自嚴陵召對，則「金人之事所不敢知，境內之事則知之詳矣」。是數公者，豈遽忘國恥者哉？實以乾、淳之時與紹興之時不同。紹興之時，仗義而行可也。今再衰三竭之餘，風氣沉酣，人心習玩，必吾之事力十倍於紹興而後可。不然輕舉妄動，開邊啟釁，恐不至遲之開禧而後見也。〔註 158〕

何俌認為孝宗朝文人普遍主張守備，而不再激烈要求抗金，並非這些儒學家「遽忘國恥者」，「實以乾、淳之時與紹興之時不同」，所謂「時不同」，則主要指此時士風與紹興不同。朱熹等人主張守備的具體做法，與隆興時期文人主守有所不同。隆興時期文人主張守備，對於如何「守」，主要是指訓練

〔註 156〕《續資治通鑒》卷一四二，「孝宗乾道七年」，第 3799 頁。

〔註 157〕《續宋編年資治通鑒》卷九。

〔註 158〕《宋史全文》卷二四上《孝宗一》，第 1663 頁。

軍隊、加強武備、充盈國庫，實現富國強兵的目的，以「守」備戰，側重在朝廷具體制度綱紀方面的改善。朱熹等理學家對於如何「守」，主要指改變當時的士風，即加強文人士子的道德修行，而這道德修行也無外乎通過「內省」以發明本心，並修得「誠心正意」之學，然後君臣知「靜」知「止」，改變當時士人姦佞成風、皇帝寵幸佞倖獨斷專行的情況，歸根結底，側重在抽象的道德倫理層面的教化，體現了以「帝王師」自命自期的理學家主「守」觀的獨特之處。正因為如此，朱熹等人的主守觀也常陷入空疏迂闊之境地，被當時人斥為與西晉崇尚清談玄學而至亡國的王衍諸人相似。

黃中、劉珙、張栻、朱熹皆一時名儒，他們重視「性命」「道德」「天理」等「內聖」之學，主張皇帝先修「帝王之學」，人臣知「靜」知「止」，其哲學思想影響的戰爭觀是典型的主守觀，隨著其哲學思想的深入發展，政治主守觀也得到了很大發展。朱熹等人在南宋孝宗乾道、淳熙年間逐漸進入政治權力中心，其本人也成為主守派的重要力量，故理學學派勢力的發展壯大與權力地位的上升使主守派最終成為其時的主導勢力。

二、浙東事功學派與朱子理學的哲學分歧及戰、守之爭

宋室南渡，北方儒學受到致命打擊，眾多儒學飽學之士紛紛南下，流寓東南，「天下士大夫之學日趨於南，或推皇帝王霸之略，或談道德性命之理，彬彬然一時人才學術之盛，不可勝紀。」〔註 159〕由於南渡初期戰爭不斷，儒學處於緩慢發展階段。隆興和議之後，在宋金相對和平時期，儒學得到了極大發展，南宋末年黃震稱：「乾、淳正國家一昌明之會，諸儒彬彬輩出。」〔註 160〕這不僅表現在出現了諸多儒學家與儒學派別，有以「中原文獻」為主的呂祖謙京華學派，有以直接繼承發展北宋周程儒學、以大儒朱熹為主的性理學說，有以張栻為代表的湖湘學說，有以專談事功的永嘉學派，有大談王霸義利之說的陳亮永康學說（陳亮、葉適由於哲學思想相近，常一起被視為浙東事功學派）；而且表現在各派論爭激烈，思想爭鳴異常活躍，其中又以朱熹為代表的性理之學與以陳亮、葉適為代表的事功之學的論爭尤為激烈，並具體體現在戰爭觀上。

〔註 159〕（宋）倪僕《倪石陵書》，附《石陵先生倪氏雜著序》，影印文淵閣四庫全書本。

〔註 160〕（宋）黃震《黃氏日抄》卷六八《讀葉水心文集》，影印文淵閣四庫全書本。

陳亮、葉適等人的事功之學與朱子理學在哲學觀點上相對，在其哲學思想觀照下，形成了朱子理學與浙東事功學派不同的戰爭觀。朱熹、張栻等人重視人們正心誠意以修煉「心性」、認識「天理」，在戰爭觀上強調「內修政事」，反對冒然興兵，其哲學思想是其主守政治觀的理論基礎。以陳亮、葉適為代表的浙東事功學派，重視「道」在日用之間，「道」體現在實際社會功效中，以「利」作為衡量「道」實現的標準。在當時的歷史形勢下，他們主張把「道」貫徹於日用之事中，並最終落實到抗金復國的具體行為中，故積極主張抗金復國，重視「英雄」在抗金復國中的歷史作用，其哲學思想是主戰態度的理論基礎。以此為出發點，陳亮、葉適等人痛批當時清談玄論、修心養性的「性理」之儒學，使哲學層面的論爭落實到抗金實踐的具體行為中，形成了孝宗乾道、淳熙年間主戰、主守派的政治論爭。

（一）陳亮的哲學思想與戰爭觀

陳亮（1143～1194）是南宋重要的思想家、文學家、軍事家。青少年時「為人才氣超邁，喜談兵，論議風生，下筆數千言立就」〔註161〕，「慨然有經略四方之志，酒酣，語及陳元龍周公瑾事，則抵掌叫呼以為樂」〔註162〕。陳亮議論風生，下筆數千言立就，嘗考古人用兵成敗之跡，著《酌古論》。史載：「（亮）著《酌古論》，郡守周葵得之，相與論難，奇之，曰：『他日國士也。』請為上客。」〔註163〕乾道五年（1169），陳亮上《中興五論》論戰爭策略、朝政改革。不報，退而修學於家，「窮天地造化之初，考古今沿革之變，以推極皇帝王伯之道，而得漢、魏、晉、唐長短之由，天人之際，昭昭然可察而知也」〔註164〕。淳熙五年（1178）陳亮至臨安向孝宗皇帝連上三書論時事，不報。淳熙十五年（1188）陳亮在考察京口、建業以後，又至臨安，上書孝宗，即《戊申再上孝宗皇帝書》。孝宗、光宗年間，陳亮六次上書皇帝，「六達帝廷，上恢復中原之策」〔註165〕。陳亮是南宋浙東學派的重要思想家，其戰爭觀是在其哲學思想的影響下形成的，並在與朱熹的哲學論爭中體現出來。《宋元學案》稱：「當乾道、淳熙間，朱（熹）、張（栻）、呂（祖謙）、陸（九淵）四君子

〔註161〕《宋史》卷四三六《陳亮傳》，第12929頁。
〔註162〕陳亮《陳亮集》卷二《中興論．跋》，中華書局1987年版，第30頁。
〔註163〕《宋史》卷四三六《陳亮傳》，第1292頁。
〔註164〕《陳亮集》卷一《上孝宗皇帝第一書》，第9頁。
〔註165〕《陳亮集》卷二六《謝留丞相啟》，第289頁。

皆談性命而辟功利。學者各守其師說，截然不可犯。陳同甫崛起其旁，獨以為不然。」〔註 166〕陳亮與朱熹等人哲學觀的分歧，直接形成了陳亮與朱熹不同的戰爭觀。

朱熹稱「先有個天理了，卻有氣，氣積為質，而性具焉。」〔註 167〕「太極只是天地萬物之理。在天地言，則天地中有太極；在萬物言，則萬物中各有太極。未有天地之先，畢竟是先有此理。」〔註 168〕「理」即「道」作為世界的終極本原存在於一切自然現象與社會現象之外。與之相對，陳亮認為，「道存於物」「道在事中」、道物統一，在具體的現實層面，「道」體現在抗金復國的恢復之「事」中。所以，陳亮強調事功，反對空言性命道德。

陳亮認為宇宙皆由萬物構成，「道」存在於日用之事中。他稱「盈宇宙者無非物，日用之間無非事」〔註 169〕，「夫道之在天下，無本末，無內外」〔註 170〕，「夫道，非出於形氣之表，而常形於事物之間者也」，「天下固無道外之事也」〔註 171〕。「捨天地則無以為道」〔註 172〕，「道之在天下，平施於日用之間，得其性情之正者，彼固有以知之矣。……而其所謂平施於日用之間者，與生俱生，固不可得而離也」〔註 173〕，道外無事，事外無道，道和事緊密結合在一起，充滿於宇宙之間，而日用之間無非事，所以與事物緊密結合的「道」「無本末，無內外」，即無邊無際，充滿於日常萬物之中。在宋金戰爭時期，「道」具體體現在抗擊金兵、恢復中原之「事」中；「道」是宇宙間唯一真實的存在，「道」存在於一切自然現象和社會現象中，故「因事作則」〔註 174〕的原則，包括倫理道德和社會政治原則，不是一種玄而無著的精神本體。在當前的戰爭形勢下，按照「道」的要求「因事作則」，就應該根據中原淪陷、人民流離的戰爭現實制定國家政策，確立北伐復國的統一意志，商討明確的抗金策略。

〔註 166〕黃宗羲、全祖望《宋元學案》卷五六《龍川學案》，陳金生、梁運華點校，中華書局 1986 年版，第 1850 頁。

〔註 167〕《朱子語類》卷一《理氣上・太極天地上》，第 2 頁。

〔註 168〕《朱子語類》卷一《理氣上・太極天地上》，第 1 頁。

〔註 169〕《陳亮集》卷一〇《六經發題・書》，第 103 頁。

〔註 170〕《陳亮集》卷一〇《語孟發題・論語》，第 108 頁。

〔註 171〕《陳亮集》卷九《論・勉強行道大有功》，第 100 頁。

〔註 172〕《陳亮集》卷二八《又乙巳春書之一》，第 345 頁。

〔註 173〕《陳亮集》卷一〇《六經發題・詩》，第 104 頁。

〔註 174〕《陳亮集》卷二七《與應仲實》，第 319 頁。

陳亮認為，「道」指仁義道德，「事」就是「日用之間」的國計民生。「道在事中」，即義在利中；道不離事，即義利不分。「道」並非空談虛言，而體現在實際的社會功效中：「禹無功，何以成六府？乾無利，何以具四德？」〔註175〕「利之所在，何往而不可為哉！」〔註176〕陳亮借孔子評論管仲語「如其仁」，「微管仲，吾其被髮左衽矣」，說明孔子「亦計人之功」。〔註177〕陳亮還指出：「人才以用而見其能否，安坐而能者不足恃也；兵食以用而見其盈虛，安坐而盈者不足恃也。」〔註178〕「道」和「事」本身是統一的，脫離了實際事功，「道」就不存在，「道之在天下，平施於日用之間，得其性情之正者。」〔註179〕陳傅良在《答陳同父三》一文中總結道：「功到成處，便是有德；事到濟處，便是有理。此老兄之說也。」〔註180〕陳亮認為仁義道德之「道」的實現，必須在國計民生、國家治理、復國抗金等形而下的「事」中來體現，「道」之實現與否表現在抗金復國的實際效果上，而非空談性理就能實現「道」。

在這樣的哲學思想觀照下，形成了陳亮與朱熹先修內、後攘外不同的戰爭觀，這集中體現在其《酌古論》《中興論》及上書中。首先，陳亮強烈主張抗金復國，反對與金人和議。他稱：「中國，天地之正氣也，天命之所鍾也，人心之所會也，衣冠禮樂之所萃也，百代帝王之所以相承也，豈天之外夷狄邪氣之所可奸哉！」認為「夷狄」入主中原、佔據「天地之正氣」之所在，是歷史倒退與文明的淪喪，而「我國家二百年太平之基，三代之所無也；二聖北狩之痛，漢唐之所未有也。堂堂中國，而蠢爾醜虜安坐而據之，以二帝三王之所都，而為五十年犬羊之淵藪，國家之恥不得雪，臣子之憤不得伸，天地之正氣不得而發洩也」，所以當前之急務應在於抗金復國，恢復中原故地文明，使承繼正統中原文化的宋朝還歸故地。〔註181〕他指出宋孝宗「憤王業之屈於一隅」〔註182〕，「慨然有平一天下之志」〔註183〕，故應該推進抗金復國大業：「海內塗炭，四十餘載矣。赤子嗷嗷無告，不可以不拯，國家憑陵之

〔註175〕《宋元學案》卷五六《龍川學案》，第1850頁。
〔註176〕《陳亮集》卷一二《策・四弊》，第140頁。
〔註177〕《陳亮集》卷二八《又乙巳春書之二》，第349頁。
〔註178〕《陳亮集》卷一《上孝宗皇帝第一書》，第3頁。
〔註179〕《陳亮集》卷一〇《六經發題・詩》，第104頁。
〔註180〕《全宋文》卷六〇三五，第267冊，第351頁。
〔註181〕《陳亮集》卷一《上孝宗皇帝第一書》，第2頁。
〔註182〕《陳亮集》卷一《上孝宗皇帝第一書》，第6頁。
〔註183〕《陳亮集》卷二《中興論》，第22頁。

恥，不可以不雪，陵寢不可以不還，輿地不可以不復。」〔註 184〕陳亮指出自從秦檜主和，「忠臣義士斥死南方」，「三十年之餘，雖西北流寓皆抱孫長息於東南，亦不知兵戈為何事也！」〔註 185〕宋廷偏處江南，「（秦檜）又從而備百司庶府以講禮樂於其中，其風俗固已華靡。士大夫又從而治園囿臺榭以樂其生於干戈之餘，上下晏安，而錢塘為樂園矣」〔註 186〕，朝野上下都沉迷於江南侈靡風習，「過此以往而不能恢復，則中原之民烏知我之為誰？」形勢變化如此，抗金恢復大業「可得而緩乎？」〔註 187〕指出了孝宗抗金復國的必要性與緊迫性，表現出強烈激切的復國之想。

其次，陳亮認為要實現富國強兵、抗金復國的政治理想，還必須改革朝廷各項政策。陳亮認為在當前形勢下，恢復中原不可一朝而舉：「今醜虜之植根既久，不可以一舉而遂滅；國家之勢未張，不可以一朝而大舉。」〔註 188〕「夫伐國大事也，昔人以為譬拔小兒之齒，必以漸搖撼之。一拔得齒，必且損兒。今欲竭東南之力，成大舉之勢，臣恐進取未必得志，得地未必能守，邂逅不如意，則吾之根本撼矣，此豈謀國萬全之道？」〔註 189〕北伐抗金不可冒然行動，必須在改變朝廷因循守舊之風、改革朝廷綱紀，在國富兵強的情況下，才能戰之能勝、勝而能守。陳亮認為「夷狄之所以卒勝中國者，其積有漸也。立國之初，其勢固必如也。」由於南宋朝廷偏安保守，不思變革，朝廷政策「大抵遵祖宗之舊，雖微有因革增損，不足為輕重有無」，積貧積弱的社會現狀未曾得到改變，「朝廷立國之勢，正患文為之太密，事權之太分，郡縣太輕於下而委瑣不足恃，兵財太關於上而重遲不易舉」，高度集權制度，嚴重阻礙了經濟、軍事的發展。〔註 190〕如果「至於今日不思所以變而通之，則維持之具窮矣」，所以他向孝宗皇帝提出「使天下安平無事，猶將陛下變而通之」，「苟推原其意而變通之，則恢復之不足為也」。〔註 191〕陳亮提出了一系列改革朝政、實現恢復理想的建議，在乾道五年（1169）所上《中興論》中，陳亮提出二十四條改革政治的主張和經略荊襄的軍事計劃，如「任賢使能」「簡法重令」「節浮費」

〔註 184〕《陳亮集》卷二《中興論》，第 22 頁。
〔註 185〕《陳亮集》卷一《上孝宗皇帝第一書》，第 2 頁。
〔註 186〕《陳亮集》卷一《上孝宗皇帝第一書》，第 7 頁。
〔註 187〕《陳亮集》卷二《中興論》，第 22 頁。
〔註 188〕《陳亮集》卷一《上孝宗皇帝第一書》，第 3 頁。
〔註 189〕《陳亮集》卷二《中興論》，第 25 頁。
〔註 190〕《陳亮集》卷一《上孝宗皇帝第一書》，第 5 頁。
〔註 191〕《陳亮集》卷一《上宗皇帝第三書》，第 12、13 頁。

「斥虛文」「揀將左」等。之後又提議朝廷集權於中央，使「兵皆天子之兵，財皆天子之財，官皆天子之官，民皆天子之民，綱紀總攝，法令明備，郡縣不得以一事自專也」，改變朝廷士風，「以義禮廉恥嬰士大夫之心，以仁義公恕厚斯民之生」。〔註 192〕

總之，陳亮從哲學理論上論證「道」在宇宙萬物中，「道」在日用之間。在當前的戰爭形勢下，「道」則主要表現在抗金之「事」中，抗金復國的實際效果就是「道」實現程度的具體表現。陳亮既賦予「事」以抗金復國的時代內容，又使「道」不脫離具體事物，於是「道」就被賦予了新的現實政治內容。「因事作則」則成為因歷史現實而「作則」，根據宋金戰爭的社會現實積極加強內治、改變士風，形成抗金復國的統一意志與有力措施。這樣，陳亮與朱熹關於「道」「器」關係的形而上層面的哲學問題的論爭，最終落實到形而下層面上是主戰還是主守的戰爭觀的論爭。陳亮與朱熹關於「道在事中」「道存在於無形之表」的分歧就不僅是一個哲學問題，而成為抗金復國事業相關的政治問題。也正是以此為出發點，陳亮對以朱熹為主的性理之儒大加批判，他稱：「始悟今世之儒士自以為得正心誠意之學者，皆風痺不關痛癢之人也。舉世安於君父之仇，而方低頭拱手談性命，不知何者謂之性命乎！」〔註 193〕批判朱熹等儒學家空談性命、不務實利，在民族危亡之際無補於現實。

（二）葉適的哲學思想與戰爭觀

葉適是南宋永嘉學派的集大成者，其思想源於薛季宣，「葉適思想若干基本論旨，《艮齋學案》所收《艮齋浪語集》及其他部分，已大都有了發端。」〔註 194〕葉適繼承並發展了薛季宣、陳傅良的思想，在南宋中後期與朱子理學、二陸心學鼎立而存。清代全祖望稱：「乾、淳諸老既歿，學術之會，總為朱、陸二派，而水心斷斷其間，遂稱鼎足。」〔註 195〕

首先，與朱熹提出的「道」為先天存在的世界終極本原不同，葉適認為「道」存在於日常事物之中，這一點與陳亮相同。永嘉「別派」開創者薛季宣開始以言道事功，在《答陳同甫書》一文中稱「道非器可名，然不遠物，則常

〔註 192〕《陳亮集》卷一《上孝宗皇帝第一書》，第 5 頁。
〔註 193〕《陳亮集》卷一《上孝宗皇帝第二書》，第 9 頁。
〔註 194〕《葉適集》卷首引呂振羽《論葉適思想》，第 3 頁。
〔註 195〕《宋元學案》卷五四《水心學案序錄》，第 1738 頁。

存乎形器之內，昧者離器於道，以為非道遺之，非但不能知器，亦不知道矣。」〔註196〕認為道在器物內，不能離物談道，故不能脫離社會現實而空言「道」「理」「性」「命」。葉適繼承並發展了薛季宣的觀點，他稱：「上古聖人之治天下至矣。其道在於器數，其通變在於事物。」〔註197〕認為「道」的存在離不開具體的事物，在事物的發展變化中才能體現出「物理」「道理」，「物之所在，道則在焉」〔註198〕，「夫欲折衷天下之義理，必盡考詳天下之事物而後不謬」〔註199〕，義理的正確與否必須經過對天下事物的詳盡考察，才能得出結論。在哲學本體的高度對「道」進行重釋，在形而下的層面把「明道」與事功的社會需要結合起來，義理深刻，亦符合作者事功的理想。

其次，葉適還就「義」與「利」之關係進行論說，其事功思想的核心即是「就事功來剖析義理」〔註200〕，強調人生之利，反對朱子高談性命道德、重義輕利的做法。歷來儒者恪守儒家「以義制利」之說，至西漢董仲舒提出「正其誼不謀其利，明其道不計其功」，朱熹把此語寫入《白鹿洞書院揭示》。葉適對此明確提出「古人之稱曰：『利，義之和。』其次曰：『義，利之本。』」〔註201〕功利與道德是一致的，離開功利則所謂道義就成為「無用之虛語」〔註202〕。這是對傳統儒家義利觀的深刻修正。葉適解釋道「古人以利和義，不以義抑利」〔註203〕，「昔之聖人，未嘗吝天下之利」〔註204〕，指出「利」的合理性，也就為其事功理想找到了立論的依據。他主張「成其利，致其義」〔註205〕，認為「利」是「義」的基礎。他批評朱熹義利觀道：「『正誼不謀利，明道不計功』，初看極好，細看全疏闊。古人以利與人，而不自居其功，故道義光明。既無功利，則道義乃無用之虛語耳。」〔註206〕主張道德修養與實際

〔註196〕《全宋文》卷五七八五，第257冊，第254頁。
〔註197〕《葉適集·水心別集》卷五《進卷·總義》，第693頁。
〔註198〕葉適《習學記言序目》卷四七《皇朝文鑒一·四言詩》，中華書局1977年版，第702頁。
〔註199〕《葉適集·水心文集》卷二九《題姚令威西溪集》，第614頁。
〔註200〕侯外廬《中國思想通史》第十六章，齊魯書社1980年版，第751頁。
〔註201〕《習學記言序目》卷一一《左傳二·昭公》，第155頁。
〔註202〕《習學記言序目》卷二三《漢書三》，第324頁。
〔註203〕《習學記言序目》卷二七《魏志》，第386頁。
〔註204〕《葉適集·水心別集》卷三《官法下》，第672頁。
〔註205〕《習學記言序目》卷二二《漢書三·列傳》，第322頁。
〔註206〕《宋元學案》卷五四《水心學案上》，第1774頁。

功利結合，「崇義以養利，隆禮以致力」〔註 207〕，通過對義利關係的重新解釋達到為其事功服務的現實目的。葉適重視「內外交相成」之道，主張把仁義道德之修行的「內聖」工夫與治國、平天下的「外王」精神結合起來，他指出「古人未有不內外交相成而至於聖賢」，這雖是講為學的過程中耳目見聞與心之思考兩相結合，其實也是指儒家道統的「內外交相成之道」〔註 208〕。他是把「儒者的事業，內聖之學與外王之學始終交織在一起的」〔註 209〕，重視「利」是強調儒家「外王」事功的精神。

葉適在「道在器中」「義利一致」的哲學思想觀照下，形成了他激進的主戰戰爭觀。首先，他強烈反對求和，主張對金戰爭。他稱「今日之請和，尤為無名」，因為「北虜乃吾仇也，非復可以夷狄畜」，而且自南渡以來，金人屢次渝盟南侵，和約不可恃，與金人和則「虎臥在庭，其起無時，室中之人不得安也。使無弓矢陷阱，或不免徒手而搏之，以必死為決，猶愈於坐而待其噬也。若有弓矢陷阱可用，乃畏虎而不敢用」，金人的威脅如猛虎在庭，宋人將束手無策，認為今日談和者，如同「積薪盡為火矣，寢燃火之中，不知奮迅於烈焰以自免，而坐待其灼爛者，是故不必誼之智而後誚之也」。〔註 210〕葉適認為金人不足為憂，故不可屈膝與之和，他稱「七年前，始命使祈請於虜，當時舉朝以為非計；其後三年，又議進書事，虜嘗馳一介來請；前年我復遣使，虜亦未測吾意所在。此三者，皆足以開隙於虜，然而虜終不敢自隙。虜未動也，或者內有難，不暇與吾角；或者上下畏兵，苟欲無事；或者不肯先發，坐觀吾變。是皆不足為憂。」〔註 211〕認為南宋士大夫「過於譽虜而甘為伏弱」，徒譽敵兵之精銳、威令之明信、規劃之審當而不思改變國內形勢，是「譽虜以脅國人，而因為偷安竊祿之計」。〔註 212〕

其次，反對當時士人妄談兵事、無益實利。南渡以後，有些文人務為高談闊論以幹仕進，談恢復、論兵事成了此時士人升遷之一途，「宋自南渡以後，所爭者和與戰耳」〔註 213〕，「言戰」曾一度成為當時「迎合可取高位」〔註 214〕

〔註 207〕《葉適集・水心別集》卷三《士學上》，第 674 頁。
〔註 208〕《習學記言序目》卷一四《孟子・告子》，第 207 頁。
〔註 209〕陳安金《貫穿內聖外王的努力》，載《哲學研究》2002 年第 8 期。
〔註 210〕《葉適集・水心別集》卷四《進卷・外論二》，第 687 頁。
〔註 211〕《葉適集・水心文集》卷四《進卷・外論三》，第 689 頁。
〔註 212〕《葉適集・水心別集》卷一五《外稿・終論三》，第 823 頁。
〔註 213〕王夫之《宋論》卷一三《寧宗三》，第 234 頁。
〔註 214〕《要錄》卷六〇，「紹興二年十一月壬申」條，第 1036 頁。

的一個渠道。孝宗乾、淳年間，在宋金約和的情況下，以奇言怪論論恢復的風氣再度熾熱。葉適雖然主張抗金，也多次上書建言卻敵之方，他對當時文人士夫喜談兵事、高論恢復、專務奇言的風氣嚴加批判。他稱：「今鄉曲之拐士，志在邀利取寵，復取浚門下已陳之說，更互藩飾，以為北方之奇策；而國信小吏，以土物相饋遺，竊問廝養，而謂得虜密事以相炫耀；沿淮守臣，思為進用計，布心腹於跳河之曹，越淮未幾，撰造虛事，以為間探之萌。若此者紛然繼踵，而恢復之說，遂與舉子習程文以媒課試者無異，而國事真無所考據矣。」〔註 215〕認為「恢復」之說已經成了程序之論，對現實政治毫無作用。「今天下之士，好為奇言，而言兵者為尤奇者，十年於此矣。好惡之相形，權利之相誘，奇言盛而實言息矣」，眾多士人以高談恢復為邀功求名之計，以奇為務，「其意非真以為見於事也」，「中一時之欲而已者也」〔註 216〕，皆出於一己之私欲，並不適於時用。

另外，主張息虛論、倡實謀。葉適反對士人以奇言眩人耳目，務為美觀而不求實利，但並非反對士人談論兵事，亦非反對朝廷用兵。所謂「虛論」，主要指士人出奇言以談兵事、論恢復、論取燕之失、譽虜之強而我之弱。所謂「實謀」，指改變朝政綱紀、朝廷士風、實現國富兵強的理想，並創造時機北伐抗金。葉適痛批朝廷軍事力量之弱，他指出民間私自販賣茗飲者，「數百人為曹偶以抗官軍，此不過弓手十將之事，一兵官足以制其命矣，而猖獗歲餘，聲入閩、嶺，嘗罷斥兩帥，選將使者，僅而獲之」，由此足見朝廷軍事力量之弱，在這樣的情況下發動對敵戰爭，其結果是可想而知的。葉適稱：「祖宗以天下之大，困於區區夏人之數州者，蓋以上下牽制，首尾顧望，內外異同，困重而難舉也。今其勢復然。」〔註 217〕葉適認為要想變弱為強，變和為戰，就必須改變朝廷「重困難舉之勢」，而要改變朝廷「重困難舉之勢」，就必須整頓朝政綱紀，修明法度，解決兵員、兵食問題，改變苟且偷安之風。葉適尤其強調「實謀」中創造時機的問題。他認為「時有未可而待其至」，但不能消極等待時機，必須積極地創造條件，「時自我為之，則不可以有所待也；機自我發之，則不可以有所乘也。不為則無時矣，何待？不發則無機矣，何乘？」〔註 218〕體現出事功派學者葉適積極有為的精神。

〔註 215〕《葉適集·水心別集》卷一五《外稿·終論五》，第 826 頁。
〔註 216〕《葉適集·水心別集》卷四《進卷·兵權下》，第 681 頁。
〔註 217〕《葉適集·水心文集》卷四《進卷·外論三》，第 689 頁。
〔註 218〕《葉適集·水心別集》卷一〇《息虛論二·待時》，第 765 頁。

最後，葉適針對朱熹提出的南宋短時間內「兵不可用」的觀點，提出在朝綱整肅、將帥得人、民富兵強的情況下，是可以在短時間內實現北伐抗金、恢復中原理想的。他稱：「夫謀天下之大事，成天下之大功，非可以攻人之無備，出人之不意也。必有堂堂之陣，正正之旗，攻堅排深之力而後可。」〔註 219〕必須提高國內軍事力量，加強國防能力，然後與金人抗戰，戰而能勝，勝而能守，才是真正取得勝利。他還稱：「今世或有以為兵端可畏，易開難合，厚賂請和，可以持久，此偷安姑息之論也。兵何嘗一日不可用也，顧其用如何耳！故不多殺人，則兵可用；邦本不搖，則兵可用；不橫斂，不急徵，則兵可用；將非小人，則兵可用；天下雖不畏戰而亦不好戰，則兵可用；視北方如南方，則兵可用。功成而患不知，外鬥而內不知；雖不免於用詐而羞稱其術，雖大啟舊國而能不矜其事：若是者，其兵無不可用。」認為在於朝廷以仁德為懷，邦本牢固、財用充足、民心歸附、將帥得人的情況下，「兵何嘗一日不可用也」。〔註 220〕葉適進一步指出朝廷如果「力行今日之實事，以實勝虛，以志勝氣，以力勝口，用必死之帥，必死之將，以二年之外五年之內責其成功可也」〔註 221〕，三五年之內即可實現富國強兵、抗金復國的理想。這與朱熹所提出的「今五六十年間，只以和為可靠，兵又不曾練得，財又不曾蓄得，說恢復底，多是亂說耳」〔註 222〕的觀點有很大區別。

葉適的事功思想成熟於孝宗中後期，其哲學思想直接影響了其戰爭觀。葉適認為「道在器物」，實現抗金恢復的理想就是「道」的直接表現。葉適認為「利」是實現「義」的基礎，為其實踐抗金復國大業、談論復國大計提供了理論依據，也為葉適改革朝政、實現富國強兵的激進主張提供了哲學基礎。這與朱子理學從形而上角度談論心性、天理、性命，使學術思想流於空疏、不切實際有很大差別。

（三）朱熹、張栻等人與陳亮、葉適等人戰爭觀分歧的實質

以朱熹為代表的理學思想，重視君臣心性修煉，發明本心，從而使君知仁、臣知敬，歸根結底是強調人們的道德修行，是儒學思想中「內聖」工夫的強化。在這種重視窮理、盡性，發明本心，以天理作則的哲學思想觀照下，

〔註 219〕《葉適集・水心別集》卷一五《外稿・終論六》，第 827 頁。
〔註 220〕《葉適集・水心別集》卷四《進卷・兵權下》，第 681 頁。
〔註 221〕《葉適集・水心別集》卷一五《外稿・終論五》，第 825 頁。
〔註 222〕《朱子語類》卷一三三《本朝七・夷狄》，第 3455 頁。

形成了「修內攘外」的保守戰爭觀。與之相反，陳亮、葉適等浙東事功學派追求事功，認為「利」是實現「義」的基礎，在當前的歷史形勢下，具有抗金復國的實際成效即體現了「義」，實現了「道」，故激烈要求抗金復國，是激進的戰爭觀。兩派戰爭觀分歧的實質是主戰派內保守派與激進派的分歧。

首先，朱熹是主戰派，他反對與金人和議。朱熹父親反和主戰的思想，成為朱熹後來反對和議、反對秦檜的思想基礎。朱熹之父朱松，是南宋之後反對秦檜和議並遭到秦檜打擊的文人，史載其進士及第後，「不附秦檜和議，出知饒州，請祠於家」，他在饒州做官之暇日，嘗手書蘇軾《昆陽賦》以授朱熹，並「為說古今成敗興亡大致」，加以勉勵，事後慨歎良久。〔註 223〕

孝宗即位之初，朱熹上書堅決反對與金人議和。「隆興和議」後，朱熹因陳俊卿舉薦入朝為武學博士，乾道元年（1165）四月抵達臨安，「至行在，錢端禮、洪适方主和議，痛斥其『議和』、『獨斷』、『國是』之說，復請祠」〔註 224〕，可見朱熹堅決不與主和派合作的態度。朱熹在離開臨安給陳俊卿的信中，猛烈抨擊「和議」之非，「夫沮國家恢復之大計者，講和之說也。壞邊陲備禦之常規者，講和之說也。內咈吾民忠義之心，而外絕故國來蘇之望者，講和之說也。苟逭目前宵旰之憂，而養成異日宴安之毒者，亦講和之說也。此其為禍，固已不可勝言。」〔註 225〕堅決反對與金人議和。

乾道五年（1169）朱熹除樞密院編修官，「會魏掞之布衣召為國子錄，因論曾覿去。遂力辭。先生嘗兩進絕和議，抑佞倖之戒，言既不行，雖擢用，不敢苟就。出處之義，凜然不可易者。」〔註 226〕朱熹見魏掞之彈劾近幸曾覿失敗，再次辭官不做，其主戰反和態度非常鮮明。直到淳熙九年（1182）朱熹奉命巡視台州等地，到達永嘉之後，見該地還留有秦檜祠廟，內心深感不安，上書請奏毀除，稱：「竊見故相秦檜歸自虜庭，久專國柄，內忍事仇之恥，外張震主之威，以恣睢戮善良，銷沮人心忠義剛直之氣；以喜怒為進退，崇獎天下佞諛偷惰之風。究其設心，何止誤國！岳侯既死於棘寺，魏公復竄於嶺隅……天不誅檜，誰其弱秦？今中外之有識，猶皆憤惋而不平；而朝廷於其家，亦且擯絕而不用。況永嘉號禮義之地，學校實風化之源，尚使有祠，

〔註 223〕王懋竑《朱子年譜》卷一上，影印文淵閣四庫全書本。
〔註 224〕束景南《朱熹年譜長編》卷上，華東師範大學出版社 2001 年版，第 341 頁。
〔註 225〕朱熹《與陳侍郎書》。《全宋文》卷五四六七，第 244 冊，第 238 頁。
〔註 226〕王懋竑《朱子年譜》卷一下。

無乃未講。」〔註 227〕朱熹反對議和態度之堅決可見一斑。

朱熹抗金復國的理想建立在重視性命道德之修行的「內聖」基礎上。朱熹自認為其道學接緒孔門「道統」，主張通過致知、格物、正心、誠意、持敬等工夫，修身養性，並在此基礎上張揚三綱五常的必然性和合理性，強化三綱五常的道德宗法政治功能。朱熹道學思想核心是希望通過「內聖」的手段實現「外王」的理想，把重心落實在「正心誠意」「格物致知」學說的基礎上。朱熹等性理之學受到陳亮、辛棄疾等人的激烈批判，陳亮稱其「低頭拱手談性命，風痺不知痛癢」，辛棄疾批其與西晉清談亡國的王衍諸人相似。其實，朱熹等人清談夷夏之辨、儒家義理，與西晉末王衍等人清談有本質區別：王衍等人清談，旨在追求高風雅致、人格風流，於國事無補；朱熹等人談理論道，以復國行道為終極目的，本旨在於復興宋室。〔註 228〕所以，南宋文人以「夷甫諸人」清絕誤國來比擬宋儒，有失其實，以「禪談」「清談」譏宋儒誤國殊有不當，當時有的人就對宋儒「清談誤國」不以為然，如劉克莊在《新亭》一詩中說道：「興亡畢竟緣何事，專罪清談恐未公。」〔註 229〕

綜而論之，以朱熹為代表的朱子理學與浙東事功之學的終極目的皆在於「外王」治國，前者重視內修，後者強調有為；在戰爭觀上，兩派皆反對議和，只不過前者以「內修」為復國的基礎，後者重視自己創造抗金復國之機。兩派戰爭觀分歧的實質乃在於主戰派內部的分化。

第五節　開禧北伐前後文人的戰爭態度與文人關係

開禧北伐是由權臣韓侂胄主持的、繼張浚隆興北伐以後的又一次主動抗金復國行動。韓侂胄主張北伐抗金、恢復中原，與北宋滅亡以來文人士子的復

〔註 227〕朱熹《除秦檜祠移文》。《全宋文》卷五四五八，第 244 冊，第 105 頁。

〔註 228〕余英時在《朱熹的歷史世界》一書中，對朱熹希望通過「內聖」工夫達到「行道」「外王」的終極人生目的做了詳細論說，認為朱熹等大儒與廣大主戰文人一樣，都從儒家義理出發反對與金人和議，在處理宋金軍事問題時，朱熹主張「修內攘外」，先加強國內朝政綱紀、整飭國家武備邊防，然後伺機復國，具有一定現實意義（詳見余英時《朱熹的歷史世界（下）——宋代士大夫政治文化的研究》，生活、讀書、新知三聯書店 2004 年版，第 401～445 頁）。

〔註 229〕（清）吳之振、呂留良、吳自牧撰《宋詩鈔》，中華書局 1986 年版，第 2515 頁。

國理想一致，也符合寧宗初年文人士子的復國心理，故受到了主戰文人的擁護，但由於韓侂胄北伐之前曾經大興黨禁，北伐時黨爭餘波仍在，而其政敵趙汝愚所引用的一批道學家受到韓侂胄迫害，故文人對韓侂胄北伐的心理極其矛盾。主戰文人與主戰權臣韓侂之間並未像以前一樣形成一個意志一致、關係密切、聲氣相通的政治集團，而是呈現出錯綜複雜的狀態，主戰文人的命運也與韓侂胄呈現複雜的關係。本節以下以陸游、葉適、辛棄疾等人為研究對象，探討文人在開禧北伐中的行為及其心理，以及文人與韓侂胄的複雜關係。

一、開禧北伐中文人的態度

開禧北伐符合廣大文人士子抗金復國的理想，故得到了文人士子的支持，但是他們對韓侂胄北伐表現出十分矛盾的心態：一方面，他們支持韓侂胄北伐，並寫詩作文為其張目；另一方面，他們對北伐心存憂慮，反對其激進用兵。這與韓侂胄北伐時的歷史文化背景有深刻的聯繫。

（一）陸游在開禧北伐中的態度

陸游自南渡以來就有著強烈的恢復理想，中年時期對宋軍前線抗金鬥爭的耳染目染更激勵了他的復國之志，所以他對韓侂胄北伐是積極支持的。嘉泰三年（1203）已經致仕且「誓不復出」的陸游，因韓侂胄「固欲其出，落致仕，除次對」，「勉為之出」。〔註230〕嘉泰二年（1202）冬即開禧北伐前夕，陸游為韓侂胄生日賦《韓太傅生日》一詩祝賀：「珥貂中使傳天語，一片驚塵飛輦路。清霜粲瓦初作寒，天為明時生帝傅。黃金飾奩雕玉觴，上尊御食傳恩光。紫駝之峰玄熊掌，不數沙苑千群羊。通天寶帶連城價，受賜雍容看拜下。神皇外孫風骨殊，凜凜英姿不容畫。問今何人致太平？綿地萬里皆春耕。身際風雲手扶日，異姓真王功第一！」〔註231〕在這首詩中，陸游描繪出一個生當明時、天付元樞之命的功臣形象，並對韓侂胄「致太平」「封王」於風雲交會之際寄予了厚望，借為韓侂胄祝壽之機，表達出對韓侂胄收復失地的深切希望。北伐戰爭開始後，陸游寫下了許多詩歌，時刻關注前線戰事，熱情讚揚北伐將士英勇無畏的精神，對收復失地充滿了昂揚自信，並對自己不能從軍邊疆表示遺憾。

〔註230〕《四朝聞見錄》乙集《陸放翁》，第65頁。

〔註231〕陸游《劍南詩稿校注》卷五二，錢仲聯校注，上海古籍出版社2005年版，第3074頁。

但是，陸游從一始就對韓侂胄興師心存隱憂，這首先從他為韓侂胄所作的《南園記》一文可見。《南園記》文末未標明寫作時間，于北山據文中官職名稱考證該詩應做於慶元六年（1200）末至嘉泰二年（1202）閏十二月以前。〔註232〕此時，正是韓侂胄開始「馳偽學、逆黨禁」、彌合黨爭之見、起用道學人士準備北伐之時。陸游此文敘述了慈福太后賜園予韓侂胄的情況，並描繪了南園的優美景色，終篇語句平淡，毫無華麗辭藻與諂諛之態。該文最後有一段議論，表現出作者的複雜心理：

公之志，豈在於登臨之美哉！始曰許閒，終曰歸耕，是公之志也。公之為此名，皆取於忠獻王之詩，則公之志，忠獻之志也。……韓氏子孫，功足以銘彝鼎、被絃歌者，獨相踵也。逮至於公，勤勞王家，勳在社稷，復如忠獻之盛。而又謙恭抑畏，拳拳志忠獻之志，不忘如此。……或曰：「上方倚公如濟大川之舟，公雖欲遂其志，其可得哉？」是不然！知上之倚公，而不知公之自處。知公之勳業，而不知公之志，此南園之所以不可無述。……遊竊伏思公之門，才傑所萃也，而顧以屬遊者，豈謂其愚且老，又已掛衣冠而去，則庶幾其無諛辭、無侈言，而足以道公之志歟！〔註233〕

南園為慶元三年（1197）二月孝宗太后贈予韓侂胄。韓侂胄以其曾祖北宋名臣韓琦之詩句名其堂、亭、門、關、山。韓琦是北宋仁宗、英宗、神宗三朝元老重臣，在抗擊契丹、主持國政方面立下了汗馬功勞，晚年功成身退。陸游在文中稱「許閒」「歸耕」「是公之志也」，認為韓侂胄以韓琦詩句名其亭，「則公之志，忠獻之志也」，這一方面是以韓琦之偉大功業激勵當時欲起事北伐的韓侂胄，一方面也是借機勸誡韓侂胄知進知退，謹慎用兵，可見一片良苦用心。

陸游在另外一首詩中也表現了他對北伐的隱憂。嘉泰三年（1203）三月，辛棄疾為韓侂胄起用、奉召入朝。次年，陸游寫了一首詩《送辛幼安殿撰造朝》：

稼軒落筆凌鮑謝，退避聲名稱學稼。十年高臥不出門，參透南宗牧牛話。功名固是券內事，且葺園廬了婚嫁。千篇昌穀詩滿囊，萬券鄴侯書插架。忽然起冠東諸侯，黃旗皂纛從天下。聖朝仄席意

〔註232〕于北山《陸游年譜》，上海古籍出版社2006年版，第457頁。
〔註233〕陸游《陸遊集·放翁逸稿》卷上，中華書局1976年版，第2499頁。

> 未快，尺一東來煩促駕。大材小用古所歎，管仲蕭何實流亞。天山掛旆或少須，先挽銀河洗嵩華。中原麟鳳爭自奮，殘虜犬羊何足嚇。但令小試出緒餘，青史英豪可雄跨。古來立事戒輕發，往往讒夫出乘罅。深仇積憤在逆胡，不用追思灞亭夜。〔註 234〕

在這首詩中，陸游對辛棄疾的雄才大略極為讚賞，惜其「大材小用」，對其立功於國事多艱之際寄予深切希望。文末稱「古來立事戒輕發」，雖然陸游激烈主戰，但仍然認為不應貿然興兵，接著陸游指出原因在於「往往讒夫出乘罅」。「讒夫」二字，包含了陸游多少人生感慨！提醒辛棄疾當心「讒夫」，也是上文《南園記》中所寓含的「苦言」之一，飽含了他對韓侂冑北伐的擔憂。陸游有《後寓歎》一詩：「貂蟬未必出兜鍪，要是蒼鷹憶下鞲。彭澤往歸端為酒，輕車已老豈須侯。千年精衛心平海，三日於菟氣食牛。會與高人期物外，摩挲銅狄灞城秋。」〔註 235〕紀曉嵐認為該詩作於韓侂冑北伐時。方回《瀛奎律髓》卷三九論道：「五六句最沉著而曲折，言志士本不忘復仇，但少年恃氣輕舉，則可慮耳。末句言他日時事變遷，我老猶及見之意。」〔註 236〕

（二）葉適在開禧北伐中的態度

葉適在淳熙十五年（1188）上《辯兵部郎官朱元晦狀》〔註 237〕一書，論韓侂冑興「道學」之黨排斥士人之非，被列入「偽學」黨，成為韓侂冑打擊的對象。嘉泰二年（1202），當偽學黨禁首倡者之一京鏜死後，「侂冑亦厭前事之紛紜，欲稍更張以消中外之議。且欲開邊，而往時廢之人，又有以復仇之說進者」，遂「馳偽學、偽黨禁」〔註 238〕。韓侂冑破除黨禁起用主戰人士的前一年，起葉適為湖南轉運判官。開禧二年（1206）六月，以葉適為寶謨閣待制，知建康府，兼沿江制置使，以抗擊長驅直下的金兵繼續南侵，擔負沿江防備及籌備再次北伐重任。

葉適的主戰思想與韓侂冑一致。史載：「初，兵部侍郎葉適論對，嘗言甘弱而幸安者衰，改弱而就強者盛，侂冑聞而嘉之，以為直學士院，欲籍其草詔以動中外。」〔註 239〕但對開禧二年韓侂冑興兵北伐，葉適卻持反對態度。

〔註 234〕《劍南詩稿校注》卷五七，第 3314 頁。
〔註 235〕《劍南詩稿校注》卷五三，第 3128 頁。
〔註 236〕孔凡禮、齊治平編《陸游資料彙編》，第 99 頁。
〔註 237〕《葉適集．水心文集》卷二，第 16 頁。
〔註 238〕《續資治通鑒》卷一五六，「寧宗嘉泰二年」，第 4198 頁。
〔註 239〕《續資治通鑒》卷一五七，「寧宗開禧二年」，第 4239 頁。

開禧二年（1206）葉適服除召至臨安，二月，他對韓侂胄北伐提出異議，但韓「意方銳，不聽」，遂上書寧宗皇帝。葉適認為南渡初年女真方興，而燕、遼集全力與之戰，卻反被女真所滅，宋廷曾以「關、陝驍悍之師，而敗於契丹垂盡之將」，可見「宣和強弱之勢」。至於紹興、隆興時，「虜以敗殞而後和，雖和而猶不失為雄；我以應久而後勝，雖勝而猶不敢盡用」，依然是敵強我弱。在當前形勢下，不可冒然興兵北伐，「必先審知今日強弱之勢而定其論，論定而後修實政、行實德」，應該「備成而後動，守定而後戰」。〔註 240〕至於如何備、如何守，葉適提出應該「先定其論，論定而後修實政，行實德」。所謂「定其論」，即認識當時的戰爭形勢，確立備敵的措施。所謂「修實政」，葉適提出了幾點意見：首先，應固守兩淮、襄、漢等邊防地區，使「虜雖擁眾而至，阻於堅城，彼此策應，首尾相接，藩牆禦捍，堂奧不動，然後進取之計可言也」。其次，應使四處御前大兵將帥得人，使「曉夕用心，事事警策，件件理會」。另外，朝廷應使人盡其材，材盡其用，「四方之才，隨其小大，宜付一職，使之觀事揆策，以身嘗試」，改變朝廷苟安之習。所謂「行實德」，則指朝廷減輕民眾賦稅，使「國用司詳議審度，何名之賦害民是甚，何等橫費裁節宜先。減所入之額，定所出之費，不須對補，便可蠲除。小民蒙自活之利，疲俗有寬息之實」。葉適稱：「陛下修實政於上，而又行實德於下，和氣融浹，善頌流聞，此其所以能屢戰而不屈，必勝而無敗者也。改弱以就強，孰大於此！」〔註 241〕

開禧二年（1206）三月，韓侂胄正式部署軍隊興師北伐，韓侂胄「欲籍其（葉適）草詔以動中外」，故改除權工部侍郎葉適為權吏部侍郎兼直學院，葉適「以疾力辭兼職」〔註 242〕。當前學者認為葉適因疾辭去直學士之職，故未草詔。〔註 243〕其實，葉適確實反對韓侂胄興兵北伐，主張「備成而後動，守定而後戰」，先為不可勝之勢以待敵之可勝。故在此時以疾力辭兼職，並辭草詔之令，有其深意。《宋史》卷四三四《葉適傳》議道：「適志意慷慨，雅以經濟自負。方侂胄之欲開兵端也，以適每有大讎未復之言重之。而適自召還，每奏疏必言當審而後發，且力辭草詔。」指出了葉適要求韓侂胄謹慎用兵的事實。

〔註 240〕《葉適集．水心文集》卷一《上寧宗皇帝劄子（開禧二年）》，第 5 頁。
〔註 241〕《葉適集．水心文集》卷一《上寧宗皇帝劄子三（開禧二年）》，第 7 頁。
〔註 242〕《宋史》卷四三四《葉適傳》，第 12893 頁。
〔註 243〕李傳印《韓侂胄與開禧北伐》，載《安慶師範學院學報》2000 年第 4 期。

《宋元學案》評價葉適在開禧北伐中的態度道：「蓋先生之意，在修邊而不急於開邊，整兵而不急於用兵，而其要尤在節用減賦，以寬民力。時以為迂緩，不用，但欲借先生之名以草詔，先生力辭。」〔註 244〕

（三）辛棄疾在開禧北伐中的態度

辛棄疾一生為抗金復國奔走呼號，但英雄無用武之地，孝宗、光宗朝隱居達十八年之久，當韓侂胄北伐之際，辛棄疾欣然為之所用，對韓侂胄北伐表示積極支持。

嘉泰三年（1203）辛棄疾受命知紹興府兼浙東安撫使。嘉泰四年（1204）正月，辛棄疾入見韓侂胄，以為「敵國必亂必亡，願付之元老大臣，當備兵為倉猝應變之計」〔註 245〕，所謂「元老大臣」者指韓侂胄。嘉泰四年（1204）秋，葉適為韓侂胄作兩首壽詞，其一為《西江月》：「堂上謀臣帷幄，邊頭猛將干戈。天時地利與人和，燕可伐歟曰可。此日樓臺鼎鼐，他時劍履山河。都人齊和《大風歌》，管領群臣來賀。」其二為《清平樂》：「新來塞北，傳到真消息：赤地居民無一粒，更五單于爭立。維師父鷹揚，熊羆百萬堂堂。看取黃金假鉞，歸來異姓真王。」〔註 246〕鼓勵韓侂胄要像郭子儀、曹休那樣統帥大軍，弛騁疆場，為國立功。嘉泰四年（1204）秋，辛棄疾登北固山，做《永遇樂·京口北固亭懷古》，通過回憶自己當年獨闖金營殺敵的行為，喻自己雖老猶壯的抗金決心，也是為韓侂胄北伐張目。開禧元年（1205）十一月，韓侂胄又「召辛棄疾知紹興府，兼兩浙安撫使，又進寶文閣待制，皆辭免，進樞密都承旨，未受命而卒」，其陞擢速度快得驚人。

辛棄疾是由金地淪陷區南歸的文人，其北伐抗金、恢復故土、回到家鄉的願望比南方籍文人可能更強烈。韓侂胄打起抗金旗幟，積極籌劃北伐，在宋廷妥協苟安政策統馭下，「抑遏摧伏，不使得以盡其才」的辛棄疾，有機會重新

〔註 244〕《宋元學案》卷五四《水心學案上》，第 1741 頁。

〔註 245〕《續宋編年資治通鑒》卷一三《宋寧宗二》。

〔註 246〕關於這兩首詞的真偽，時人議論較多，且多以史證詩，認為當時不存在「天時地利人和」「五單于爭立」的史實，故認為兩詩為偽作（沈開先《世傳辛棄疾壽韓侂胄辨》見《杭州大學學報》1980 年第 4 期；蔡義江、蔡國黃《辛棄疾年譜》，山東齊魯書社出版，1987 年版）。但辛詞多用典故，且活用典故，並不限於原意，還獨創典故。這不足成為否認辛作的證據。考辛棄疾的抗金主張及其在北伐中為韓侂所用的歷史現實來看，辛棄疾在此時寫作壽詞，支持韓侂胄興師北伐以立邊功是有可能的。對於「歸來異姓真王」，也並不算諂媚，陸游在詞中也有這樣的稱謂。

走向疆場，所以，他能「不以久閒為念，不以家事為懷，單車就邊，風采凜然」〔註247〕，表現出老當益壯的抗金決心。但是，辛棄疾從南宋時期的朝廷政備、軍事政策與將帥用人等情況出發，提醒主戰者不可輕易出兵，稱「虜之士馬尚如是，其可易乎」〔註248〕。這與葉適、陸游等人堅決主張抗金、但基於對朝廷形勢的認識對出兵伐金持保守態度相似。

（四）其他主戰文人的戰爭態度

雖然陸游等人支持韓侂冑北伐，也有文人持反對態度，楊萬里即是典型代表。史載：「韓侂冑用事，欲網羅四方知名士相羽翼。嘗築南園，屬萬里為之記，許以掖垣。萬里曰：『官可棄，記不可作也，侂冑恚，改命他人。』」〔註249〕韓侂冑令楊萬里做記文，無非是希望借其名以提高自己在士林的名望，但楊萬里不為其所用，侂冑憤而改命他人，他人者即陸游。楊萬里還痛批韓侂冑「專權無上，動兵殘民，狼子野心，謀危社稷」，稱自己「頭顱如許，報國無路，惟有孤憤」，表達了寧可逃離官場亦不與之合作的堅決態度，他「開禧間聞北伐啟釁，憂憤不食卒」〔註250〕。他反對與金人和議，堅決要求抗金復國，但卻痛斥主持北伐的大臣韓侂冑，可見此時形勢與張浚北伐時主戰文人意志一致的情況發生了變化。

再如，「王阮有文武幹略，嘗知濠州，請復曹瑋方田、種世衡射法，日講守備，至是改知撫州。韓侂冑素聞其名，特召入奏，將誘以美官，夜，遣密客詣阮，阮不答，私謂所親曰：『吾聞公卿擇士，士亦擇公卿。劉歆、柳宗元，失身匪人，為萬世笑。今政自韓氏出，吾肯出其門哉！』對畢，指衣出闕。侂冑大怒，降旨與祠。」〔註251〕此處王阮痛罵韓侂冑「匪人」，可見韓侂冑在當時士林並無名望，故不可能網羅天下豪傑英俊之士為其所用。同時亦可見文人反對為韓侂冑所用，並非反對其北伐戰爭本身，而是鄙棄韓侂冑其人格品性。

陸游在嘉泰三年（1203）四月為韓侂冑作《閱古泉記》，「記極精古，且以坐客皆不能盡一瓢，惟遊盡勺，且謂掛冠復出，不惟有愧於斯泉，且有愧於開

〔註247〕黃榦《與辛稼軒侍郎書》，轉引自鄧廣銘《辛棄疾・辛稼軒年譜》，生活・讀書・新知三書店2007年版，第267頁。

〔註248〕程珌《丙子輪對箚子》中引辛棄疾語，轉引自鄧廣銘《辛棄疾・辛稼軒年譜》，第256頁。

〔註249〕《宋史》卷四三三《楊萬里傳》，第1741頁。

〔註250〕《欽定四庫全書總目》卷三《〈誠齋易傳〉提要》。

〔註251〕《續資治通鑒》卷一五七，「寧宗開禧元年」，第4233頁。

成道士云。」〔註 252〕亦見陸游雖然復出支持北伐，但他為自己復出深感慚愧，其原因亦不外是針對韓侂胄人品而言。

（五）開禧北伐中文人矛盾心態的原因

文人支持韓侂胄北伐，一方面是出於儒家義理思想，一方面是對當時宋金形勢的認識。就義理而言，自北宋滅亡，中原淪陷，文人士子從儒家「夷夏之辨」的思想出發，強烈要求抗金復國，恢復中原，韓侂胄希望借機恢復故土，符合儒家義理，與廣大主戰文人的理想與願望一致。但文人對韓侂胄北伐心存顧慮，這一方是文人對朝中求和苟安士風的清醒認識使然，一方面與韓侂胄掌權的政治背景有關。

首先，主戰文人對朝野苟安習危之士風有清醒認識。開禧北伐時距離北宋滅亡已經七十多年，宋金守和約好已達四十餘年，在繁華喧囂的煙雨江南，文人士大夫早已習慣了安逸享樂之風，「在朝諸大臣，皆流連詩酒，沉溺湖山，不顧國之大計」〔註 253〕，不恤國事者並非少數。北宋西夏李元昊稱帝反宋時，以范仲淹為中心形成的「以通經學古為高，救時行道為賢，犯顏納說為忠」〔註 254〕的士風已經一去不復返。南渡初期亡國的那種切膚之痛，都成為遙遠的記憶，一批親歷靖康之難與金人滅宋的文人士夫已經不在人世，朝野士林中主戰熱潮已經冷卻了很多。韓侂胄北伐之際，帥守荊襄的大臣吳獵對戰事表示憂心：「竊以宋受天命，何啻百庚申，虜訐中原，又閱一甲子。自崇、觀撤藩籬之蔽，而炎、興紛和戰之謀。誕謾敗事，而巽懦則有餘；浮躁大言，而矜誇之亡實。有志者以拘攣而廢，無庸者以積累而升，牢籠易制之人才，玩愒有為之歲月。肉食者鄙，亡秦當可進而失機，骨猾而爭，逆亮以難從而求釁。遂致蟋固狡兔之窟，猶欲睥睨化龍之都。決策和親，姑謂奉春之熟計，臥薪自厲，誰為句踐之盛心。」〔註 255〕足見此時士風之澆溥。陸游對南宋士人習安風氣有深刻的認識，他在紹熙五年（1194）所寫的一篇記文《建寧府尊勝院佛

〔註 252〕《四朝聞見錄》乙集《陸放翁》。《陸遊集·放翁逸稿》卷上：「遊起於告老之後，視道士為有愧，其視泉亦尤有愧也。」

〔註 253〕鄭燮《范縣署中寄舍弟墨第五書》，孔凡禮、齊治平編《陸游資料彙編》，第 207 頁。

〔註 254〕陳傅良《策問十四首》其六。《全宋文》卷六〇五二，第 268 冊，第 198 頁。

〔註 255〕岳珂《桯史》卷七《吳畏齋（獵）謝贊啟》，吳企明點校，中華書局 1981 年版，第 75 頁。

殿記》中稱：「士大夫澟澟拘拘，擇步而趨，居其位者不任其事，護藏蠹萌，傳以相諉，顧得保祿位，不蹈刑禍，為善自謀，其知恥者，又不過自引而去爾，天下之事。竟孰任之？」〔註 256〕對南宋士人習安苟且、尸位素餐的風氣痛加貶斥。至寧宗開禧年間，士人苟安之風更甚，南宋周密評論開禧北伐時韓侂胄「殊不知時移事久，人情習故，一旦騷動，怨嗟並起」〔註 257〕，可見士風苟安淺溥，一旦戰事興起，朝野則陷入一片怨憤之中。

其次，與「開禧北伐」權臣韓侂胄掌權的政治背景有關。韓侂胄在策劃「光宗內禪」、排斥政敵趙汝愚的情況下把持國政。在北伐時期，一批在「慶元黨禁」中受到迫害的「四方知名之士」〔註 258〕並不為其所用，在韓侂胄的周圍沒有形成較為一致的北伐輿論與北伐群體。加上韓侂胄武人出身，剛愎自用，獨斷專橫，得不到朝野士人的一致擁護。北伐初期，韓侂胄就表現出專橫自負、不容異端思想存在的個性。開禧元年（1205）四月，韓侂胄斬武學生華岳，據載：「武學生華岳上書，諫朝廷未宜用兵啟邊釁，且乞斬韓侂胄、蘇師旦、周筠以謝天下。侂胄大怒，下岳大理，編管建寧。」〔註 259〕韓侂胄斬一介上書之人，足可見其手段之狠毒。在得不到廣大士人支持的情況下，韓侂胄北伐所用非人，對此南宋呂中議道：

> 恢復大計，當以人才為先。真宗之御契丹，必有李繼隆、石保吉，然後成澶淵克敵之勳；仁宗之制夏羌也，必有韓琦、范仲淹，然後收曩霄納款之績；高宗之抗女真者，必有張、韓、劉、岳，然後剉烏珠。今則總戎三邊者，誰歟？吳曦特膏腴之子弟，郭倪、郭倬、李爽、李汝翼、皇甫斌諸人，又皆猥瑣之庸才，平居暇日，不過克剝士卒，苞苴饋賂，圖為進身之梯媒甚者，且外交仇敵，以伺中國之動靜矣。朝廷顧以推轂制閫之事悉以委之。師才出境，而前者敗、後者潰，大者殲、小者奔，罪甚者誅戮、輕者投竄。而統蜀漢之逆曦又以叛聞，用兵以來，敵之損未一二。而吾國之喪失敗亡，已不可勝計矣。〔註 260〕

〔註 256〕《陸遊集·渭南文集》卷一九《建寧府尊勝院佛殿記》，第 2149 頁。

〔註 257〕《齊東野語》卷三《誅韓本末》，第 51 頁。

〔註 258〕《宋史》卷四二九《朱熹傳》：「慶元元年初，趙汝愚既相，收召四方知名之士，中外引領望治。」第 12767 頁。

〔註 259〕《續資治通鑒》卷一五六，「寧宗開禧元年」，第 4228 頁。

〔註 260〕《續宋編年資治通鑒》卷一三，開禧二年四月條下引呂中言。

韓侂冑北伐所重用者僅為其親信如鄧友龍、張岩、陳自強、蘇師旦、李壁等人，諸人皆非可以倚重成事的大臣。據載韓侂冑「嘗與朝士論人才，有乏賢之歎，因言：『今從宮中，薛象先（叔似）沉毅有謀，然失之把持；鄧伯允（友龍）忠義激烈，然失之輕；李季章（壁）通今知古，然失之弱。』」〔註261〕可見韓侂冑所起用者主要是一批膏粱子弟，而「端正人士」很少為其所用。韓侂冑大興黨禁，打擊道學人士，造成人才之失是北伐失敗的重要原因，這也是陸游等文人對北伐心存憂慮的重要原因。

陸游在韓侂冑兵敗被謀殺之後，寫了一首詩《讀書雜言》:「……不知開眼蹈覆轍，乃欲歸罪車輪摧。福有基，禍有胎，一朝產禍吁可哀。」〔註262〕在傷悼韓侂冑被殺的同時，也對他不聽勸告終成大禍表示惋惜。《書文稿後》:「上蔡牽黃犬，丹徒作布衣。苦言誰解聽？臨禍始知非。」〔註263〕「文稿」即指《南園記》,「苦言」即是《南園記》中陸游以「歸耕」「許閒」之語引發出的議論中暗含的對韓侂冑的勸誡。南宋周密稱：「韓平原（侂冑）南園既成，遂以記屬之陸務觀。務觀辭不獲，遂以歸耕、退休（當為「許閒」）二亭名，以警其滿溢勇退之意甚婉。」〔註264〕葉紹翁謂陸文「蓋寓微詞也」〔註265〕。這都看到了陸游此文中所寓含的深意。張元忭《書陸游傳後》、趙翼《甌北詩話》卷十、袁枚《書陸游傳後》等皆表達了相同的觀點。〔註266〕結合當時的歷史背景，陸游在該文中寓含的「微言」，主要是指對黨爭之禍的批判與反思。早在紹熙五年（1194），陸游就寫下了《歲暮感懷以餘年諒無幾休日愴已迫為韻》一詩：「在昔祖宗時，風俗極粹美，人材兼南北，議論忘彼此。誰令各植黨，更僕而迭起；中更夷狄禍，此風猶未已。臣不難負君，生者固賣死。倘築太平基，請自厚俗始。」〔註267〕對祖宗時風俗粹美予以讚揚，對權臣植黨、相互攻訐、士風澆溥提出批判。嘉泰二年（1202），陸游作《跋歐陽文忠公疏草》《跋東坡諫疏草》亦有感於黨爭而作。開禧元年（1205）夏，陸游為李壁住所題了一首詩《寄題李季章侍郎石林堂》，其中有云：「……君不見牛季章與李衛

〔註261〕《續資治通鑒》卷一五七，「寧宗開禧二年」，第4245頁。
〔註262〕《劍南詩稿校注》卷七四，第4065頁。
〔註263〕《劍南詩稿校注》卷七四，第4069頁。
〔註264〕（宋）周密《浩然齋雅談》卷上，影印文淵閣四庫全書本。
〔註265〕《四朝聞見錄》乙集《陸游翁》，第65頁。
〔註266〕孔凡禮、齊治平編《陸游資料彙編》，第132、302、265頁。
〔註267〕《劍南詩稿校注》卷三一，第2113頁。

公，一生冰炭不相容；門前冠蓋各分黨，惟有愛石心則同。崎嶇宦路多危機，凜然石友人間稀。」〔註 268〕用唐代李林甫、牛僧孺黨爭故事，說明兩黨黨魁雖政見不一，但亦可以有相同的愛好，暗含了不同黨派也有共同之處，應消除黨派之爭、共同抗擊金人的意思，而「崎嶇宦路多危機，凜然石友人間稀」，表達了陸游對北伐之際文人士子抗金意志不統一的憂心。

二、開禧北伐前後文人與韓侂胄之關係

開禧北伐中文人與韓侂胄形成了複雜的關係。首先，開禧北伐前，眾多主戰文人因為與道學關係密切而遭到韓侂胄黨禁之禍。〔註 269〕韓侂胄在光宗「內禪」、寧宗即位的過程中，與另一大臣趙汝愚有「定策」之功，內禪結束後，雙方展開了激烈的黨爭。趙汝愚為相，「收召四方知名之士，中外引領望治」〔註 270〕，所謂「四方知名之士」，主要是指一些道學人士，如將與其友善的左司諫章穎升為侍御史，將原嘉王府翊善黃裳升為給事中，陳傅良、彭龜年並除為中書舍人。接著，從潭州召回朱熹，讓他出任天章閣待制兼侍講，成為寧宗的老師。這樣，趙汝愚結成了以道學家為主的官僚集團。韓侂胄在京鏜等人策劃下，首先以「道學」為口實打擊趙汝愚黨，繼而稱「道學」為「偽學」〔註 271〕，進而變「偽學」為「逆黨」〔註 272〕進行排斥打擊。慶元三年（1197）十二月，知綿州王沇請置偽學之籍，「仍自今間受偽學舉薦關陞及刑法廉吏自代之人，並令省部籍記姓名，與閒慢差遣」，立偽學黨人籍，包括宰執、待制、武臣、士人等共五十九人。〔註 273〕儒學家葉適、陳傅良等人即在

〔註 268〕《劍南詩稿校注》卷六二，第 3537 頁。

〔註 269〕參見沈松勤《南宋文人與黨爭》第三章第三節《道學的崛起與「慶元黨禁」》，第 98～120 頁。

〔註 270〕《宋史》卷四二九《朱熹傳》，第 12767 頁。

〔註 271〕慶元元年（1195）六月，「韓侂胄用事，士大夫素為清議所擯者，教以凡與為異者皆道學之人，疏姓名授之，俾以次斥革。或又言道學何罪，當名曰：『偽學』，善類自皆不安。由是有『偽學』之目」（《續資治通鑒》卷一五四）。

〔註 272〕慶元三年（1197）六月，朝散大夫劉三傑入見韓侂胄，對其稱：「今日之憂有二：有邊境之憂，有偽學之憂」，重點論當朝「偽學之憂」，稱三十年來，「其始有張栻者，談性理之學……而學之者已為利矣。又有朱熹者，專於為利。」並歷敘大臣如周必大、留正、趙汝愚等引薦道學的情況，認為「前日之偽學，至此變而為逆黨矣」（《續資治通鑒》卷一五四）。

〔註 273〕慶元三年（1197），韓侂胄立偽學黨籍，「於是偽學逆黨得罪著籍者，宰執則有趙汝愚、留正、周必大、王藺四人，待制以上則有朱熹、徐誼、彭龜年、陳傅良、薛叔似、章穎、鄭湜、樓鑰、林大中、黃由、黃黼、何異、孫逢吉

其中。陸游在慶元黨禁期間，並不屬於道學中人，也未被列入「慶元黨籍」，但他與當時道學領袖朱熹有很深的交情〔註 274〕，其友善之人也多為道學中人，清代趙翼稱：「放翁自蜀東歸，正值朱子講學提倡之時，放翁習聞其緒言，與之相契。……時偽學之禁方嚴，放翁不立標榜，不聚徒眾，故不為世所忌。然其優游里居，嘯詠湖山，流連景物，亦足見其安貧守分，不慕乎外，有昔人『衡門泌水』之風。是雖不以道學名，而未嘗不得力於道學也。其集中亦有以道學入詩者……。」〔註 275〕指出陸游與道學有很深的淵源。清代梁章鉅《退菴隨筆》卷二〇稱：「放翁與朱子有道義之契，集中屢見往復之詩」，並舉例加以說明。〔註 276〕辛棄疾所友善者亦多為道學家如朱熹、陳亮等人。這些主戰文人皆與道學有很密切的關係。

其次，開禧北伐期間，眾多主戰文人為韓侂胄所起用，助其北伐。寧宗嘉泰年間，韓侂胄鑒於敵黨黨首趙汝愚已死，「侂胄亦厭前事之紛紜，欲稍更張以消中外之議；且欲開邊，而往時廢退之人，又有以復仇之說進者」，遂於嘉泰二年（1202）二月「弛偽學、偽黨禁」〔註 277〕，追復趙汝愚資政殿學士，除偽學黨禁，開始興北伐之議。嘉泰三年（1203），鄧友龍使金，歸言金可伐，韓侂胄「北伐之議遂起」〔註 278〕，並開始廣泛起用先前打擊的道學人士如徐誼、劉光祖、陳傅良、章穎、薛叔似、葉適、曾三聘、項安世、范仲黼、詹體仁、游仲鴻等人。與道學人士友善的陸游、辛棄疾等人都因其主戰態度被起用。這些人都積極支持韓侂胄北伐抗金，並為韓侂胄做詩做文，讚揚北伐將士英勇抗敵的愛國精神，有些文人甚至親自指揮抗金戰爭，為阻止金兵南侵做出了一

十三人，餘官則有劉光祖、呂祖儉、葉適、楊芳、項安世、李埴、沈有開、曾三聘、游仲鴻、吳獵、李祥、楊簡、趙汝讜、趙汝談、陳峴、范仲黼、汪逵、孫元卿、袁燮、陳武、田澹、黃度、詹體仁、蔡幼學、黃灝、周南、吳柔勝、王厚之、孟浩、趙鞏、白炎等三十一人，武臣則有皇甫斌、危仲壬、張致遠三人，士人則有楊宏中、周端朝、張道、林仲麟、蔣傅、徐范、蔡元定、呂祖泰八人，其五十九人。」（《續資治通鑒》卷一五四）

〔註 274〕謝水華、程繼紅《朱熹與辛棄疾交遊述考》，載《江西社會科學》2004 年第 8 期；左滕仁著、冉毅譯《朱熹和陸游》，載《中國文學研究》1999 年第 2 期。

〔註 275〕趙翼《甌北詩話》卷六第 13 則，霍松林、胡主佑點校，人民出版社 2005 出版，第 93 頁。

〔註 276〕孔凡禮、齊治平編《陸游資料彙編》，第 324 頁。

〔註 277〕《續資治通鑒》卷一五六，「寧宗嘉泰二年」，第 4198 頁。

〔註 278〕《續資治通鑒》卷一五六，「寧宗嘉泰三年」，第 4214 頁。

定貢獻。一時間，文人強烈的復國之情再次被激發。這體現了韓侂胄復國抗金的主張與廣大主戰文人復國心理一致，也體現了主戰文人在民族大義面前，能夠拋開個人恩怨，投身於抗金復國的事業中去。

另外，北伐失敗後，主戰文人因韓侂胄之關係而遭到彈劾、譏詬。韓侂胄北伐失敗後，被主和大臣史彌遠謀殺，也遭到眾多史學家的詬罵，如南宋學者呂中稱：「小人擅朝，欲為專寵固位之計，往往至於用兵。王呂變法，生事於熙河；王珪懷奸，喪師於靈武；繼是則章蔡造釁於湟鄯；王黼稔禍於燕雲。誤國戕民，前後一律。今侂胄在朝，窮奸極惡，海內切齒，而復不度事勢，妄啟兵端，三邊瘡痍，生靈魚肉，雖擢發不足數其罪矣。」〔註279〕《宋史》則列韓侂胄入《姦臣傳》，成為與秦檜等人相提並論的姦臣。此後歷代對韓侂胄的評價詬病多於肯定。

支持韓侂胄北伐的文人如陸游、葉適、辛棄疾等人遭到彈劾貶謫，並見譏於清議。如朱熹在《答鞏仲至》一文中稱陸游在開禧前後為韓侂胄所作的《南園記》《閱古泉記》是「跡太近，能太高，或為有力者所牽挽，不得全此晚節」〔註280〕。《宋史》本傳沿襲其說：「晚年再出，為韓侂胄撰《南園》《閱古泉記》，見譏清議。朱熹嘗言：『其能太高，跡太近，恐為有力者所牽挽，不得全其晚節。』蓋有先見之明焉。」又論曰：「陸游學廣而望隆，晚為韓侂胄著堂記，君子惜之，抑《春秋》責賢者備也。」〔註281〕四庫館臣稱：「南宋詩集傳於今者，惟萬里及陸游最富。游晚年隳節為韓侂胄作《南園記》，得除從官。萬里寄詩規之，有『不應李杜翻鯨海，更羨夔龍集鳳池』句，羅大經《鶴林玉露》嘗記其事。以詩品論，萬里不及游之鍛鍊工細；以人品論，則萬里倜乎遠矣。」〔註282〕把陸游與楊萬里相比較，認為楊萬里不為韓侂胄作記文，人品高出陸游許多。清代朱鶴齡在《書渭南集後》一文中道：「又載侂胄欲記南園以屬楊廷秀，以掖垣許之。廷秀曰：『官可棄，記不可作。』侂胄恚改命他人，殆即務觀也。然記成而不聞有掖垣之擢，何歟？務觀為人非苟媚權貴者，特筆墨失於矜慎，遂致牽挽之疑。信乎？文士當知自守而清議之不可以不畏也。」〔註283〕葉適遭到御史雷孝友的彈劾。嘉定三年（1210）十二月，御史中丞雷孝友「劾

〔註279〕《續宋編年資治通鑒》卷一三，開禧二年四月條下引呂中言。

〔註280〕《全宋文》卷五五九一，第249冊，第221頁。

〔註281〕《宋史》卷三九五《陸游傳》，第12059頁。

〔註282〕《欽定四庫全書總目》卷一六〇《〈誠齋集〉提要》。

〔註283〕孔凡禮、齊治平編《陸游資料彙編》，第136頁。

適附韓侂胄用兵，遂奪職。自後奉祠者凡十三年」〔註 284〕。雷孝友奏言葉適「阿附權臣，盜甸罔上」「縱吏出兵，附會侂胄」〔註 285〕。《宋史》本傳亦對他有所微辭，責備他未能「極力諫止」開戰而「為之歎息」〔註 286〕。辛棄疾也被責為以「迎合開邊」「損晚節以規榮進」〔註 287〕者。

陸游、辛棄疾、葉適等文人或反對韓侂胄興黨禁，或成為黨禁的直接受害人，但他們都在開禧北伐中為韓所用，並取得了一定的抗戰成果。他們為韓侂胄寫詩作文，寄以其元樞大臣致平天下的理想，但他們亦對韓侂胄然進兵伐金的政策有所保留。在韓侂胄兵敗後，一併受到牽連，或是政治上的貶官，或是為人所詬病。這使得開禧北伐時期主戰文人與北伐權臣之間形成了極為複雜的關係。對於韓侂胄北伐的動機與歷史意義，應放在客觀的歷史背景下進行評價。在客觀評價韓侂胄的基礎上，應對與韓侂胄北伐有關的主戰文人的態度與心理進行重新認識。

本章小結

宋金戰爭時期，南宋文人被普遍捲入到戰爭中來。在每一次具體的戰爭事件發生時，文人對金國採取是戰爭還是議和的政策展開激烈的論爭。具有相似政治觀點的文人常以權臣為中心，形成一個形式較為開放的政治集團。和、戰之爭的結果最終取決於當權者的態度，文人的命運則隨著權臣地位的升降起伏不定，由此形成了文人之間錯綜複雜的關係。

其一，南渡初期，廣大文人從民族利益與歷史責任感出發，堅決要求抗金復國，形成了以李綱為主的主戰派與高宗、汪伯彥、黃潛善為主的主和派的對立；在李綱周圍聚集了一群主戰文人，他們政見一致，並通過詩文唱和互通聲氣，其人生命運與李綱之陟黜息息相關。

其二，紹興中期，圍繞著「紹興和議」，南宋文人展開了激烈的論爭，形成了以廣大文人士子為主的主戰派與高宗、秦檜為主的主和派之間的戰、和之爭；在主戰大臣趙鼎周圍聚集了一批文人，他們反對議和，力主伐金，他們因與趙鼎關係密切而遭到秦檜主和派的打擊。

〔註 284〕《宋史》卷四三四《葉適傳》，第 12894 頁。
〔註 285〕徐松《宋會要輯稿・職官》七三之四〇，中華書局影印本。
〔註 286〕《宋史》卷四三四《葉適傳》，第 12894 頁。
〔註 287〕《宋史》卷四七四《韓侂胄傳》，第 13774 頁。

其三，孝宗銳意恢復北伐，起用主戰大臣張浚，發動「隆興北伐」。北伐時期，朝中大臣就是和、是戰還是守的問題進行論爭，首先形成了張浚與湯思退為主的和、戰對立，由於張浚起用道學人士以為已助，故使主戰與主和之爭成為道學與反道學之爭。其次，形成了以張浚為主的主戰派與以史浩等人為主的主守派的對立。主守派是從主戰派中分化出去的政派，他們反對屈膝事金，但亦反對冒然興兵，主張先加強內治，在富國強兵的情況下北伐抗金，其出現有歷史的必然性。

其四，孝宗隆興和議以後，孝宗將政治重心轉到「內治」方面，主守派勢力不斷增強，並逐漸成為朝廷主導勢力，從而使宋金之間維持了長達四十餘年的友好和平關係。而在和平狀態下發展繁榮的朱子理學又反過來促進了主守派的進一步發展。以朱熹為代表的性理之學，強調持敬修性等「內聖」工夫；與其學術思想一致，在對金政策上，他們要求先加強朝廷內治，整肅朝政綱紀、改變士人風習，是典型的主守派觀點，朱熹等理學家亦成為此時期重要的主守派代表。與朱熹等性理之學相對的以葉適、陳亮為代表的浙東事功學派，認為「道」在日用之「器」中，「事功」即是「道」的表現，實現抗金復國即符合「道」，故他們激烈要求抗金復國，反對朱熹等人消極待時、空談性命的做法。這使儒學內部的性理之儒和事功之儒的學派之爭與主守、主戰的政見之爭密切聯繫起來，學術之爭與政見之爭互為表裏；主守派與主戰派的論爭，其實質是主戰派內部保守派與激進派的對立。

其五，韓侂冑發動北伐時並未像以前歷次戰爭爆發時一樣形成涇渭分明的和、戰集團，而是表現出錯綜複雜的文人關係；主戰文人與主戰權臣韓侂冑之間並未形成一個意志一致、關係密切、聲氣相通的政治集團，廣大士大夫雖然普遍支持北伐，但對韓侂冑表現出十分矛盾的心態。這與韓侂冑北伐時期的歷史文化背景有深刻的聯繫。

第三章　宋金戰爭背景下的南宋文人士風

宋金戰爭的時代背景形成了南宋文人獨特的士人風尚。首先，文人具有深厚的「恢復」情結，集中表現在強調「夷夏之辨」與「夷夏之防」的思想，突出「尊王攘夷」之「攘夷」的內容。其次，表現出強烈的「中興」理想，他們頌揚皇帝的「中興」之功，在詩文中賦詠徵引包含了豐富「中興」文化意義的「浯溪」意象與《車攻》事典表達「中興」理想。就其實質而言，「中興」指復興北宋時的領土疆界、政治地位及儒家文化傳統。另外，南宋文人讚美英雄人物、塑造英雄自我形象，表現出強烈的英雄意識，並認為英雄之志在於追求功名，批判儒家清談玄論之風。最後，南宋文人還表現出一定的隱逸追求。

第一節　南宋文人的「恢復」情結

面對北宋滅亡、異族入主、中原淪陷的現實，南宋文人表現出強烈的「恢復」情結。所謂天下之事，「至大莫如恢復」〔註1〕。終南宋一朝，恢復中原故土，成為文人士子政治日常生活所關心的中心問題。這表現在思想領域則是南宋文人對「夷夏之辨」與「夷夏之防」思想的強化。

一、南宋以前文人的「夷夏」觀

「夷夏之辨」的思想由來已久，所謂「非我族類，其心必異」〔註2〕即是。

〔註1〕《宋史》卷三九五《樓鑰傳》，第12046頁。

〔註2〕《春秋公羊傳注疏》昭公二十三年，見阮元校刻《十三經注疏》，中華書局1980年版，第2327頁。

但這種思想在宋以前並不佔據重要地位，如《春秋公羊傳》稱：「中國亦新夷狄也。」何休釋為：「中國所以異乎夷狄者，以其能尊尊也。」〔註3〕認為中國與「夷狄」並無區別。唐太宗說：「夷狄亦人耳，其情與中夏不殊。人主患德澤不加，不必猜忌異類，蓋德澤洽，則四夷可使如一家；猜忌多，則骨肉不免為仇敵。」〔註4〕認為夷狄與中原人情不異，希望通過懷柔之策使四海同一。韓愈在《原道》一文中稱：「諸侯用夷禮則夷之，夷而進於中國則中國之。」認為可以用夏變夷。這是因為，北宋以前中原與四鄰民族常處於君臣附屬關係，中原之國以君臨天下的態勢對待所謂的「四夷」，而且自信能夠以夏變夷，故不強調「夷夏之辨」。

北宋時期，在處理宋遼關係上，文人也沒有突出「夷夏之辨」的思想。這是因為，就宋、遼關係而言，燕雲十六州是後晉割予遼國的，非宋朝舊疆，故北宋恢復燕雲的呼聲並不十分強烈；另一方面，自真宗「澶淵之盟」後，宋、遼形成友好外交關係，雙方都習慣於以「北朝」「南朝」稱呼兩國，認可了兩國的平等地位，而遼國「久漸聖化，精知禮儀」〔註5〕，「頗竊中國典章禮儀」〔註6〕，為中原民族所同化。所以，北宋人的「華夷」意識較為淡泊，且不乏「以德懷遠」〔註7〕、「綏之以德」〔註8〕之論，如曾任兵部侍郎的趙安仁還專門集「和好」故事，編成《戴斗懷柔錄》一書，以供朝廷參考。武將何繼筠備邊二十年，為一代名將，子承矩承父業，「自守邊以來，嘗欲朝廷懷柔遠人，為息兵之計」〔註9〕。

宋仁宗寶元元年（1038）西夏李元昊僭號稱帝，且不斷侵擾宋朝邊境，宋朝在數次兵敗於西夏之後，開始思考「夷夏」問題，如神宗就對夷狄問題有了一定意識，他曾以詩明志，詩曰：「五季失圖，獫狁孔熾。藝祖造邦，思有懲艾。爰設內府，基以募士。曾孫保之，敢忘厥志。」〔註10〕但即便如此，在對

〔註3〕《春秋公羊傳注疏》昭公二十三年，第2327頁。

〔註4〕司馬光《資治通鑒》卷一九七，太宗貞觀十八年十二月甲寅，中華書局1956年版，第6215～6216頁。

〔註5〕《歷代名臣奏》卷三四七宋昭《論女真決先敗盟》。

〔註6〕《宋史》卷三四〇《蘇頌傳》，第10863頁。

〔註7〕（宋）趙汝愚《宋名臣奏議》卷一二九引張齊賢《上太宗論幽燕未下當先固根本》，影印文淵閣四庫全書本。

〔註8〕《歷代名臣奏議》卷三四二李至《乞懷柔北狄》。

〔註9〕《宋史》卷二七三《何承矩傳》，第9332頁。

〔註10〕（宋）王明清《揮麈錄後錄》卷一引《裕陵遺事》，中華書局1961年版，第54頁。

如何處理西夏問題時，宋人還是主張通過仁德懷遠、實現以華統夷。如張方平《請因郊禋肆赦招懷西賊劄子》一文中稱「仁者無敵於天下」〔註11〕，主張以德行仁義施行於天下，使遠人自服。宋庠起草的《賜西平王趙元昊詔》制文稱：「朕奉承瑞命，撫有萬方。上席祖宗之謀，靡佳兵革之舉。專任德教，以統華夷。」〔註12〕表達了以仁義統制「夷狄」的政策。宋人甚至把西夏看作「王化」之地，如張方平《請因郊禋肆赦招懷西賊劄子》一文中稱：「臣嘗聞自邊來者，詢賊中事。蓋今羌戎乃漢唐郡縣，非以逐水草射獵為生，皆待耕獲而食。……閱朔方、靈武、河西五郡，聲教所曁，莫非王民。」〔註13〕宋仁宗在慶曆元年（1041）二月丙寅的詔書中云：「況河西士民素被王化，朕為父母，豈不閔傷。」〔註14〕范仲淹甚至把李元昊稱作兄弟，他在致元昊的信中說：「仲淹與大王同事朝廷，於天子則父母，於大王則兄弟也，豈有孝於父母不愛於兄弟哉！」〔註15〕認為「夷」「夏」同質同源，基本上是沿襲以前的夷夏觀。

二、南宋「夷夏之辨」思想的強化

宋人的「夷夏之辨」意識至靖康之難時發生了根本性變化。這是因為，靖康之難後，北宋滅亡，打破了自古以來華夏民族居於「中國」「四夷」居於「四方」的地理格局。在宋人看來，金人侵佔中原、宋室南逃偏安，是歷史的倒退，是「天理」倫常的毀滅，金人「性剛狠、善戰鬥、茹毛飲血、殆非人類」〔註16〕，不可能以華夏文明馴化之，只能訴之於戰爭，表現出與金人不共戴天之勢。

首先，南宋文人反對北宋通過「以德懷遠」處理「夷夏」關係的政策。北宋張齊賢曾著《論幽燕未下當先固根本》，提出「以德懷遠」〔註17〕、反對伐遼，其觀點在北宋具有一定的普遍性。南宋文人對此提出強烈批判，如呂中稱：「齊賢之論其知本矣，然徒知遼未可伐，而不知燕薊在所當取。……蓋燕薊之所當取者有二：一則中國之官陷於左衽，二則中國之險移於夷狄。」〔註18〕李

〔註11〕《全宋文》卷七八六，第37冊，第67頁。
〔註12〕《全宋文》卷四二二，第20冊，第283頁。
〔註13〕《全宋文》卷七八六，第37冊，第66頁。
〔註14〕（宋）李燾《續資治通鑒長編》卷一一四，慶曆元年十一月丙寅條，中華書局2004年版。
〔註15〕范仲淹《范仲淹全集．文集》卷一〇《答趙元昊書》，四川大學出版社2002版。
〔註16〕《宋名臣奏議》卷一四二引宋昭《上徽宗論女真決先敗盟》。
〔註17〕《宋名臣奏議》卷一二九引。
〔註18〕《宋史紀事本末》卷一三《契丹和戰》，第82頁。

熹亦稱：「齊賢徒知契丹未可伐，而不知燕薊在所當取。豈為齊賢之不知，雖趙普、田錫、王禹偁亦不之知也！」〔註19〕南宋文人認為應該攻遼取燕、薊，批判北宋「以德懷遠」政策，主要出於「披髮左衽」「夏化為夷」的憂患意識，無疑是在當時特定的時代環境下自身政治訴求的表現。

其次，南宋文人否認了以前「夷夏」同質、「夷」可變為「夏」的觀點。在南宋人眼中，「夷狄」金人與小人、盜賊、禽獸相等，認為其既不知禮義，又殘暴貪虐。如胡宏《易外傳》中稱：「夷狄居邊塞不毛之地，盜賊屏其邪心而從於教化，不害良善，其宜也。夷狄若有侵犯於中國，盜賊若有干犯於天下，則是禽獸在田而侵犯稼穡也。」〔註20〕王庭珪《上皇帝書》中稱：「臣嘗謂夷狄不足深憂，蓋其貪殘暴虐，骨肉相賊，逆天違人，必不能久據中原，滅亡可待也。」〔註21〕王之望《漢光武晉穆帝禦戎是非策》中稱：「外國之人尊尚勇力，便習騎射，生長於戎陣之間，然剛暴而不知退讓，無親愛以相固，無禮義以相維，故驟強而易衰。方其盛強，雖聖王在上，猶被其患，侵軼縱暴，其鋒不可當。及其既衰，則內相攻殘，而中國坐制其弊，此其勢然也。」〔註22〕言辭近於謾罵，表現出對金人的極度蔑視。李綱《上皇帝封事（建炎元年五月乙未條）》中稱：「夫夷狄者小人之類，猶之盜賊也。小人無以制御之，而欲乞憐以望其有惻隱之心，不可得已。盜賊白晝入主人之室，探匱發篋，得其所欲，曾不為之捍敵，則何憚而不再來、何為而不盡取哉？」「夷狄之性，貪婪無厭，不可恃其不來，當恃我之有備。宜益治兵，收將士之心，以禦外侮」，對「小人」夷狄不可以信義約好，只能嚴治軍備以抗擊。〔註23〕所以，南宋文人對金人入主中原深以為恥，對以王道之治賓服四夷的傳統做法表示懷疑，如李彌遜《魏武征三郡烏丸議》中稱：「故王者之治，遠人不服，則修文德以來之，又曰內修政事，外攘夷狄。未聞以中國之大，萬民之眾，而受制於夷狄者也。」〔註24〕

另外，南宋文人認為與金人有「不共戴天」之仇。在南宋文人的詩文集中，「不共戴天」「報仇雪恥」等字眼觸處可見，體現了南宋人深刻的「華夷之辨」與「華夷之防」的思想。如紹興八年（1138）宋廷決計主和，樞密院編修胡銓上

〔註19〕《續資治通鑒長編》卷二一，太平興國五年十二月辛卯條。
〔註20〕《全宋文》卷四三八八，第198冊，第339頁。
〔註21〕《全宋文》卷三四〇六，第158冊，第132頁。
〔註22〕《全宋文》卷四三六八，第197冊，第382頁。
〔註23〕《全宋文》卷三六九七，第169冊，第285、286頁。
〔註24〕《全宋文》卷三九五五，第180冊，第312頁。

書稱：「陛下一屈膝，則祖宗廟社之靈盡污夷狄，祖宗數百年之赤子盡為左衽，朝廷宰執盡為陪臣，天下士大夫皆當裂冠毀冕，變為胡服。」〔註25〕權禮部侍講尹焞上書稱：「禮曰：『父母之仇不共戴天，兄弟之仇不反兵。』今以不戴天之仇與之和，臣切為陛下痛惜之！」同時移書秦檜警告說：「若和議成，彼日益強，我日益怠，天下有被髮左衽之禍。」〔註26〕紹興九年（1138）兵部侍郎張燾自西京朝陵還，「上問諸陵寢如何，燾不對，唯言：『萬世不可忘此仇！』」〔註27〕

孝宗即位後這種思想更加激烈。孝宗一意恢復北伐，「嗣服之初，慨念陵廟之讎恥未報，中原之版圖未復，寤寐俊傑，以圖事功。」〔註28〕其恢復之志更加激起了有志之士北向恢復的決心：「自金人渝盟，兵革不得休息，民之創痍日甚。會天子新立，謂：『我家有不共戴天之讎，朕不及身圖之，將誰任其責？』乃奮志於恢復。由是天下之銳於功名者，皆扼腕言用兵矣。」〔註29〕如主戰派文人張浚，「每奏對，必深言讎恥之大，反覆再三」，皇帝亦「未嘗不改容流涕」。〔註30〕劉珙「其言皆以未能為國家報雪讎恥為深恨」〔註31〕。朱熹多次提出與「夷狄」之仇不共戴天，極力主張抗金「雪恥」。紹興三十二年（1163）孝宗即位，朱熹時任左迪功郎監潭州，他在《壬午應詔封事》中說道：「祖宗之境土未復，宗廟之讎恥未除，戎敵之奸譎不常，生民之困悴已極。」〔註32〕希望孝宗能夠改變當前形勢，勵志恢復。淳熙七年（1180）朱熹任宣教郎知南康軍，應召上書論事，稱：「然則民又安可得而恤，財又安可得而理，軍政何自而修，土宇何自而復，而宗廟之讎恥又何時而可雪耶？」〔註33〕對於國家讎恥未報深感痛心。他堅持「君父之仇，不與共戴天」，稱「國家靖康之禍，二帝北狩而不還，臣子之所痛憤怨疾，雖萬世而必報其仇」〔註34〕，表現出與金人勢不兩立的堅決態度。

〔註25〕《宋史》卷三七四《胡銓傳》，第11580頁。
〔註26〕《宋史》卷四二八《尹焞傳》，第12736頁。
〔註27〕《要錄》卷一二九，紹興九年六月己巳條，第2088頁。
〔註28〕朱熹《中奉大夫直煥章閣王公神道碑銘》，《全宋文》卷五六七六，第253冊，第44頁。
〔註29〕《四朝聞見錄》丙集《張史和戰異議》，第102頁。
〔註30〕《宋史》卷三六一《張浚傳》，第11305頁。
〔註31〕朱熹《觀文殿學士劉公（珙）神道碑》，《全宋文》卷五六七五，第253冊，第16頁。
〔註32〕《全宋文》卷五四二八，第243冊，第7頁。
〔註33〕朱熹《庚子應詔封事》，《全宋文》卷五六七五，第253冊，第16頁。
〔註34〕朱熹《戊午讜議序》，《全宋文》卷五六一九，第250冊，第298頁。

孝宗朝以後這種觀點亦普遍存在，如葉適認為應該傚仿前朝明君報讎雪恥，「讎恥者必思報復，夏少康、越句踐、漢武帝、唐太宗是也」〔註35〕。虞儔在《輪對劄子（紹熙初）》中稱：「自講和日久，人情狃以為常。徒見使命之交馳，聘問之狎至，遂謂事體當然。殊不知讎恥未復，何可忘也。」〔註36〕袁燮在《策問・邊備》中稱「古者中國甚尊，外裔甚卑，遼乎上下不侔也」〔註37〕，不可使卑者逾於尊者之上。

南宋文人強烈的「華夷之辨」思想的發展，緣於國破家亡的慘痛現實的激發，亦緣於金國邊防憂患日益嚴峻的促使。

三、南宋文人解經強化「夷夏之辨」的思想

南宋文人常通過對儒家經典的闡發來強調「夷夏之辨」的思想，論證抗金復國的合理性與必然性，以對《春秋》《易》《詩》等經典的研究為主。

（一）《春秋》學與「夷夏之辨」

孔子作《春秋》包含了正「夷夏」之體的目的，在當時「道既不行」的情況下，孔子「懼人之溺於禽獸也，懼夷狄之亂於中國也」，「於是作《春秋》」〔註38〕。《春秋》以「正名」為根本大義，在「正名」之下，又有「尊王攘夷」的根本主張。「尊王」之義，主於「大一統」，唯天下之紀統於一，「尊王」之義方顯。「《春秋》內其國而外諸夏，內諸夏而外夷狄」（《春秋公羊傳・成公十五年》），明確指出天下有序表現為華夏居中國、「夷狄」居四方，華夏統制四夷。南渡之後經學家通過闡釋《春秋》正人君之體、「夷夏」之體的思想來強調「夷夏之辨」，並在此基礎上論證抗金復國的歷史必然性，典型代表有胡安國、陳亮等人。

胡安國（1074～1138）字康侯，崇安人，哲宗紹聖四年（1097）進士，高宗時官給事中、侍讀，以氣節稱於時，學者稱「武夷先生」。胡安國《春秋傳》三十卷。宋高宗曾讓其為《左傳》點句正音，他回答《左傳》繁碎，為人君者不宜欣賞此書的文采而虛費光陰，應該研究「經世之大典」——《春秋》。紹興八年二月「丙寅，以胡安國《春秋傳》成書，進寶文閣直學士」〔註39〕。《春

〔註35〕《葉適集・水心別集》卷一五《應詔條奏六事》，第839頁。
〔註36〕《全宋文》卷五七一一，第254冊，第228頁。
〔註37〕《全宋文》卷六三七二，第281冊，第162頁。
〔註38〕（宋）羅從彥《遵堯錄別錄序》，《全宋文》卷三〇六〇，第142冊，第158頁。
〔註39〕《宋史》卷二九《高宗六》，第535頁。

秋傳》三十卷是胡安國重要的經學研究成果，亦是南宋初戰爭背景下經學家借解經以辨夷夏之體、喻抗金復仇之義的代表作。

首先，胡安國開宗明義地提出他作《春秋傳》的目的在於明辨「夷夏」。胡安國認為，金人侵佔中原領土是「天理滅」，嚴重破壞了社會的固有秩序，不符合「天理」「天道」，而《春秋》「大要明天理」，故作《春秋傳》以講明「天理」，亦即辨明「夷夏」。〔註40〕在自序中，胡安國稱該書「尊君父，討亂賊，辟邪說，正人心，用夏變夷，大法略具，庶幾聖王經世之志，小有補云」，指出了其寫作目的在於「經世」，而「經世」重點又在於「攘夷」「用夏變夷」。胡安國此書雖承襲北宋孫復一派「尊王攘夷」之說，但由於所處的時代環境不同而更突出了「攘夷」的一面，具有明確的現實針對性。如僖公二十四年春周襄王引狄人伐鄭，此次周、鄭交惡，其曲未必在鄭，胡安國認為鄭文公有背於尊王，而周襄王向狄人借兵伐鄭，有背於攘夷的原則，但相較之下，胡安國還是把攘夷放在首位，他重點批評周襄王「不知自反」，「用夷制夏，如木之植拔其本也」，而且徵引前事之鑒說道：「唐資突厥之兵以伐隋，而世有兵戎之禍；晉借契丹之力以取唐，而卒有播遷之辱。」明確提出要嚴辨「夷夏」，使二者不可混同。〔註41〕

其次，胡安國認為「夷狄」佔據中原、中原華夏之族有「披髮左衽」之患，藉此論證抗金復國的必要性，批判朝廷的苟和之風。如宣公八年「楚人滅舒蓼」，《左傳》記楚莊王「盟吳、越而還」，這是吳、越二國始見於傳文，實則二國的國力尚遠遠不足以威脅中原，然胡安國對此憂心忡忡地說：「吳、越勢益強大，將為中國憂，而民有披髮左衽之患矣。經斯世者當以懼，有攘卻之謀而不可忽，則聖人之意也。」〔註42〕胡安國之語具有明確的現實針對性，對當時南宋偏安江南、「中國」之地為「夷狄」所統治的現實表現出深重的憂慮。胡安國通過釋經「以古鑒今」，對朝廷苟和之風提出批判，如：「凡有國家者，土地雖廣，人民雖眾，兵甲雖多，城郭雖固，而不能自強於政治，則日危月削」（僖十九年），「《春秋》不言四鄙，及與吳盟，欲見其實而深諱之，以為後世謀國之士不能以禮義自強、偷生旦夕、至侵削凌遲而不知恥之戒也」（哀八年），簡直是借經典公然諷刺朝政之苟安。

〔註40〕羅從彥《豫章文集》卷一六引胡安國《答羅仲素書》，影印文淵閣四庫全書本。

〔註41〕（宋）李明復《春秋集義》卷二三《僖公》引胡安國語，影印文淵閣四庫全書本。

〔註42〕李明復《春秋集義》卷二三《僖公》引胡安國語。

胡氏做《春秋傳》的目的在於明辨「夷夏」之體，不使出現「夷狄侵中國則暗而不明」〔註 43〕的現實，其對於《春秋》的解釋多出於為現實政治服務的目的，故清初尤侗說：「胡傳專以復仇為義，割經義以從己說，此宋之《春秋》，非魯之《春秋》也。」〔註 44〕用語雖不免尖刻，卻道出了胡安國著《春秋傳》的特點及其現實目的。〔註 45〕清代學者王夫之評道：「嘗讀胡氏《春秋傳》而有憾焉。是書也，著攘夷尊周之義，入告高宗，出傳天下，以正人心而雪靖康之恥，起建炎之衰，誠當時之龜鑑矣。」〔註 46〕準確地概括出胡氏《春秋傳》發明經義、強化「攘夷」思想的特點及其在南渡初「正人心而雪靖康之恥」的重要意義。

陳亮亦對《春秋》多有發明。元代劉塤說道：「龍川之學尤深於《春秋》。」〔註 47〕陳亮於諸經中尤重《春秋》，以為《春秋》備四王之制，為王道之極則，其大義所在，則關乎君道根本，認為孔子作《春秋》正以其有傷於周室之陵夷，歎王道之不舉，故為揭「正名」之大義，嚴「夷夏」之大防，以懼亂臣賊子，而為後世立法，其根本大義在於「尊王攘夷」，故執政者在當前金人入主中原的情況下應該奮起抗金、恢復中原。

首先，陳亮強調《春秋》的根本大義在於「正君臣之本」、明「夷夏之義」。他稱「昔者春秋之時，君臣父子相戕殺之禍，舉一世皆安之。而孔子獨以為三綱既絕，則人道遂為禽獸夷狄，皇皇奔走，義不能以一朝安。然卒於無所寓，而發其志於《春秋》之書，猶能以懼亂臣賊子」。在中原淪陷、二帝北狩的情況下，孝宗皇帝及文武百官忘記「君父之大仇」，非「人道之所可安」也，故學者應該發明《春秋》之大義，改變朝廷苟安習危之士風，一致北向恢復中原，改變中原陵夷的狀態。〔註 48〕陳亮還指出西周末世，犬戎侵陵中國，若平王能勵志奮發，以天子之令號召天下，則犬戎可平，國恥可雪。無奈其苟安於洛邑，置天下於度外，終至神州陸沉，使天子之國降為「眇然一列國」，使人道廢絕

〔註 43〕《宋名臣奏議》卷四引胡安國《上欽宗論君道本於民》。

〔註 44〕（清）朱彝尊《經義考》卷一八五《春秋十八·胡氏（安國）春秋傳》引，影印文淵閣四庫全書本。

〔註 45〕參沈玉成、劉寧著《春秋左傳學史稿》，江蘇古籍出版社 2000 年版，第 221～223 頁。

〔註 46〕王夫之《宋論》卷一〇《高宗八》，第 184 頁。

〔註 47〕（元）劉塤《隱居通義·論陳龍川二則》，《陳亮集》附錄，第 559 頁。

〔註 48〕《陳亮集》卷一《上孝宗皇帝第一書》，第 2 頁。

而淪為「禽獸夷狄」。〔註49〕這是在發明《春秋》大義的基礎上，對南宋君臣苟安習危、不思恢復的批判。

其次，陳亮以「尊王攘夷」思想為主導，極力主張北伐恢復中原，「欲為社稷開數百年太平之基」。「尊王攘夷」首先應宗主「中國」，陳亮稱：「中國，天地之正氣也，天命之所鍾也，人心之所會也，衣冠禮樂之所萃也，百代帝王之所以相承也。豈天地之外夷狄邪氣之所可奸哉！」中國乃文明之淵藪，代表了一種歷史文化傳統，為天命人心得以維繫的根本原因之所在。在陳亮看來，孔子作《春秋》，書天王之義，嚴「夷夏之辨」，正欲為人道立極，若坐視中原淪陷而不恤，使「堂堂中國而蠢爾醜虜安坐而據之，以二帝三王所都而為五十年犬羊之淵藪，國家之恥不得雪，臣子之憤不得伸，天地之正氣不得而發洩」，便是人道廢絕，天命乖離，文明墜地，使聖人之道幽閉而不顯。〔註50〕故「使學者知學孔子，當進陛下以有為，決不沮陛下以苟安也」，「今中原既變於夷狄矣，明中國之道，掃地以求更新可也；使民生宛轉於狄道而無有已時，則何所貴於人乎！」〔註51〕在「尊中國」的基礎上，陳亮強烈要求抗金復國，他反對與金人締結和議，非難漢唐君主「和親」之策，攻擊徽宗約金伐遼之策，咎責朝臣不講《春秋》而致「夷狄專中國之禍」。〔註52〕

陳亮從《春秋》「尊王攘夷」的根本大義出發，提出抗金雪恥是歷史的必然，把實現中興復國的理想，提升到繼承歷史文化傳統的高度。這是南宋文人在特定的政治背景下，對《春秋》所作出的獨特見解，包含了豐富的時代文化內涵，寓含了經學家深刻的現實理想。

（二）《易》學、《詩經》學與「夷夏之辨」

南宋文人也普遍關注《周易》《詩經》等儒家經典，並在對其解釋、重證的過程中，尋求為現實政治服務的理論，體現出「六經注我，我注六經」「六經皆我注腳」〔註53〕的自信，也體現了以經學為我所用的儒家經世理想。

一些著名主戰大臣都有易學著作，如李光《讀易詳說》、張浚《紫岩易說》、鄭剛中《周易窺餘》、楊萬里《誠齋易傳》、張栻《南軒易說》等。這些《易》

〔註49〕《陳亮集》卷一《上孝宗皇帝第二書》，第9頁。
〔註50〕《陳亮集》卷一《上孝宗皇帝第一書》，第1、2頁。
〔註51〕《陳亮集》卷四《問答下》，第49頁。
〔註52〕《陳亮集》卷四《問答下》，卷二〇《漢論·景帝朝》，卷八《酌古論·桑維翰》。
〔註53〕《宋史》卷四三四《陸九淵傳》，第12881頁。

學著作，都具有借解經表達現實政治觀點的特點。如張浚《紫岩易傳》。《易》之「比」卦，第五爻「九五：顯比，王用三驅，失前禽，邑人不誡。吉。象曰：『顯比』之『吉』，位正中也。捨逆取順，『失前禽』也。『邑人不誡』，上使中也。」張浚對此解釋道：「比至九五，其道大成。五以一陽主眾陰，剛中而貞，且位居互艮上。中正之道，足以制群陰而止之。內之中國，外之四夷，莫不效順。是謂顯比。『王用三驅，失前禽，邑人不誡。吉。』聖人之仁德也。」〔註54〕強調「夷夏之辨」，突出中國居中以君臨四夷的觀點。四庫館臣在評價陳造《易說》時稱：「中多以經證史，與楊萬里《誠齋易說》、李光《讀易詳說》相類，殆為時事而發，託之詁經歟？」〔註55〕即明確地指出了南宋易學著作「為時事而發」的特點。

袁燮《絜齋毛詩經筵講義》〔註56〕，借釋經為現實政治服務，體現出較強的經世致用的特點。如其解《王風·黍離》道：「我國家建都於汴既九朝矣，宗廟宮闕於是乎在。靖康之禍，鞠為禾黍，非能如東周之在境內。神皋未復，敵久據之，往時朝會之地，今為敵人所居，此天地之大變，國家之大恥也……聖主誠能反其所為，臥薪嚐膽，以復仇刷恥自期，則大勳之集，指日可俟矣，人情之慘戚將轉而為歌謠，豈不偉哉？惟聖主亟圖之。」〔註57〕通過解經表達自己對於國事的黍離之歎，認為金人佔據中原，乃國家之大恥，聖主應該臥薪嚐膽，復仇雪恥，早日收復失地。四庫館臣稱《絜齋毛詩經筵講義》：「其中議論和平，頗得風人本旨。於振興恢復之事，尤再三致意：如論《式微》篇，則極稱太王、句踐轉弱為強，而貶黎侯無奮發之心；論《揚之水》篇，則謂平王柔弱為可憐；論《黍離》篇則直以汴京宗廟宮闕為言。皆深有合於獻納之義。胡安國作《春秋傳》，意主復讎，往往牽經以從己；而燮則因經文

〔註54〕（宋）張浚《紫岩易傳》卷一《比》，影印文淵四庫全書本。

〔註55〕《欽定四庫全書總目》卷一六一《〈江湖長翁文集〉提要》。

〔註56〕《欽定四庫全書總目》卷一五《〈絜齋毛詩經筵講義〉提要》稱：「此書乃其為崇政殿說書時撰進之本。」《宋史》卷四百記載：「寧宗即位，以太學正召。……嘉定初，召主宗正簿樞密院編修官，權考功郎官，太常丞知江州，改提舉江西常平，權知隆興。召為都官郎官，遷司封……遷國子司業，秘書少監，進祭酒。秘書監延見諸生，必迪以反躬切己、忠信篤實，是為道本，聞者悚然有得，士氣益振。兼崇正殿說書，除禮部侍郎，兼侍讀。時史彌遠主和，燮爭益力，臺論劾燮，罷之。以寶文閣待制提舉鴻慶宮，起知溫州，進直學士奉祠以卒。」可知該書寫於寧宗嘉定年間。

〔註57〕（宋）袁燮《絜齋毛詩經筵講義》卷三《黍離篇》，影印文淵閣四庫全書本。

所有而推闡之，故理明詞達，無所矯揉，可謂能以古義資啟沃矣。」〔註 58〕又稱：「且宋自南渡以後，國勢孱弱，君若臣皆懦怯偷安，無肯志存遠略，而燮獨以振興恢復之事望其君，經幄敷陳，再三致意……昔人譏胡安國《春秋傳》意主復仇，割經義以從己說，而燮則因經旨所有而推闡之，其發揮尤為平正，雖當時寧宗暗弱，不能因此感悟，而其拳拳忠藎之意，亦良足尚也。」〔註 59〕

「夷夏之辨」實質是一種文化之辨。《論語》裏的「夷夏之辨」是從文化、禮儀上著眼，強調教化，而非人種上的差異。如《論語・子罕》第十四「子欲居九夷。或曰：『陋，如之何？』字曰：『君子居之，何陋之有？』」《論語・子路》第十九「尉遲問仁。子曰：『居處恭，執事敬，與人忠。雖之夷狄，不可棄也。』」《孟子》：「吾聞用夏變夷者，未聞變於夷者也。」亦是源於一種文化上的自信。優於「夷狄」的華夏文化發源於中原，並由中原之國繼承發展，形成後世儒學家所謂的「斯文」傳統。「斯文」傳統被歷代儒學家接受闡釋，成為統治者代天行道、遵循「天道」而建立完美社會秩序的終極依據。北宋滅亡後，自古被視為「夷狄」之邦的少數民族入主中原，「斯文」發祥地淪陷，給宋人帶來一種史無前例的精神信仰的衝擊，這即是對失去中原故地的偏安政權的存在是否合理長久的叩問。南宋文人比以往任何一個時代都強調「夷夏之辨」，正是其精神信仰遭到衝擊時，以「斯文」繼承者自居的儒學家強化民族自尊心與自信心時所作的努力。

第二節　南宋文人的「中興」理想

南宋文人具有深厚的「中興」理想，「中興」意味著政治、經濟經歷一個低谷後對前朝盛世的復興。北宋滅亡，江山丟失大半，自南渡之初，宋朝君臣就表現出「中興」政治的理想與希望。具體表現在以下幾方面：首先，對南宋君臣及文人士子提出「中興」的希望；其次，頌揚高宗建立「中興」之功；另外，借詠「浯溪」勝境表達「中興」理想；最後，通過徵引寓含了上古周宣王「中興」之功的《車攻》之典事表達「中興」理想。就其實質而言，「中興」指抗擊金兵、恢復故土、復興北宋時期的文明與權力地位。

〔註 58〕《欽定四庫全書總目》卷一五《〈絜齋毛詩經筵講義〉提要》。
〔註 59〕袁燮《絜齋毛詩經筵講義目錄》。

一、希望南宋君臣及文人士子建立「中興」之功

宋室南渡，改元「建炎」，寓含了以火剋金之意，表達了抗金復國、實現政治「中興」的理想。史載：「上以便宜，進汪伯彥、黃潛善為雜學士，於是耿南仲議改元，謂宜倣藝祖建隆之號，且本朝以火德王，請曰建炎云。」〔註60〕南宋文人認為南宋「以火德王」，必能剋金復國，如劉子翬《代與李丞相啟》中稱：「羯胡外侮，艱危永賴於壯猶；炎運中興，螭廷首登於一相。運化鈞陶之上，救民水火之中。」〔註61〕張嵲《紹興中興上復古詩（並序）》中稱：「自天地剖判以後，書契以來，中興復古之君，比德較功，莫有望其彷彿者。初龍翔於王室始騷之時，撫運於炎正中微之日。」〔註62〕劉才邵《梧桐》一詩道：「琴材豈必百年期，翠葉萋萋已滿枝。況是常生易封殖，政平喜見中興時（自注：《禮緯》云，人君乘火德而王，政平則梧桐常生也）。」〔註63〕改元「紹興」亦寓含「紹祚中興」之意，即曹勳所謂「連年逆虜斷侵陵，聖運當天日正升。頂相如山知美讖，紹隆火德即中興」〔註64〕。

南宋文人士子普遍表示出中興宋室的理想，這在南渡之初表現尤為激烈，「中興」一詞亦觸處可見。具體包括三方面的思想內涵：對宋朝中興充滿信心，對大臣輔帝中興提出希望，對自己建立中興功業表示期許。

首先，對宋朝中興充滿信心。如詩句：「江淮烽火照雲頭，買盡臨安去國舟。行見中興聖天子，犬戎大定復神州」〔註65〕，「周宣自有中興日，天厭彝胡尚須暇。」〔註66〕，「東巡百萬臨瓜步，拭目中興望我皇」〔註67〕，「神京朝萬國，復見漢官儀。歸來頌中興，當才勿吾欺」〔註68〕，「社稷中興豈無日，

〔註60〕（宋）熊克《中興小紀》卷一，建炎元年五月丙戌，影印文淵閣四庫全書本。

〔註61〕《全宋文》卷四二五六，第193冊，第149頁。

〔註62〕傅璇琮等主編《全宋詩》卷一八三六，北京大學出版社，1991年版，第32冊，第20446頁。

〔註63〕《全宋詩》卷一六八二，第29冊，第18869頁。

〔註64〕《宮詞三十三首》其十六，《全宋詩》卷一八九三，第33冊，第21167頁。

〔註65〕曹勳《仲冬再到和前韻》，《全宋詩》卷一八九五，第33冊，第21186頁。

〔註66〕劉一止《苕溪集》卷三《次韻曾宏父見貽一首》，《全宋詩》卷一四四六，第25冊，第16681頁。

〔註67〕程俱《避寇儀真六絕句》其三，《全宋詩》卷一四二〇，第25冊，第16362頁。

〔註68〕劉才邵《次韻劉克強潛劉齊莊並見寄》，《全宋詩》卷一六八〇，第29冊，第18831頁。

群魚躍水正飛空」〔註69〕，「人心無右袒，天意有中興」〔註70〕，「舊國故鄉休悵望，中興恢復佇旋歸」〔註71〕。

其次，對朝臣或友人建立「中興」之功提出希望。這在一些應制、唱酬、送別詩中表現很突出，如「勞公力贊中興業，衰病安然臥白雲」〔註72〕，「敢請中興重作頌，袞衣不日見歸公」〔註73〕，「誰扶中興舉，康濟須十亂。周郎人中傑，表表蒼柏幹」〔註74〕，「相期扶中興，何止得官熱」〔註75〕，「中興事業須公等，勿憚危言達聖聰」〔註76〕，「中興修政似周宣，共理聊煩命世賢」〔註77〕，「君才森武庫，可當十萬兵。行矣佐中興，力扶天柱傾」〔註78〕，「聖治中興日，宗藩第一流。九重資共理，三載賴分憂」〔註79〕，「可但世官從鳳沼，要看人物上雲臺。歌呼枉費談天口，宜及中興國論陪」〔註80〕。都對朝臣在將士群懦的情況下擔負起中興之責提出希望。

南宋文人對當時身處戰亂而隱逸避世的士人提出委婉批評，激勵其為蒼生社稷起而有所作為，如王之道在《送楊德潤赴禮部試》一詩中說：「軒冕時何晚，山林計亦疏。中興屈群策，入告莫躊躇。」〔註81〕呂本中《呈折仲古四首》其四：「疾病侵凌百不能，只今全是住庵僧。謝安肯為蒼生起，早與吾君了中興。」〔註82〕

另外，南宋文人對自己助帝中興表示期許，對不能建中興之功表示悲歎。

〔註69〕朱翌《陪董令升西湖閱競渡》，《全宋詩》卷一八六四，第33冊，第20856頁。

〔註70〕李處權《謁翁丈四十韻》，《全宋詩》卷一八三二，第32冊，第20411頁。

〔註71〕李綱《次韻陳中玉大卿二首》，《全宋詩》卷一五六六，第27冊，第17780頁。

〔註72〕李綱《寄呂相元直》，《全宋詩》卷一五六六，第27冊，第17782頁。

〔註73〕葛勝仲《次韻大資節使薛公見貽二首》其二，《全宋詩》卷一三六七，第24冊，第15677頁。

〔註74〕張擴《東窗集》《周秀實監丞聞嘉禾兵亂請急歸唁其親朋還朝有作因次其韻》，《全宋詩》卷一三九五，第24冊，第16057頁。

〔註75〕葛勝仲《明日元舉赴召見別用前韻送行》，《全宋詩》卷一三六三，第24冊，第15617頁。

〔註76〕李光《亨仲察判赴召以重陽日酌酒夢草堂賦詩送行》，《全宋詩》卷一四二四，第25冊，第16420頁。

〔註77〕劉才邵《送李似之二首》其二，《全宋詩》卷一六八二，第29冊，第18864頁。

〔註78〕郭印《送陳守》，《全宋詩》卷一六六二，第29冊，第18624頁。

〔註79〕王之道《送趙端質歸朝》，《全宋詩》卷一八一八，第32冊，第20242頁。

〔註80〕李處權《送兹父》，《全宋詩》卷一八三三，第32冊，第20414頁。

〔註81〕《全宋詩》卷一八一八，第32冊，第20244頁。

〔註82〕《全宋詩》卷一六一七，第28冊，第18151頁。

如著名主戰大臣李光詩句：「老鈍安能濟中興，知君此意每推誠。」〔註 83〕表達了對自己有志為宋室中興出力，但卻無報國之機並屢遭貶斥表示不滿，也是對主和政策的批判。「中興事業須耆傑，炯炯何妨兩鬢斑」〔註 84〕，表達了老當益壯的雄心壯志。李綱「力拯中興業，深防不戴仇」〔註 85〕，是對自己助帝中興的能力表示自信。王之道「誰似樊侯哲且明，解將勳業佐中興。自憐汩沒毛錐子，空對東風詠使能」〔註 86〕，馮時行「望雲還卜中興日，濺淚乾坤一小臣」〔註 87〕，是對自己在宋朝建中興之功時不能有所作為表示悲歎。

二、頌揚高宗「中興」之功

雖然高宗一朝君臣都具有強烈的「中興」理想，但就南宋現實而言，高宗朝有「中興」之志而無「中興」之實，孝宗乾道、淳熙年間才是南宋真正的「中興」時期。但是，南宋文人卻普遍認為高宗建立了中興之功，高宗朝為太平盛世。文人創作了一批頌揚高宗中興之功的詩文作品，形成一股諛頌之風。這些頌詩頌文的作者除了一批主和文人外，還涉及一批主戰派文人。究其原因，除了高宗、秦檜大興文字獄，迫使文人全身遠害、隨波逐流、創作應酬乃至違心之作外，亦有出自文人真情實感的作品，是文人士子「中興」理想的反映。〔註 88〕

對於高宗建立帝號、延續宋朝政治，南宋文人都寄寓了深切厚望，並對高宗建立「中興」之功予以熱情頌揚。這首先表現在一批表、啟、奏、對、書、策等應制文中。一批賀高宗皇帝登位的制文，寫得情文並茂，極具感染力。如翟汝文《賀皇帝登位表》：

> 恭惟皇帝陛下總戎河朔，基命戚藩，人心樂推，神器自至。顧瞻二聖之出狩，悼念萬方之疇依。欽承宗祧，勉正位號。帝生商而

〔註 83〕《宮使少卿作喜雨詩予輒續貂然連日蒸郁雨意殊未解雪川地瀕太湖畏雨而喜旱亦有足憂者輒再和賀子忱韻並呈少卿公一笑》，《全宋詩》卷一四二四，第 25 冊，第 16422 頁。

〔註 84〕《千譽舍人將赴召前一日錄示左丞公昔年見寄佳什輒用韻奉送》，《全宋詩》卷一四二四，第 25 冊，第 16419 頁。

〔註 85〕《次韻士特見懷古風》，《全宋詩》卷一五六四，第 27 冊，第 17757 頁。

〔註 86〕《和歷陽守張仲智觀梅五首》其三，《全宋詩》卷一八二〇，第 32 冊，第 20257 頁。

〔註 87〕《南至即事》，《全宋詩》卷一九三七，第 34 冊，第 21642 頁。

〔註 88〕鄭玲、錢建狀《秦檜與紹興文壇的諛頌之風》一文認為「紹興文壇的諛頌之風，實際上是文字獄的另一面」（《集美大學學報》2006 年第 3 期）。紹興諛頌之風與文人的「中興」理想有一定關係。

立子，其亦永懷先哲王之在天，罔不咸喜。爰推踐祚之澤，用錫改元之休。臣身遠漢庭，心馳禹會，不意桑榆之晚，復觀寰宇之新。避狄去邠，知屬車之南渡；配天祀夏，仰王室之中興。〔註 89〕

翟汝文此文雖為應制而作，卻以情氣貫穿始終，具有強烈的情感力量。該文首先紀寫了在金人滅宋、二帝北狩的情況下，民心戴宋，高宗順天而立的歷史，肯定了宋廷建立的合法性，然後表達了自己桑榆之晚，仍復見宋室中興由衷的欣喜之情，頌美之情溢於言表，無應酬做作之態。史載翟汝文「以伉直忤秦檜，罷歸」，可見其並非秦檜主和黨中人，其對高宗「配天祀夏」、中興王室的頌揚是出於真實之情。四庫館臣記載道：「史稱其為中書舍人時，外制典雅，一時稱之。蓋當北宋之季，如汪藻、孫覿皆以四六著名，惟汝文能與之頡頏。」〔註 90〕

南宋文人亦借賀高宗生日「天申節」表達對其中興之功的頌揚。如葉夢得《賀天申節表》道：「恭惟皇帝陛下功高振古，運際中興。膺謳歌朝覲之歸，久已仰吾君之子；備文武聖神之德，是宜為天下之君。」〔註 91〕頌揚高宗文武才德與中興功業。葉夢得是南宋初期著名的主戰大臣，經歷了多年抗金前線的幕府生涯，他強烈要求抗金復國，是堅定的主戰派文人，他對高宗中興之功的頌揚是其中興理想的反映。沈與求《天申節開啟疏》有言：「帝眷命而生商，允符長髮之慶；民謳吟而思漢，光啟中興之圖。敢仗真乘，仰祈睿算。」〔註 92〕對高宗順應民心天意建立南宋、繼承漢光武中興之功予以熱情頌揚。

再如沈與求《劉宣撫啟》：「苻堅之寇淝水，聊與周旋；佛狸之死夘年，果聞潛遁。顧外敵之已卻，諒中興之所基。草木類人，旌旗動色。功存萬世，方將固山河之盟；位列上孤，豈特聳干戈之衛。」〔註 93〕通過敘述歷史典故，頌揚高宗開中興之基的功勞。張綱《乞詔大臣兼領史事劄子》：「恭惟陛下纘紹丕圖，於今七年，勤勞萬機，夙夜不怠，將以恢中興之業，比跡周宣。」〔註 94〕指出史家應該備載高宗「中興」事蹟，使其中興之功留名青史。

〔註 89〕《全宋文》卷三二一一，第 149 冊，第 145 頁。
〔註 90〕《欽定四庫全書總目》卷一五六《〈忠惠集〉提要》。
〔註 91〕《全宋文》卷三一六二，第 147 冊，第 6 頁。
〔註 92〕《全宋文》卷三八六五，第 176 冊，第 386 頁。
〔註 93〕《全宋文》卷三八六三，第 176 冊，第 350 頁。
〔註 94〕《全宋文》卷三六六九，第 168 冊，第 234 頁。

其次，南宋文人在詩歌中頌揚高宗的「中興」之功。如劉才邵詩句「共說中興似光武，南都賦合繼東京」〔註 95〕，認為高宗中興之功可與漢代光武帝相媲美。曹勳詩句「中興樂事雖無象，甲子先同晉永和」〔註 96〕，為自己生於太平中興盛世倍感歡欣。再如「餘年倘窮健，猶及中興朝」〔註 97〕，「賡歌共睹中興日，擊壤難酬堯舜仁」〔註 98〕，「中興太平象，郡國皆魯鄒」〔註 99〕等，皆認為高宗為中興之主。「畢輔中興業，終回西北轅」〔註 100〕，稱高宗朝宰相趙鼎為中興之相。

南宋文人在詞中表達對中興盛世的讚揚。如朱敦儒屢稱自己處於「太平盛世」：「如今遠客休惆悵，飽向皇都見太平」〔註 101〕，「幸遇太平年，好時節清明初破」〔註 102〕，「此日西湖真境，聖治中興。直須聽歌按舞，任留香、滿酌杯深。最好是，賀豐年、天下太平」〔註 103〕，「桂子香濃凝瑞露，中興氣象分明」〔註 104〕。張元幹亦在詞中唱道：「中興。方慶會，再適甲子，重數天元」〔註 105〕，「早梅長醉芳尊。況中興盛際，宥密宗臣」〔註 106〕。

紹興中期，南宋文人頌揚高宗中興之功，甚至諂諛秦檜，並最終形成一股諛頌之風〔註 107〕。《宋史》評曰：「秦檜當國，科場尚諛佞，試題問中興歌頌」〔註 108〕。沈松勤稱：「歌頌秦檜與高宗『共圖中興』的『盛德』是當時盛行的士風。」〔註 109〕但對文人頌詩、頌詞產生的原因及其所包含的意義不

〔註 95〕《早朝行宮奉呈諸同舍》，《全宋詩》卷一六八二，第 29 冊，第 18863 頁。
〔註 96〕《紹興癸丑上巳日》，《全宋詩》卷一八九六，第 33 冊，第 21191 頁。
〔註 97〕程俱《衰顏聊自哂》，《全宋詩》卷一四一九，第 25 冊，第 16346 頁。
〔註 98〕李正民《次韻邢丞立春》，《全宋詩》卷一五四一，第 27 冊，第 17495 頁。
〔註 99〕李處權《元夕陪張使君燕集》，《全宋詩》卷一八三〇，第 32 冊，第 20376 頁。
〔註 100〕張嵲《寄題趙丞相獨往亭》，《全宋詩》卷一八三八，第 32 冊，第 20464 頁。
〔註 101〕《鷓鴣天》（極目江湖水浸雲），朱施敦儒《樵歌》，上海古籍 1998 年版，第 153 頁。
〔註 102〕《驀山溪》（鄰家相喚），《樵歌》，第 157 頁。
〔註 103〕《勝勝慢·雪》（紅爐圍錦），《樵歌》，第 91 頁。
〔註 104〕《臨江仙·中秋》，《樵歌》，第 123 頁。
〔註 105〕《滿庭芳·壽富樞密》（韓國殊勳），見唐圭璋主編《全宋詞》，中華書局 1999 年版，第 1421 頁。
〔註 106〕《望海潮·為富樞生朝壽》（麒麟圖畫），《全宋詞》第 1424 頁。
〔註 107〕鄭玲、錢建狀《秦檜與紹興文壇的諛頌之風》（《集美大學學報》2006 年第 3 期）
〔註 108〕《宋史》卷四五九，《徐中行傳》附徐庭筠傳，第 13458 頁。
〔註 109〕沈松勤《南宋文人與黨爭》，第 436 頁。

可一概而論。以上所舉文人如葉夢得、沈與求、王庭珪、劉一止、朱敦儒等人皆是南渡後的主戰文人，他們對高宗中興之功的頌揚，多出於其忠君復國的理想與建立宋室「中興」之功的希望，體現了人們在經歷北宋靖康之難這場災難性戰爭之後，對和平生活的企望及對高宗繼位的擁護。這與秦檜主和黨周紫芝、孫覿等人極盡吹捧之能事，不顧事實一味粉飾太平、諂諛希功有本質區別。〔註 110〕

三、借賦詠「浯溪」勝境表達「中興」理想

「浯溪」之名來自唐代詩人元結《浯溪銘》，浯溪又因為元結《大唐中興頌》而被賦予了深刻的「中興」文化內涵。南宋文人常在詩文中賦詠「浯溪」表達「中興」理想。

浯溪源出於湖南祁陽西南松山，東北流入湘江。唐代宗大曆初年，元結任道州刺史，選浯溪定居。元結在《浯溪銘（並序）》中寫道：「浯溪在湘水之南，北匯於湘。愛其勝異，遂家溪畔。溪世無名稱者也，為自愛之，故名浯溪。……吾欲求退，將老茲地。溪古地荒，蕪沒已久。命曰浯溪，旌吾獨有。」〔註 111〕「浯溪」之名始得。

元結喜歡撰文刊石，「雅好山水，聞有勝絕，未嘗不枉路登覽而銘贊之」〔註 112〕。浯溪水清石峻，風景奇異，元結在那裡撰寫了多篇銘文，歌頌浯溪的自然風光。另外，元結還寫了一篇著名的文章《大唐中興頌》，讚美肅宗李亨中興大唐的歷史功績。他在《序言》中寫道：「天寶十四載，安祿山陷洛陽。明年，陷長安，天子幸蜀，太子即位於靈武，皇帝移軍鳳翔，其年復兩京，上壘還京師。於戲，前代帝王有盛德大業者，必見於歌頌。若今歌頌大業，刻之

〔註 110〕（宋）周紫芝《大宋中興頌（並序）》一文，盛讚秦檜「中興」之功，聲言自己為「太平之幸民」，其辭采之華美，情感之激越，很難相信該文產生於離北宋滅亡不久的南渡之初。四庫館臣稱：「《大宋中興頌》一篇，亦歸美於檜，稱為元臣良弼，與張嵲《紹興復古頌》用意相類，殊為老而無恥，貽玷汗青。」（《欽定四庫全書總目》卷一五八《〈太倉稊米集〉提要》）孫覿在上書秦檜時說道：「獨狀忠義於強敵刦質之中，盡得虜情於二江敗衂之後。膺受帝賚，恢復中興，登進廟堂，參秉大政。」（《上秦參政啟》，見《全宋文》卷三四三一）秦檜在其筆下偃然一代中興賢相。這與主戰文人借頌「中興」表達復興宋室的理想迥然有別。

〔註 111〕元結《元次山集》，中華書局 1960 年版，第 152 頁。

〔註 112〕顏真卿《唐故容州都督兼御史中丞本管經略使元君表墓碑銘》，（清）董誥《全唐文》卷三四四，中華書局 1983 年版。

金石，非老於文學，其誰宜為？」〔註 113〕元結把撰文刻石看作一大盛事，認為自己擔負著歌頌盛唐大業的使命，並以「老於文學者」自居。《大唐中興頌》結尾道：「盛德之興，山高日升，萬福是膺。能令大君，聲容澐澐，不在斯文。湘江東西，中直浯溪，石崖天齊。可磨可鐫，刊此頌焉，何千萬年。」他認為唐肅宗之盛德大業與山同高，如日中升；天子顯赫聲名由艱苦奮鬥贏得，希望肅宗之功績能夠借助浯溪石崖這個載體千秋萬代保存下去，永留天地之間。

浯溪因元結而得名，更因元結磨崖石刻《大唐中興頌》而得名。元結《大唐中興頌》作於大曆六年（771），時著名書法家顏真卿書寫該文，並刻之於石。隨著時間的變遷，浯溪石刻成為一道歷史名勝景觀。後代文人騷客遊覽浯溪，觀賞自然風光，誦讀《大唐中興頌》，賦詠浯溪勝境，浯溪遂成為文人筆下歎詠不已的自然意象。元結《大唐中興頌》一文所蘊含的中興主題，則是文人賦詠浯溪的重要原因，浯溪成了引發中興話題的重要場所，中興話題構成了浯溪文化的重要內涵。

元結以後歷朝不乏文人的浯溪之詠，如北宋黃庭堅作《書磨崖碑後》一詩，江西筠溪石門寺僧德洪沉范有《同景莊遊浯溪讀中興碑》等。南宋時期，朝野上下面臨河山破碎的現實，復國抗金、中興宋室一度成為文人士子的畢生理想與追求。他們在詩文中普遍吟詠浯溪勝境，表達中興宋室的希望，進一步豐富發展了元結《大唐中興頌》一文「中興」的文化內涵，賦予了浯溪鮮明的時代意義。

首先，文人遊歷浯溪後，在詩文中描寫浯溪之景，借詠浯溪表達對神州陸沉的悲歎、對宋室中興的希望。如陳與義詩《同范直愚單履遊浯溪》：

> 瀟湘之流碧復碧，上有鐵立千尋壁。河朔功就人與能，湖南碑成江動色。文章得意易為好，書雜矛劍天假力。四百年來如創見，雷公雨師知此石。小儒五載憂國淚，杖藜今日溪水側。欲搜奇句謝兩公，風作浪湧空心惻。〔註 114〕

陳與義一生經歷了靖康之難、南渡奔逃的慘痛經歷，其詩以靖康之難為分界線，在思想內容與藝術風貌上呈現出截然不同的兩種特徵。從內容風格來看，此詩作於陳與義南渡後無疑。該詩前四聯記敘瀟湘浯溪之勝景，讚揚元結

〔註 113〕《元次山集》，第 106 頁。
〔註 114〕陳與義《陳與義集》卷二七，吳書蔭、金德厚點校，中華書局 1982 年版，第 426 頁。

文章四百年光輝不滅。末兩聯是主題句，表達了作者亡國破家的家國之恨與流寓漂泊的身世之痛。「欲搜奇句」而不能，是作者對中興無期、自己不能像元結一樣紀功留名的無奈。以無力復國的一介「小儒」獨立於浯溪水側、徒勞傷懷的形象結束全詩，不提元結《大唐中興頌》之文，不表「中興」之希望，卻在暗中把當時宋朝形勢與元結所處的時代相比，傷中興之無期，使全詩更顯沉鬱悲憤。

在這美「浯溪」賦咏的詩中，作者並不把主要筆墨放在描寫自然風光上，而是側重在借元結《大唐中興頌》一文中所寓含的「中興」意旨展開議論、表達情感，如王炎《過浯溪讀中興碑》：

> 日光玉潔元子辭，銀鉤鐵畫顏公書。百金不憚買墨本，摩挲石刻今見之。猗那清廟久不作，其末變為王黍離。春秋一經事多貶，魯頌四篇文無譏。漁陽鼙鼓入潼華，公卿徒步從六飛。朔方天子扶九廟，京師父老迎千麾。紫袍再拜謁道左，上皇萬里旋鑾輿。牝雞鳴晨有悍婦，孽狐嗥夜有老奴。扶桑杲杲未翳蝕，但歌大業吾何疵。首章義正語未婉，前輩不辨來者疑。正須細讀史克頌，未用苦說涪翁詩。許張勁節震金石，李郭壯武如虎貔。斷崖蒼石有時泐，諸公萬古聲烈垂。天憐倦客有所恨，雨濕江寒催解維。神州北望三歎息，翰墨是非何議為。〔註115〕

該詩分三層，前四聯為第一層，就元結之《大唐中興頌》文與顏真卿之碑而論，是對浯溪這一歷史名勝故跡的記載；「漁陽鼙鼓入潼華……諸公萬古聲烈垂」，為第二層，以鋪敘之筆敘述元結《大唐中興頌》所記載的歷史人物與歷史事蹟，表達了對唐肅宗中興間英雄人物的熱情讚揚；末兩聯為第三層，回到現實，抒發作者的現實感慨。「天憐倦客有所恨，雨濕江寒催解維」，以「倦客」自稱，表明了國破家亡之後漂泊離散之久，尾聯「神州北望三歎息，翰墨是非何議為」，對北宋以來文人關於肅宗即位、元結頌揚肅宗「中興」是否合理等觀點爭論不休提出批判，肯定唐肅宗的「中興」之功與元結作頌的歷史意義，並表達出對神州陸沉的悲痛之情與宋室中興的理想。

再如呂本中《浯溪》：

> 五月行人汗如雨，意緒昏昏雜塵土。浯溪一見中興碑，便有清

〔註115〕《全宋詩》卷二五六二，第48冊，第29732頁。

風濯煩暑。中興之業誠艱難，敢作漢武周宣看。紛然大曆上元間，文恬武嬉主則孱。但知追咎一祿山，袖手不作如旁觀。天亦未使庸夫干，故生李郭在人間。一時節士張許顏，其誰不知唐已安。道州落筆風雨寒，魯公大書鎮百蠻，訶叱水怪摧神奸。有臣若此亡所歎，而不能使君心還。我來轉嶺逾千盤，對此凜然清肺肝。想見群小遭譏彈，爾曹何心猶誕謾，至今怒發常衝冠。〔註 116〕

該詩完全不寫浯溪之景，而是借浯溪這一意象，抒發議論，表達觀點。開頭一聯交待了詩人寫作的背景；接著提出「中興之業誠艱難，敢作漢武周宣看」的觀點；中間數聯說明元結寫作《大唐中興頌》的時代背景與所頌揚的英雄人物，表達了對唐肅宗中興之功與元結紀功之才、魯公刻碑之勞的頌揚；末三聯照應開頭，表達了自己遊歷浯溪、找到異代知音的欣慰之情，同時對朝中主和大臣專政打擊異己、自己沒有機會像元結一樣紀寫「中興」之詩提出批判，表達了中興宋室的希望。

其次，一些未曾遊歷浯溪的文人以詩文形式賦詠浯溪，其筆下的「浯溪」並非實指，而是一個包含了「中興」文化內涵的詩歌意象，而「浯溪頌」「浯溪碑」就成為「中興」復國、勒石紀功的代名詞。如曹勳詩《大駕親征》：

驕虜敗盟至，飲馬淮之沱。煙塵犯江漢，腥膻連岷峨。王師因雷動，虎臣亦星羅。靈旗蕩醜類，鐵馬馳琱戈。三軍指故國，巨艦凌滄波。犬戎遂大定，上天佑無頗。整刷舊俗苦，掃除夷法苛。奸謀尚濟詭，既戰猶連和。復圖稱職爾，眇哉浯溪磨。已悉將相力，敢獻大風歌。〔註 117〕

該詩記載了金人渝盟南侵時兩國交戰的情景。「復圖稱職爾，眇哉浯溪磨。已悉將相力，敢獻大風歌」，希望宋朝將帥齊心協力、共同驅除敵人，自己將倣仿元結賦詩作頌，為其「中興」之功勒石留名。陸游亦在詩中稱道：「歸來要了浯溪頌，莫笑狂生老更狂」〔註 118〕，「自憐一覺寒窗夢，尚想浯溪石可磨」〔註 119〕，「磨浯溪之石，尚擬頌於中興」〔註 120〕，表達出自己雖然年老位卑，賦閒山居，但仍然希望有朝一日宋朝中興，自己作頌刻石，使宋

〔註 116〕《全宋詩》卷一六一七，第 28 冊，第 18154 頁。
〔註 117〕《全宋詩》卷一八八四，第 33 冊，第 21096 頁。
〔註 118〕《將至金陵先寄獻劉留守》，《劍南詩稿校注》卷一〇，第 818 頁。
〔註 119〕《憶昔》，《劍南詩稿校注》卷六八，第 3825 頁。
〔註 120〕《陸遊集·渭南文集》卷八《賀吏部陳侍郎啟》，第 2036 頁。

朝中興之功留名青史的理想。再如詩句「願草浯溪頌，中興旦暮功」〔註121〕，「誰掃浯溪題歲月，漫郎端欲頌中興」〔註122〕，「中興功業要紀述，浯溪石崖當往磨」〔註123〕，「中興作頌須元結，瑞國當為一角麟」〔註124〕，都表達了預備為抗金勝利、宋朝中興、自己傚仿元結賦頌歌詠的理想。

南宋文人甚至以浯溪頌為人祝壽，表達對友人中興宋室、揚名後世的祝願，逐步拓展了浯溪所包含的文化意義，也為具有應酬性質的壽詩文注入了新的文化內涵。如楊冠卿《以浯溪磨崖頌為友人壽》：

> 明皇蠹孽妖，顛倒由祿兒。真人奮靈武，群公任安危。笑談收兩京，鑾輅還京師。廟社喜重安，鐘簴曾不移。詞臣有元結，歌頌鐫浯溪。餘生千載後，每恨不同時。半世看墨本，長哦山谷詩。鳴劍馳伊吾，有策噤未施。十年客衛府，斗粟不療饑。君今聯上閣，婉畫贊籌帷。眷簡隆三宮，復始可指期。持以為君壽，勳名書鼎彝。明年奉漢觴，重修前殿儀。摩挲古崖石，更記中興碑。〔註125〕

詩的前部分敘述元結《大唐中興頌》所記載的唐代歷史，對肅宗靈武即位、收復兩京、重振河山予以熱情頌揚，這改變了自北宋黃庭堅以來從儒家義理出發批判肅宗於荒亂中即位的觀點；接著讚揚友人的詩文之才，祝願其能夠建立功勳、磨崖紀功以留名後世。

四、借徵引《車攻》之事典〔註126〕表達「中興」理想

南宋文人在詩文中徵引象徵周宣王中興周室之功的《詩經．小雅．車攻》這一典故，表達「中興」理想。從歷代儒學家對《車攻》一詩的接受闡釋可見，

〔註121〕劉子翬《張守唱和紅字韻詩八首》其六，《全宋詩》卷一九一八，第34冊，第21405頁。

〔註122〕周紫芝《親征詔下朝野懽呼六首》其六，《全宋詩》卷一五一二，第26冊，第17222頁。

〔註123〕喻良能《周希稷見示詩卷作詩為謝》，《全宋詩》卷二三四四，第43冊，第26942頁。

〔註124〕李綱《次韻陳中玉大卿見贈》其二，《全宋詩》卷一五六六，第27冊，第17784頁。

〔註125〕《全宋詩》卷二五五五，第47冊，第29633頁。

〔註126〕《詩經．小雅．車攻》本是一首記載周宣王會獵諸侯的史詩。該詩象徵周朝政治地位的重新確立，是周朝「中興」的表現，也是周宣王復興周文、武、成康時的領土疆域、王道政治的表現，故《詩序》稱「《車攻》，宣王復古也」。南宋文人在詩文集中普遍引用《車攻》，將《車攻》作為一個寓含了「中興」「復古」之意的典故加以引用。

周宣王「中興」，其實質是「復古」，即復興周文武成康時的王道德治，並最終復興周朝君臨天下的權力地位。從南宋文人徵引《車攻》之典可見，其「中興」理想實質是「復古」，而「復古」的理想對象是離其最近的北宋盛世。

（一）南宋文人徵引《車攻》之典表達「中興」理想

《詩經·小雅·車攻》一詩通過周宣王會同諸侯舉行田獵之事，表現了周宣王示威諸侯，使諸侯來服的雄壯氣勢，是周宣王重新確立周天子地位權力的表現，故《車攻》一詩就成為周宣王復興周室的象徵。《詩經·小雅·車攻》共八章，每章四句：

> 我車既攻，我馬既同。四牡龐龐，駕言徂東。田車既好，四牡孔阜。東有甫草，駕言行狩。之子於苗，選徒囂囂。建旐設旄，搏獸於敖。駕彼四牡，四牡奕奕。赤芾金舄，會同有繹。決拾既佽，弓矢既調。射夫既同，助我舉柴。四黃既駕，兩驂不猗。不失其馳，舍矢如破。蕭蕭馬鳴，悠悠旆旌。徒御不驚，大庖不盈。之子于征，有聞無聲。允矣君子，展也大成。

周文王南征北伐，形成了周朝「三分天下有其二」（《論語·泰伯》）的形勢。武王時期，「太公望為師，周公旦為輔，召公、畢公之徒左右王，師修文王緒業」，國勢進一步增強。「成康之際，天下安寧，刑措四十餘年不用」，形成了享譽後世的「成康之治」。昭王、穆王繼立，周朝文治武功繼續發展。隨後，周朝政治盛極而衰，在共王、懿王時開始走向衰落。至宣王之父厲王繼位，「暴虐侈傲」，國人謗之，則「得衛巫，使監謗者，以告則殺之」，如此數年，致使「諸侯不朝」，天下失序。周宣王繼位後，在朝臣輔佐下，內修政事、外攘夷狄，重新確立了周天子君臨天下的政治地位，「宣王即位，二相輔之修政，法文、武、成、康之遺風，諸侯復宗周」。〔註 127〕《詩經·小雅·車攻》一詩即是頌美宣王會獵諸侯、實現周朝中興之功的史詩。

記載了周宣王會獵諸侯之史事的《車攻》之典，宋代以前的文人很少在詩文中加以徵引。唐人開始有所徵引，如柳宗元《獻平淮夷雅表一首》：「伏見周宣王時稱中興，其道彰大，於後罕及。然徵於詩大小雅，其選徒出狩，則《車攻》《吉日》……故宣王之形容與其輔佐，由今望之若神人。然此無他，

〔註 127〕司馬遷《史記》卷四《周本紀第四》，中華書局 1963 年版，第 120、134、142、144 頁。

以雅故也。」〔註 128〕李德裕《請尊憲宗章武孝皇帝為不遷廟狀》:「周宣王微而後興，衰而復盛，此乃王道中興，可謂有德矣。故詩云《車攻》，宣王復古也。」〔註 129〕柳宗元與李德裕文章引用《車攻》之典，僅就事論事，為歷史發感慨。

北宋時期文人開始廣泛引用《車攻》之典，如宋祁《孟冬駕狩近郊並狀》一詩稱「長楊卷衰葉，敦葦拉枯莖。羽獵何煩諷，車攻遂合賡」〔註 130〕，讚揚宋仁宗狩獵盛大壯闊的場面，與漢賦《羽獵》《詩經・車攻》記載的狩獵場面可以媲美，用《車攻》一詩狩獵本意。張方平《皇帝狩於近郊並狀》有詩句曰:「……羽獵嘗箴漢，車攻昔美宣。詞臣茲紀詠，抑未愧前篇。」〔註 131〕認為漢賦諷漢帝狩獵之侈華，《詩經》稱美宣王會盟諸侯之武功，君王功德的流傳有賴於詞臣的紀詠這是張方平對自己紀詠聖功流傳不朽的期許。趙鼎臣《代賀收復銀州表》中稱:「惟茲伐罪，實在弔民。下武繼文，已著昭先之美；車攻復古，洊收攘敵之功。曠無前聞，萃在今日。」〔註 132〕讚揚周宣王攘敵之功。晁說之《詩之序・論一》道:「《車攻》之序曰:『宣王能內修政事，外攘夷狄，覆文武之境土，……』詩無遺思矣。如此之類，一序而足，又何必詩之作邪？」〔註 133〕論《詩序》之得失。從以上所舉文獻可見，北宋引用《車攻》之典，或用《車攻》狩獵的本意，或讚揚宣王中興之功，很少與現實政治聯繫起來。

這種情況在南宋發生了重大改變。南宋文人普遍徵引頌美宣王復興古道、恢覆文武之境土、實現周室中興之功的《小雅・車攻》之典，藉以表達傚仿周宣王之政、實現宋朝「中興」的政治理想。

首先，表達了傚仿宣王建立中興之功的理想。如朱松《論時事劄子三》中稱:「陛下殆當抗聖志於高明，而汲汲講求宗廟社稷所以經遠持久之計，使海內乂安，而《車攻》復古之詩作，不足以為難也」〔註 134〕，希望高宗建立中興之功，文人可以傚仿《車攻》美宣王之功一樣作詩頌揚。葉夢得《賀天申節

〔註 128〕柳宗元《柳宗元集》卷一，中華書局 1979 年版，第 2 頁。
〔註 129〕《全唐文》卷七〇六，第 7243 頁。
〔註 130〕《全宋詩》卷二一八，第 4 冊，第 2512 頁。
〔註 131〕《全宋詩》卷三〇五，第 6 冊，第 3823 頁。
〔註 132〕《全宋文》卷二九七五，第 138 冊，第 123 頁。
〔註 133〕《全宋文》卷二八一〇，第 130 冊，第 174 頁。
〔註 134〕《全宋文》卷四一四四，第 188 冊，第 259 頁。

表》:「恭惟皇帝陛下法禹儉勤，紹湯勇知。懷《旱麓》造邦之業，盡《車攻》復古之謀。視國履冰，靡不思於宏濟；拯民塗炭，皆有賴於至仁。」〔註135〕表達了對高宗繼承上古聖賢，以仁德治國、拯民塗炭、復興宋室的希望。王之道《上侍郎魏矼書（紹興八年六月十二日）》中稱:「自古中興之主，未嘗不因於險阻艱難。惟其履險阻艱難，而益挫益堅，因能興衰撥亂而光祖宗之業……若周宣覆文武之境土，漢光之恢復疆宇是也。」〔註136〕提出傚仿周宣王，皇帝應該不懼艱難、有所作為。

其次，借徵引《車攻》之典，對實現「中興」提出建議。周宣王內修外攘才實現「中興」之功，如《詩序》稱:「《車攻》，宣王復古也。宣王能內修政事，外攘夷狄，覆文武之境土，修車馬、備器械，復會諸侯於東都，因田獵而選車徒焉。」(《詩序》卷下）南宋文人結合《詩序》作者對《車攻》政治含義的理解，對宋朝實現「中興」應如何處理「內修」與「外攘」的關係進行思考，表現出強烈的現實觀照精神。如程俱《進故事》中稱:「何以《詩》序周宣之中興，必曰內修政事而後繼之以外攘夷狄乎？夫政事不修於內，而欲求攘夷狄之功，蓋未之有也。」〔註137〕強調欲攘夷狄必先內修政事，而所謂內治又表現在帝王以仁義道德治天下，以正心誠意修明德行以「格神」，使朝廷獄頌清明、姦佞遠黜，賢直耿介得以進用。綦崇禮《乞申飭百官劄子（紹興二年閏四月十三日）》中稱:「臣伏觀周宣王之小雅，於《車攻》則曰內修政事外攘夷狄，覆文武之境土；於《吉日》則曰能慎微接下，無不自盡，以奉其上。然則中興之效，本於修政事，而政事之修，亦在夫小大之臣無不自盡而已。」〔註138〕強調內修政事是實現「中興」之功的關鍵。劉珙奏道:「臣竊以為自古中興之君，陛下所當法者，惟周宣王而已。宣王之事見於《詩》者，始則側身修行以格天心，中則任賢使能以修政事而已。其終至於外攘戎狄，以覆文武之境土。」認為攘夷狄、復境土是「則其積纍之功至此」，是在內修的「積纍之功」基礎上實現上的。〔註139〕王蘋稱:「及觀《車攻》之詩，稱宣王能內修政事，外攘夷狄，然則攘夷狄實繫於政事之修也。」〔註140〕認為攘夷狄關鍵在於「修政

〔註135〕《全宋文》卷三一六二，第147冊，第12頁。
〔註136〕《全宋文》卷四〇六一，第185冊，第72頁。
〔註137〕《全宋文》卷三三三八，第155冊，第302頁。
〔註138〕《全宋文》卷三六五一，第167冊，第354頁。
〔註139〕朱熹《劉珙行狀》。《全宋文》卷五六六八，第252冊，第309頁。
〔註140〕（明）王觀編《王著作集》卷五《國史傳》，影印文淵閣四庫全書本。

事」，而當前政事之修主要表現在三個方面：「今日政治之本有三，一曰正心誠意，二曰辨君子小人，三曰消朋黨。」在深入發掘《車攻》一詩的道德倫理意義的基礎上提出傚仿周宣王建立中興之功。

另外，《車攻》記載了周宣王會獵諸侯的史事，頌揚周宣王借軍備器械之聲威震攝四夷的氣勢，南宋文人常引《車攻》之典，表達了對整飭武備、加強軍備的重視。如張嵲詩「日望鋒車歌九罭，時韜組甲詠車攻」〔註141〕，《車攻》成為征戰抗敵的象徵。陳淵《論時事劄子・用兵必先修政事》中稱：「用兵，中興之一事耳。然事有相待而後成者，不一而足。……臣嘗讀《詩》至周之《小雅》，觀文、武、成王所以致太平之效，與夫宣王所以成中興之業。……復境土必本於攘夷狄，攘夷狄必本於修政事。政事既修，然後兵可用，未有政事不修而先於用兵者也。」〔註142〕陳淵指出用兵是實現「中興」的重要途徑，但必須有所待，周宣王能實現中興之功，原因在於能夠內修政事、加強武備，聯繫當前形勢，抗金復國必先整肅朝綱、嚴飾武備，然後方可興兵北伐，內修必須先於外攘。周必大《輔達李福轉官制（紹興三十二年九月二十三日）》一文中道：「敕：朕玩《易》之《萃》而知戎器不可以不除，誦《詩・車攻》而知器械不可以不備。」〔註143〕認為《車攻》之詩包含了備戎器、嚴武備之意。這些觀點深入挖掘了《車攻》一詩中周宣王會獵諸侯的軍事意義，突出了文人關於用兵對國之安危重要性的深刻認識。這也體現了南宋文人在理學興盛的背景下，對儒家經典作出了合乎實際社會需要的闡釋。

（二）從「《車攻》，宣王復古」看南宋文人「中興」理想的實質

《詩序》道：「《車攻》，宣王復古也。」（《詩序》卷下）「復古」指復興文武、成康時的領土疆域、權力地位與仁德治道。宣王「復古」最終形成了周朝「中興」的政治形勢，故「中興」實質是「復古」。以下通過《詩序》對《車攻》一詩的闡釋及歷代儒學家的接受，探討南宋文人「中興」理想的實質。

1.「《車攻》，宣王復古」之「復古」的文化內涵及歷代儒學家的接受

《詩序》道：「車攻，宣王復古也。宣王能內修政事，外攘夷狄，覆文武之境土，修車馬、備器械，復會諸侯於東都，因田獵而選車徒焉。」（《詩序》

〔註141〕《壽王蘇州》，《全宋詩》卷一八四三，第32冊，第20526頁。

〔註142〕《全宋文》卷三二九二，第153冊，第138頁。

〔註143〕《全宋文》卷五〇一六，第226冊，第66頁。

卷下）歷代儒學家接受《詩序》關於《車攻》含義的理解，並不斷發掘《詩序》所謂「《車攻》，宣王復古」之「復古」豐富的文化內涵。

首先，「復古」指復興「文武之境土」。《毛詩正義》道：「既攘去夷狄，即是復境土，是為復古也。」「復古」即指復興境土疆域。至於所復興的「境土」疆界，孔穎達疏：「言覆文武之境土，以文武周之先王舉以言之，此云復成康之時也」，認為是復興成康盛世的疆界。他稱：「文王未得天下，其境與武王不同，而配武言之，明為先王而言也；成初武末，土境略同，故舉文武而言大界。王制之法，據禮為正耳。……若宣王復古，始廣三千，則厲王之末，當城壞壓境。以文逆意，理在不然。故知復古，復成康之時，以文武先王舉而言之耳。」〔註 144〕亦即恢復周朝盛世「普天之下，莫非王土；率土之濱，莫非王臣」（《詩經．北山》）的局面，恢復周朝一統天下、四夷來朝的政治地位。

其次，「復古」指復興文武、成康之時的仁德治道與禮樂文明。宋代李樗稱：「復古者，復其祖宗之舊也。」〔註 145〕「祖宗之舊」除了指境土疆界外，還指祖宗時的仁德治道，「柔遠能邇，惇德允元，而難任人。蠻夷率服，此舜所以服四夷之策也。儆戒無虞，罔失法度，罔遊於逸，罔淫於樂，至於無怠無荒，四夷來王，此益之所以服四夷之策也」〔註 146〕。范處義稱，雖然「非文王不得有正風，非文武成王不得有正雅」，然就宣王之治「德」而論，「誠可以繼正雅而無愧」〔註 147〕，頌美宣王之功的詩歌《車攻》與正雅無異。北宋郭雍稱：「詩人之美宣王曰：『復古也，天下喜於王化復行也，覆文武之境土，復會諸侯於東都也。』……則知治蠱之道特在於除前人之弊，復先王之法而已，蓋無創業垂統之多難也。」〔註 148〕可見「復古」指復先王之法治政策。北宋楊簡認為《車攻》一詩，「有以見宣王任賢使能，諸侯心服，以禮而田，軍政整暇，詩人美之曰大成，謂德政之兼隆也。……故戰不出頃田，不出防，不逐奔走，古之道也。」〔註 149〕認為記載了宣王田獵之事的《車攻》是「德政之兼隆」的表現，亦是「古道」的體現。

〔註 144〕《毛詩注疏》卷一七《車攻八章章四句》，影印文淵閣四庫全書本。
〔註 145〕《毛詩李黃集解》卷二一，影印文淵閣四庫全書本。
〔註 146〕范處義《詩補傳》卷一七《變小雅》，影印文淵閣四庫全書本。
〔註 147〕《詩補傳》卷一七《變小雅》，影印文淵閣四庫全書本。
〔註 148〕《郭氏傳家易說》卷二），影印文淵閣四庫全書本。
〔註 149〕《慈湖詩傳》卷一一《小雅一》，影印文淵閣四庫全書本。

這個「古道」具體而言指前代仁德、治道，亦武王、周公、成王時期的禮樂文明。周宣王「復成王之政」〔註 150〕，直繼承成王「王化之道」，但成王之道來源於文武周公，故後代人總以繼承「文武之道」論，「以文武先王舉而言之耳」〔註 151〕。武王即位後，主張以德教施行天下而明行之，順應天意保其得位，他稱：「定天保，依天室，悉求夫惡，貶從殷王受。日夜勞來，定我西土，我維顯服，及德方明。」〔註 152〕成王即位，周公輔政，周公建立「禮治」，敬天保民，明德慎罰。由嚴酷殘暴，轉向敬天，又「懷保小民」，既重「德」，又量情施刑，「禮樂皆得謂之有德」（《左傳》桓公二年），總結和發展了前代禮樂，使之政治化，形成以「禮治」為核心的典章制度。周公時期文化制度的變革，在成王時期進一步「興正禮樂」〔註 153〕。周朝聖賢治國教民的典章制度、禮節儀式、道德規範等禮樂文明，以「斯文」的形式代代相傳，孔子曰：「文王既歿，文不在茲乎？天之將喪斯文也，從後者不得與於斯文也。天之未喪斯文也，匡人其如予何！」〔註 154〕文王是「王道」的實踐者，文王死後，其「王道」記載於「斯文」。這個「斯文」所傳承的「王道」即文武成康禮樂文明，是宣王復古的重要內容，亦是後世儒家道德倫理典範。

另外，「復古」實現了「中興」的目的，「復古」即是「中興」。南宋陳淵在《論時事劄子．用兵必先修政事》一文中稱，周宣王所以致「中興」之功，「非能捨文武之政以自為也，補其闕而已」〔註 155〕，宣王繼承周文武、成康之政實現了「中興」。范處義稱宣王「修車馬、備器械、復會諸侯於東都，因田獵而選車徒，皆有復古之實，卓然為中興之冠」〔註 156〕，周宣王通過「復古」實現了「中興」。「復古」意味著政治經過厲王時期的低谷後的政治復興，周宣王重新確立了周天子的權力地位，時「四夷賓服，稱為中興」〔註 157〕。朱熹稱：「好田獵之事，古人亦多刺之。然宣王之田，乃是因此見得其車馬之盛，紀律之嚴，所以為中興之勢者在此，其所謂田，異乎尋常之田矣。」〔註 158〕

〔註 150〕薛季宣《岐陽石鼓記（有序）》，《全宋文》卷五七九四，第 258 冊，第 5 頁。

〔註 151〕《毛詩注疏》卷一七，影印文淵閣四庫全書本。

〔註 152〕《史記》卷四《周本紀》，中華書局 1963 年版，第 129 頁。

〔註 153〕《史記》卷四《周本紀》，第 133 頁。

〔註 154〕《史記》卷四七《孔子世家》，第 1919 頁。

〔註 155〕《全宋文》卷三二九二，第 153 冊，第 138 頁。

〔註 156〕《詩補傳》卷一七《變小雅》，影印文淵閣四庫全書本。

〔註 157〕《漢書．匈奴》，影印文淵閣四庫全書本。

〔註 158〕《朱子語類》卷八一《詩二．車攻》，第 2275 頁。

《車攻》記載的田獵之事是宣王「中興」之功的表現。元代許謙稱「《車攻》，則中興之功成矣」〔註 159〕，明確指出《車攻》是周宣王「中興」之功的記載。明代邱濬道：「古人多因田獵以講武事，其所以為田者，非荒於禽也。是時周室中微，玁狁內侵，逼近京邑。宣王即位，北伐南征，以成中興之功。詩序所謂覆文武之境土者此也。」〔註 160〕認為周宣王「因田獵以講武事」，最終實現了恢覆文武之境土、確立周天子權力地位的「中興」之功。

2. 南宋文人「中興」理想實質是復興北宋盛世的領土疆域與傳統仁德治道

南宋文人認識到「中興」的實質是復古，復古是實現「中興」的手段。如汪藻《乞修日曆狀》中稱：「今陛下躬受天命，雖名中興，實兼創業守文之事。」〔註 161〕稱高宗朝的「中興」之業，「兼創業守文之事」，即意味著「中興」必須「復古」。李彌遜在《戶部侍郎轉對劄子》一文中稱：「臣嘗觀唐太宗問創業守文之君，而房玄齡以創業為難，魏徵以守文為難。臣愚以為創業、守文雖不為易，而中興為甚難也。蓋振頹綱、補弊政、易風俗、集流亡，政之可因者悼前轍而或廢，事之可革者守膠柱而不移，欲其成功誠甚難也。」〔註 162〕認為「中興」既是「創業」亦是「守文」。劉一止在《試館職策》中稱：「世之說曰：『創業誠難，守文不易。』而後之議者又以中興為尤難。且天下草昧，群雄競逐，攻破則降，戰勝則取，茲創業之誠難。富貴則驕，驕則淫，淫則怠，茲守文之不易。中興之事，則兼而有之，此所以為尤難。」〔註 163〕明確指出了「中興」之難，原因在於其兼創業與守文兩事，故為尤難。

另一方面，「復古」並非一味因循守舊，而是進取有為。如洪諮夔在《武舉殿試策》中稱：「故讎雖殄，新鄰方張，或和或戰，情偽叵測，在我必有以待之，進可為《車攻》之復古，退不失《采薇》之守衛。其策何上？夫能御將帥，而後能御豪傑，能御豪傑而後能禦夷狄，審本末之序，權緩急之勢，以制動靜之機，操縱闔闢顧不在我乎。」〔註 164〕他稱「進可為《車攻》之復古」，

〔註 159〕《詩集傳名物鈔》卷五《小雅二》，影印文淵閣四庫全書本。

〔註 160〕（明）邱濬《大學衍義補》卷一二六《治國平天下之要·嚴武備·簡閱之教》，影印文淵閣四庫全書本。

〔註 161〕《全宋文》卷三三七九，第 157 冊，第 144 頁。

〔註 162〕《全宋文》卷三九四八，第 180 冊，第 209 頁。

〔註 163〕《全宋文》卷三二七六，第 152 冊，第 204 頁。

〔註 164〕《全宋文》卷七〇一一，第 307 冊，第 216 頁。

可見在宋人看來，記載了會獵之事的《車攻》一詩，是宣王用「進策」的表現，「復古」非主和約好、撤除武備之意，而是嚴武備以抗戰。

自古歷代都不乏中興之主與中興之治，但對南宋君臣及廣大文人士子而言，其中興的理想取法的對象是距離離最近的北宋。具體而言，指復興北宋盛時的領土疆域（主要指中原故地），繼承北宋中原文化傳統，建立合乎「天道」的社會秩序。

首先，「中興」指復興北宋盛世的領土疆界與政治地位。南宋文人嚮往周宣王復興「文武之境土」，寄託了復興北宋盛世的領土疆域與統制四夷的權力地位的政治理想。如胡寅《永州天申節功德疏四首》其二稱：「伏願如日方中，後天難老。覆文武之境土，大會東都；垂堯舜之衣裳，永瞻北極。」〔註 165〕張孝祥《論治體劄子（甲申二月九日）》稱：「以此富國，以此靖民，以此覆文武之境土，以此攄高、文之宿憤，躊躇四顧，無不可為者。」〔註 166〕史浩《除宗正少卿謝宰相啟》稱：「內尊明主，垂堯舜之衣裳；外襲強鄰，覆文武之境土。」〔註 167〕吳儆《代賀隆興改元表》中稱：「方且講修庶政，祗燕孫謀。增光祖宗之功，恢覆文武之境。泰元授策，朔復朔以無期；一德享天，新又新而不已。」〔註 168〕對皇帝大臣提出恢復「文武之境」的希望。史浩在《賀湯左相啟》中稱：「上既樂於閑暇，公宜極於寵榮。垂堯舜之衣裳，伊尹已躋於湯後；覆文武之境土，仲山行贊於宣王。享成於二十四考之間，濟美於五三六經之上。」〔註 169〕希望當時宰相湯思退像仲山行輔佐宣王一樣，輔佐孝宗，恢復中原境土。高宗在紹興十一年與金人達成和議後，金人許歸河南等地，高宗在賜王倫的表中稱：「朕念陵寢久荒，梓宮未返。東朝契闊，星紀既周；北道謳吟，民心未改。幸信書之來諗，知永好之不渝。……服文武之境，朕將無愧於古人；合晉楚之成，爾乃增光於史冊。」〔註 170〕以恢復中原故土為榮，而王倫使金議和，議定歸河南等地，「恢文武之境」，有「無愧於古人合晉楚之成」的功勞。與周宣王復興文武成康時的領土疆域不同，南宋文人所謂「覆

〔註 165〕《全宋文》卷四一九三，第 190 冊，第 263 頁。
〔註 166〕《全宋文》卷五六九三，第 253 冊，第 344 頁。
〔註 167〕《全宋文》卷四四一二，第 199 冊，第 388 頁。
〔註 168〕《全宋文》四九六四，第 224 冊，第 53 頁。
〔註 169〕《全宋文》卷四四一〇，第 199 冊，第 350 頁。
〔註 170〕劉一止《王倫除同簽書樞密院事迎請梓宮太后交割地界使仍賜同進士出身制》，《全宋文》卷三二六五，第 152 冊，第 347 頁。

文武之境土」，主要指恢復被金人侵佔的中原故地，並重新確立中原之國的政治地位。

南宋君臣具有強烈的「中興」理想，他們在偏安一隅、無力改變積貧積弱的社會現狀時，常嚮往北宋的聖治，希望通過紹述前代達到政治中興的目的。這從歷朝改元年號可窺見一斑。南宋不論是新君即位，還是中途改號，都打著尊宗聖政、傚仿祖宗的旗號，使年號具有特殊的借復古以中興的內涵，如孝宗改元「隆興」，認為「若隆興則取建隆、紹興各一字」〔註171〕，表現了取法北宋太祖之治的理想。孝宗「淳熙」改元，取太宗淳化、雍熙各一字，據李心傳記載：「乾道癸巳冬至日，上祀南郊，肆赦，改明年元為純熙。既宣制矣，後六日甲辰，中書門下省言：『若合淳化、雍熙言之，當用淳熙字，庶幾仰體主上取法祖宗之意。』從之。」〔註172〕改元「淳熙」，意為傚仿北宋太宗政治，達到「中興」目的。「寧宗改元「慶元」，史載：「五年上繼位，趙子直為相，銳意慶曆、元祐故事，乃改慶元。」〔註173〕寧宗改元「開禧」，取「開寶、天禧」，理宗「端平」則取「端拱、太平（興國）」。〔註174〕這都表達了傚仿北宋政治、實現宋朝「中興」的理想。再如秦檜上書高宗稱：「數十年來止是臣下互爭勝負，致治道紛紛。今當平其勝負之端，以復慶曆、嘉祐之治，是國家福也。」〔註175〕

其次，「中興」指繼承上古「斯文」承載的「王道」傳統。《車攻》一詩是宣王「復古」的表現，「復古」一個重要內容就是指繼承文武成康時仁德治道。這個「道」在唐代韓愈確立「道統」思想後，便成為一個有源可溯的統緒，即「堯以是傳之舜，舜以是傳之禹，禹以是傳之湯，湯以是傳之文武周公，文武周公傳之孔子，孔子傳之孟軻。」〔註176〕「道」亦成為後世帝王治國平天下政策的指導原則與王權存在發展的合理依據。南宋文人在詩文集中徵引《車攻》之典，就表達了繼承「古道」，並以之一統天下，使四夷來服，實現「天道」在社會秩序中的完美體現的理想，包含了南宋文人對偏安政治合理依據的思考。如王之道在《華亭風月堂避暑》一詩中稱：「大哉天休何穹窿，惟王配天

〔註171〕洪邁《容齋隨筆．續筆》卷一三《紀年兆祥》，上海古籍出版社1978年版，第374頁。
〔註172〕《建炎以來朝野雜記》乙集卷七《朝事二．淳熙改元本用純字》，第613頁。
〔註173〕《建炎以來朝野雜記》甲集卷三《年號》，第92頁。
〔註174〕（宋）陳郁《藏一話腴》卷下，叢書集成續編本。
〔註175〕《要錄》卷一五二，紹興十四年八月庚申條，第2449頁。
〔註176〕韓愈《原道》，《韓昌黎文集》卷一，上海古籍出版社2019年，第20頁。

居域中。東西南北乃四裔，盛德可使車書同。吾皇中興繼商武，小雅不復歌車攻。……」〔註 177〕在廣袤天地之間，代天行道的「王」居於其中，王之政治與天道相一致；「四夷」居於中國的四方，居於中原之地的「王」統御天下「四夷」，這是遵循「天道」的表現；高宗中興宋室，就直接繼承了商武之「王道」，其功勳可與周宣王「中興」之功比肩。這是對南宋「配天」而居的正統地位與遵循「天道」治理天下的政權合法性的肯定。薛季宣在《讀骨鯁集》一詩中說道：「未須悲麥秀，王道有《車攻》。」〔註 178〕認為《車攻》詩記載了「王道」。所謂「王道」，既指周宣王繼承了周文武成康治世之道，表達了繼承「王道」中興宋室的希望。汪應辰在《廷試策》中稱：「昔宣王承厲王之烈，小雅盡廢，四夷交侵，而終能覆文、武之境土者，以其所以躬行於上者能服天下之心也。故序《詩》者稱之，曰：『側身修行，天下喜於王化復行。』蓋方其側身修行而天下之人固已胥慶，知王化復行矣。此民心所以歸也。」認為周宣王中興，是「王化復行於天下」的表現，「王化」主要是指以儒家正統之「道」教化萬民、治理國家，使國家在三綱五常、道德仁義方面合乎「天理」，實現「天道」在人間的完美實現，高宗如果傚仿周宣王中興之功亦必須繼承上古聖賢之治道，以仁德治理天下，「使聖德日新，昭著天下」。〔註 179〕從南宋文人對《車攻》之典道德文化意義的發掘與闡釋，可以看出南宋文人抗金恢復理想的深層思想文化根源。

北宋滅亡，中原淪陷，「秘閣圖書，狼籍泥土中」〔註 180〕，文明淪喪，自古以來，「中國」居於中原統制四方之「夷狄」的地理格局被打破，以正統文化自居的漢民族政權離開了賴以立國的傳統「斯文」即「道」的發祥地。對偏安一隅的宋朝政權是否具有存在的合理性，偏安的漢民族政權宋朝與佔據中原之地的少數民族國家金國，二者誰是文化之正統的問題，就成為文人士子最為關注的問題。南宋一批使金文人來到曾是中原故地的金國，面對文明的淪喪與歷史故跡的毀滅，他們常表現出沉重的悲悼之情，並在與金人交聘中表現出異常的自尊心理，蔑視少數民族文化，強調宋廷的正統地位，這正是偏安政權下文人不自信心理的折射。

〔註 177〕《全宋詩》卷一八一一，第 32 冊，第 20170 頁。
〔註 178〕《全宋詩》卷二四六七，第 46 冊，第 28620 頁。
〔註 179〕《全宋文》卷四七七九，第 215 冊，第 223 頁。
〔註 180〕《要錄》卷四，靖康二年四月辛酉條，第 92 頁。

南宋文人深入闡發《車攻》一詩的政治、道德、軍事意義，並將其作為一個蘊含了豐富文化內涵的典故加以徵引，是南宋文人在北宋滅亡、中原故土淪陷後，要求抗金復國、重新確立其政治地位理想的表現，亦是南宋文人在中原正統文化遺失、漢民族政權權力式微後，對宋朝社會秩序是否合理及其存在是否長久等問題進行的思考，包含了南宋文人深刻的當代文化意識。從南宋文人徵引表達宣王「復古」之功的《車攻》之典可知，南宋文人的「中興」理想實質是「復古」，包括復興北宋盛世的領土疆界與政治地位，繼承上古指導建立合乎「天道」的社會秩序的道德傳統。《車攻》之典在宋金戰爭的特定時代背景下，被南宋文人在接受的過程中，賦予了豐富深刻且具有現實意義的多層次文化內涵。

第三節　南宋文人的英雄意識

漢末劉邵稱：「夫草之精秀者為英，獸之特群者為雄，故人之文武茂異，取名於此。是故聯盟秀出謂之英，膽為過人謂之雄……故英可以為相，雄可以為將。若一人之身兼有英雄，則能長世。」〔註 181〕英雄是「人之文武茂異者」，「文」指文化知識，「武」則既指武藝，還指兵謀將略。南宋文人通過熱情禮讚前代英雄、塑造自我英形象，寄託其恢復中原故土的希望，表達了渴望從軍征戰、建立功名的人生理想及英雄失路的悲憤。他們理想中的「英雄」是具備賦詩作文、抗金復國的文韜武略，能夠建立功名、實現事功的文武人材，以之為基礎，他們對當時一批專尚清談、不務實利的儒士發出猛烈批判。

一、借謳歌英雄人物表達英雄理想

南宋文人常在詞中詠歎頌揚英雄人物表達自己的英雄理想，包括歷史英雄與當代英雄兩類。他們詠歎最多的歷史英雄有漢魏時期的李廣、諸葛亮、曹操、王粲、孫權、劉備，東晉謝安、王導、謝玄、祖逖等人；當代英雄人物主要是一些幕府將帥與其僚屬。

首先，頌揚漢魏英雄人物。如陸游「鼓角臨風悲壯，烽火連空明滅，往事

〔註 181〕（宋）吳曾《能改齋漫錄》卷七《茂才英俊英雄》：「劉邵《人物志．英雄》第八卷云：『草木之精秀者為英，獸之羣特者為雄。故人之文武茂異者，取名於此。是故聰明秀出謂之英，膽氣過人謂之雄。』」

憶孫劉」〔註 182〕，追慕三國時期孫權、劉備的英雄事蹟。張孝祥「一弔周郎羽扇，尚想曹化橫槊，興廢兩悠悠」〔註 183〕，化用蘇軾《念奴嬌·赤壁懷古》中語「遙想公瑾當年」「羽扇綸巾，談笑間強虜灰飛煙滅」，表達了對三國周瑜、曹操等英雄人物的追憶嚮往。辛棄疾「人盡說、君家飛將，舊時英烈。破敵金城雷過耳，談兵玉帳冰生頰。想王郎、結髮賦從戎，傳遺業」〔註 184〕，讚揚李廣用兵神速、通曉兵機，稱讚王粲隨曹操從軍並賦《從軍詩》表達豪情壯志，藉以表達對友人抗金復國的希望。「從容帷幄去，整頓乾坤了」〔註 185〕，「從容帷幄」，《新唐書房琯傳贊》：「遭時承平，從容帷幄，不失名宰。」讚揚房琯衛國卻敵的雍容閒雅之氣度，藉以勉勵宋臣建立軍功。「東北看驚諸葛表，西南更草相如檄」〔註 186〕，贊諸葛亮北伐曹魏，並上《出師表》明志，藉以表達自己北伐抗金的決心。

其次，借頌揚東晉謝安的英雄事蹟，寄寓自己的人生理想。謝安曾隱於會稽東山，朝廷屢招不起，後在友人以蒼生為念的勸諷下出仕朝廷。晉孝武帝太元八年（383），前秦君主苻堅率百萬大軍南侵，謝安起為大都督，派謝玄等率軍拒敵，破苻堅大軍於淝水，消除了東晉北方的隱患。南宋文人在詞中頌揚謝安的情況非常普遍，常把當朝人物與謝安相比擬，表達了對當朝人物北伐復國的希望。如張元幹《水調歌頭·送呂居仁召赴行在所》：「回首東山路，池閣醉雙蓮。」〔註 187〕呂居仁即呂本中，紹興六年（1136）呂本中受召赴臨安特賜進士出身，擢起居舍人兼中書舍人。「東山」，《晉書·謝安傳》：「謝安初隱東山，後入朝，位登台輔。」張元幹此詞借謝安之隱而復起，表達了對呂本中的希望。再如張元幹《點絳唇·生朝》：「繡裳貂珥，便向東山起。」〔註 188〕此詞為壽富弼之孫富直柔而做，借謝安比富直柔，寄予了詞人的希望與祝願。陳亮詞中多次提到謝安，如「本無心，隨所寓，觸虛舟。東山始末，且向靈洞與沉浮。料得神仙窟穴，爭似提封萬里，大小幾琉球。但有君才具，何用問時流」〔註 189〕，

〔註 182〕《水調歌頭·多景樓》，《全宋詞》第 2044 頁。

〔註 183〕《水調歌頭·汪德邵作無盡藏樓於棲霞之間取玉局老仙遺意張安國過之為賦此詞》，《全宋詞》第 2181 頁。

〔註 184〕《滿江紅》（漢水東流），《全宋詞》第 2518 頁。

〔註 185〕《千秋歲·為金陵史致道留守壽》，《全宋詞》第 2432 頁。

〔註 186〕《滿江紅·送李正之提刑入蜀》，《全宋詞》第 2415 頁。

〔註 187〕《全宋詞》第 1401 頁。

〔註 188〕《全宋詞》第 1413 頁。

〔註 189〕《水調歌頭·和吳允成遊靈洞韻》，《全宋詞》第 2707 頁。

《晉書·謝安傳》贊:「太保沉浮,曠若虛舟,任高百辟,情惟一丘」,與詞中「本無心,隨所寓,觸虛舟」之意合,指隱於高山,心懷澄澈。謝安曾高臥東山,其後乃起而任大事,其胸懷曠蕩,與下句「東山始末,且向靈洞與沉浮」之意合,讚揚謝安風流雅懷。後面幾句則直接表達出希望友人像謝安一樣,能夠功成名就、封侯萬里。張孝祥「且喜謝安石,重起為蒼生」〔註 190〕,表達了對謝安以生民為念、為國排憂解難精神的高度讚揚,借以表達對友人的希望。辛棄疾「功業後來看,似江左、風流謝安」〔註 191〕,以謝安功業喻韓元吉;「看淵明、風流酷似,臥龍諸葛」〔註 192〕,用不合流俗的陶淵明比擬陳亮的高潔志趣,以諸葛亮比擬陳亮的軍事才能。

另外,南宋文人對東晉謝玄、祖逖等人表示景仰,藉以表達抗金復國的英雄理想。如陳亮「算於中、安得長堅鐵。淝水破,關東裂!」〔註 193〕表達了像謝安、謝玄一樣卻敵報國的豪壯胸懷。「因笑王謝諸人,登高懷遠,也學英雄涕。憑卻長江管不到,河洛腥膻無際。正好長驅,不須反顧,尋取中流誓。小兒破賊,勢成寧問疆對!」〔註 194〕不應像東晉士大夫之在高位者徒作楚囚相對,應該像祖逖一樣擊楫中流,長驅北伐,恢復中原。張孝祥「憶當年,周與謝,富春秋。小喬初嫁,香囊未解,勳業故優游。赤壁磯頭落照,淝水橋邊衰草,渺渺喚人愁。我欲乘風去,擊楫誓中流。」〔註 195〕追憶三國周瑜與東晉謝玄英雄事蹟,表達了效法祖逖北伐中原的理想。辛棄疾「正目斷、關河路絕。我最憐君中宵舞,道男兒、到死心如鐵。看試手,補天裂。」〔註 196〕用祖逖聞雞起舞的典故與女媧補天的神話故事激勵陳亮,希望他能夠大展身手,完成統一河山的大業。

最後,南宋文人對當朝英雄予以熱情的禮讚。如張元幹送李綱、胡銓的詞。紹興八年(1138),南宋與金人議和已成定局,李綱仍然反對議和,不久罷官。張元幹為李綱的英雄氣概與主戰精神所感動,寫下了《賀新郎·曳杖危樓去》一詞,對李綱空有報國之志而遭受打擊的人生命運寄予深切同情。樞密院編修

〔註 190〕《水調歌頭·送謝倅之臨安》,《全宋詞》第 2216 頁。
〔註 191〕《太常引·壽南澗》,《全宋詞》第 2431 頁。
〔註 192〕《賀新郎·陳同父自東陽來過余》,《全宋詞》第 2438 頁。
〔註 193〕《賀新郎·酬辛幼安再用韻見寄》,《全宋詞》第 2707 頁。
〔註 194〕《念奴嬌·登多景樓》,《全宋詞》第 2705 頁。
〔註 195〕《水調歌頭·和龐佑父》,《全宋詞》第 2182 頁。
〔註 196〕《賀新郎·同父見和,再用韻答之》,《全宋詞》第 2439 頁。

官胡銓也因上書乞斬主和權奸秦檜、孫近、王倫三人以謝天下，遭到秦檜迫害，被送往新州（今廣東新興縣）編管。張元幹激於義憤，不顧政治風險，寫下了千古傳頌的《賀新郎．夢繞神州路》一詞為其送行。胡銓遭貶時，「一時士大夫畏罪箝舌，莫敢與立談」〔註 197〕，甚至「平生親黨避嫌畏禍，唯恐去之不速」，而張元幹獨作「長短句送之，微而顯，哀而不傷，深得三百篇諷刺之義」〔註 198〕。詞中既寄予了祖國河山橫遭敵人踐踏的滿腔悲憤，又表達了作者對胡銓堅持抗金鬥爭的有力支持，同時也表達了他對朝中投降派的無比痛恨。張孝祥讚揚著名主戰大臣張浚的英雄豪氣，如其《木蘭花慢．送張魏公》上闋：「擁貔貅萬騎，聚千里、鐵衣寒。正玉帳連雲，油幢映日，飛箭天山。錦城起方面重，對籌壺、盡日雅歌閒。休遣沙場虜騎，尚餘匹馬空還。」〔註 199〕這是建立在采石磯大捷基礎上的群情振奮的集中體現，表達了高度飽滿的樂觀主義精神。辛棄疾贊「此老自當兵十萬，長安正在天西北」〔註 200〕，讚揚張浚既熟諳兵韜武略，又具備籌劃收復西北故地的軍事才能。

南宋文人對前代與當代英雄予以熱情歌頌，表現出鮮明的英雄崇拜意識，與宋金戰爭的時代背景有密切關係，是國家民族危亡的現實對力挽狂瀾、重振宋室的英雄人物的呼喚。金澤在《英雄崇拜與文化形態》一書中稱：「從歷史上看，英雄崇拜是波浪式發展的。每當一個社會形成英雄崇拜的高潮時，總是有著急切的社會需要。而英雄在滿足這些社會需要方面，具有十分重要的社會作用和功能。……無論在社會方面還是在個人方面，英雄崇拜都是一種不可忽視的精神動力。」〔註 201〕南宋文人借頌揚英雄，抒發自己抗敵報國的英雄理想，實現自我意志的滿足。

二、塑造英雄自我形象表達英雄理想

南宋文人普遍自稱具有「英豪」之氣，喜結豪傑，其筆下呈現出一個上馬卻敵、下馬賦詩的英雄自我形象。

陸游自稱「天資慷慨，喜任俠，嘗以踞鞍草檄自任，且好結中原好傑以滅

〔註 197〕《桯史》卷一二《王盧溪送胡忠簡》，第 133 頁。

〔註 198〕張元幹《盧川歸來集》附錄蔡戡《蘆川歸來集序》，上海古籍出版社 1978 年版，第 220 頁。

〔註 199〕《全宋詞》，第 2216 頁。

〔註 200〕《滿江紅．送鄭舜舉郎中赴召》，《全宋詞》第 2416 頁。

〔註 201〕金澤《英雄崇拜與文化形態》，商務印書館 1991 年版，第 44 頁。

敵。自商賈、仙釋、詩人、劍客，無不遍交遊。」〔註 202〕陸游「素志」在於從軍為武、為恢復大業衝鋒陷陣：「何時驃姚師，大刷渭橋恥？士各奮所長，儒生未宜鄙。覆氈草軍書，不畏寒墮指。」〔註 203〕最希望能夠任職中樞、贊襄大計，或從軍前線、執戈草檄，實現平生素志。陸游自稱具有「英氣」，「縱自倚、英氣凌雲，奈回盡鵬程，鎩殘鸞翮」〔註 204〕。他年少就具有雄心壯志，是一個豪放使氣的英雄形象：「家住東吳近帝鄉。平生豪舉少年場」〔註 205〕，「自笑平生醉後狂，千鍾使氣少年場」〔註 206〕，所結交盡是一時英雄人物，「青衫初入九重城。結友盡豪英」〔註 207〕。陸游中年時期在四川王炎幕府度過了一段軍旅生活，從其對從軍南鄭的軍旅生活的描寫中，可以看出一個具備文才武略的英雄自我形象：「羽箭雕弓，憶呼鷹古壘，截虎平川。吹笳暮歸，野帳雪壓青氈。淋漓醉墨，看龍蛇、飛落蠻箋。人誤許，詩情將略，一時才氣超然。」〔註 208〕既能夠射鷹截虎、又能醉把詩書，具有「詩情將略」，才氣衝天。他「壯歲從戎，曾是氣吞殘虜。陣雲高、狼煙夜舉。朱顏青鬢，擁雕戈西戍。笑儒冠、自來多誤」〔註 209〕，在經過一段征戰生活後，陸游意識到「儒冠」不能卻敵報國、建立功名，更加嚮往橫槊馬上、擁兵西戍的戰鬥生活。陸游晚年雖然「華鬢星星，驚壯志成虛，此身如寄」，仍記得「清盡當年豪氣」〔註 210〕。清代張補梧在《讀劍南集》一詩中很好地概括了陸游詩中的英雄自我形象：「平生感憤竟如何？醉墨詩傳萬首多。射虎南山余壯志，聽猿西蜀重悲歌。杜陵垂老聞收薊，守澤臨終喚渡河。北定中原虛祭告，英雄千古涕滂沱。」〔註 211〕

陳亮筆下的自我英雄形象具有像東晉人物一樣的豪壯氣概與詩酒風流，如：「坐上少年差氣岸。題詩落帽從來慣。戲馬龍山當日燕。真奇觀。尊前未覺風流遠。」〔註 212〕「差氣岸」指氣概頗為雄傑傲岸；「尊前未覺風流遠」指

〔註 202〕《四朝聞見錄》乙集《陸放翁》，第 65 頁。
〔註 203〕《投梁參政》，《劍南詩稿校注》卷二，第 135 頁。
〔註 204〕《齊天樂．望梅》，《全宋詞》第 2059 頁。
〔註 205〕《鷓鴣天．送葉夢錫》，《全宋詞》第 2048 頁。
〔註 206〕《自笑》，《劍南詩稿校注》卷二，第 122 頁。
〔註 207〕《訴衷情．青衫初入九重城》，《全宋詞》第 2065 頁。
〔註 208〕《漢宮春．初自南鄭來成都作》，《全宋詞》第 2054 頁。
〔註 209〕《謝池春．壯歲從戎》，《全宋詞》第 2067 頁。
〔註 210〕《雙頭蓮．呈范至能待制》，《全宋詞》第 2062 頁。
〔註 211〕見孔凡禮、齊治平編《陸游資料彙編》，中華書局 2004 年版，第 263 頁。
〔註 212〕《漁家傲．重陽日作》，《全宋詞》第 2714 頁。

與東晉名流孟嘉等英雄人物之豪情逸興遙相承接。陳亮自視有一定的經世之策，葉適在《書龍川集後》記載陳亮：「有《長短句》四卷，每一章疏就，輒自歎曰：『平生經濟之懷，略已陳矣！』」〔註213〕他在詞中塑造的英雄形象，是能夠像謝玄一樣使「淝水破、關東裂」〔註214〕的將帥，是能夠「係龍驤萬斛舟」〔註215〕、恢復中原故土、中興宋室的元佐大臣。

辛棄疾平生以英雄自許，他的詞中數次出現「英雄」一詞。他稱「英雄事，曹劉敵」〔註216〕，「天下英雄誰敵手。曹劉。生子當如孫仲謀」〔註217〕，渴望成就英雄的偉業。「少年橫槊，氣憑陵、酒聖詩豪餘事」〔註218〕，認為詩酒皆餘事，而成為橫槊沙場的英雄才是其追求的理想。「坐中豪氣，看公一飲千石」〔註219〕，他平生所交遊皆一時豪俊。「壯歲旌旗擁萬夫。錦襜突騎渡江初」〔註220〕的戰鬥生活是他夢寐思之的。「待他年，整頓乾坤事了，為先生壽」〔註221〕，希望做一個復興中原故國、振興國家的民族英雄。「馬革裹屍當自誓，蛾眉伐性休重說」〔註222〕，在勉勵友人的同時也表達了自己馳騁沙場建立功名的理想。他稱「不念英雄江左老，用之可以尊中國」〔註223〕，認為自己雖然始終不見起用，空老江左，但還是「用之可以尊中國」的英雄，表達了烈士暮年壯心不已的決心。「求田問舍，怕應羞見，劉郎才氣」〔註224〕，借用劉備唾棄求田問舍的許汜的典故，表明自己不願做不顧國家大事的庸碌之輩，希望做一個蓋世英雄。辛棄疾詞《破陣子・為陳同甫賦壯詞以寄》描寫了一個馳騁沙場、征戰塞外的英雄形象：

> 醉裏挑燈看劍，夢回吹角連營。八百里分麾下炙，五十弦翻塞外聲。沙場秋點兵。

〔註213〕《葉適集・水心文集》卷二九，第596頁。
〔註214〕陳亮《賀新郎・酬辛幼安再用韻見寄》，《全宋詞》第2707頁。
〔註215〕陳亮《南鄉子・謝永嘉諸友相餞》，《全宋詞》第2709頁。
〔註216〕《滿江紅・江行和楊濟翁韻》，《全宋詞》第2416頁。
〔註217〕《南鄉子・登京口北固亭有懷》，《全宋詞》第2529頁。
〔註218〕《念奴嬌・雙陸和坐客韻》，《全宋詞》第2441頁。
〔註219〕《念奴嬌・西湖和人韻》，《全宋詞》第2420頁。
〔註220〕《鷓鴣天・有客慨然談功名，因追念少年時事戲作》，《全宋詞》第2507頁。
〔註221〕《水龍吟・為韓南澗尚書壽甲辰歲》，《全宋詞》第2414頁。
〔註222〕《滿江紅》（漢水東流），《全宋詞》第2518頁。
〔註223〕《滿江紅》（倦客新豐），《全宋詞》第2438頁。
〔註224〕《水龍吟・登建康賞心亭》，《全宋詞》第2414頁。

馬作的盧飛快，弓如霹靂弦驚。了卻君王天下事，贏得生前身後名。可憐白發生。〔註 225〕

這首詞打破了以往上下闋截然分開的慣例，上下闋一氣呵成，通過一系列的場面描寫，把詞人燈下撫劍、沙場征戰的軍旅生活形象地勾畫了出來。末三句直接抒情，表達了英雄之志不得實現的悲憤。這首詞最突出的特點就是向讀者展示了一個英雄自我形象，這個英雄自我是一個威武勇猛的疆場戰士，不是一個手把詩書的文人形象。這個英雄自我形象是辛棄疾對自己身份的認定，同時也體現了他的一貫追求，他並不是要做一個賦詩做文的文人，不是做一個飽讀經書的儒士，而是希望成為一名能夠真正殺敵報國的武士將帥。

袁行霈稱：「唐五代以來，詞中先後出現了三種主要類型的抒情主人公，即唐五代時的紅粉佳人、北宋時的失意文士和南渡初年的苦悶志士。辛棄疾橫刀躍馬登上詞壇，又拓展出一類虎嘯風生、氣勢豪邁的英雄形象。」〔註 226〕指出辛棄疾詞呈現出鮮明的英雄形象。其實不僅辛棄疾詞如此，辛棄疾之前的張元幹、張孝祥及其後的陳亮、陸游都在詞中刻畫出了一個英雄主體。在宋代重文輕武的國勢下，在文人以狀元為尚、以武士為恥的風氣下，辛棄疾等人對武士精神的頌揚，對文人從軍的認可，無疑會帶來一股清新的社會風氣，這對改變當時文人士大夫的價值觀都會產生一定影響。南宋中興時期以辛棄疾、陳亮、劉過等為代表的詞人，創作了大量豪放詞作，其豪放詞即以這種尚武思想、英雄價值觀為精神內核。

三、「功名乃真儒事」——對儒學清談之風的批判

南宋文人具有強烈的英雄意識。他們借讚賞英雄人物的歷史功績、塑造英雄形象表現英雄理想。其理想中的「英雄」既具有賦詩作文、上書干政的文才，又具有運籌帷幄、卻敵千里的武才，是能夠建立功名、實現事功的文武之才。以此出發，他們對當時一些專尚清談、不務實利的儒士發出猛烈的批判。他們認為英雄必須建立功名，而「功名乃真儒事」，專務清談的儒學家非「真儒」，亦非英雄。

辛棄疾有《水龍吟・為韓南澗尚書壽甲辰歲》〔註 227〕一詞，借為韓元吉

〔註 225〕《全宋詞》第 2502 頁。
〔註 226〕袁行霈主編《中國文學史》第三卷，高等教育出版社 1999 年版，第 158 頁。
〔註 227〕《全宋詞》第 2414 頁。

祝壽表達自己的觀點。開頭稱「渡江天馬南來，幾人真是經綸手」，宋室南渡，詩人呼喚「經綸手」的出現，然而「長安父老，新亭風景，可憐依舊！夷甫諸人，神州沉陸，幾曾回首！」南來諸人，除了傚仿西晉渡江大臣「新亭對泣」之外，有誰真正能擔當恢復之重任？「算平戎萬里，功名本是，真儒事」，「功名」是「真儒」所追求的事業，「真儒」與「功名」「武事」是相輔相承的，是「真儒」就該去追求功名，為朝廷恢復中原大計努力，而當朝像王衍一樣只知道清談玄理、不理國政的大臣，只是無用的「腐儒」。

辛棄疾多次批判東晉「夷甫諸人」，如「起望衣冠神州路，白日銷殘戰骨。歎夷甫、諸人清絕！夜半狂歌悲風起，聽錚錚、陣馬簷間鐵。南共北，正分裂。」〔註 228〕批評王夷甫諸人在南北分裂、戰馬聲嘯的時候高談玄理。「長劍倚天誰問，夷甫諸人堪笑，西北有神州」〔註 229〕，執政者高談闊論、不務國事，愛國志士卻請纓無門、徒自北望故土淪陷。夷甫，即西晉王衍之字，官居宰相，崇尚清談，導致西晉覆滅。《晉書．王衍傳》記載，王衍兵敗臨死前說：「向若不祖尚浮虛，戮力以匡天下，猶可不至今日。」《晉書．桓溫傳》記載，桓溫北伐，踏上北方土地後，亦曾感慨地說：「遂使神州陸沉，百年丘墟，王夷甫諸人不得不任其責！」辛棄疾對東晉清談誤國的王衍諸人的批判，即是對當時一批高談義理性命，不務事功的理學家的批判。

陳亮亦批判當時一批「腐儒」只知「低頭拱手以談性命」「風痹不知痛癢」〔註 230〕。他讚揚錢象祖治國有方，遠高出於規規小儒牢守書卷者：「這些兒、穎脫處，高出書卷。經綸自入手，不了判斷。」〔註 231〕言下之意是手持書卷的所謂的儒士並無經綸政治之能。陸游自稱「少鄙章句學，所慕在經世。諸公薦文章，頗恨非素志。」〔註 232〕亦是對不務事功的儒學之士的鄙棄。

南宋文人具有強烈的英雄意識，其理想中的英雄是指能夠建立功名、有益於世的文武全才，非指空談性命道德、不務國事的「腐儒」。他們讚賞英雄人物，崇尚英雄之志，鄙棄儒學家清談玄論、不務事功，是文人英雄理想的表現，亦是出於現實的需要。宋金南北共治時期，雙方戰爭不斷，處於被動弱勢的宋廷在金人的步步緊逼之下，屢次遣使議和，割地稱臣。在這樣的形

〔註 228〕《賀新郎．用前韻送杜叔高》，《全宋詞》頁 2439。

〔註 229〕《水調歌頭．送楊民瞻》，《全宋詞》頁 2517。

〔註 230〕《陳亮集》卷一《上孝宗皇帝第一書》，第 9 頁。

〔註 231〕《彩鳳飛．十月十六日壽錢伯同》，《全宋詞》第 2708 頁。

〔註 232〕《喜潭德稱歸》，《劍南詩稿校注》卷六，頁 536。

勢下，一味空談性命道德、儒家倫理的儒學之士不能保有宋室江山，朝廷需要一批像謝安一樣具有經世才能的英雄賢相，及像謝玄、祖逖一樣能破敵衛國的英雄將領。

在南宋民族危亡之際，文人士子普遍表達了抗金復國的人生理想以及理想不能實現的不遇之歎，表現出執著的英雄情結與自覺的歷史使命感。他們借頌揚歷史英雄與當朝英雄人物，寄寓了自己復國抗敵的決心與人生理想；他們在詞中描繪塑造了一個豪放雄壯的英雄自我形象，表現出強烈的主體精神與英雄自我意識。

第四節　南宋文人的隱逸之風

以上所談文人的恢復情結、中興理想與英雄意識，是宋金戰爭時期朝野士人的主流風尚。除此之外，在戰亂流亡、權相專政、偏居安逸等各種因素的影響下，士人隱逸之風亦有突出表現，並且具有鮮明的時代特徵。

關於南宋的隱逸之風，一些學者已經給予了較充分的關注。〔註 233〕孔子曾說：「天下有道則見，無道則隱。」〔註 234〕指出了隱逸與亂世的密切關係。南宋具有典型的亂世特徵。「靖康之難」後，動盪不安的局勢、嚴重的民族危機、腐敗的政權、激烈的黨爭等都對士人心態與人生價值產生了強大的衝擊，隱逸行為因而更具有廣泛性和代表性。

首先，南宋隱逸之風與士人避亂逃世有關。「亂世歸隱，是中國歷史上的常例。」〔註 235〕南宋初雖不至亂如五代，但在金人軍事和經濟侵略下，民生艱難、朝廷脆弱不堪，如劉子翬《汴京紀事二十首》其六：「內苑珍林蔚絳霄，圍城不復禁芻蕘。舳艫歲歲銜清汴，才足都人幾炬燒。」〔註 236〕再現了動亂後民生凋弊的景象。南渡之初，有許多士人因為躲避戰亂而隱於深山古寺。如

〔註 233〕南京師範大學姜榮碩士論文《南宋紹興年間隱逸詩人研究》（博碩論文數據庫 2007 年 5 月），重點探討紹興年間隱逸詩人形成的時代背景、隱逸詩人整體風貌及其詩歌創作；蘇州大學萬志強碩士論文《南宋隱逸詞簡論》（博碩論文數據庫 2006 年 5 月）第二章論述南宋隱逸詞出現的必然性，並對其思想內涵作了探討。

〔註 234〕《論語注疏》卷八，（魏）何晏等集解，（唐）陸德明音義，（宋）邢昺疏，上海古籍出版社，第 71 頁。

〔註 235〕任繼愈《中國道教史》，上海人民出版社 1990 年版，第 435 頁。

〔註 236〕《全宋詩》卷一九二〇，第 34 冊，第 21427 頁。

馬純《陶朱新錄》載：「靖康間，京城破，有賈舍人者，甚儒雅，無金帛子女之蓄，嘗題一絕於壁云：『愁見干戈起四溟，恨無才術濟生靈。不如痛飲中山酒，直到太平方始醒。』」〔註 237〕再如向鎬《臨江仙》云：「亂後此身何計是？翠微深入柴扉。即今雙鬢已如絲，虛名將底用？真意在鴟夷。治國無謀歸去好，衡門猶可棲遲。不妨沉醉典春衣。人生行樂耳，須富貴何時？」〔註 238〕也表達了亂世中無奈歸隱的理想。

其次，與主和派對主戰派的打擊有關。南宋初年，民族矛盾尖銳，統治集團內部開始分化，一部分堅決主張抗金復國，一部分主張屈膝求和。文人士子表現出不同的態度，一部分憂國憂民，不斷發出悲壯憤慨之聲，這在相當長的一段時間裏佔據主流地位，另一部分則由於消極避世或受主和派打擊，生發出出世隱逸之想。

以紹興年間為例，秦檜與高宗堅持主和路線，對抗金大將與文人打擊迫害，一些士大夫深感有志難伸，出於全身遠害的目的，多選擇隱於山林。如武將韓世忠在岳飛被害後罷兵回鄉，周密記載他晚年「絕口不言兵，自號清涼居士。時乘小騾，放浪西湖泉石間。」一日忽作詞兩首，其中有云：「人有幾何般？富貴榮華總是閒。自古英雄都是夢」，「不道山林多好處」。〔註 239〕這是他在倍受打擊之後，嚮往山林隱逸生活的表現。

在秦檜獨相期間，一時主戰大臣如趙鼎、李光、李綱、胡銓等人皆遭排斥。宋人曾敏行記載：「紹興講和既成，上自執政大臣，下至臺諫侍從，以為非是者，稍稍引去。於是登顯位、據要途者皆阿附時宰以為悅。外之監司郡守，或傾陷正人以希進，流人逐客之落南，其跡益危。」〔註 240〕主戰的文人士子被貶、流放、刑獄及至殺戮者不計其數，在這種情況下，忠正之士大多自行引退。汪應辰《徽猷閣直學右大中大夫向公墓誌銘》云：「既而大臣專權，以峻刑鉗天下口，非曲意阿附，鮮有免者。公言一不合，見幾而作，超然物外，自適其適。」〔註 241〕因對秦檜主和專政、打擊異己不滿而遭貶謫或就此隱退、賦閒的詩人很多。如胡寅在秦檜當國時，「除徽猷閣直學士提舉江州太平觀，俄乞

〔註 237〕《宋詩紀事》卷九六引馬純《陶朱新錄》，第 2286 頁。

〔註 238〕《全宋詞》，第 1518 頁。

〔註 239〕《齊東野語》卷一九《清涼居士詞》，第 361 頁。

〔註 240〕（宋）曾敏行《獨醒雜志》卷九，上海古籍出版社 1986 年版，第 80 頁。

〔註 241〕《全宋文》卷四七八〇，第 215 冊，第 255 頁。

致仕，遂歸衡州。」〔註 242〕馮時行因召對時「言和議不可信，且引漢高祖分羹事為喻」，被秦檜謫知萬州，「尋亦抵罪。」〔註 243〕遂居縉雲山中，授徒講學。向子諲「以徽猷閣直學士知平江府，金使議和將入境，子諲不肯拜金詔，乃上章言：『自古人主屈己和戎，未聞甚於此時，宜卻勿受。』忤秦檜意，乃致仕。」〔註 244〕自此歸隱臨江軍薌林十餘年。

另外，紹興和議後，南宋政治隱定、經濟發達，也是文人隱逸山林的重要原因。紹興十一年（1141）宋金簽定和議，敵對氣氛相對緩和，偏安江左的政治環境與南方優美的自然條件，富貴奢侈、高雅清脫的生活環境亦助長了文人高情雅致。如張九成《雙秀峰》：「且向城西去，休驚雨濺空。亂山明滅外，古剎有無中。笑指雙峰翠，回看落日紅。中興喜無事，歌管莫匆匆。」〔註 245〕認為生當「中興無事」之時，故可安然隱於深山古剎。

南宋文人的隱逸表現出鮮明的時代特徵，雖然隱逸避世，卻密切關注現實，與陶淵明追求高蹈遺世截然不同。葉夢得有一部分詞借詠歎山水表達隱逸之想，明代毛晉《石林詞跋》中說《石林詞》：「與蘇、柳並傳，踔有林下風，不作柔語滯人，真詞家之逸品。」所謂「林下風」，即指葉夢得詞通過詠歎山水表達隱逸情懷的特點；「不作柔語」即詞中具有一種瘦硬耿直之質，具體指在山水詠歎中表達了一種壯志難酬的悲憤和孤高，表現出英雄無路請纓的激烈壯懷。如其《水調歌頭》：

> 秋色漸將喚，霜信報黃花。小窗低戶深映，微路繞欹斜。為問山翁何事？坐看流年輕度，拼卻鬢雙華。徙倚望滄海，天淨水明霞。
>
> 念平昔，空飄蕩，遍天涯。歸來三徑重掃，松竹本吾家。卻恨悲風時起，冉冉雲間斷雁，邊馬怨胡笳。誰似東山老，談笑靜胡沙。〔註 246〕

即使是隱逸徜徉於山水田園之際，仍然不忘家國之思，希望有機會像東晉謝安一樣，殺敵報國。如葉夢得《虞美人．贈蔡子因》：

〔註 242〕《宋史》卷四三五《胡寅傳》，第 12921 頁。
〔註 243〕《宋史》卷四七三《秦檜傳》，第 13754 頁。
〔註 244〕《宋史》卷三七七《向子諲傳》，第 11642 頁。
〔註 245〕《全宋詩》卷一七九五，第 31 冊，第 20004 頁。
〔註 246〕《全宋詞》第 992 頁。

梅花落盡桃花小。春事餘多少。新亭風景尚依然。白髮故人相遇、且留連。

家山應在層林外。悵望花前醉。半天煙霧尚連空。喚取扁州歸去、與君同。〔註247〕

上闋用「新亭對泣」的典故，暗諷南渡後一些當權官吏像東晉過江諸人一樣，面對神州陸沉的現實，只是感慨「風景不異，正自有河山而異」而不思進取復國；下闋寫自己空懷報國之志不能有所作為，只能在悵望山林中把酒沉醉，還不如早日歸去。表達了英雄失路的悲懷與無奈，情感沉鬱蒼涼，聯繫國破家亡之恨與個人理想與現實的矛盾，更能見出詞人的悲憤沉痛之情。

再如劉一止《次韻江子我郎中社飲一首》：

社醵遺風在，田家禮數饒。主人疑解意，孺子故來邀。禦寇驚先饋，庚桑懼見杓。習鄉俱尚齒，惇族悟疏苗。未見琱戈靜，方欣玉燭調。山寒時作暝，火老不成歊。釃酒無留榼，蒸豚發墮樵。蠻謳聲帶苦，村若拍頻招。野性疏鐘鼎，官身脫市朝。形隨石骨瘦，心與澗毛雕。朔漠音塵斷，胡意氣驕。誰為今定遠，空作老邊韶。枉矢知天變，雙桃驗服妖（宣和宮女頭作冠，雙桃相併，謂文並桃冠，人以桃音逃，為今日之讖）。獻書慚痛哭，避地獨無聊。復古周宣治，中興太白謠。明年及春社，愁鬢雪應消。〔註248〕

開頭寫盡隱逸生活的日常情趣，後半部分則紀寫二帝北狩、國人奔逃的慘痛現實，長歌當哭，猶見沉痛之情，可見文人故作高蹈，在殘酷的現實面前亦不可能做到真正的出世。

再如張元幹《上張丞相十首》其八：「賤子居閭里，明公總帥權。姓名誰比數，禮遇每周旋。老去無三窟，閒中有二天。知音何日報，願見中興年。」〔註249〕賦閒里居時亦對宋廷中興寄以深切希望。李正民《寄德部》：「躡屩擔簦又徙居，未能慷慨賦歸與。浯溪難繼中興頌，西塞重尋漁父書。故國山川懷望切，在廷知舊記憐疏。不須更論升沉事，鍾釜年年粟有餘。」〔註250〕詩人常常沉浸在隱逸高蹈的超然之中，卻又時刻不忘對朝廷時事的密切關注。

〔註247〕《全宋詞》第1006頁。
〔註248〕《全宋詩》卷一四四九，第25冊，第16709頁。
〔註249〕《全宋詩》卷一七八五，第31冊，第19907頁。
〔註250〕《全宋詩》卷一五四〇，第27冊，第17490頁。

南宋文人的恢復理想、「中興」情結與英雄意識，是南渡後士人風尚的主流。三者從精神內涵看是一致的，體現了在中原淪陷、宋室偏安的情況下，文人強烈的憂患意識與歷史使命感。

本章小結

宋金戰爭的時代背景形成了南宋文人獨特的士林風尚。首先，具有深厚的「恢復」情結；其次，表現出強烈的「中興」理想；另外，具有深厚的英雄意識；最後，表現出一定的隱逸追求。

其一，具有深厚的「恢復」情結。宋室南渡後，抗金雪恥、恢復中原成了文人士子所追求的人生理想。表現在思想領域中，強調「夷夏之辨」與「夷夏之防」，突出「尊王攘夷」中「攘夷」的內容，並通過對《春秋》《詩經》《周易》等儒家經典的研習、闡釋，強調「夷夏之辨」。

其二，表現出強烈的「中興」理想。這表現在：對南宋君臣及文人士子提出「中興」宋室的希望，頌揚高宗建立「中興」之功，借賦詠包含了「中興」文化意義的「浯溪」意象、徵引象徵周宣王「中興」之功的《車攻》事典表達「中興」理想。就其實質而言，「中興」指抗擊金兵、恢復故土，復興北宋盛世的領土疆域、政治地位與文化傳統。

其三，具有濃厚的英雄主義意識。南宋文人通過熱情禮讚前代英雄、塑造自我英雄形象，寄託恢復中原故土的希望，表達了渴望從軍征戰、建立功名的人生理想及英雄失路的悲憤。他們理想中的「英雄」是具備賦詩作文、抗金復國的文韜武略，能夠建立功名、實現事功的文武人材。基於此，他們對當時一批專尚清談、不務實利的儒士發出猛烈批判。

其四，文人還表現出一定的隱逸追求，這與戰爭時期文人避亂逃世有關，與秦檜打擊主戰人士有關，而紹興和議後南宋政治隱定、經濟發達亦是文人隱逸山林的原因。南宋文人雖然追求隱逸，但密切關注現實，與陶淵明高蹈遺世有所不同。

第四章　宋金戰爭背景下的南宋文人行為

英國學者格雷厄姆·沃拉斯在《政治中的人性》一書中指出，環境與人物的思想、行為有密切的關係，而環境尤其是政治環境對人的行為的產生具有重要的作用。他稱：「我們的政治從石器時代的部落組織發展到現代國家，顯然不應歸功於我們的天性的改變，而只能歸功於我們環境的改變。」〔註1〕「環境，今指周圍的自然條件和社會條件。」（《詞源》）以戰爭為歷史特徵的時代背景，是南宋文人生存的政治環境與社會條件。在宋金戰爭的時代背景下，文人具有以下幾方面的突出行為：文人普遍關注軍事問題，談兵論戰、創作兵書；文人統兵、入幕，直接參與軍事實踐活動；文人出使金國，採取非戰爭的形式解決戰爭問題。

第一節　南宋文人談兵勃興

宋室南渡後，文人對兵學與軍事問題表現出濃厚的興趣，一時文人談兵勃興。〔註2〕這一方面表現在通過上疏、策問、奏對、詩賦等形式談論軍事問題，

〔註1〕（英）格雷厄姆·沃拉斯《政治中的人性》，朱曾汶譯，商務印書館1995年版，第15、37頁。

〔註2〕「談兵」之「兵」指「兵事」，指與朝廷時政有關的非學術性談論，包括一般的軍事謀略與具體的戰爭策略，前者包括對軍事歷史得失成敗經驗及與現實密切相關的軍事理論的論述，後者則涉及到朝廷的軍事政策、選將用人制度、戰守策略與戰爭部署等內容。就其表現形式來看，主要包括兩方面，一則指文人在上疏、奏對、策論中談論軍事問題，一則指文人研究前代兵學理論著作、創作專書。

一方面表現在文人自覺研究、撰寫兵學著作。南宋文人從儒家經義的角度論證「儒」「武」相通、儒士兼習武事的必然性，這為其以儒學家身份談論兵事提供了理論依據。南宋文人談兵勃興，與宋朝帝王「與士大夫共治天下」的文化背景下文人高揚的主體精神有關，與宋朝武舉制度的完備發展有關，而宋金對峙時期深重的憂患意識是促使文人談兵的關鍵原因。

一、南宋文人談兵勃興的表現

當代學者趙園稱：「宋代以降，士人談兵漸成習尚。」〔註3〕南渡後，在宋金戰爭局勢日益緊張的情況下，南宋文人逐漸打破「儒士不言兵」的傳統，開始普遍關注軍事問題，形成一時談兵之盛。南渡初期李綱在《議戰》一文中說：「惟國家承平之久，文事太勝，士以武弁為羞，而學者以談兵為恥，至於戰卒賤辱之甚，無以比者。正當趨時之變，以武為先，能言兵者稍褒崇之，置武功爵，益養死士，有以得其心而作其氣，則戰勝於一日之間，有不難也。」〔註4〕可見，南渡之初學者「以談兵為恥」，李綱出於嚴重的邊患憂慮提出了激勸士人談兵、提高朝廷軍事力量的建議。稍後周紫芝在《時宰生日詩三十絕（並序）》其三中稱「秦漢功由百戰成，廟堂何代不談兵」〔註5〕，對文人談兵表示認可。孝宗志在恢復，起用主戰大臣北伐抗金，其時文人爭言兵事，「適虞允文暨趙雄當路，士大夫爭談兵」〔註6〕。

從碑傳墓誌中可見文人普遍喜讀兵書、好談兵法。如王洋記載隱士有「以儒業起家，既中科選，又好談古兵法」〔註7〕者。王庭珪記載文人棄儒習武者：「公諱仲，字彥時。世為汾州西河人……見先世業儒不效，棄去，學兵法，騎射絕人，思立功萬里之外。紹興之初，虜尚云擾河洛間，大將張俊聞其材，招置麾下，數有戰功，授武節郎。」〔註8〕馮時行記載布衣劉尚「好談兵，

〔註3〕趙園《談兵（上）——關於明清之際的一種文化現象的分析》，載《黃河科技大學學報》2002年第1期；《談兵（下）——關於明清之際一種文化現象的分分析》，載《黃河科技大學學報》2002年第2期。

〔註4〕《全宋文》卷三六九八，第169冊，第304頁。

〔註5〕《全宋詩》卷一五二四，第26冊，第17332頁。

〔註6〕周必大《敷文閣學士李文簡公燾神道碑（嘉泰元年）》，《全宋文》卷五一八三，第232冊，第404頁。

〔註7〕《隱士何君墓誌》，《全宋文》卷三八七七，第177冊，第202頁。

〔註8〕《故右武大夫江南西路兵馬都監西河縣開國伯許公墓誌銘》，《全宋文》卷三四一四，第158冊，第294頁。

學縱橫捭闔之術。……平昔固喜兵，身又間關兵亂，熟習艱難變故，益自喜。又通陰陽孤虛占筮，自詭當秉旌鉞，專閫出疆。」〔註 9〕《倪石陵書》附錄《倪樸傳》記載倪樸「豪雋不羈，喜舞劍談兵，恥為無用之學必欲見之於事功。」樓鑰稱「（徐）薦伯儒者，論議慷慨，談兵如流，擊賊何足言。讀其詩頓挫清厲，有壯士橫槊之氣，倚馬而作，露版有餘。」〔註 10〕袁燮記載：「汝實，慶元邊氏諱恢，世著籍於鄞。……事關名教，毫髮必計。見其砥礪節行，自奮於功業者，心深敬之。喜讀兵書，曰：『知兵固儒者事。祖宗立國規模，講之必精。』」〔註 11〕

文人在唱和應制詩文中亦記載了文人談兵的情況。如韓駒稱「李君誦兵法，辨若懸河流，時平棄不用，胸中欝奇謀。」〔註 12〕張嵲稱讚友人「發策談兵知醞籍，操刀制錦見施為。」〔註 13〕「金門賜第，首蒙先帝之知；玉帳談兵，獨出諸公之右。」〔註 14〕王十朋贊文人的談兵之才：「學兼通於古今，才兩備於文武。明目張膽，陳治亂於天子之前；論將談兵，贊籌劃於元戎之幕。」〔註 15〕袁燮稱黃度「獨嗜書，至老不倦。時時誦習，且手抄之，日有程，雖官事紛沓，不廢，自六經、百氏、天象、地理、禮樂、官名、井田、兵法，莫不研究。」〔註 16〕不僅習經史百家，亦對井田兵法有所研究。曹彥約稱幕官「窮經知國更知兵，梁楚中間播此聲。唐幕亟招溫處士，漢廷徐策董先生。」〔註 17〕不僅「窮經」飽讀儒家經書，「知國」熟知治國方略，更能「知兵」，熟知兵學理論、軍事戰略。

文人亦自詡熟知兵書，如劉子翬稱「談兵自是一敵國，屢薦不用寧非天」〔註 18〕，自負其談兵之能，對有用兵之才而不被重用表示憤慨。王庭珪自稱

〔註 9〕《劉尚之墓誌銘》，《全宋文》卷四二六九，第 193 冊，第 353 頁。
〔註 10〕《跋徐薦伯橫槊醉稿》，《全宋文》卷五九五二，第 264 冊，第 163 頁。
〔註 11〕《邊汝實行狀》，《全宋文》卷六三八三，第 281 冊，第 49、351 頁。
〔註 12〕《陵陽集》卷一《題默軒》，《全宋詩》卷一四三九，第 25 冊，第 16589 頁。
〔註 13〕《壽沃令二首》其二，《全宋詩》卷一八四三，第 32 冊，第 20526 頁。
〔註 14〕《賀楊徽猷子登第啟》，《全宋文》卷三四〇九，第 158 冊，第 197 頁。
〔註 15〕《答查運使》，《全宋文》卷四六二六，第 208 冊，第 331 頁。
〔註 16〕《龍圖閣學士通奉大夫尚書黃公行狀》，《全宋文》卷六三八〇，第 281 冊，第 315 頁。
〔註 17〕《送章致遠賢良赴招撫司機幕》，《全宋詩》卷二七三一，第 51 冊，第 32162 頁。
〔註 18〕《醉歌贈金元白》，《全宋詩》卷一九一二，第 34 冊，第 21341 頁。

「腰間插櫑具，談兵尤縱逸」〔註19〕，「國步未寧誰仗節，慷慨談兵多感切」〔註20〕，毫不掩飾其縱橫談論兵事的行為。陸游有兩首《夜讀兵書》詩記載其讀兵書的情況，其一曰：「孤燈耿霜夕，窮山讀兵書。平生萬里心，執戈王前驅。戰士死所有，恥復守妻孥。成功亦邂逅，逆料政自疎。陂澤號饑鴻，歲月欺貧儒。歎息鏡中面，安得長膚腴。」其二曰：「八月風雨夕，千載孫吳書。老病雖憊甚，壯氣頗有餘。長纓果可請，上馬不躊躇。豈惟鑿皋蘭，直欲封狼居。萬乘久巡狩，兩京盡丘墟；此責在臣子，憂愧何時攄？南鄭築壇場，隆中顧草廬；邂逅未可知，旄頭方掃除。」〔註21〕表達了習讀兵書、抗金復國、報仇雪恥的理想。

宋朝以儒治國，在相當長的一段時間裏，文人儒士恥言兵事。張方平寫於天聖八年（1030）的《送古卞北遊序》一文中稱：「國家用文德懷遠，以交好息民，於今三紀，天下安於太平，民不知戰，公卿士人恥言兵事。」〔註22〕趙抃《奏疏論契丹遣使無名疏》中稱：「頃歲西師未興之日，士大夫有橫議及此者，人皆竊笑鄙易之，指為狂狷不祥之言。」〔註23〕可見在西夏李元昊未反宋之前，出現了文人談論兵事、武事的現象，但常被視為「狂狷不詳之言」，未受到人們重視。北宋文人一改以談兵為恥的風氣，開始激烈上書談兵論戰，始於仁宗寶元、康定年間，李元昊「僭號」侵宋時：「自西寇逆節，天下言兵者，不可勝計。」〔註24〕晁公武亦稱：「仁廟時，天下承平久，人不習兵。元昊既叛，邊將數敗，朝廷頗訪知兵者，士大夫人人言兵矣。」〔註25〕北宋滅亡後，民族處於危亡之際，文人開始普遍談兵論戰，從而掀起自北宋中期以後的又一次「談兵」高潮，這體現了戰爭背景與文人談兵行為之間的直接聯繫。

（一）文人談兵內容廣泛

南渡後文人所談論的兵事內容極其廣泛，不僅從理論上談御將之道、用兵

〔註19〕《余棄官累年劉元弼作詩見勉次韻奉謝》，《全宋詩》卷一四五五，第25冊，第16745頁。

〔註20〕《次韻傅彥本三首》其三，《全宋詩》卷一四五五，第25冊，第16748頁。

〔註21〕《劍南詩稿校注》卷一、卷二〇，第18，1546頁。

〔註22〕《全宋文》卷八〇四，第38冊，第6頁。

〔註23〕《全宋文》卷八八二，第41冊，第150頁。

〔註24〕蘇舜欽《蘇舜欽集》卷一一《論西事狀》，沈文倬點校，中華書局1962年版，第155頁。

〔註25〕晁公武《郡齋讀書志校證》卷一四，孫猛校證，上海古籍出版社1990版。

之術、文武關係，還就朝廷軍事制度、抗金防邊之策提出建議，既談戰爭歷史，亦論戰爭現實，體現出文人濃厚的軍事興趣與深厚的兵學修養。

1. 論文武之關係

南宋文人認為「文武一道」，並強調武備對於國家存亡的重要性。這是對自北宋以來重文輕武之風的反拔。

首先，他們指出「文武一道」，文事、武備兩者不可或缺。如李綱稱「刑作教弼，文資武全。惟兩器兼用，乃一道之當然」，提出「方今外患侵而中國微安」時，應「得文武全才以股肱於帝室」。〔註26〕張嵲稱：「文武之道果烏乎分？」認為後世「守成尚文，遭遇右武。文武之事，至不可同日而議」，有違自古以來文武並重、其源為一的傳統。〔註27〕劉一止提出文武道一，二者並行不悖，「經緯天地曰文，文所以立德。戡定禍亂曰武，武所以濟功。以武繼文者，以功濟德也。」〔註28〕認為文事、武備都是治國的重要保障。李正民稱：「立國之方，文武固無二道。適圖守備，宜越常規。」〔註29〕綦崇禮稱「文武並用，是帝王之極功，則有國家者，誰能去兵？」「聖人之教，有文事者，必有武備。」〔註30〕蘇籀稱：「天生五材，闕一不可。《書》曰：『帝德廣運，乃武乃文。』」並指出「中國文明冠帶之俗，士嫻習於辭藝，不足者武也」，在「盜賊蠻獠之儆，何日無之」的情況下，訓練武才顯得尤為重要。〔註31〕周必大認為「古者文武無異轍，兵民為一途，故戎器可除於安平之時，而軍儲自足於耕耘之日」，而「今邊鄙未寧，尤以選將益兵為重」〔註32〕。

其次，在論述「文武一道」的基礎上，強調武事、武備對於國家興亡的重要性。如李綱《論兵》〔註33〕一文稱「古之有國者戡亂定功，未嘗不以兵」，強調軍隊對於國家治理平亂的重要性。李綱《論立國在於足兵》〔註34〕一文，以儒家經典《論語》《左傳》中關於古代儒家教民戰爭的事例，指出「立國在於足兵，棄民在於忘戰，有外患者憂懼而知戒，無外患者安肆而日偷。此四者

〔註26〕《有文事必有武備賦》，《全宋文》卷三六八二，第169冊，第31頁。
〔註27〕《御書記（紹興十年）》，《全宋文》卷四一一七，第187冊，第210頁。
〔註28〕《下武講義》，《全宋文》卷三二七六，第152冊，第215頁。
〔註29〕《賈讜換觀察使制》，《全宋文》卷三五三八，第163冊，第67頁。
〔註30〕《進歷代兵籌類要表》，《全宋文》卷三六四九，第167冊，第328頁。
〔註31〕《論收用武略之士箚子》，《全宋文》卷四〇二一，第183冊，第235頁。
〔註32〕《家塾策問》第十七首，《全宋文》卷五一三九，第231冊，第91頁。
〔註33〕《全宋文》卷三七五四，第172冊，第115頁。
〔註34〕《全宋文》卷三七五五，第172冊，第133頁。

國之存亡所繫也。故夫天下方當強盛之時，卒然有不庭不虞之變，莫之能禦，而遂至於不振者，多由於恃安而忘戰，馴致使然。」他對宋遼澶淵之盟後，朝廷不習兵革帶來的禍患進行激烈抨擊：「國家自澶淵之役，與契丹盟好，承平無事，民不識金革百有餘載。至崇寧、大觀以來，極熾而豐，文恬武嬉，偷取安逸，兵之闕者不補，卒之惰者不練，將帥之選不精，誅賞之柄不明，干戈朽鈇鉞鈍。而金人一旦乘間竊發，將士愛死而望風奔北，生民無辜而肝腦塗地，士大夫聞語戰則魂褫魄喪，色若死灰，惟以遁逃偷生為得計。恃安忘戰，馴致之弊一至於此。」指出恃安而忘戰、恃和而苟安必至亡國。

不過，在具體的歷史形勢下，南宋文人也提出朝廷應該謹慎用兵的觀點，如彭龜年《兵論》〔註35〕一文，認為自古以來，用兵乃不得已而為之之舉，並引用《詩經》等儒家經典中關於戰亂與人民生活的記載，說明用兵可以興國，也可以亡國的道理，文中說道：「古者出師，以喪禮處之，命下之日，士皆涕落，故聖人以師為毒天下之民。夫子論行軍，亦曰：『必也臨事而懼。』蓋為此也。嘗觀文王遣戍役之詩曰：『靡室靡家，玁狁之故。』又曰：『四牡翼翼，象弭魚服。豈不日戒，玁狁孔棘。』勞還卒之詩曰：『我出我車，于彼郊矣。設此旐矣，建此旄矣。彼旟旐斯，胡不旆旆？憂心悄悄，僕夫況瘁。』常若有幽憂不樂之意。而車馬兵甲，亦不過使之整比嚴肅，以待敵人，何嘗高上氣力，專事戰鬥，如秦人哉！秦固以此強，亦以此敗亡。」表現出一定的非戰思想，體現了南宋時期文人兵學思想的多樣性特點。文人對文武之道的認識，直接影響到他們對於宋金戰爭的態度。

2. 談兵學理論

南宋文人談兵很大一部分內容是從理論上來論用兵之道、御將之道、抗敵之道，並以歷代戰爭事例為論據進行論述，表現出深厚的兵學修養。

李綱有一些文章專論戰爭理論。如《論兵機》，提出抓住戰機的重要性：「國之存亡在兵，兵之勝負在機。機者時事適然之會，而安危強弱之本也。得其機則危可安而弱可強。失其機則安必危而強必弱。惟明足以見之而斷足以行之者，為能不失機會；而一失機會，則其國遂有至於危弱而不可復振者，勢使之然也。」並舉三國時期曹操、袁紹官渡之戰的例子進行論證。《論方鎮》，論述唐代方鎮制度沿革變化與其得失經驗，指出「方鎮之兵，不得謂無功於唐」，但唐代方鎮興起，致使朝廷無法節制，造成兵禍，「方鎮，兵驕則逐帥，帥強

〔註35〕《全宋文》卷六三〇六，第278冊，第291頁。

則叛上。或父死子握其兵而不肯代，或取捨由於士卒以邀命於朝，而天子一切屈己以從之。」從理論上闡述方鎮之弊端。《論將》論述為將之道，指出「昔之善為將者，必其威信足以服士卒，而恩意足以結之，然後可與冒鋒鏑，同生死，陷堅履危，如手足之捍頭目，而子弟之衛父兄。」並舉歷代史例，說明為將之道應以威信、恩意對待士卒，士卒才樂為之用，所謂「用士卒者，用其力也」，欲得其力，需得其心也。《論料敵》論應敵策略，指出「善用兵者，以料敵為巧。非謂料其強弱虛實而已，能料敵之情，而勢必至於此之為巧也。」然後舉古代戰爭中「料敵為巧」的將帥的事例，最後表達自己的軍事觀點，「惟其料敵之巧如此，故足以立奇功。兩軍相持，不能料其強弱虛實者，未有能制勝者也。戰功曰多，以多算勝，而少算不勝。然則不計強弱虛實而浪戰者，欲無敗難矣，況能立奇功哉。」〔註36〕從其廣徵博引史事可見李綱對古代戰爭史的熟諳程度。

范浚有進卷五卷〔註37〕，亦是從理論上闡釋兵學思想的代表作。其中《用奇》談論用兵之奇，「欲無鈍兵、屈力、殫財、動合機會，則莫若用奇，以求速勝之功。而用奇者，又莫神於得奇正之變也。……惟夫用寡以當眾，用弱以當強，轉危而安，轉敗而勝，勝則彼必摧潰而我獨全，不勝則不至於甚亂，而敵無以乘我，是豈庸人悍夫所能知哉？」「蓋有奇正之變行乎其間，因形制勝，神張鬼翕，變化莫測，雖吾士卒，猶不能窺吾所以勝，況敵人乎？兵法曰戰勢不過奇正。奇正之變，不可勝窮。奇正相生，如循環無端，必有獨得於心，不可以智識，不可以情求者，為能盡之。」並具體陳述用「奇」之法：「歷觀自古善用兵者，未嘗不以奇勝，或示羸而用其銳，或示怯而用其勇，或示緩而用其急，或示近而用其遠，或示之敗而致其怠，或示之退而致其追，或示以擊東而實攻其西，或示以擊左而實攻其右，皆因機應變，示敵以可見之形，而不示以不可知之計。」《揆策上》論述如何進軍：「兵有不可攻，有不可不攻。不可攻者，敵之銳也；不可不攻者，敵之恃也。我以兵進，彼以兵逆，則猛士精卒悉銳來拒此，不可攻也，當用奇以擣其虛。彼有所恃，持重自守，則餘軍倚以為強，士氣自倍，此不可不攻也，當用奇以致其敗。日者王師之討賊也，數道並進，敵悉以銳兵分拒諸將，諸將攻之，勝負未有，此攻所不可攻也。」提出

〔註36〕《全宋文》卷三七五三、三七五四、三七五五、三七五七，第172冊，第101～159頁。

〔註37〕《全宋文》卷四二七六、四二七七、四二七八，第194冊，第72～120頁。

應根據不同的戰爭形勢採取不同的戰爭對策。《揆策下》論述採取守策的具體形勢及如何進行防守。《形勢上》《形勢下》論述戰爭形勢及具體的防邊之策。《御將》論御將之道，指出將帥對于天下久安的重要性，不可一味厚養而使之驕侈。《賞功》論述軍事獎賞制度，認為「爵祿，天下之公器，非人君所私有也。是故古者，明君之於爵祿，苟不當用，則雖微秩輕賜，未嘗有所虛授；苟不當靳，則雖高位大官，未嘗有所固惜。」四庫館臣稱：「進策五卷，於當時之務尤言之鑿鑿，非迂儒不達時變者也。」〔註38〕指出了其進卷有補時事的特點。

胡銓有《上孝宗論兵書》〔註39〕一文，專門論述兵法與用兵之道，尤見南宋文人對兵學理論的熟悉程度。胡銓稱：「臣聞兵法曰：『兵出詭道。』又曰：『兵以奇勝。』何謂詭？變詐百出、以計取敵曰詭。弼請沿江防人交代必集歷陽是也。何謂奇？出其不意、使人莫測曰奇。弼以大兵濟江陳人弗覺是也。中國由正道，夷狄由詭道。中國以正勝，夷狄以奇勝。由正道者常不得志，由詭道者常得志。以正勝者常少，以奇勝者常多。此自古及今，中國所以見陵於夷狄也。」指出兵家無不以奇詭之道取勝，提出借鑒「夷狄」用奇詭之道，做好充分的防邊準備與應對之策。

3. 論述朝廷軍事制度

在北宋滅亡的歷史現實面前，南宋文人開始思考抗敵救國之策，從軍事制度方面探求朝廷軍事孱弱的原因，故文人多就軍事制度展開討論。

首先，對自太祖立國以來削除藩鎮、解除將帥兵權、高度集權於中央的做法提出異議。宋太祖立國之初，有懲於唐末五代藩鎮亂國之弊，採取削藩的方式，將兵權收歸朝廷，「本朝鑒五代藩鎮之弊，遂盡奪藩鎮之權。」〔註40〕這雖然使北宋一朝無藩鎮禍國之弊，卻極大地削弱了宋廷的軍事力量，最終導致了北宋的滅亡。針對這種情況，南宋文人在建國之初就提出建立藩鎮以鞏固邊防的建議。如靖康元年，李綱上書稱：「唐之藩鎮，所以拱衛京師，故雖屢有變故，卒賴其力。而及其弊也，有尾大不掉之患。祖宗監之，銷藩鎮之權，罷世襲之制。施於承平邊備無事則可，越在今日，則手足不足以捍頭目。」〔註41〕指出宋廷有鑒於唐末五代藩鎮之弊，通過削藩形式把兵權收歸朝廷，

〔註38〕《欽定四庫全書總目》卷一五八《〈香溪集〉提要》。
〔註39〕《全宋文》卷四三〇四，第195冊，第62頁。
〔註40〕《朱子語類》卷一二八《本朝二·法制》，第3311頁。
〔註41〕《備邊禦敵八事》，《全宋文》卷三六九一，第169冊，第165頁。

在承平之時無可非議，但在當今嚴峻的戰爭形勢下，置藩設鎮有助於提高將帥抗敵的應變性與積極性。

其次，贊同朝廷樞密、三衙統兵體系中的階級之法，但對朝廷「將從中御」的軍事制度提出批判。宋朝把兵權集中於朝廷，實行樞密院——三衙統兵制。樞密是宋代主管軍事的最高機關，擁有調兵權；「三衙」負責統領軍隊、進行軍事訓練，使「兵符出於密院，而不得統其眾，兵眾隸於三衙而不得專其制」〔註42〕，一有戰事，朝廷臨時派「率臣」統御各地分屬三衙的禁兵。這種軍事體系，實現了「統兵之權」與「握兵之重」的分離，並分割樞密院、三衙和率臣三者職權，使軍權高度集中於中央。范祖禹稱樞密——三衙統兵體制，使「上下相維，不得專制，此所以百三十餘年無兵變也」〔註43〕。對於這種集兵權於朝廷、嚴階級之法以控制軍隊的制度，宋朝文人表示贊同，如汪應辰稱：「立國有體，治軍有法。體不可以不正，法不可以不嚴。」所謂「立國有體」，指「自朝廷以至郡縣，其尊賤之勢殊矣。然而上下相維，表裏相濟，如網在綱，如臂使指，其實一體也」。〔註44〕也就是指嚴格階級之法，嚴格以朝廷控制郡縣，嚴格控制各路帥守，使之聽令於朝廷，不至於專權亂國。

與樞密院——三衙統兵制度一致，宋朝還實行「將從中御」法。每當部隊出征，皇帝都預授將帥陣圖，所謂「圖陣形，規廟勝，盡授紀律，遙制便宜，主帥遵行，貴臣督視」〔註45〕。將帥往往受令於朝，不得根據戰場形勢靈活應變。對此南宋眾多文人提出應給以將帥更多的「便宜」之權，如王之道稱：「今日之用兵，患在於規模不素定，而或進或退，或攻或守，皆取決於朝廷。朝廷初無一定之策以授於將帥，故將帥幸其朝廷之遙制，有當進而不進者，有當攻而不攻者。」〔註46〕認為將帥受朝廷「遙制」，延誤時機。薛季宣稱：「兵法：將能而君不禦者勝。故古之命將，築壇推轂而必付之以閫外之寄。今諸道將帥已有制置、招討之除，而進取之計，尚每聽中旨。金字牌旁午於郵傳，而一進一退，殆莫知適從矣。」〔註47〕認為南宋時期的將帥之臣，以朝中制置、招討

〔註42〕李綱《辭免知樞密院事劄子（靖康元年二月十五日）》，《全宋文》卷三六八九，第169冊，第143頁。

〔註43〕范祖禹《論曹誦劄子》，《全宋文》卷二一四一，第98冊，第196頁。

〔註44〕汪應辰《論總管鈐轄與帥守不相統臨》，《全宋文》卷四七六四，第214冊，第354頁。

〔註45〕楊億《李繼隆墓誌銘》，《全宋文》卷三〇一，第15冊，第73頁。

〔註46〕《又與汪中丞畫一利害劄子》，《全宋文》卷四〇五九，第185冊，第35頁。

〔註47〕《上宣諭論淮西事宜十》之五，《全宋文》卷五七八一，第257冊，第174頁。

之名帥於外，行令每聽於朝，故不得根據戰爭形勢靈機應變，應該給予將帥更多的自主之權。

另外，主張提高武臣權力，改變朝廷重文輕武的風氣。宋祖採取「杯酒釋兵權」的方式，逐漸從武將手中奪取兵權，並以優厚奉祿養武將，「厚其祿而薄其禮」〔註48〕。禮之輕故命之輕，反過來促進了朝野重文輕武風氣的發展。這極大地削弱了武將投身邊塞、建立軍功的熱情。南宋文人對此提出了批評，如李綱《論大將之才》〔註49〕一文，論述古代任將之法，稱：「古之命大將者，必齋戒而設壇，禮之如是其重也。命曰閫外之事，不從中御，任之如是其專也。重其禮、專其任，而責成功，故小可以保一國，大可以取天下，以制夷狄，以定禍難，未有不在大將者。」提出對大將應該重其禮而專其任，以激勸其衛國立功。李綱《論將之專命稟命》〔註50〕亦稱：「古之受命為將者，付任未專，威信未著，則必有所假藉以立威，然後士卒可用，而功名可成。至於付任已專，威信已著，則不必如此。」然後舉前代為大將者穰苴「付任未專、威信未著而有所假藉以立威者」、衛青「付任已專，威信已著」故不必假藉以立威名的事例，說明提高將帥聲名威信對戰爭取勝具有重要作用。張嵲《論御將疏》〔註51〕一文指出御將之術「先訓之以禮義，次懷之以恩賞，終肅之以威罰」，亦提出了提高武將地位的建議。

最後，對如何解決由於實現募兵製造成的「冗費」問題提出建議。宋朝實行募兵制，改變了古代寓兵於農的做法，使軍隊完全寄食於民，加劇了朝廷兵費之冗，朝廷「經費，兵居十八」〔註52〕。南宋文人常在論述兵制沿革的過程中，尋求解決朝廷軍費問題的策略。李綱主張在建立藩鎮的基礎上，使幕府自治，並結合民兵，使軍隊因糧於民：「既稍復方鎮之制，莫若使之募兵以備出戰，將校偏裨皆預選任，以時訓練之，又團結民兵以備守禦鄉村坊郭，各隨其宜，刬刷官田。如戶絕、天荒、屯田之類，以養民兵之可以出戰者，如弓箭、刀弩手之法，明其勸沮，假以歲月，庶幾足兵。」〔註53〕曹勳提出「建民兵之

〔註48〕《山堂考索後集》卷二一引《官門・張演論官制》，文淵閣四庫全書本。
〔註49〕《全宋文》卷三七五三，第172冊，第99頁。
〔註50〕《全宋文》卷三七五七，第172冊，第163頁。
〔註51〕《全宋文》卷四一〇九，第187冊，第88頁。
〔註52〕陳傅良《赴桂陽軍擬奏事劄子第三》，《全宋文》卷六〇二六，第267冊，第209頁。
〔註53〕《論兵》，《全宋文》卷三七五四，第172冊，第115頁。

法，俾粗知部勒，稍知戰事」的策略，以民兵充實兵員，並可減少朝廷兵費之冗。〔註 54〕陳傅良提出建立屯田制度，分屯而更戍，使兵士就糧於民，解決朝廷冗費問題。〔註 55〕蔡戡《論屯田劄子》《條具屯田事宜狀》《論屯田利害狀》提出以屯田解決軍食問題。〔註 56〕

4. 論戰爭形勢與戰爭策略

南宋文人非常關注戰爭形勢，並針對戰爭形勢提出具體可行的應敵策略。呂頤浩、劉子翬、趙鼎、薛季宣等人是典型代表。

呂熙浩《上邊事備禦十策（建炎二年十二月）》陳述防敵備邊之策：「一曰收民心，二曰定廟算，三曰料彼已，四曰選將材，五曰明斥堠，六曰訓強弩，七曰分器甲，八曰備水戰，九曰控浮橋，十曰審形勢。」〔註 57〕《上邊事善後十策》包括十篇文章：《論用兵之策》《論彼此形勢》《論舉兵之時》《論分道進兵之策》《論運糧供軍事》《論大兵進發日乞聖駕駐蹕鎮江府事》《論經理淮甸》《論機會不可失》《論舟楫之利》《論並謀獨斷事》，都是針對朝廷形勢提出的應敵之策。〔註 58〕其中《論舟楫之利》一文較有眼光，看到了宋軍的水軍長處，指出應該利用宋軍舟楫之利對付金國騎兵。呂頤浩自稱其「生長西北兩邊，出入行陣踰二紀，耳聞目見，粗為習熟」〔註 59〕，他對宋廷提出的應敵之策，有一定的現實指導意義。

劉子翬《論時事劄子八首代寶學泉州作》〔註 60〕提出具體的防邊抗敵策略，包括《江北》《荊襄》《禁衛》《守江》《舟船》《南兵》《吳蜀》《募兵》八篇文章。《江北》一文提出守江以防敵的重要性。他稱：「因險為守，則守易固；因守為戰，則戰必克。」指出自古憑藉長江天險所以能守能戰，現在憑藉淮甸之險以屏護宋室，但兩淮之守備孱弱，「江北籓衛之不立」，朝廷形勢危矣，故應加強江北邊防力量。《守江》一文提出朝廷守江的具體政策，認為「善固圉者不顯為必守之形，善勝敵者不示以可乘之利」，並以六朝守江的事例，說明

〔註 54〕《上皇帝書十四事》，《全宋文》卷四二〇〇，第 191 冊，頁 10 頁。

〔註 55〕陳傅良《赴桂陽軍擬奏事劄子第三》，《全宋文》卷六〇二六，第 267 冊，第 209 頁。

〔註 56〕《全宋文》卷六二四七，第 276 冊，第 138～142 頁。

〔註 57〕《全宋文》卷三〇四二，第 141 冊，第 236 頁。

〔註 58〕《全宋文》卷三〇四三，第 141 冊，第 247～258 頁。

〔註 59〕《上邊事善後十策（紹興七年正月）》總序，《全宋文》卷三〇四三，第 141 冊，第 247 頁。

〔註 60〕《全宋文》卷四二五五，第 193 冊，第 129～135 頁。

重戍江南的必要性，主張「因險而守，因守而戰，內強根本，外鎮邊陲」，敵來則戰，不來則堅壁清野，伺機而動。《舟船》一文稱：「維檣艦、據津流，則其險十倍；飛棹檝、冒風濤，則其險百倍。東南立國，戰守之利無出於此。」強調憑藉東南立國的宋朝廷必須依靠舟船之利防邊，較有遠見。

趙鼎有一些文章專論戰爭策略、戰略部署等問題。如《論敵退事宜》《論屯兵疏》《陳防秋利害》〔註61〕，《論防邊第一疏》《論防邊第二疏》〔註62〕，論防邊備敵之策。在《論防邊第一疏》中，提出用兵為國之大事，必須慎重行事，「告之宗廟，卜之蓍龜，謀之卿士，然後授以成筭，所請必聽，所欲必得，纖悉曲折，無不周致。信任既篤，乃始責以成功。此將帥所以竭忠而士卒所以用命也」，應該在戰前做好充分的準備，統一意志，群策群力。在《論防邊第二疏》中，趙鼎強調必須有必勝把握才可興兵，「戰不必勝，不苟接刃；攻不必取，不苟勞眾。帝王之兵，以全取勝，貴謀而賤戰。」《論屯兵疏》陳述防邊之策，指出應重點屯兵淮泗，分兵固守，「以兵為先，而分兵固守，佔據地形，習熟山川險易之宜，以為出入邀襲之計」，做好充分的準備預防金人南侵淮泗。《論敵退事宜》指出金兵退軍後，朝廷應如何處理皇帝駐蹕之地與防金之策的問題。

永嘉學派思想家、文學家薛季宣在奏論書信中談論具體的軍事政策。如《論營田劄》提出屯重兵於淮東以守的政策。《論屯戍》《上成馬帥論屯軍》陳述具體的屯兵防戍之策。《上宣諭汪中丞書》《上胡舍人書》《擬上宰執書》《上張魏公書》《上湯相論邊事書》《再上湯相書》《代上湯相書》《與虞右相書》《與汪參政明遠論屯戍書》《與汪參政明遠書》《與汪參政論邊事》〔註63〕都以談論邊防恢復等軍事問題為主。薛季宣是永嘉學派的先驅，清代全祖望稱「永嘉之學統遠矣，其以程門袁氏之傳為別派者，自艮齋薛文憲公始」〔註64〕。永嘉學派改變前代儒學專言義理而輕利益的傾向，形成了具有異端思想的程門「別派」〔註65〕，以薛季宣開其先聲。作為程門後學，薛季宣在知識接受方面並不限於儒家經典，「自井田、司馬法、八陣圖之屬，該通六經，真可施之

〔註61〕《全宋文》卷三八〇六，第174冊，第242、229、228頁。
〔註62〕《全宋文》卷三八〇八，第174冊，第274、275頁。
〔註63〕分別見《全宋文》卷五七八二、五七八三、五七八四，第257冊，第192～233頁。
〔註64〕《宋元學案》卷五二《艮齋學案》，第1690頁。
〔註65〕《欽定四庫全書總目》卷一五九《〈浪語集〉提要》。

實用」〔註66〕，這使薛季宣具備了深厚的兵學修養。作為儒學家，薛季宣在上疏奏論中，並不以談論儒家義利之關係為主，而是重點關注朝廷現實問題，史稱「薛季宣……其學本原六經，講明堯舜三代治法本末甚詳。士不以經學為空談自季宣始。」〔註67〕不為空談，其中一個重要的表現就是對軍事問題的密切關注。

另外像王洋《遏敵之策疏》〔註68〕一文論述攻敵之策，稱：「臣聞中國之於外夷，未易以力勝也；能使外夷之人自相攻討，則敵寇可遏矣。」提出了「以夷制夷」的戰爭策略。王庭珪《上皇帝書》〔註69〕，提出恢復為當前之大事，「此正陛下經營恢復之時，而非遲疑寬緩之日」，應定恢復之策，然後「務收選人材，講求碩畫，力圖而謹守之，然後振舉大義，以掃滅此虜」，指出應先確立抗金復國的「國是」政策，統一北伐意志，然後加強「內治」「守備」，一舉滅金。李光《論守禦大計狀》〔註70〕一文，提出加強邊備防守的政策，具有一定的可行性，四庫全書稱其「剴切指陳，有裨國是」〔註71〕。

南宋文人提出抗敵關鍵在於加強內治，主張變守為備，在提高朝廷軍事力量的前提下與金人抗爭，並對如何加強內治提出了具體可行的策略。如張嵲《論攻取疏》〔註72〕一文。該文作於紹興中期，在岳飛等大將北伐取得較大成果時，朝中大臣普遍提出應該乘勝追擊，張嵲對此提出了不同的觀點，認為戰後「兵疲民勞，未得息肩。兼春夏以來，穀糴翔踴，若便圖進取，似未可遽」，主張暫時與金國休兵講和，變戰為守，並加強防邊，「當築塢壁以守淮南之地，興屯田以為久戍之資，備舟楫以阻長江之險。以我之常，待彼之變。我能常守，彼不能亟來。藉使之來，先挫其鋒於堅壁之下，然後整舟楫以待之。彼進則懼吾舟師之在其前，退則慮吾塢堡之絕其餉。不過數年，敵必自病。」張嵲在紹興中期「附檜得進」，並進《紹興復古詩》一章，「貢諛秦檜，深玷生平」，一向被視為秦檜主和黨中人，撇開張嵲與秦檜的複雜關係及其人品不論，其變守為備的觀點亦並非全無是處，四庫館臣評道：「所上奏議，如《論和戰守》《論

〔註66〕陳傅良《止齋先生文集》附錄，引樓鑰《宋故寶謨閣待制贈建議大夫陳公神道碑》，四部叢刊本。
〔註67〕李琬修、齊召南纂《溫州府志》卷一，《人物志》，清同治四年（1865）重刊本。
〔註68〕《全宋文》卷三八七〇，第177冊，第93頁。
〔註69〕《全宋文》卷三四〇六，第158冊，第132頁。
〔註70〕《全宋文》卷三三一〇，第154冊，第113頁。
〔註71〕《欽定四庫全書總目》卷一五六《〈莊簡集〉提要》。
〔註72〕《全宋文》卷四一〇九，第187冊，第86頁。

攻取》等篇，史皆採入本傳，於當時事勢，尤條析詳明。」〔註 73〕張守亦提出了相似的觀點，其《經筵上殿時務劄子》〔註 74〕一文，認為「敵國相爭，莫先自治」，主張先內修後攘敵的策略：「一意經理淮甸，以壯屏翰；駐蹕建康，暫為別都，儲粟練兵，自為不可攻之計，然後待時而動，一舉而圖萬全，此立國之謀也。」樓鑰《論內外之治奏》〔註 75〕一文，提出了內外之治相結合的觀點：「宜先定規模，內修自治之計，日夕與二三大臣講明其要，次第施行。如邊備屯田，安集流移，葺治戎器，節約冗費等事，皆為要切之務。」汪應辰《論禦戎以自治為上策》〔註 76〕，認為雖然當時人們皆談和、戰、守之策，但關鍵還在於自治其國，「要當以自治為本，吾之國家治矣，以戰則勝，以守則固，以和則久，所謂修其本而末自應，不然未知其銳也」，所謂「修本」者，主要是肅清政治、整飭武備，實現富國強兵。

5. 論軍事歷史，表達對當朝軍事問題的觀點

南宋文人常就歷史戰爭事例與軍事人物展開議論，通過評價古代將帥用兵之道、軍事制度與戰爭得失表達自己對當前軍事問題的思考，產生了一批軍事史論文。在寫法上，一般先提出軍事觀點，然後引用古代戰爭事例與軍事人物進行論述。

李綱有一些戰爭史論文。如《論裴行儉李晟行師》，讚揚裴行儉「假天道以行其令」的料敵才能，讚揚李晟死力勤難以致人臣之忠義的高尚節概。《論郭子儀渾瑊推誠待敵》，論述郭子儀深諳待敵之道。《論李廣程不識為將》，論述李廣、程不識二人的將兵之道。〔註 77〕

袁燮有《邊防質言論十事》一卷。〔註 78〕題為「邊防質言」，很明顯是針對宋廷的防備而作的。袁燮在序言中稱：「當今之務，備邊為急。而兵機將略，非儒者所當言，故孔子曰：『軍旅之事，未嘗學也。』而孟子亦云：『善戰者服上刑。』嗚呼！信斯言也，不曰：『我戰則克，君子有不戰，戰必勝乎。』然則兵機將略，乃君子所當講也。摭簡策之所記，參師友之所談，條陳利害，達

〔註 73〕《欽定四庫全書總目》卷一五六《〈紫微集〉提要》。

〔註 74〕《全宋文》卷三七八四，第 173 冊，第 277 頁。

〔註 75〕《全宋文》卷五九三一，第 263 冊，第 238 頁。

〔註 76〕《全宋文》卷四七七九，第 215 冊，第 224 頁。

〔註 77〕李綱《迂論一》《迂論二》。《全宋文》卷三七五三、三七五四，第 172 冊，第 103、104、108 頁。

〔註 78〕《全宋文》卷六三七四，第 281 冊，第 188～189 頁。

其意而已。不矜藻飾，故曰《質言》。」所謂「質言」者，一則指不為空言，具有充實的內容；一則指借古事以「質證今事」，具有一定的現實指導意義。《邊防質言論十事》中的十事之論，都借戰爭歷史與古代兵學理論，論述當前形勢及應敵之策，具有明確的現實針對性。如《論戰》首先引司馬法「天下雖安，忘戰必危」之語，指出：「國家之武備不可一日弛。雖積安極治之世，不可忘戰，況危機交迫之時乎？」為國不可一日馳武備。接著論述：「今日之勢，必至於戰，戰非美事也，不戰而屈人兵，豈不甚善？然觀時度勢，雖欲僥倖無戰，而不可得。何者？敵失其都，假息河南，豪猾並起者，必又從而蹙之，師一渡河，汴京鼎沸，浸淫不已，而侵軼之害，近在目前，能無戰乎？」指出當前戰爭不必可免，所以必須做好時刻戰爭的準備。《論守》稱：「自古有戰則有守，戰所以摧敵，守所以固圉，兼而用之可也。故陸宣公論攻討之兵，則必有鎮守之兵。保親戚而後樂生，顧家業而後忘死，鎮守之兵也。今欲固吾封疆，使敵人無敢侵軼，豈可以無若是之兵哉！」指出「守」的重要性，認為必須像唐代陸贄那樣有「鎮守之兵」「以固圉」。《論招募》論募兵之法；《論横烽》強調將士一心、上下相協以卻敵的重要性；《論軍陣》論述陣法；《論訓習》論述訓練士卒；《論民兵》指出民兵可以減少國家軍費；《論軍法》強調軍隊應該紀律嚴明；《論將帥》認為將帥應有料敵之才；《論重鎮》提出使將帥得人、戍守重鎮以屏王室。都是舉出古代事件論述觀點，並提出解決當前問題的具體策略。

李彌遜亦有許多談論戰爭的史論文。如《狄山議和親》，論述漢代狄山建議漢武帝和親匈奴政策之得失，認為「（狄）山知兵凶器未易數動，而不知偃武之術」，並表達了自己觀點：「王者之於殊域，馴服則疆域安輯之，有所侵擾則加以征伐，未聞犬戎而可諭以禮節，結以親義也。」反對和親，主張對夷狄之邦實行征伐使之馴服，體現出主戰派觀點。《公孫弘禁民毋得挾弓弩》，論述漢代公孫弘禁民習武的做法，認為「聖主合射以明教」，上古以來治世之君皆教民以射，公孫弘禁民挾弓駑有違聖人治國之旨。《岑彭水戰破蜀兵於荊門議》，論述三國岑彭水戰的歷史事件，並發出議論：「主帥之權不可分，分則號令不一，籌策不專矣。號令不一，則下無所適從，而紀律廢；籌策不專，則臨敵二三而機會失，非制勝之道也。」提出重主帥之權與專戰爭之策的重要性，並指出朝廷「遣將謀帥，古人所重，非其才不以輕付，一假之柄，君命有所不受，乃能盡其忠謀而責以成效」，應予以將帥一定的自主權，使其能夠根據戰爭形勢採取靈活的應敵策略，不可使之受制於朝廷。《魏武破袁紹議》，論述曹操擊破袁紹的史事，認為曹操官渡之戰，如果「視眾寡為強弱，料虛實為勝負，謀士不盡其智，戰士不竭其力，臨敵卻顧，務為苟全，則指揮之間，成敗分矣」，說明料敵虛實、謀士盡智、戰士竭力、指揮統一的重要性。《魏武征三郡烏丸議》，論述曹操征三郡烏丸之事，認為不可深入攻伐遠在要荒之外的夷狄，「可以威懷而不可以利畜」，應「修文德以來之」，主張「內修政事，外攘夷狄」。《唐方鎮及神策軍議》，專論唐代軍事制度，先敘述古代方鎮節度之沿革，然後指出兵不可去，但兵不可失其御，「兵猶火也，弗戢將自焚。有天下者固不可以弛兵，苟失其御，則反以起禍」。《光啟時契丹不敢近邊》，論述唐代藩鎮制度之得失：「唐德藩鎮之助，致蕃夷不敢過邊。然終唐之禍，卒由藩鎮。國朝鑒之，悉廢不用，至使遠虜攻犯京師，去來之易，甚於由廊廡而升堂陛，抑屏翰之不嚴故歟？為國之道，猶良醫之施砭劑，當損其過，補其不及。苟膠不知變，其致患必矣。」並進而反思宋朝軍事制度之得失，認為宋朝有簽於唐五代藩鎮之禍，悉收兵權於朝廷，消除了藩鎮之害，但致使朝廷兵弱而敵人長驅直入，指出朝廷應根據形勢的變化改變策略。〔註79〕

6. 論戰爭地理形勢與朝廷用人的地域性問題

南宋文人的兵事之談，都注意到地域性這一問題，包括對戰爭中地理形勢與對朝廷用人的地域性問題的思考兩方面。

首先，對戰爭地理形勢的思考。如李綱《論西北東南之勢》〔註80〕一文，以「籠天地於形內」之氣勢，從宏觀上放眼於宋金對峙中宋朝的地理位置，思考偏安於東南一隅的南宋朝廷如何立國、復國。李綱首先提出「自古帝王興於西北者，多能兼併東南，而宅於東南者，不能制服西北」的觀點。接著論述東南不足以據之而王天下，有地勢與人事兩方面的原因：「天下形勢，西北高而東南下，故戰國之兵，皆仰關而攻秦。說者謂自關中下兵，如建瓴水而下，是以王者不得不王，霸者不得不霸。東南皆江湖沮洳，非用武之地，此地勢然也。西北之人強壯堅忍，耐勞苦，而習用兵，加以土產健馬，便於馳逐，精甲利兵，

〔註79〕《全宋文》卷三九五三、三九五四、三九五五，第180冊，第290～334頁。
〔註80〕《全宋文》卷三七五六，第172冊，第141頁。

強弓勁弩之所自出；東南之人柔脆剽輕，不習戰陳，舟檝之所利，而非車騎之所便。併吞天下者非西北之兵不可，此人事也。」不過，李綱在指出南宋據東南立國的天然地理劣勢之外，認為朝廷安危存亡還與「天時」有很大關係，認為東南之國如果能夠把握「天時」，隨機而動，則可動以制西北，表現出戰爭的積極主動性。

與李綱觀點相似，陳亮《上孝宗皇帝第一書》〔註81〕一文，亦從地緣學角度提出了據荊襄以恢復的觀點。陳亮稱「吳蜀天地之偏氣，錢塘又吳之一隅也」，雖然錢塘自五代以被兵最少，二百年之間人物繁盛甲於東南，然「當時論者固已疑其不可以張形勢而事恢復也」，因為朝廷苟安已久，東南風俗華靡，上下宴安不事進取，東南所產財賦有限，日益不足以供應朝廷之需，而且人材多江浙閩蜀萎靡之人，日益凡下，「據錢塘已耗之氣，用閩浙日衰之士，而欲鼓東南習安脆弱之眾，北向以爭中原」，是不可能實現的。據此，陳亮提出了移民屯兵於荊襄的策略，認為荊襄「東通吳會，西連巴蜀，南極湖湘，北控關洛，左右伸縮，皆足為進取之機。今誠能開墾其地，洗濯其人，以發洩其氣而用之，使足以接關洛之氣，則可以爭衡於中國矣。」

另外，南宋文人普遍認識到蜀地對於抗金復國的重要地位。蜀地自古以來就是兵家的必爭之地，具有非常重要的戰略意義。退可守，是地處江南一隅的南宋政權極其重要的後方屏障，南宋憑藉蜀地獨特的險峻之勢，阻擋住南下侵宋的金軍，才得以最終在江南一隅站穩了腳跟；進可伐，可與荊襄、江淮地區形成犄角之勢，是恢復北方中原的重要力量〔註82〕，所謂「宋之南渡，巴蜀最為上游，所以藩蔽荊襄，控御關隴者也」〔註83〕。《方輿紀要》記載成都府：「山川重阻，地大而要。諸葛武侯云：『益州險塞，沃野千里，天府之土。』自秦取蜀，因蜀攻楚，楚由以亡。漢高資巴蜀之力，戰勝滎陽、成皋，卒有天下。南宋吳玠拒金，賴蜀之資為多。」

高宗建炎三年（1129）張浚宣撫川陝，時監登聞檢院汪若海對張浚說道：「天下者，常山蛇勢也。秦、蜀為首，東南為尾，中原為脊。今以東南為首，

〔註81〕陳亮《陳亮集》卷一《上孝宗皇帝第一書》，鄧廣銘點校，中華書局 1987 年版，第 7～8 頁。

〔註82〕臺灣三軍大學編《中國歷代戰爭史》第十二冊宋代卷，軍事譯文出版社 1983 年版，第 257 頁。

〔註83〕（清）朱軾《史傳三編》卷三七《名臣傳二九・吳玠吳璘》之《論》，影印文淵閣四庫全書本。

安能起天下之脊哉？將圖恢復，必在川、陝。」〔註 84〕南宋一朝的防金抗金部署，基本上是汪若海所說的「常山蛇勢」，主張以江淮、荊襄、川陝形成牢固的抗金防線。再如，劉一止《胡士特除寶文閣學士川陝宣副使諸路並聽節制制》中稱：「三秦天下兵勁之地，全蜀坤維斗絕之區。並列師屯，宏開幕府，以壯山河之勢，以張貔虎之威。」〔註 85〕指出了秦蜀與中原的依存關係，恢復中原關鍵在於秦蜀。劉子翬《論時事劄子八首代寶學泉州作》之《吳蜀》〔註 86〕論戰爭形勢，提出以首尾擾敵的策略。所謂首尾者主要指吳蜀，主張在吳蜀駐兵以防兵，伺機以動，牽制金人侵淮力量。乾道五年（1169）陳亮上《中興五論》，議恢復之事，稱：「四川之師親率大軍以待鳳翔之虜，別命驍將出祁山以截隴右，偏將由子午以窺長安，金、房、開、達之師入武關以鎮三輔，則秦地可謀矣。」〔註 87〕主張出兵川蜀、秦隴，恢復中原。袁燮《論蜀劄子》〔註 88〕一文，亦提出川蜀形勢最為關涉朝廷安危：「當今之務，惟邊防最切，而其間利害有未易言者。自淮甸以迄蜀，皆邊面也。形勢至廣，不勝其備，要當斟酌時宜而善處之。淮甸迫近中都，論者皆以為急。然以臣視之，近者固不可緩，遠者尤不可忽。」所謂「遠者」主要指蜀地，認為應加強四川邊防。朱翌亦稱「天下兵戈連歲月，朝廷根本在西南」〔註 89〕，指出了四川對於南宋立國的重要戰略地位。正因為四川抗金地理位置重要，故文人要求朝廷應重視獎勵川陝軍功，如張綱《楊從儀轉親衛大夫制》中稱：「川陝用師久矣，凡出入行伍，有尺寸微勞者，未嘗不錄，而況被堅執銳，勤部曲以立功名，顧所以寵褒之其可後乎？」〔註 90〕

其次，對於朝廷用人的地域性問題的思考。人材引用的地域性問題自北宋以來就存在，南宋時陸游總結道：「天聖以前，選用人才，多取北人，寇準持之尤力，故南方士大夫沉抑者多。仁宗皇帝照知其弊，公聽並觀，兼收博採，無南北之異……及紹聖、崇寧間，取南人更多，而北方士大夫復有沉抑之歎」。〔註 91〕宋室南渡，政權南遷，極大地促進了南方政治、經濟、文化的繁榮，南

〔註 84〕《宋史》卷四〇四《汪若海傳》，第 12218 頁。
〔註 85〕《全宋文》卷三二七〇，第 152 冊，第 96 頁。
〔註 86〕《全宋文》卷四二五五，第 193 冊，第 134 頁。
〔註 87〕《陳亮集》卷二，第 24 頁。
〔註 88〕《全宋文》卷六三六七，第 281 冊，第 80 頁。
〔註 89〕《送王端材以宣諭屬官入川》，《全宋詩》卷一八六四，第 33 冊，第 20840 頁。
〔註 90〕《全宋文》卷三六六二，第 168 冊，第 112 頁。
〔註 91〕《陸遊集·渭南文集》卷三《論選用西北士大夫劄子》，第 1994 頁。

方各地與政治權力中心——臨安的交通愈加方便，促進了南方文化學術的進一步發展，這使南方中第舉子在人數上超過了以前各代〔註92〕，眾多文人士子借科舉之門進入到朝廷政治權力中心；而大批南方文人被辟入幕，軍隊中也開始普遍召募南方士卒。

一部分文人表現出對南人戰爭能力的輕視。如前文李綱《論西北東南之勢》〔註93〕一文中，稱「西北之人強壯，堅忍耐勞苦，而習用兵，……東南之人柔脆剽輕，不習戰陳」，指出了東南與西北人性區別。陳亮指出南宋時期「公卿將相大抵多江、浙、閩、蜀之人，而人才亦日以凡下」〔註94〕，體現出一定的地域偏見。張浚紹興時期富平戰敗，時人論道：「浚銳於進取，幕下之士多蜀人，南人不練軍事。欲亟決勝負於一舉，以至於敗，遂走興元，又走閬中。陝西諸郡不殘於金人者，亦皆為潰兵所破矣。」〔註95〕張浚引用南方人成為被人攻擊兵敗的靶子。

但一批有識之士認識到了南人在戰爭中的重要作用。如劉子翬在《論時事劄子八首代寶學泉州作》之《南兵》〔註96〕一文中，提出朝廷應不拘於「南人脆弱，終不堪用」之論起用南人，稱南人非「怯懦畏敵，亦非勞苦思歸，只緣撥屬諸將，南北人情不通，非禮役使，橫加棰辱，未嘗預聞金鼓之事，眾情憤憤，遂皆潰散」，並引用歷史上春秋、吳越、六朝時的事例，說明南人剽悍可戰。陳傅良《策問十四首》〔註97〕其九中亦提及人材地域性問題：「春秋以來，楚之卿材，晉不如也。而越有君子六千人，東南蓋多士矣。」認為「吳中子弟，荊楚劍客，宣潤弩手，班班見史籍，皆天下勁兵處也。」並向舉子提出問題：「漢以豐、沛功臣定天下；唐初人物，并、汾居多；熙朝、慶曆元祐之盛，大抵關洛諸公，卓有聞焉，而東南之士，功業不概見於世。何歟？」表現了當時朝廷對軍隊中人材地域性問題的思考。范浚《募兵》〔註98〕一文，認為南方人有從軍征戰的優勢，稱「閩地山險，俗皆趫捷伉健，白梃長鎩，操以奮呼，焰銳莫當。又楚人剽輕，先登陷陣，出入若飛，募而教之，

〔註92〕參見程民生《宋代地域文化》第四章《科舉反映的地域文化差異》第四節中有關數字統計，河南大學出版社1997年版，第233～237頁。

〔註93〕《全宋文》卷三七五六，第172冊，第141頁。

〔註94〕《陳亮集》卷一《上孝宗皇帝第一書》，第7頁。

〔註95〕《齊東野語》卷二《張魏公三戰本末略·富平之戰》，第23頁。

〔註96〕《全宋文》卷四二五五，第193冊，第133頁。

〔註97〕《全宋文》卷六〇五二，第268冊，第200頁。

〔註98〕《全宋文》卷四二七八，第194冊，第110頁。

皆為勝兵」，主張「宜廣召募以備戎行之闕」，尤其應該招募南人，以其長技制敵。

（二）文人研習、撰寫兵書

南宋文人還研究歷代兵學典籍，大量創作兵書，為宋代兵學的發展做出了很大貢獻，體現出拯救危亡中的國家民族的歷史責任感。

北宋時期出現了一批兵學成果，包括對前代的兵學理論總結與文人注疏、創作兵書兩類。前者如北宋時期的《武經總要》，是宋仁宗鑒於宋遼澶淵之盟後武備不振的現狀，詔命樞使曾公亮和端明殿學士丁度等編輯、作為朝廷軍事建設和培養將帥的綜合性教材。另有《武經七書》，神宗元豐三年（1080）詔命國子監司業朱服等「校訂《孫子》《吳子》《六韜》《司馬法》《三略》《尉繚子》《李靖問對》等書，鏤版行之」〔註99〕。官方刻鏤頒行兵學，無疑對兵學的發展繁榮起到了強有力的推動作用。後者如北宋許洞《虎鈐經》、何去非《何博士備論》、蘇洵《權書》、張預《百將傳》、沈括《修城法式條約》、王洙《慶曆三朝經武聖略》，及梅堯臣《孫子注》〔註100〕、張預《孫子注》〔註101〕等《孫子兵法》的專門研究專著。

南渡後，文人鑒於北宋滅亡、宋廷兵弱的現實，開始大量研究、創作兵書，出現了一大批兵學著作。陳寅恪稱：「華夏民族之文化，歷數千載之演進，造極於趙宋之世。」對宋代文化的繁榮推崇備至。兵學的繁榮即是南宋文化繁榮的一個重要表現，如王彥於隆興二年（1164）五月所上《隆興武經龜鑑》二十卷，孝宗於次年遍賜諸將。乾道三年（1167）十二月蔣芾《乾道籌邊圖志》，孝宗稱「所進籌邊策如指諸掌」。另外還有《嘉定中興經武要略》。〔註102〕而最具代表性的兵學著作當屬陳傅良所著的《歷代兵制》、錢文子的《補漢兵志》、陳亮的《酌古論》、辛棄疾的《美芹九議》《十論》、綦崇禮的《兵籌類要》及葉適《習學記言序目》中的部分內容。以下對南渡後文人所創作兵學成果作一述略，一窺南宋兵學思想的發展及文人著述兵書的情況與意義。

〔註99〕《續資治通鑒長編》卷三〇三，神宗元豐三年四月乙未條。

〔註100〕歐陽修記載梅堯臣：「亦愛其（指《孫子》）文略而意深，其行師用兵、料敵制勝亦皆有法。其言甚有次第，而注者汩之，或失其意。乃自為注。」（梅堯臣《宛陵集》附錄歐陽修《注孫子序》）

〔註101〕參趙國華《中國兵學史》，第432頁。

〔註102〕王應麟《玉海》卷一四一，影印文淵閣四庫全書本。

陳傅良（1137～1203）字君舉，號止齋，溫州瑞安（今浙江瑞安）人，與張栻、呂祖謙為友，孝宗乾道八年（1172）進士。史載陳傅良博通群經諸史，偏愛歷代兵制，「自三代、秦、漢以下，靡不研究，一事一物必稽於極而後已，而於太祖開創本原，尤為潛心。」〔註103〕葉適評道：「陳君舉尤號精密，民病某政，國厭某法，銖稱鎰數，各到根穴，而後知古人之治可措於今人之治矣。」〔註104〕《歷代兵制》八卷成書於孝宗時期（1163～1189）。〔註105〕該書採取敘述和評論相結合的方式，以朝代先後為順序，論述西周至宋代兵制的沿革及特點，並就其中的重大問題進行深入的討論，對宋朝兵制得失的論述尤其深刻。《歷代兵制》是我國第一部兵制通史，在兵學發展史上具有開創性意義。《歷代兵制》的撰寫與陳傅良潛心歷代軍事制度的研究有關，也與陳傅良推原古人之治法施行於今人之用的經世思想分不開。四庫館臣稱：「是書上溯成周鄉遂之法，及春秋、秦、漢、唐以來歷代兵制之得失，於宋代言之尤詳……蓋傅良當南宋之時，目睹主弱兵驕之害，故著為是書，追言致弊之本，可謂切於時務者矣。」〔註106〕陳傅良這種以經世思想為目的創作兵書的行為，與永嘉學派的功利思想一致。

錢文子（1147～1220）字文季，號白石山人，溫州樂清（浙江樂清）人。宋光宗紹熙三年（1192）以上舍釋褐出身，一生著述頗豐，有兵制研究專著《補漢兵志》〔註107〕。《補漢兵志》一卷專門論述漢代兵制，其寫作目的有兩方面，一則補編歷史，四庫館臣稱：「文子以漢承三代之後，去古未遠，猶有寓兵於農之意，而班、史無志。因摭其本紀、列傳及諸志之中載及兵制者，裒而編之，附以考證論斷，以成此書。」〔註108〕一則有明確的現實針對性，四庫館臣亦稱該書「為宋事立議，非為《漢書》補亡」「所論切中宋創之弊，而又可補漢志之闕」〔註109〕，可見該書寓含了作者的現實思考與憂患意識。

〔註103〕《宋史》卷四三四《陳傅良傳》，第12886頁。

〔註104〕《葉適集·水心文集》卷一〇《溫州新修學記》，第178頁。

〔註105〕中國人民革命軍事博物館編著《中國戰爭發展史·上》，人民出版社2001年版，第346頁。

〔註106〕《欽定四庫全書總目》卷八二《〈歷代兵制〉提要》。

〔註107〕《補漢兵志》，《文獻通考》作《歷代兵制》，據錢文子所述，《漢書》缺兵志，遂為之補編，則「創」當作「志」，當繫傳寫之誤。在內容上，此書全言兵制，故作《補漢兵制》亦可理解。

〔註108〕《欽定四庫全書總目》卷八二《〈補漢兵志〉提要》。

〔註109〕《欽定四庫全書總目》卷八二〈《補漢兵志》提要〉。

南宋著名文人、浙東永康學派的代表陳亮有軍事專著《酌古論》四卷。陳亮自小有「經濟之懷」〔註 110〕，偏愛歷史，尤其喜談軍事問題。《酌古論》是一部評議兵家的專著，成書於紹興三十二年（1162）左右。陳亮撰寫這部著作的目的在於以古為鑒，為抗金復仇服務。他在《酌古論序》〔註 111〕中表達了自己鮮明的軍事觀點：

> 文武之道一也，後世始歧而為二。文士專鉛槧，武夫事劍盾，彼此相笑，求以相勝，豈二者無卒不可合耶？吾以謂文非鉛槧也，必有事之才；武非劍盾也，必有料敵之智。才智所在，一焉而已。凡後世抽謂文武者，特其名也。吾鄙人也，劍盾之事非其所習，鉛槧之業又非所長，獨好伯王大略，兵機利害，頗若有自得於心者，故能於前史間竊窺英雄所未及，與夫既已及之，而前人未能別白者，乃從而論著之，使得失較然，可以觀，可以法，可以戒，大則興王，小則臨敵，皆可以酌乎此也。

陳亮強調文武合一，更強調「武」才。他以文人身份創作兵書，目的在使人們認識到「文武一道」的道理，旨在倡導社會重視武事的風氣，改變尚文政策下形成的積貧積弱的社會現狀。從陳亮自言「好王伯大略，兵機利害」可見，作為儒學家的陳亮並不諱兵機武事、王霸大略，體現了在宋金戰爭的嚴峻形勢下，文人關注軍事問題的自覺意識。陳亮創作兵書的目的在於研究前代之得失，使今人「可以觀，可以法，可以戒，大則興王，小則臨敵」，具有明確的現實意義。

南宋著名詞人辛棄疾的《美芹十論》專論軍事防邊問題，闡述如何振武強軍、收復失地等問題。四庫館臣稱該書：「皆論恢復之計。其《審勢》《察情》《觀釁》三論，所以明敵之可勝。其《自治》《守淮》《屯田》《致勇》《防征》《久任》《詳戰》七論，所以求己之勝。」〔註 112〕辛棄疾《美芹十議》大概上書於孝宗乾道六年（1170）。辛棄疾「乾道四年通判建康府。六年，孝宗召對延和殿。時虞允文當國，帝銳意恢復，棄疾因論南北形勢及三國、晉、漢人才，持論勁直，不為迎合。作《九議》並《應問》三篇、《美芹十論》獻於朝，言逆順之理，消長之勢，技之長短，地之要害，甚備。以講和方定，議不行。」〔註 113〕

〔註 110〕《葉適集·水心文集》卷二九《書龍川集後》，第 596 頁。

〔註 111〕《陳亮集》卷五，第 50 頁。

〔註 112〕《欽定四庫全書總目》卷一百《〈美芹十論〉提要》。

〔註 113〕《宋史》卷四〇一《辛棄疾傳》，第 12162 頁。

另外，綦崇禮《歷代兵籌類要》十卷是一部較為重要的兵學理論著作，應予以必要的注意。綦崇禮（1083～1142）字叔厚，高密（今屬山東）人，後徒北海（今山東濰坊），登北宋徽宗重和元年（1118）上舍第。四庫館臣記載：「《兵籌類要》一書，乃其在翰苑時所撰進。」據《宋史》可知，綦崇禮入翰林在高宗朝。「御筆除翰林學士。自靖康後，從官以御筆除拜自此始。」「再入翰林凡五年，所撰詔命數百篇，文簡意明，不私美，不寄怨，深得代言之體。」〔註 114〕至於該書的卷數，據綦崇禮《進歷代兵籌類要表》稱「凡十萬言分，百餘門。」余嘉錫對此作了評價：「表中云：『凡十萬言，分百餘門。』今永樂大典所載不及其半，或後人有所刪汰，故其數不符。」〔註 115〕四庫館臣評論該書道：「皆援據兵法，參以史事，各加論斷。雖紙上空談，未必遽切實用，而採摭尚為博洽。」〔註 116〕指出了該書在創作上「參以史事，各加論斷」的特點及「採摭博洽」的成就，但對兵學意義評價並不高。

《兵籌類要》十卷，雖屬於文人儒士的紙上之談，但足以代表南宋文人儒士的兵學觀點與談兵特點，具有一定的文學史意義。《兵籌類要》現存十卷，包括以下二十篇文章：《廉正篇》《至公篇》《器識篇（志大意廣附）》《志氣篇》《忘身篇》《忘家篇》《誠感篇》《族屬篇》《家貲篇》《譽望篇》《知將篇》《薦舉篇》《君命篇》《禮貌將臣篇》《內御篇（奉上附）》《學古篇（不學古附）》《儒學篇》《鎮靜篇》《決水篇》《火攻篇》。雖為殘本，但內容較全面系統，應為該書的主體部分，從中可見作者的精心結撰與深厚的兵學修養。就內容而言，前兩篇從總體上論述軍中應該樹立廉潔公正的良好軍風；《器識篇》以下五篇論述將帥士卒應有不凡的識見器度與雄偉壯志，具有忘身忘家、殺身成仁、忠貞不二的高尚品質；《族屬篇》論述為將之道，將帥應與士卒「相親以恩，相結以誠」，使士卒甘心為其所用；《家貲篇》論述將帥應不惜私財，賞賜士卒；《譽望篇》敘述歷代有令望之將帥，稱「名者實之賓，苟有其實，則名不約而自至」，包含了對當朝人立功求名的勉勵；《知將篇》以下四篇論述君王御將之道：《知將篇》論述皇帝不可因人讒言之間而猜忌將帥，而應使將帥感到知遇之恩，「將臣樂盡其心」；《薦舉篇》認為將才難得，應該「責之近臣之薦，待以不次之舉」；《君命篇》提出應該使將帥完全受制於朝廷、不使之專權亂政的觀點，同時又

〔註 114〕《宋史》卷三七八《綦崇禮傳》，第 11681、11682 頁。
〔註 115〕《四庫提要辯證》卷八一，中華書局 1980 年版。
〔註 116〕《欽定四庫全書總目》卷一五七《〈北海集〉提要》。

主張皇帝給予將帥一定的「便宜」之權，使其「受命不受辭」，靈活作戰；《禮貌將臣篇》指出皇帝御將「必待德意之厚，禮文之縟，然後得盡其心」，這無疑是對宋廷待武將「厚其祿而薄其禮」而感發；《內御篇》論述為將之道、為臣之道，一方面強調臣子忠於君合於天意，一方面強調將帥必須根據形勢隨機應變，反對拘泥於皇帝「遙制」而坐失戰機；《學古篇》論述將臣學習兵法的重要性，且應「知法之所以為法，則心術內融，可與應機，可與成功，非特能言而已」；《儒學篇》專門論述古代將帥習知儒家經典的情況，並指出「大儒不怒而威，真儒無敵於天下」，強調用兵不能離開儒家思想中仁義道德的根本；《鎮靜篇》論行軍用兵以靜制動的策略；最後《決水篇》《火攻篇》屬於用兵技巧。

《兵籌類要》內容博洽，涉及君王御將之術、將帥行軍之道、將軍才略器識之養成、用兵技巧策略等內容；構思亦精謹獨到，全書在布局上先宏觀後微觀，先論兵學理論後論用兵技巧，體現了先體後用的哲學思路。每一篇文章的寫作亦很有特點，先提出自己的軍事觀點，然後引用古代戰爭人物與戰爭事例進行論述，引用古代兵家如孫子、吳子、司馬穰苴、李靖等人的理論加以佐證，最後以「論」作結，再次強調自己的軍事觀點。綦崇禮在《進歷代兵籌類要表》中稱：「觀近世之為將者，內之檢身，外之應敵，或與古異。謹採擇兵法，配以往事，參較得失，與夫前王所以將將之術，列之於篇。凡十萬言，分百餘門，號曰《兵籌類要》。大抵敘事正體，以類相從，或以世次為先後。」〔註 117〕可見綦崇禮是有感於當時為將應敵之法「與古異」的情況寫作此書的，並非為了類舉古事、論述古代戰爭之得失，而是包含了明確的現實目的。四庫全書把該書稱為不切實用的紙上之談，是未能從南宋前期的戰爭制度與戰爭形勢的歷史背景下來考察該書的地位。

除了創作兵學專著外，文人還專門研究古代兵學著作，包括考證兵學典籍的版本、源流，辨析其真偽。如樓鑰《跋八陣圖》一文，考證八陣圖之淵源與特點。該文首先陳述八陣圖在後世少見、自己所見八陣圖之由來：「八陣自桓溫一言之後，無能究其說者。乾道末年，客授東嘉，始聞其說於毘陵使君薛士隆。而陳君又以薛氏所傳《握機》及《馬隆贊》示余，於是始見武侯之遺意。」然後考證八陣圖流傳淵源及其特點，指出「武侯之陣原於先天六十四卦之方圖，而其實則井田之遺法也」；接著指出古代並不像後代一樣還有一套兵法，

〔註 117〕《全宋文》卷三六四九，第 167 冊，第 328 頁。

因為「八佾之舞，六十四人」即是戰陣兵法，既可以用於祭祀亦可用於將兵，「祭祀燕饗猶以為用，人人習熟，公卿皆可為將帥，用此道也」；最後指出古代「法制既隳，知兵者猶得遺意」，故習知古代兵法具有一定的歷史意義，並以具體的戰爭事例加以說明。〔註 118〕

張栻有《跋孫子》〔註 119〕一文。該文首先考證《孫子兵法》的篇目與流傳變化情況：「按西漢《藝文志》，武所著兵法凡八十二篇，圖九卷；牧亦謂武書凡數十萬言，曹氏削其繁剩，筆其精粹，為十三篇。是則今所存者特操所刪定耳。牧初雖本操所注，然所自發明者蓋十之九。」然後說明自己刻寫杜牧《孫子注》三卷，並存杜牧與曹操兩家注釋：「予得其書於集注中，而樂其說，因次第繕寫，牧本書悉存操說，今不復具。獨其間有涉於牧解釋辨正者，則亦因而並出之。」張栻還在文中表達了他獨特的兵學觀點：「君子於天下之事無所不當究，況於兵者！世之興廢，生民之大本存焉，其可忽而不講哉！夫兵政之本在於仁義，其為教根乎三綱。然至於法度紀律、機謀權變，其條不可紊，其端為無窮，非素考索，烏能極其用？一有所未極，則於酬酢之際，其失將有間不容髮者，可不畏哉！」認為兵書「本之仁義」「根乎三綱」，是王者治國之一途，但兵家重機謀權變，故研習兵法又必謹慎其用。張栻在該文中道：「敵人分據神州，有年於茲，國家讎恥未雪，聖上宵衣旰食，未嘗忘北顧，凡在臣子所當仰體至意，思所以効忠圖稱者，然則於是書又可以忽而不講哉？」可見其刻寫杜牧孫子注的目的在於有感於神州陸沉已久、國家讎恥未雪的現狀，希望通過研究《孫子》，實現復仇報國的目的，具有明確的現實針對性。

薛季宣有《風后握奇經》〔註 120〕一文，考證古代兵書的版本與流傳情況。薛季宣自敘他是考證辨析舊本《風后》之後，「詮定其文」，並「繪陣圖於後」，作成此文的。薛季宣在《敘》中說道：「《握奇經》舊傳風後受之玄女，用佐黃帝，殺蚩尤於涿鹿之野，荒唐之說，無所考信。《漢志》兵陰陽家書有《風后》，劉歆、班固已言依託。觀公孫丞相注釋，則非所謂書十三篇、圖二卷者。先秦典籍，類皆口以傳授，反覆其義，未易以晚出浮偽訾也。《七略》兵家四種，軍禮、司馬法存者尚百五十五篇。吳孫子八十二篇，圖九卷，齊孫子八十九篇，

〔註 118〕《全宋文》卷五九六二，第 264 冊，第 308 頁。
〔註 119〕《全宋文》卷五七三五，第 255 冊，第 284 頁。
〔註 120〕《全宋文》卷五七八九，第 257 冊，第 322 頁。

圖四卷……」考證古代兵學著作，然後考梳《風后握奇經》的版本流傳情況，在《風后握奇經》題下，作者注釋道：「馬隆本作握機序云：『風後，軒轅臣也。握者，帳也，大將所居。言其事不可妄示人，故云握機。』」又稱：「諸子總有三本，其一本三百六十字，一本三百八十字。蓋呂尚增字以發明之。其一行間有公孫弘等語。或云武帝令霍光等習之於平樂館，以輔少主，備天下之不虞。今本衍四字。」對其版本情況作了交待。正文記載《風后握奇經》內容，末以圖進行說明。

另外，葉適在《習學記言》中考梳《孫子兵法》的篇目變化，及其在史書中的著錄情況，對其真偽提出了疑問。〔註121〕倪樸繪製軍事地圖，以備戰爭之用：「以天下山川險阻、戶口多寡，用兵者所當知，乃遍考群書，成輿地會元志四十卷，又合古今夷夏繪為一圖，張之屋壁，手指心計何地可戰何城可守，猶幸一用其能。」〔註122〕

北宋滅亡，宋室南渡，在宋金對峙的百餘年時間裏，雙方長期爭戰不斷，南宋時刻面臨著舉國覆亡的滅頂之災，強烈的憂患意識使文人士子密切關注戰爭現實，思考抗金之策，研習創作兵書。有的兵書雖名為推原古代軍事制度與軍事治理之得失，其實質卻在喻指現實，為當朝的軍事政策提出取法範式；有的則直接針對朝廷戰爭形勢，提出抗敵之策略，具有明確的現實針對性。

南宋文人談論兵事、研習兵學、創作兵書的行為，具有雙重歷史意義：一方面，從軍事角度來看，極大地繁榮了宋代兵學文化成果，在古代兵學發展史上具有重要意義；另一方面，就文學角度來看，文人研究兵學、談論兵事的行為，極大地開闊了文人的視野，文人以兵學理論與軍事內容為題材進行創作，豐富了詩、詞、文等各體文學的文化精神與思想內容。

二、南宋文人談兵的文化思考

儒家本之以仁義道德，兵家強調奇詭譎詐，所謂「兵者，詭道也」〔註123〕。長久以來，儒、兵兩家似乎代表了互不關涉的學術領域，歷代以儒學為修身立

〔註121〕《習學記言序目》卷四六《孫子》，第675頁。

〔註122〕倪樸《倪石陵書》附錄《倪樸傳》。

〔註123〕孫武《孫子兵法·始計第一》，劉國建、熊彥賓注釋，中州古籍出版社2005年版，第3頁。

命之本的文人儒士極少談論兵事。北宋滅亡，南宋偏安，在宋金戰爭中時時處於被動，南宋文人開始密切關注軍事問題，談論兵事、創作兵書。南宋文人從儒家經義出發，論述「儒」「武」相通，儒士兼擅文、武之才，為其以儒士身份談論兵事、其關於文人儒士應該熟讀兵書習知兵略的觀點找到儒學源頭上的理論依據。

第一，南宋文人從儒家經義出發，論證「儒」「武」相通。如李彌遜《王庶兵部尚書制》中稱：「禮樂征伐所自出，蓋天子之至權；俎豆軍旅雖不同，皆儒者之能事。長是兵戎之職，必資文武之才。與其拔士以踰尊，孰若因能而任舊？」〔註124〕「俎豆」指儒家禮儀之事，認為儒者既應從事儀禮之事，亦應從事邊防征戰之事。

綦崇禮《兵籌類要》中設《儒學篇》〔註125〕一章專論儒學，似與全文思想不類，但這正體現了綦崇禮對於儒與武關係的認識。在此文中，作者首先敘述三國孫權以自己少時熟讀《詩》《書》《禮記》《左傳》《國語》及諸家兵書的事例，勸諭大將呂蒙讀書務學的古事，然後對此進行評論，認為呂蒙破敵拔城的才能堪稱古代名將，而他能夠不計前嫌薦引人材，「其設心近厚，殆非將家所能為，蓋資儒學之助」，正因為呂蒙熟知儒家義理，故而能胸懷寬廣，識事大體，有器識謀略，並最終成就一代名將。接著作者舉出歷代名將不忘習讀儒家墳典的例子：「孫瑜好樂墳典，雖在戎狄，誦聲不絕」，「曹華帥海，沂身見賢士，春秋祀孔子，人乃知教」，「烏震身先士卒，攻破鎮州，為人純質，少學通左氏春秋，喜作詩善書，為刺史稱廉平」，最後論道：「大儒不怒而威，真儒無敵於天下，其說見於荀楊之書。蓋乘五常、控六藝，尊君親上、愛人利物，無不得其極。則用眾以戰，其肯行一不義，殺一不辜乎？然則夫子以軍旅之事，為末之學；文中子以孤虛詐力，為吾不與。所以立教明道，矯世勵俗，不得不然也。」把「儒」與戰爭結合起來，認為大儒、真儒習知五常、六藝與君臣儀禮、仁義道德，故在戰爭中能夠做到仁愛體恤，取得戰爭勝利。在該文中，綦崇禮還舉孔子有所謂「未學軍旅之事」、王通「不與孤虛詐力之行」的典故，指出孔子與王通等大儒並非反對武事，而是在當時的社會形勢下，他們更重視以儒家思想教化萬民、矯勵時俗，故不得已這樣說罷了。張守在《又跋劉紹先

〔註124〕《全宋文》卷三九四六，第180冊，第178頁。

〔註125〕（宋）綦崇禮《北海集》卷四一一《兵籌類要・儒學篇》，影印文淵閣四庫全書本。

詩卷》一文中稱：「文武之士，互相抵排，文人則曰：『兒輩挽兩石弓，不如識一丁字。』武人則曰：『安天下、定禍亂，當用長鎗大劍，安事毛錐子。』蓋一偏論也。文武雖異用，皆不可不學，而將不知書，為患尤大。古之謀帥，必以說禮敦詩為賢。」〔註 126〕在當時文武互相攻擊的情況下，提出不可偏事文武，尤其強調將帥習知詩書禮樂的重要。周麟之在《除同知樞密院事謝表》一文中稱：「以文武並用之道，祖宗相傳之規。觀其於右府擇人，莫非與真儒共事。」〔註 127〕「右府」指樞密院，與中書省並稱，又稱「西府」，是宋朝最高軍事權力機構。從周麟之制文可見，宋廷起用儒學之士充任軍事長官，體現了南宋在制度層面上儒、武融通傾向，也說明了「真儒」熟知兵學，才能進入軍事權力機構。〔註 128〕

古代原生儒家精神中具有「儒」「武」結合的觀點，體現了儒學先聖對武事在治理國家中重要性的認識。從儒家經典中可以看出上古聖人並不反對武事與戰爭，而主張儒、武結合。《孔子・衛靈公上》曰：「衛靈公問陣於孔子。孔子對曰：『俎豆之事，則嘗聞之矣；軍旅之事，未嘗學也。』明日遂行。」「俎豆」指祭祀禮儀，在這裡是主張以仁愛思想治國的孔子反對衛靈公窮兵黷武。孔子並非完全反對戰爭，《史記・孔子世家》記載孔子有云：「有文事者必有武備，有武事者必有文備。古者諸侯出疆，必具官以從。請具左右司馬。」他認為治國應使文事、武事兼備，並提出了設武官的建議。對於儒家經典記載的孔子關於戰爭的言論，北宋文人范仲淹的理解是：「聖人之有天下也，文經之，武緯之。此二道者，天下之大柄也。昔諸侯暴武之時，孔子曰：『俎豆之事，則嘗聞之。』此聖人救之以文也。及夾谷之會，孔子則曰：『有文事者，必有武備，請設左右司馬。』此聖人濟之以武也。文武之道，相濟而行，不可斯須而去焉。」〔註 129〕這可能更符合孔子的本意。北宋儒士更加深化了對儒武關係的認識，如楊時在與弟子的問答中有一段話：「問：『帝乃誕敷文德，則自班師之後然後敷之也。敷文德之事何以見？』曰：舞干羽是也。古之時文武一道，故干戈，兵器也，用之於戰陣則為武，用之於舞蹈則為文。曰敷文德云者，已不為武備

〔註 126〕《全宋文》卷三七九三，第 174 冊，第 6 頁。

〔註 127〕《全宋文》卷四八一九，第 217 冊，第 195 頁。

〔註 128〕北朝樞密長貳多以文臣充任，在後期尤甚。見陳峰《從樞密院長貳出身變化看北宋「以文馭武」方針的影響》（《宋史研究》2000 年第 1 期）。南宋文人為樞密長貳的情況與北宋相似。

〔註 129〕《范仲淹全集・文集》卷九《奏上時務書》。

矣。」〔註 130〕學生問楊時，為何皇帝敷文德於戰爭結束之後？「敷文德」者，在於以儒教化，似與戰爭的結束與否並無關係，但楊時在此作了精闢的回答，他指出古代「儒」「武」在「道」上是一致的，干戈等兵器在戰爭中用於戰場時是「武」的事物，用在戰後禮樂舞蹈中則成為「文」的事物，闡釋了儒、武同質同源的關係，既解答了學生提出的關於「文德」與「班師」之間的關係，也表達了自己關於儒、武關係的觀點。

第二，南宋文人認為文人儒士應該具備武才。如陳傅良在《跋徐薦伯詩集》一文中稱：「世多謂書生不知兵。謂書生不知兵，猶言孫武不善屬文耳。今觀武書十三篇，蓋與《考工記》《穀梁子》相上下。……當今諸公，如見薦伯詩，亦可解文武二之惑。」〔註 131〕以兵家之祖孫武擅長作文為論據，反駁時人關於書生不必知兵的觀點。綦崇禮稱「臣觀吳子圖國篇，言儒服兵機」，認為儒者應該熟諳兵事，並舉「詩書帥」郤縠為例加以論證。〔註 132〕周必大認為「古者文武無異轍」，但後代文武異塗，且「歷世病之」，指出「本朝深鑒厥弊，陳堯諮、王嗣宗、韓琦、范仲淹，皆以文儒迭授右列，是欲同文武之轍也」〔註 133〕，認為大臣以文資任武職可以矯勵前代文武異塗造成的弊害。

理學家朱熹針對當時人有關「孫子十三篇，不惟武人之根本，文士亦當盡心焉」的觀點，進一步引用孔子語論析道：「昔吾夫子對衛靈公以軍旅之事未之學，答孔文子以甲兵之事未之聞。及觀夾谷之會，則以兵加萊人。而齊侯懼費人之亂，則命將士以伐之，而費人北。嘗曰：『我戰則克。』而冉有亦曰：『聖人文武並用。』孔子豈有真未學未聞哉？特以軍旅甲兵之事，非所以為訓也。」認為上古儒學家孔子及其門人皆熟諳戰爭軍旅之事。最後對當時人所謂儒士習知兵書有開啟人君窮兵黷武之心的觀點提出批判，稱：「是啟人君窮兵黷武之心，庸非過歟？」〔註 134〕

有的文人還對儒士皓首窮經、不識兵機提出批判。如綦崇禮引用唐代兵學家李靖語「丈夫要當以功名取富貴，何至作章句儒」〔註 135〕，認為大丈夫應當以建功立業為主，反對儒學家徒習章句。陸游「屬櫜縛袴毋多恨，久矣儒冠

〔註 130〕楊時《龜山集》卷一一《餘杭所聞（丁亥三月）》，影印文淵閣四庫全書本。
〔註 131〕《全宋文》卷六〇四〇，第 268 冊，第 1 頁。
〔註 132〕《北海集》卷四五《兵籌類要．儒學篇》。
〔註 133〕《家塾策問十二首》其十，《全宋文》卷五一三九，第 231 冊，第 91 頁。
〔註 134〕朱熹《晦庵集》卷七三《論詭僻顛倒如此也》影印文淵閣四庫全書本。
〔註 135〕《北海集》卷三八《兵籌類要．志氣篇》，文淵閣四庫全書本。

誤此身」〔註136〕，表現出對高談玄理的儒學家空疏迂腐而無實際功效的批判及對軍營戰陣生活的嚮往。曹勳詩句：「頗收姓字朝廷上，寧復功名日月邊。軍旅固非平日事，願將餘力從櫜鞬。」〔註137〕「櫜鞬」，指藏箭和弓的器具。該詩勸勉文人從軍入幕、習知武藝。鄭剛中《避方寇五絕》其三道：「朝廷平日祗尊儒，文武於今遂兩途。聞說官軍又旗靡，誰收黃石老人書。」〔註138〕認為朝廷重儒士、輕武事的政策與國家屢次兵敗有直接關係。

南宋文人身兼武藝的情況非常普遍，著名詞人辛棄疾曾經獨闖敵營、擒殺叛軍，其武藝之高自不待言。陸游亦在詩詞中屢次提到習劍器讀兵書。李光「非兼文武之資，曷副兵民之託。」〔註139〕宣撫副使胡士特「慷慨從戎，有扶顛持危之志。資實兼於文武，身每繫於重輕。」〔註140〕文將陳俊卿「素懷忠義，兼資文武，且諳軍旅之事，可當閫外之寄。」〔註141〕

上古儒學要求士人必須兼備文武之才。儒家「六藝」之教，其中有二：「射」「御」之教，體現了儒家對人材「武」的品質的重視。《論語・八佾上》曰：「君子無所爭。必也射乎！」《論語・子罕上》曰：「吾何執？執御乎，執射乎？吾執御矣。」《禮記・射義第四十六》記載：「孔子射於矍相之圃，蓋觀者如堵牆。」可見孔子不僅主張習射、習御，而且也擅於射、御。射、御在先秦儒學家那裡主要是作為一種禮樂教化的手段，通過使學生習射、習御而知禮儀，「古者天子射選諸侯、卿、大夫、士。射者，男子之事也，因而飾之以禮樂也。」同時射御也具有教貴族子弟禦敵的實用功能。後來射御具有了娛樂功能，漢代文人「勸百諷一」的文章中，就是對貴族子弟耽於遊獵、不習國事的批判。到了宋代射御在其教化、娛樂功能之外，實用的戰爭功能突現出來。北宋中後期出現了一大批描寫射獵壯大場面、讚揚射手英雄氣概的詩作，集中體現了文人對「武」的讚賞，可見儒家教化中的射、御之科在宋代發展了其關於戰爭的內涵，與宋代的社會現實聯繫起來。宋代政治家、文學家王安石在《上皇帝萬言書》一文中，從理論上闡述了作為儒家「六藝」

〔註136〕《成都大閱》，《劍南詩稿校注》卷六，頁525。

〔註137〕《故舊見辟幕府》，《全宋詩》卷一八八八，頁2122。

〔註138〕《全宋詩》卷一六九四，第30冊，頁19074。

〔註139〕李彌遜《李光知洪州制》，《全宋文》卷三九四四，第180冊，頁128。

〔註140〕劉一止《胡士特除寶文閣學士川陝宣撫副使諸路並聽節制》，《全宋文》卷三二七〇，第152冊，頁96。

〔註141〕朱熹《陳俊卿行狀》，《全宋文》卷五六六六，第252冊，頁269。

之教的射、御二科與武事有相通之處，從儒家思想內部論證了文人習知武事的重要性及文事、武事相通的觀點：

> 故古者教士，以射、御為急，其他伎能，則視其人才之所宜，而後教之。其才之所不能，則不強也。至於射，則為男子之事。苟人之生，有疾則已，苟無疾，未有去射而不學者也。在庠序之間，固常從事於射也。有賓客之事則以射，有祭祀之事則以射，別士之行同能偶則以射。於禮樂之事，未嘗不射，而射亦未嘗不在於禮樂、祭祀之間也。《易》曰：弧矢之利，以威天下。先王豈以射為可以習揖讓之儀而已乎？固以為射者武事之尤大，而威天下、守國家之具也。居則以是習禮樂，出則以是從戰伐。士既朝夕從事於此而能者眾，則邊疆、宿衛之任，皆可以擇而取也。夫士嘗學先王之道，其行義嘗見推於鄉黨矣，然後因其才而託之以邊疆、宿衛之事，此古之人君，所以推干戈以屬之人，而無內外之虞也。〔註142〕

王安石認為儒家教育教士人習騎射，使之懂禮樂，而士人「居則以是習禮樂，出則以是從戰伐」，騎射不僅是禮樂之事，而且是征戰之事，把習武征戰與禮樂教化聯繫起來，習武事、備征戰就成為儒士的職責。王安石打通儒、武，旨在改變「今之學者，以為文武異事，吾知治文事而已」的習氣，復興宋代武備，為當時的戰爭現實服務。

宋人文人對治理國家的文人士大夫提出了文武兼備的要求，這在北宋中期李元昊反宋稱帝時就已經表現出來。如蘇舜欽詩句「眾人刮目看能事，著鞭無為儒生羞」〔註143〕，表達了對儒士習武事的讚賞。韓琦詩《覽渭帥王龍圖西行詩集》：「久陟風騷上將壇，更持旄鉞撫邊關。山川滿目吟雖苦，戈甲藏胸意自閒。威望昔嘗流塞外，雅歌今覆奏兵間。禁中日夜思頗牧，四牡看隨杕杜還。」〔註144〕描寫一個從軍邊塞、賦詩吟詠、具備文武風流的帥臣形象。韓琦稱《定州新建州學記》中稱，「是知為儒而不知兵，為將而不知書，一旦用之，則茫然不知其所以克之之道，而敗辱隨之」〔註145〕，集中表達了他重視

〔註142〕王安石《王安石全集》卷一，秦克、鞏軍點校，上海古籍出版社1999年版，第6頁。

〔註143〕《蘇舜欽集》卷三《送李冀州詩》，第29頁。

〔註144〕韓琦《安陽集編年箋注》卷六，李之亮、徐正英箋注，巴蜀書社2000年版，第254頁。

〔註145〕《安陽集編年箋注》卷二一，第691頁。

文帥，使儒士將帥熟諳兵事的觀點。

上古儒學傳統認為武事戰爭與禮樂教化一樣，都是治理國家的重要途徑，文人儒士亦應兼習武才，近代著名史學家顧頡剛稱：「自孔子歿，門弟子輾轉相傳，漸傾向於內心之修養而不以習武事為急，浸假而羞言戎兵，浸假而尚外表……其時士皆有勇，國有戎事則奮身而起，不避危難，文、武人才初未嘗界而為二也。」〔註 146〕北宋儒學得到很大發展，儒學家以己意解經，認為「儒」「武」相通，表現出向原生儒學回歸的傾向。北宋滅亡後，面對日益嚴峻的戰爭形勢，南宋文人繼承北宋中期的觀點，不再把儒、武看成兩個截然無涉的領域，而是打通儒、武，並以儒學家身份談論兵事、創作兵書，體現了戰爭時期深重的憂患意識對文人思想的影響。

三、南宋文人談兵的原因及特點

南宋文人談兵興盛，成為這一時期重要的文化現象。這有幾方面的原因。

第一，與宋朝以儒治國的社會背景下文人主體意識的高揚分不開。宋代政治一個最大的特點就是帝王「與士大夫共治天下」，士人居於政治權力中心，這使他們有著自覺的主體精神，對朝廷軍事問題的強烈關注，即是其主體精神的突出表現。熙寧四年（1071）三月，宋神宗在資政殿召對二府大臣議事，神宗與三朝元老、樞密使文彥博有一段著名的對話，歷來為史學家所引徵。文彥博對神宗道：「祖宗法制具在，不須更張以失人心。」神宗對道：「更張法制，於士大夫誠多不悅，然於百姓何所不便？」文彥博遂說：「為與士大夫治天下，非與百姓治天下也。」〔註 147〕從此，帝王與士大夫共治天下，成為宋朝歷代不變的祖宗家法。從文彥博對神宗問中可見，神宗時期士大夫居於朝廷權力中心已經成為一個不爭的事實。而宋朝士大夫能夠最終與帝王共治天下，成為政治的決策者與行使者，又與宋廷自立國之初建立的偃武尚文的政策分不開。宋代科舉取士制度的進一步完善為眾多寒素士子打開了入仕門徑，這也客觀上激勵了文人士子以天下興亡為己任的主體意識。

其次，與宋朝武舉制度的發展完善有關。武舉始創於唐武周長安二年（公元 702），《通典》卷一五《選舉三》云：「長安二年，教人習武藝，其後每歲如明經、進士之法，行鄉飲酒禮，送於兵部。」其課試之目有長垛、馬射、步射、

〔註 146〕顧頡剛《史林雜識初編》，中華書局 1977 年版，第 87 頁。

〔註 147〕《續資治通鑑長編》卷二二一，熙寧四年三月戊子條。

穿札、翹關、負重、言語等。唐代科舉重進士與明經，武舉以武力定取捨，常為士人鄙棄。唐代中後期時置時廢，未形成制度。宋代武舉制度得到了一定的發展，史載：「咸平時，令兩制、館閣詳定入官資序故事，而未及行。仁宗時，嘗置武學，既而中輟。天聖八年，親試武舉十二人，先閱其騎射而試之。以策為去留，弓馬為高下。」〔註 148〕可見北宋真宗咸平年間有通過武貢舉選武將的想法，但未實現，仁宗時才開始付諸實踐。仁宗皇祐元年（1049）廢〔註 149〕，直到英宗治平元年（1064）重置武舉。以後武舉不復廢置，直至南宋滅亡。

南宋時期，由於邊患嚴重，朝廷恢復武舉，而且根據需要，不限武舉數額，「靖康元年，詔諸路有習武藝、知兵書者，州長貳以禮遣送詣闕，毋限數，將親策而用之。」關於武舉試內容，大致沿襲北宋，「建炎三年，詔武舉人先經兵部驗視弓馬於殿前司，仍權就淮南轉運司別場附試七書，義五道，兵機策二首」〔註 150〕。「義」是考察舉子對古代兵法的理解與掌握情況，兵機策主要是舉子針對當時軍事形勢提出解決問題的對策與方略。武舉試古代兵書，試兵機策略，必然對文人士子習知兵學起到一定的促進作用。紹興二十六年（1156），高宗「見武學頹弊，因諭輔臣曰：『文武一道也。今太學就緒，而武學幾廢，恐有遺才。』詔兵部討論典故，參立新制。凡武學生習七書兵法、步騎射，分上、內、外三舍，學生額百人。」〔註 151〕武舉以《武經七書》為主要考試內容，不僅武舉人需要習知兵機要略，熟讀兵書，即使是制作武舉策問的知貢舉文人也必須熟知歷代兵書與朝廷軍事政策，從而形成了整個社會重視兵學、習讀兵書的風習。南宋文獻中現存一批武舉策問及擬策問，體現出文人對於朝廷軍事形勢、軍事制度的深入思考。

另外，宋金戰爭時期，嚴重的邊患始終存在。對國家民族命運的深重憂患意識，是文人關注軍事、研習兵書的最關鍵原因。從以上文人談兵的具體內容

〔註 148〕《宋史》卷一五七《選舉三》，第 3679 頁。

〔註 149〕關於仁宗時武舉廢置時間，《中國戰爭發展史》認為從仁宗天聖八年（1030）至英宗治平元年（1064）再置武舉，「其間竟輟止 34 年」，不知所本；據宋代王栐《燕翼貽謀錄》記載，仁宗朝廢武舉在皇祐元年（1049）年（轉引自宋代劉才邵《檆溪居士集》卷一〇《武舉策問》案語：「王栐《燕翼貽謀錄》唐試武舉，五代以來，此制久廢。天聖七年，以西邊用兵乏將帥，復置武舉。至皇祐元年，遂廢此科。治平元年復置，迄今不廢。」

〔註 150〕《宋史》卷一五七《選舉三》，第 3682 頁。

〔註 151〕《宋史》卷一五七《選舉三》，第 3683 頁。

可見，文人或談軍事理論、或研習軍事歷史事件與歷代兵學家，或談具體的應敵策略，其目的都是為了「質證今事」，為當前的戰爭提供取法範式，尋求抗敵救國之方略，具有明確的現實針對性。

南宋文人以儒士身份談兵，使其兵事之談呈現鮮明的特點。

第一，表現在儒學思想對兵學理論的滲透。南宋文人談兵時重視以仁德治天下，反對窮兵黷武。如南宋主戰大臣李彌遜稱：「王者之治，遠人不服，則修文德以來之。」〔註 152〕重視以王道仁德統治天下。薛季宣在《擬策一道並問》中引荀子之語對道：「桓、文之節制，不足以敵湯、武之仁義。故論兵要，捨湯、武何法？」主張以仁義用兵，對孫武等兵家以詐力取勝提出批判，稱「今之兵家一本之孫、吳氏。孫武力足以破荊入郢，而不能禁夫概王之亂；吳起威加諸侯百越，而不能消失職者之變。詐力之尚，仁義之略，速亡胎禍，迄用自焚」，引用荀子「仁者愛人」語，提倡以仁義為主，引用孔子語指出非不得已而戰，亦必須守之以仁愛之道。〔註 153〕張守《又跋劉紹先詩卷》中稱：「古之謀帥，必以說禮敦詩為賢，此孫仲謀所以諄諄於呂蒙也。」〔註 154〕認為古代將兵征戰的帥臣必須熟讀詩書禮義，養成良好的胸懷識度。綦崇禮稱：「大儒不怒而威。真儒無敵於天下，其說見於荀楊之書。蓋乘五常、控六藝，尊君親上、愛人利物，無不得其極。則用眾以戰，其肯行一不義，殺一不辜乎？」〔註 155〕指出將帥習知儒家義理，則能夠以仁義為本，不會行不義、殺無辜。

第二，表現在談兵時多引用戰爭史事、儒家經典進行論述，具有濃厚的書卷氣。宋朝文人普遍談兵，但其中僅一部文人真正統兵入幕，具有征戰抗敵經驗，故他們在談兵時常依據《孫子兵法》《司馬法》《李靖兵法》等兵學理論著作及儒家經典如《論語》《孟子》《春秋》《左傳》等，表達軍事觀點、提出軍事策略。這使他們的兵事之談呈現出濃鬱的書卷氣，其兵事之談往往不能適應靈活多變的戰爭形勢，流於迂闊空疏、不切實際。南宋蔡戡《乞以兵法賜諸將劄子》一文中指出：「冠帶之儒慷慨談兵，灑灑可聽，然不習行陣，未必能將。」〔註 156〕楊萬里《策・君道（上）》中稱：「昔之人蓋有長於談兵而敗於兵，工

〔註 152〕《魏武征三郡烏丸議》，《全宋文》卷三九五五，第 180 冊，第 312 頁。
〔註 153〕《全宋文》卷五七九一，第 257 冊，第 358 頁。
〔註 154〕《全宋文》卷三七九三，第 174 冊，第 6 頁。
〔註 155〕《北海集》卷四五《兵籌類要・儒學篇》。
〔註 156〕《全宋文》卷六二四九，第 276 冊，第 167 頁。

於說難而死於說，言非不可奇也，疏於用也。」〔註157〕葉適對其兵學理論與用兵之策自視甚高，黃宗羲稱：「水心論恢復在先寬民力，寬民力在省養兵之費，其言哀痛激切。然後總一篇卒歸宿於買官田，則恐非必儆之方也。」〔註158〕指出在「世降俗漓，法密文弊」的時代背景下，葉適提出通過買官田解決兵費問題的策略，並不符合歷史需要。陳亮是南宋著名的主戰派文人，以北伐抗金、恢復故地為畢生理想，「必使天下定於一而後已」〔註159〕，所談兵學問題與所提出的戰爭策略，呈現出疏闊迂腐的特點，其縱橫捭闔之論未必真能適應當時的實際形勢。正如黃宗羲所言：「若同甫，則當其壯時，原不過為大言以動眾，苟用之，亦未必有成。」〔註160〕南宋綦崇禮《兵籌類要》十卷，亦被四庫館臣評為：「紙上空談，未必遽切實用。」〔註161〕另外，文人常常從主觀情感與儒家義理出發談兵論戰，其兵事之談具有突出的主觀性，削弱了其現實意義。葉適就批判當時朝野以「奇言」談兵者：「其意非真以為見於事也，以為言之不得不奇也；非謀國也，非慮患也，中一時之欲而已者也。然而未必用者有時而用矣。」〔註162〕

南宋文人的兵事之談雖然具有不可忽視的弊端，但他們談兵的目的在於改變南宋積貧積弱的現實，救時弊病，是文人主體意識的集中表現，體現了忠貞凱切的愛國熱情與民族情感。他們從現實戰爭出發探討軍事理論，通過推原古代戰爭得失經驗尋求朝廷抗敵衛國之策，其兵學之談亦不乏卓有成儆之作。南宋文人普遍談兵論戰，產生了一批與軍事問題有關的政論文、史論文，形成了當時以恢復中原、救民於倒懸的愛國主義文學主旋律。

第二節　南宋文人統兵、入幕

宋金戰爭時期，絕大多數文人都被捲入到戰爭中，他們普遍參與到軍事活動中來。這不僅表現在上書談兵論戰，也表現在直接參與軍事實踐：一方面文人統兵征戰，開幕府以治兵抗敵；一方面文人受辟於將帥幕府。本節探討幕府

〔註157〕《全宋文》卷五三二九，第238冊，第339頁。
〔註158〕《宋元學案》卷五五《水心學案》下，第1803頁。
〔註159〕《陳亮集》卷七《酌古論・呂蒙》，第65頁。
〔註160〕《宋元學案》卷五六《龍川學案》，第1843頁。
〔註161〕《欽定四庫全書總目》卷一五七《〈北海集〉提要》。
〔註162〕《葉適集・水心別集》卷四《兵權下》，第683頁。

制度的發展、南宋將帥幕府的特徵、文人統兵入幕的情況、文人入幕的心態等問題，以便進一步探討南宋幕府文學創作。〔註 163〕

一、幕府制度沿革及宋代將帥幕府

《漢語大辭典》釋「幕府」:「本指將帥在外的營帳，後亦泛指軍政大吏的府署。」幕府有時借指將帥，如漢陳琳《為袁紹檄豫州》:「幕府奉漢威靈，折衝宇宙。」也指幕府中幕僚，如唐韓愈《河南少尹要公幕誌銘》:「崇文命幕府唯公命是從。」本文中的「幕府」指將帥軍幕及其幕中文人帥臣與所辟文人僚屬，及軍政大吏的府署、將帥與幕僚。

幕府起源很早，《史記》中對漢代將帥幕府的記載已經很普遍。東晉時期丞相王導在今南京市北的一座小山上建立幕府，招納賢俊，以謀恢復，後遂稱此山為「幕府山」，並成為後代詠歎不已的文化故跡。唐代幕府在安史之亂後達到極盛，唐王朝給予地方藩鎮很大權力，允許其自辟幕僚，其幕僚有功者可以得到升遷，許多文人在落第之後往往遠走河朔幕府以干祿。宋代的幕府分為兩類，一類是帝王潛邸幕府，一類是將帥（使府）幕府。前一類如宋高宗潛邸幕府。宋高宗即位前被任命為河北兵馬大元帥，幕府僚屬有文有武，有兵有將，還有宦官，主要有宗澤、黃潛善、汪伯彥、劉光世、朱勝非等人。這些幕府人員在高宗繼位後有的出將入相，所謂「高宗中興，一時元從皆將相也」〔註 164〕。這對高宗朝的政治及以後的時局都產生了深遠影響。第二類又稱使府幕府，是宋代幕府的主要類型。這一類幕府又分為兩類：一類是中央派遣的大員和專使，代表朝廷統御軍隊、指揮作戰，如都督、宣撫使、招討使、制置使等；一類是各路長官，如轉運使、提點刑獄、安撫使等，以安撫使為主，這些使府或專任文臣，或文武兼任，情況不一，體系龐大，但都直或間接地為軍事服務，宋人一般以「幕」或「幕府」視之，故統歸為一類，稱之為將帥（使

〔註 163〕戴偉華師《唐代幕府與文學》（現代出版社 1990 年版）、《唐代使府與文學》（廣西師範大學出版社 1998 年版）兩書，是關於幕府制度研究的鼎力之作，兩書考證唐代幕府制度，研究幕府中的文化氛圍、文人心理與文學創作。周國平《宋代幕府制度》（博碩論文數據庫，河北大學，2003 年 6 月）一文，對宋代幕府的發展作了較清晰的梳理。戴師兩書在制度背景下研究文學；周國平一文重在研究宋代制度。

〔註 164〕陳傅良《跋謝大成所藏曹公顯墨蹟》，《全宋文》卷六〇四〇，第 268 冊，第 26 頁。

府）幕府。〔註 165〕本文以下重點探討南宋的將帥幕府，包括都督、宣撫、招討、鎮撫、制置等。

都督府

北宋時期，「大都督及長史掌同牧、尹（親王為節度則大都督領之；庶姓為節度則長史領之）。」〔註 166〕大都督多以節度兼之，但因北宋時期節制名存實亡，故都督無多大實權，督視軍馬、抗敵禦外的軍事職能不突出。南渡後，都督以現任宰相充任，次有同都督，有督視軍馬，多執政為之。都督「雖名稱略同，然掌總諸路軍馬，督護諸將，非舊制比也」〔註 167〕。紹興二年（1132）呂頤浩首以左僕射出任都督江、淮、兩浙、荊湖諸軍事，置司鎮江，其後，趙鼎、張浚、湯思退皆以宰相兼之。有時建都督府也是為了使朝中統兵大臣權歸於一，如紹興三十二年（1162），王之望上書辭同都督時稱：「朝廷於兩淮，前以大將為招撫使，後以二從臣為宣諭使，憂其不相統攝，則以宰相為都督，欲事權歸一也，此可見朝廷開府之意。」〔註 168〕都督府屬官有諮議軍事、參謀、參議，並以從官充，另有書寫機宜文字、幹辦官、準備差遣，前後員數不一。

安撫使

安撫使在唐時就已經出現，是朝廷遇到水旱災害時向各地派出的巡察災情、按撫災民的大臣。宋初承唐制，凡邊境用兵或諸路災傷皆特遣安撫使，「兵事皆屬都統，民政皆屬諸司，安撫使特虛名而已」〔註 169〕。宋仁宗時期，西北邊患加重，為了應對邊患，開始在沿邊設置安撫司，並逐漸成為各路的常設機構，稱「帥司」，治兵禦敵成為其重要職能。時經略安撫使出現了「鄰郡多者或逾二十，唐之方鎮有弗及者」的情況，「方鎮之規，蓋漸復矣」。〔註 170〕北宋時期出現的安撫使運行模式類似於唐代藩鎮。〔註 171〕這時，安撫使與其麾下之僚佐的私人關係已經顯現，如經略安撫使司判官是經撫司高級幕僚。〔註 172〕南宋時期，從二品以上官員充任安撫司長官，稱「安

〔註 165〕參周國平、張春生《宋代幕府述論》，載《河北大學學報》2004 年第 5 期。

〔註 166〕《宋史》卷一百六十七《職官七》，第 3954 頁。

〔註 167〕《宋史》卷一百六十七《職官七》，第 3954 頁。

〔註 168〕《宋史》卷一百六十七《職官志七》，第 3954、3955 頁。

〔註 169〕《建炎以來朝野雜記》甲集卷一一《官制・安撫使》，第 215 頁。

〔註 170〕吳廷燮《北宋經撫年表》，張忱石點校，中華書局 2004 年版，第 3。

〔註 171〕（美）羅文《北宋安撫使制度的淵源》，見鄧廣銘、漆俠《國際宋史研討會論文集》，河北大學出版社 1992 年版。

〔註 172〕龔延明《宋代官制詞典》，中華書局 1997 年版。

撫大使」。安撫司屬官，據汪應辰記載：「自艱難以來，諸路皆置安撫使，有參議、有主管機宜、有幹辦公事、有準備差遣、有準備差使，一官或三四員。」〔註173〕另有安撫副使，以武臣諸司使充任，不常置。南宋時期，「知府州者，皆帥一路」〔註174〕，安撫使長官由重要的府州長官兼任，原屬於將帥幕府的幕僚則向幕職州縣州官轉化，這使得幕府與府州職能發生重合，幕府兼具有軍事職能與民事職能。〔註175〕宋代的幕府較唐代更為複雜。

宣撫使

北宋「政和之際，又置宣撫」〔註176〕。宣撫使「掌宣布威靈、撫綏邊境及統護將帥、督視軍旅之事」〔註177〕。北宋不常置，南宋得到了一定的發展，「紹興之初，兩淮京湖皆有宣撫，韓、張、岳號三大帥。」〔註178〕宣撫使常「命執政大臣為之」，如「建炎三年，張魏公以知樞院事為宣撫處置使。其後杜丞相、周仲弼、孟宣文、趙元鎮、虞並甫、王公明、鄭仲一、沈德之輩，皆自二府出為之」。〔註179〕有時也以安撫大使兼任宣撫使，如紹興元年，命呂頤浩、朱勝非、劉光世以安撫大使兼宣撫使。「（宣撫使）紹興而後，康、揚州、江陵三撫多兼制置」，其屬有參謀官、參議官、機幹公事。安撫使、宣撫使長官一般以文臣擔任，體現了宋朝「祖宗家法」重文輕武、防禦武將專權的特點，如北宋范仲淹、富弼、文彥博、韓琦等。武臣擔任宣撫使的情況很少，仁宗征儂智時，以武臣狄青為宣撫使。南宋沿襲北宋，如「建炎紀元，李綱為相，沿江沿淮，皆置帥府，多因北宋帥守之舊，張浚既西，利州一路，又置帥府（皆以文臣為安撫使兼馬步軍都總管，武臣副之）」〔註180〕。但南宋出現了一批重

〔註173〕《論添差員缺》，《全宋文》卷四七六四，第214冊，第357頁。

〔註174〕吳廷燮《南宋制撫年表·序》，中華書局2004年版，第399頁。

〔註175〕唐代節鎮幕府在宋代向州郡轉化，節鎮使府中的屬官向幕職州縣官轉化；幕府職能與府州地方行政機構職能重合，軍事職能逐漸向民事職能轉化。戰爭時期，幕府的軍事職能突出，在邊境安寧、宋金息兵講和時期，幕府則以處理民事為主。宋金雙方在嚴陣對峙百餘年時間長，守和時間長，故幕府的民事職能更為突出，這又促進了宋代幕職向州縣官的轉化。關於宋代幕職官的特點，參苗書梅《宋代通判及其主要職能》（載《河北學刊》1990年第2期），苗書梅《宋代州級屬官體制初探》（《中國史研究》2002年第3期）。

〔註176〕吳廷燮《北宋經撫年表》，第3頁。

〔註177〕《宋史》卷一六七《職官志》，第3957頁。

〔註178〕吳廷燮《南宋制撫年表·序》，第399頁。

〔註179〕《建炎以來朝野雜記》甲集卷一一《官制》二之《宣撫使》，第215頁。

〔註180〕吳廷燮《南宋制撫年表·序》，第399頁。

要的武臣宣撫使，始自劉光世，其後如韓世忠、張俊、吳玠、岳飛、吳璘皆以武臣充使。

制置使〔註181〕

制置使不常置，「掌經書邊鄙軍旅之事」〔註182〕。靖康初，諸路兵解太原之圍，姚古、解潛相繼為河東、河北制置使。建炎末，朝臣請令帥臣悉帶制置使，故亦稱制置使為安撫制置使，簡稱「制撫」。制置使主要處理軍事問題，「詔除用兵聽依便宜，餘悉禁止，其他刑獄、財賦事，則歸之監司焉。」〔註183〕位重秩高者加制置大使，位宣撫副使之上。建炎四年（1130）以後罷制置使名，但統兵如故。隆興以後，或置或省。開禧間，江、淮、四川並置大使。兵休後（指嘉定和議之後），「獨成都守臣帶四川安撫、制置使，常節制御前軍馬、官員升改放散、類省試舉人、銓量郡守、舉辟邊州守貳，其權略視宣撫司，惟財計、茶馬不與。」可見成都安撫制置使不僅具有軍事統領權，還有銓選官員、科試舉子等權，不限於軍事方面。制置大使屬官有參謀、參議、主管機宜、書寫文字各一員，幹辦公事三員，準備將領、差遣、差使各五員，餘隨時勢輕重而增損。〔註184〕

鎮撫使

北宋無鎮撫一制，南宋始設。南宋時期因金人攻勢猛烈，且朝廷內亂四起，「群盜連衡以據州郡」，時參知政事范宗尹「請稍復藩鎮之制，少與之地，而專付以權，擇人久任，以屏王室」。建炎四年（1130）五月，范宗尹為右僕射，乃「請以京畿、淮南、京東西、湖北諸路並分為鎮，除茶、鹽之利仍歸朝廷，置官提舉外，它監司並罷」，「遇軍興，聽從便宜，仍許世襲」，高宗乃下詔令鎮撫使立大功，並許其世襲。〔註185〕鎮撫使制度是唐末方鎮的繼承。據李心傳記載，南宋時期鎮撫使有聲望者，文臣惟陳規，武臣有岳飛、王彥、解潛、李橫等人。鎮撫使屬官有參議官、書寫機宜文字各一員，幹辦公事二員，並聽奏辟。

招討使、宣諭使

南宋還有招討使、宣諭使。招討使本掌平叛捕賊之事，宋金戰爭爆發時，亦負責抗敵防邊。宣諭使掌宣諭德意，主要負責國內民風民俗的導向與教化。

〔註181〕姚建根《宋朝制置使制度研究》，博士論文數據庫，復旦大學，2007年4月。
〔註182〕《宋史》卷一六七《職官志七》，第3956頁。
〔註183〕《建炎以來朝野雜記》甲集卷一一《官制》二之《制置使》，第220頁。
〔註184〕《宋史》卷一六七《職官志七》，第3956頁。
〔註185〕《建炎以來朝野雜記》甲集卷一一《官制》二之《鎮撫使》，第222頁。

紹興中期，宋廷新復陝西等地，以朝臣宣諭陝西，開始參與軍事民事，其後「三十二年，虞允文、王之望相繼充川、陝宣諭使，皆預軍政，其權任殆亞於宣撫」〔註 186〕。招討使、宣諭使皆闢有屬官，亦是南宋的將帥幕府。

二、南宋幕府的發展及主要將帥幕府

南宋幕府的發展有一個過程，與戰爭形勢有關。

宋太祖趙匡胤以武力從後周奪取政權，他深知將帥手握重兵對朝廷的威脅，立國之初就採取削藩的形式，對中央領兵將帥與地方節度使採取措施，將兵權收歸中央，使幕府制度的建立受到很大影響。不過，北宋初期還存在與唐代幕府相似的邊防軍幕。據載：「其族在京師者，撫之甚厚。郡中筦榷之利，悉以與之。恣其貿易，免其所過徵稅，許其召募亡命以為爪牙。凡軍中事皆得便宜，每來朝必召對命坐，厚為飲食，錫賚以遣之。由是邊臣富貲，能養死士，使為間諜，調知敵情；及其入侵，設伏掩擊，多致克捷，二十年間無四北之憂。」〔註 187〕當時幕府「郭進在邢州，李漢超在關南，賀惟忠在易州，李謙溥在隰州，姚內斌在慶州，莿遵海在通遠軍，王彥昇在原州」，由於太祖駕馭得宜，所以「十七年中，北戎、西蕃不敢犯塞，以至屢遣戎使，先來乞和」〔註 188〕。太祖這種制度及帶來的邊防無患的結果，每令後世文臣仰慕不已。

太宗採取「將從中御」的手段，分割了幕府的權利，「宋太宗立，盡廢方鎮，任節、察者惟領一郡兵甲盜賊，提轄之職，閒責大藩，然覈其實，名存而已。」〔註 189〕北宋仁宗時，由於西夏自行稱帝叛宋，出於戰爭的需要，幕府制度得到發展，「本朝西事之興，韓范二公出鎮陝府，亦許自辟其屬。韓之幕則皆尹洙之流……范之佐則皆狄青之儔……凡所辟置，素有人望，皆平日所與以為可用者，於是成破賊之績。」〔註 190〕

從靖康元年（1126）金國首次攻宋到宋金紹興和議時期，宋代的幕府制度得到了很大發展。北宋在金的進攻下不到兩年便滅亡，以大元帥幕為班底建立起來的南宋政權，發現自己從祖宗處繼承來的「那張臥塌更從八尺方床收縮而為行軍帆布床」〔註 191〕，文人普遍提出建立藩鎮以衛朝廷的政策。李綱主張

〔註 186〕《宋史》卷一六七《職官志七》，第 3956 頁。
〔註 187〕《宋史》卷二七三《李漢超傳》，第 9347 頁。
〔註 188〕《宋名臣奏議》卷一三〇錢若水《上真宗簽詔論邊事》。
〔註 189〕吳廷燮《北宋經撫年表》，第 3 頁。
〔註 190〕（宋）林駉《古今源流至論．後集》卷五《幕府奏辟》，影印文淵閣四庫全書本。
〔註 191〕錢鍾書《宋詩選注．序》，第 2 頁。

「建藩鎮於要害之地，置帥府於大河及江、淮之南」〔註 192〕，又「請以河北之地，建為藩鎮」〔註 193〕。起居郎胡寅主張「選宗室之賢才者封建任使之」，「宜漸為茅土之制，星羅而棊列，以慰祖宗在天之靈，以續國家如線之緒，使讎敵知趙氏之居中國者，尚如此其眾，既失而復得者，非特陛下一人而已」。〔註 194〕范宗尹更從宋初建軍史以檢討之曰：「太祖收藩鎮之權，天下無事百五十年，可謂良法。然國家多難，四方帥守單寡，束手環視，此法之弊。今當稍復藩鎮之法，裂河南、江北數十州之地，付以兵權，俾蕃王室。較之棄地夷狄，豈不相遠？」〔註 195〕高宗在臣僚建請下建鎮設幕，並付諸實施，帶來了宋代幕府前後未有的興盛局面。

此時最重要的幕府是李綱幕府和呂頤浩幕府。靖康元年（1126）六月，宋廷以時為知樞密院李綱為河東、河北宣撫使。李綱來到抗金前沿開置幕府，其時幕下文人眾多，可見一時幕府之盛。太原失守後，臣僚彈劾李綱稱：「昨者金人圍守太原，久而示解。知樞密院李綱出總元戎，兵甲非不多也，郡置屬官凡七十員。抽差人吏凡六七十名。能否不辨，幕府紛然。……其幕府參議機宜管勾文字、勾當公事等官員數猥，眾又多晚進書生。」〔註 196〕或有誇張，但屬官之多顯而易見。李綱幕中屬官姓名可考者就有二十多人，李綱《與秦相公第一書別幅》一文記載道：「某靖康中被命宣撫河北、河東兩路，辟置官屬，如范世雄充參謀官，郭執中、王以寧充參議官，田亙、韓瓘、鄒柄、詹大和充機宜，梁澤民、趙枘、趙戩、張叔獻、陳湯求充幹辦公事，張牧、黃鍰、陶恢、張光等充準備，差遣不過十五六人。」〔註 197〕該文是李綱回應臣僚對其彈劾時所做，故稱其幕下文人「不過十五六人」。曾先後進入李綱幕府的文人姓名可考者還有李彌大〔註 198〕、張元幹〔註 199〕、裴康、沈管、韓唯、張

〔註 192〕《要錄》卷六，建炎元年六月庚申條，第 142～143 頁。
〔註 193〕《要錄》卷六，建炎元年六月己卯條，第 161 頁。
〔註 194〕《要錄》卷二七，建炎三年閏八月庚寅條，第 541～542 頁。
〔註 195〕《宋史》卷三六二，《范宗尹傳》，第 11325 頁。
〔註 196〕（宋）佚名《靖康要錄》卷九，影印文淵閣四庫全書本。
〔註 197〕《全宋文》卷三七三三，第 171 冊，第 124 頁。
〔註 198〕《宋史》卷三八二《李彌遜傳附弟彌大》：「金人大舉入侵，李綱定城守之策，命彌大為參議，與綱不合，罷。」
〔註 199〕靖康元年正月，李綱在東京留守兼親征行營使（《會編》卷二七），辟張元幹為其屬官（見胡仔《苕溪漁隱叢話後集》引《詩說雋永》），並參王兆鵬《就張孝祥佚文談其靖康年間宦跡》（載《古籍整理研究》，1987 年第 1 期）。

叔夜〔註200〕、趙鼎〔註201〕、胡德輝、何晉之、翁士特〔註202〕等人。

呂頤浩於紹興二年（1132）以宰相兼任都督軍馬，其府下有「參謀官二員、參議官二員、主管機密文字二員、書寫機宜文字二員、幹辦公事官十員、準備差（遣）文臣十員、準備差使大、小使臣各二十員、準備將領、使喚欲乞辟差十員」〔註203〕，加上所轄隨軍轉運使等所辟文武士計七十餘人〔註204〕。

中興四將先後為宣撫使，幕下之士甚多。其中幕府最盛者為張浚、岳飛幕府。建炎三年（1129）詔以張浚為川陝宣撫處置使，享有先行後奏的「便宜」〔註205〕之權，事重可出敕行之。張浚出鎮陝蜀，「尤以總攬豪傑為務」，幕中人才薈萃，「劉子羽善謀，吳玠善戰，趙開善理財，一時名士，皆集麾下，於是成中興之業（張魏公西行任陝蜀之計，闢劉子羽參議軍事，尤以搜攬豪傑為先務，一時奮勇義氣之士，皆集麾下。吳玠為統制，弟璘領帳前親兵，趙開為轉運，善理財治茶塩酒法而民不加賦）。」〔註206〕時人言：「紹興年間，天下州郡遂成三分：一為偽齊、金虜所據，一付張浚承制拜除，朝廷所有，唯二浙、江、湖、閩、廣而已。」〔註207〕張浚幕府文人除了劉子羽、趙開等人外，姓名可考者尚有馮康國、傅雱、李允文、張嶂、劉珙、張彬、萬年、郭奕、楊晟惇、謝升、詹綖、張宗元、張滉、孫道夫等人。〔註208〕《宋史》稱：「浚在關

〔註200〕《靖康要錄》卷一〇：「（靖康元年六月），朝廷以知樞密院李綱為宣撫使，督諸將救太原，又以資政殿學士劉鞈為宣撫副使，中大夫直秘閣范世雄以鼎澧兵來河東，始為參謀，俄為徽猷閣待制宣撫判官；李綱至懷州，徽猷閣待制、樞密都承旨、宣撫司參謀、兼河東路幹辦公事，折彥質直。參謀官四人：繼之提刑王以寧、祠部員外郎裴廩、直祕閣沈管、宣義郎郭直中；主管機宜文字在懷州三員：樞密院編修官鄒柄，田直朝奉大夫韓唯，幹辦公事；主管文字官趙枘、趙戩、張叔夜、陳湯求、梁澤民、張牧等數十人；……」

〔註201〕《中興小紀》卷一八三月乙亥：「趙鼎薦荊南鎮撫使解潛，召為主管馬軍司公事。初，靖康中，潛副李綱宣撫河東，鼎在綱幕中，與潛有舊，至是引用之。」

〔註202〕《朱子語類》卷一三一《中興至今日人物上》：「李伯紀丞相為宣撫使時，幕下賓客盡一時之秀。胡德輝、何晉之、翁士特諸人皆有文名。」第3389頁。

〔註203〕《宋會要輯稿．職官》三九之一、二。

〔註204〕《宋史》卷三六二《呂頤浩傳》，第11323頁。

〔註205〕（宋）趙昇《朝野類要》卷四《帥幕．便宜》：「主將之從權行事也，謂之便宜。」影印文淵閣四庫全書本。

〔註206〕（宋）林駉《古今源流至論》後集卷五《幕府奏辟》，影印文淵閣四庫全書本。

〔註207〕莊綽《雞肋編》卷中，中華書局1983年版，第74頁。

〔註208〕以上分別見《宋史》卷三七五《馮康國傳》：「高宗反正，以張浚宣撫川、陝，濬辟康國主管機宜文字。……紹興三年，濬召還，與康國俱赴行在。濬既黜，

陝三年，訓新集之兵，當方張之敵，以劉子羽為上賓，任趙開為都轉運使，擢吳玠為大將守鳳翔。子羽慷慨有才略，開善理財，而玠每戰輒勝。西北遺民，歸附日眾。故關陝雖失，而全蜀按堵，且以形勢牽制東南，江淮亦賴以安。」〔註209〕可見張浚幕府對於抗金防邊起到了一定的積極作用。紹興五年（1135）二月，張浚以右相兼樞密院事、都督諸路軍馬，「暫往江上措置邊防」，「西邊隴蜀，北洎江淮，既加督護之權，悉在指揮之哉」，負責全面抗金戰爭。在此期間，張浚開都督幕府，其幕下僚屬亦盛，其中文人僚屬可考者有張棁、詹至、羅博文、熊彥詩、薛仁輔、張體純等人。〔註210〕

御史常同因論康國，罷之。」《要錄》卷二五，建炎三年秋七月庚子條：「濬辟集英殿修撰知秦州劉子羽參議軍事，尚書考功員外郎傅雱、兵部員外郎馮康國主管機宜文字，武功大夫忠州防禦使王彥為前軍統制。」《要錄》卷三七，建炎四年九月庚戌：「濬遣主管機宜文字傅雱使湖南，參議官李允文使湖北，亦以便宜付之，由是二人得以自恣。」《宋史》卷四四五《張嵲傳》：「張嵲，字巨山，襄陽人。宣和三年，上舍選中第。調唐州方城尉，改房州司刑曹。劉子羽薦於川、陝宣撫使張浚，辟利州路安撫司幹辦公事，以母病去官。」朱熹《少傅劉公（珙）神道碑》（《全宋文》卷五六七四）：「及（張浚）使川陝，遂辟以行。至秦州，立幕府，節度五路諸將，規以五年而後出師。」《要錄》卷三六，建炎四年八月壬午條：「濬遂決策治兵，移檄河東左副元帥宗維問罪，宣撫司幹辦公事萬年、郭奕力言其不可。」《要錄》卷三九，建炎四年十一月「是月」條：「……金人至渭州，得我情，實乃入德順軍。濬聞敵入德順，遂移司興州簿書，輜重悉皆焚棄。濬之出師也，幹辦公事朝請郎楊晟惇，力言其不可。濬不從，晟惇乃求行邊，不隨幕下。……幹辦公事謝升亦言不當遠去，請築青陽潭左右四關六屯，濬以為然。」《宋史》卷三九三《詹體仁傳》：「詹體仁，字元善，建寧浦城人。父綎，與胡宏、劉子翬遊，調贛州信豐尉。金人渝盟，綎見張浚，論滅金秘計，濬辟為屬。」《要錄》卷五八，紹興二年九月甲子條：「宣撫處置使張浚遣其兄右承務郎滉，與工部員外郎、本司主管機宜文字張宗元，迪功郎孫道夫等四人來奏事。」

〔註209〕《宋史》卷三六一《張浚傳》，第11301頁。

〔註210〕分別見張栻《夔州路提點刑獄張君墓誌銘》（《全宋文》卷五七四五）：「值先丞相忠獻公督師江上，辟君主管機密文字，以軍事入對，改承奉郎，湖寇平，用幕府功，遷宣教郎，以親老丐歸授潼川府路轉運司主管文字，秩滿，成都府路制置使席公益辟幹辦公事」；張栻《直秘閣詹公墓誌》：「丞相張忠獻公督師，遴選時彥，首辟公掌機事。……公諱至，字及甫，嚴州人」；汪應辰《沙縣羅宗約墓誌銘》（《全宋文》卷四七八一）：「宗約羅氏諱博文。……會故丞相魏國張忠獻公都督江淮，請以為幹辦公事」；《要錄》卷八六，紹興五年閏二月丙午條：「秘書省著作佐郎熊彥詩兼都督府主管機宜文字」；《要錄》卷一〇〇，紹興六年夏四月己未條：「右奉直大夫、川陝宣撫使司主管機宜文字薛仁輔，為尚書倉部郎中」；《要錄》卷一〇二，紹興六年六月壬戌條：「左奉議

岳飛是高宗紹興中期重要的武將。岳飛幕下僚屬眾多，其中大部分為文人，王曾瑜先生在《岳飛的部將和幕僚》一文中，對岳飛幕府中的主要文人屬官進行了梳理，包括盧宗訓、高穎、黃縱、孫革、嚴致堯、韓之美、夏烘、張節夫、朱夢說、侯邦、舒卞等人。〔註211〕據本人考證，岳飛幕僚姓名可考者還有陳子卿、李若虛〔註212〕、胡閎休〔註213〕、薛弼〔註214〕、於鵬〔註215〕、黨尚友〔註216〕、沈作喆〔註217〕、朱芾〔註218〕、姚岳〔註219〕、張宗元〔註220〕。

郎、江東宣撫司主管機宜文字張體純罷。體純初為張浚所辟（今年四月癸卯）」。

〔註211〕王曾瑜《盡忠報國：岳飛新傳》附錄四，河南人民出版社會2001年版，第472～492頁。

〔註212〕《要錄》卷八九，紹興五年五月戊子條：「左朝請大夫、湖南北襄陽府路制置司參議官陳子卿，主管台州崇道觀，右承奉郎李若虛充湖北襄陽府路制置司參謀官。」

〔註213〕《宋史》卷三六八《胡閎休傳》：「於是以岳飛不招討使，飛辟閎休為主管機宜文字。」

〔註214〕《要錄》卷一〇二，紹興六年六月乙巳條：「直徽猷閣知荊南府薛弼，為湖北京西宣撫司參謀官；武顯大夫湖北京西宣撫司幹辦公事於鵬，知鄧州。皆用岳飛奏也。」《金佗稡編》卷二一：「弼之在先臣幕為最久，及先臣得罪，僚佐皆下吏遠徙，獨弼不與，偃然如故。公議皆謂弼舊居永嘉，秦檜方罷相里居，弼足恭奴事，以徼後福。及在先臣幕，知檜惡，先臣觀望風旨，動息輒報。以是獲免於戾，天下固知之矣。」

〔註215〕《要錄》卷一〇二，紹興六年六月乙巳條：「直徽猷閣知荊南府薛弼，為湖北京西宣撫司參謀官；武顯大夫湖北京西宣撫司幹辦公事於鵬，知鄧州。皆用岳飛奏也。」《金佗稡編》卷二一：「弼之在先臣幕為最久，及先臣得罪，僚佐皆下吏遠徙，獨弼不與，偃然如故。公議皆謂弼舊居永嘉，秦檜方罷相里居，弼足恭奴事，以徼後福。及在先臣幕，知檜惡，先臣觀望風旨，動息輒報。以是獲免於戾，天下固知之矣。」

〔註216〕《要錄》卷一〇七，紹興六年十二月乙未條：「右宣義郎通判鄧州黨尚友，充湖北京西宣撫司幹辦公事，用岳飛奏也。」

〔註217〕《欽定四庫全書總目》卷一二一《〈寓簡十卷〉提要》：「作喆字明遠……據書中所敘，當和議初成之時，賜諸將田宅，作喆為岳飛作《謝表》忤秦檜，則似嘗在飛幕中。」

〔註218〕《要錄》卷一四〇，紹興十一年四月庚寅條：「右文殿修撰、湖北京西宣撫司參謀官朱芾，充敷文閣待制知鎮江府，司農卿李若虛充秘閣修撰知宣州。二人皆岳飛幕客也。自軍中隨飛赴行在，上將罷飛兵柄，故先出之。」

〔註219〕《要錄》卷一六八，紹興十五年六月癸卯條：「先是，左朝散郎姚岳獻言秦檜，謂亂臣賊子侵叛王略，州郡不幸污染其間，則當與之惟新。……岳嘗為飛幕屬，至是自謂非飛之客，且乞改州名，士論鄙之。」

〔註220〕《宋史》卷三六五《岳飛傳》：「飛方圖大舉，會秦檜主和，遂不以德、瓊兵隸飛。……濬怒，奏以張宗元為宣撫判官，監其軍。」

雖然南渡初年由於宋金戰爭緊張不得不設藩立鎮，放「便宜」之權於幕府大臣，但限制幕府權力、削奪武將兵權的呼聲也日漸高漲，眾多文人從唐末五代歷史教訓出發，以繼承祖宗家法為名，要求嚴格限制將帥權力。宋高宗亦對方鎮幕府心存戒心，他稱：「朝廷始行藩鎮，當令遵稟號令。唐室之衰，不以他事，只是藩鎮跋扈爾。」〔註 221〕「於政事間，未嘗不澤思仁祖」〔註 222〕的宋高宗是祖宗之法的堅決維護者，他還準備仿傚「景德與契丹講和故事」與金締和，並最終與秦檜一起，陰謀削奪了諸抗金將帥兵權，與金人締結了紹興和議。

紹興和議之後，滿朝盛行享樂苟安之風，諱言戰爭，幕府再度呈現蕭條狀態。紹興三十二年（1162），高宗禪位於孝宗。孝宗銳意恢復，重視武事，使戎幕得到了發展。這一時期較具影響的幕府有張浚幕府、虞允文幕府和王炎幕府。

隆興元年（1163）孝宗起用紹興和議後一直排斥在外的主戰將帥張浚，「召浚入見……除少傅、江淮東西路宣撫使，進封魏國公」〔註 223〕，期以抗金復國之大事。因為張浚是南渡以來重要的抗金帥臣，其聲名早聞於世，故當其開府建康、督視江淮軍事時，各地人才多為其所用，一時幕府人才盛多。張浚長子、南宋著名理學家張栻，亦在幕中。《宋史》稱：「時孝宗新即位，浚起謫籍，開府治戎，參佐皆一時之選。栻時以少年，內贊密謀，外參庶務，其所綜畫，幕府諸人皆自以為不及也。」〔註 224〕著名文人陳俊卿亦受張浚之辟入幕奏事，《宋史》稱：「浚薦陳俊卿為宣撫判官，孝宗召俊卿及浚子栻赴行在。」〔註 225〕另外，張浚幕府文人還有沈靖〔註 226〕、查元、章鑰、馮方、唐立夫、湯進之〔註 227〕、陳應

〔註 221〕《要錄》卷三七，建炎四年九月甲辰條，第 702 頁。

〔註 222〕《要錄》卷六五，紹興三年五月壬戌條，第 1103 頁。

〔註 223〕《宋史》卷三六一《張浚傳》，第 11308 頁。

〔註 224〕《宋史》卷四二九《張栻傳》，第 12770 頁。

〔註 225〕《宋史》卷三六一《張浚傳》，第 11308 頁。

〔註 226〕《宋史》卷三八三《陳俊卿傳》：「時孝宗志在興復，方以閫外事屬張浚，以俊卿忠義，沈靖有謀，以本職充江、淮宣撫判官兼權建康府事。」

〔註 227〕《朱子語類》卷一三一：「孝宗初，起魏公用事，魏公議論與上意合，故獨付以恢復之任，公亦當之而不辭。然其居廢許時，不曾收拾人才，倉卒從事，當有當其意者。諸公多薦查元、章鑰（江陵人）、馮圓仲方（蜀人），魏公亦素相知，辟置幕府，朝廷恐其進太銳，遂以陳福公、唐立夫參其軍，以二人厚重詳審故也。……魏公既失利，遂用湯進之。」（《朱子語類》，第 3401 頁）張栻《南軒集》卷四三《祭查少卿》：「念昔幕府傾蓋情，親竭同朝；友誼冞深，憂時許國則識君心。」

求〔註 228〕、方與〔註 229〕等。

虞允文（1110～1174），隆州仁壽（今屬四川）人，字彬甫，以父蔭入官。紹興二十四年（1154）進士，累官中書舍人、直學士院。由於領導采石之戰，成功擊退完顏亮受到孝宗的重用。紹興三十二年（1162），虞允文自襄漢而西，「開幕府於興元」，與幕中將佐幕僚籌劃「經略中原之策」。隆興二年（1164）春，因襄陽有警，他從興元召回，被任命為宣諭湖北京西大使，不久進為制置使，「開幕府於襄陽」，商議攻守之策。乾道初，孝宗謀求恢復中原的欲望再次高漲。乾道八年（1172）九月，孝宗改任虞允文為四川宣撫使，決定川陝兩方面由虞允文指揮，江淮方面則自己直接負責，約定屆時東西同時起兵，會師河南。孝宗給予虞允文極大的便宜之權，加上虞允文「注意將才偏裨行伍，才長必錄，延見慰薦，人人得其歡心」，又「懷袖有一小方策，自曰『材館錄』，聞一人善必書」〔註 230〕，入幕之士甚多。據筆者考證，先後任職於虞允文幕府的文人有韓曉、王元、李昌圖、韓炳、陳（闕）、季習、陳損之、李舜臣〔註 231〕、李流謙〔註 232〕、蹇駒〔註 233〕、王質〔註 234〕、王某〔註 235〕、

〔註 228〕《建炎以來朝野雜記》甲集卷二〇《癸未、甲申和戰本末》：「先是，金帥答魏公書，謂境土當以正隆以前為界。魏公聞於朝。又上出師之計，參贊軍務陳應求、唐立夫謂其難。」

〔註 229〕林亦之《邕州左江提舉方公墓誌》：「吾鄉有方姓諱與者，……紹興三十二年也，兩淮治兵，君起家從魏公幕府。」（《全宋文》卷五八四〇，第 259 冊，第 374 頁。）

〔註 230〕楊萬里《虞允之神道碑》，《全宋文》卷五三六二，第 240 冊，第 105 頁。

〔註 231〕楊萬里《虞允文神道碑》：「公注意將才偏裨，行伍寸長必錄，延見慰薦，人人得其歡心。幕府再招人士，如韓曉、王元、李昌圖、韓炳、陳（闕）、季習、陳損之、李舜臣等，朝廷皆賴其用云。」李舜臣並見《宋史》卷四百〇四《李舜臣傳》：「（李舜臣）教授成都府。時虞允文撫師關上，辟置幕府。」

〔註 232〕《欽定四庫全書總目》卷一五七《〈澹庵集〉提要》：「流謙字無變……會虞允文宣撫全蜀，置之幕下，多所贊畫。」

〔註 233〕王士禎《居易錄》卷二六：「采石瓜洲斃敵記一卷，紀虞雍公事。雍公門人潼川蹇駒撰，隆興改元，漫叟序，擬以韓碑柳雅，不著姓名。」

〔註 234〕阮南卿《雪山集序》（王質《雪山集》卷首）：「明年金人南侵，御史中丞汪公澈宣諭荊襄；又明年，丞相張公濬都督江淮；又明年，丞相虞公允文宣撫川陝，皆致景文於幕下。」

〔註 235〕蔡勘《故端明殿學士王公行狀》：「隆興改元，十一月，虞公允文以尚書制荊襄，尺書造公廬，辭旨鄭重，邀公以鄧倅，且貽書夔帥暨諸司，委曲敦遣。既至，則倒屣迎勞，恨相見之晚。語僚屬曰：王公當今第一等人。……（乾

趙雄〔註236〕、李燾〔註237〕、莫汲〔註238〕、張椿〔註239〕等。

王炎幕府亦是此時期較有影響的幕府。王炎，字公明，王之道稱之：「才業似君真獨步，文章政事盡堪傳。」〔註240〕可見王炎不僅精通政事，而且擅於文章，可惜《宋史》無傳，現存史書記載其事蹟甚少，無以見其詳。紹興三十一年（1161）六月，汪澈以御史中丞為宣諭使，過九江，王炎主動「見澈論邊事」，汪澈辟之入幕〔註241〕，在幕中鍛鍊了軍事與吏治之才，數年後位至公輔。乾道五年（1169）三月，王炎以左中大夫為四川宣撫使，依舊參知政事。其宣撫四川的主要任務是在今陝西南部、甘肅東部、四川北部布置防務，積蓄人才、物資，以圖進取。由於王炎認識到「形勢地利，須以人為重」，非常重視延攬人才，故入「征西大幕」的達「十四五人」。主要有陸游〔註242〕、高祚〔註243〕、周頡、閻蒼舒、章森、張縯〔註244〕、范仲芑、宇文叔介、劉三戒〔註245〕等。王炎幕中賓主相得甚歡，陸游曾賦詩云：「投筆書生古來有，從

道）三年虞允文以同知密院宣撫撫四川，陛辭。乞公偕行，曰：王某深知西邊利害，改利路漕兼四川宣撫司參議官。」(《全宋文》卷六二五八)。

〔註236〕《宋史》卷三九六《趙雄傳》:「虞允文宣撫四蜀，辟幹辦公事。」

〔註237〕《建炎以來朝野雜記》乙集卷七《朝事二·淳熙改元本有純字》:「是時（乾道癸巳歲，1173年），先人在虞雍公宣威幕府。」

〔註238〕洪适《繳莫汲計議官箚子》:「近歲莫汲在虞允文制置司亦是準備差遣。」(《全宋文》卷四七二六)

〔註239〕張栻《通判成都府事張君墓表》:「君張氏諱春，字大年，漢州綿竹人，……兵部尚書虞公允文制置荊襄，辟君為準備差遣，用薦者改宣教郎，幕府事有未便，輒盡言。」(《全宋文》卷五七四六)

〔註240〕王之道《酬蘄春王宰公明》,《全宋詩》卷一八一八，第32冊，第20223頁。

〔註241〕《宋史》卷三八四《汪澈傳》，第11815頁。

〔註242〕《宋史》卷三九五《陸游傳》:「王炎宣撫川、陝，辟為幹辦公事。游為炎陳進取之策，以為經略中原必自長安始，取長安必自隴右始。」並見《陸遊集·渭南文集》卷八《謝王宣撫啟》。

〔註243〕《陸遊集·渭南文集》卷二九《跋高大卿家書》:「子長大卿娶予表從母之女，故自少時相從後，又同入征西大幕。」並見《建炎以來朝野雜記》乙集卷二《己酉傳位錄》李心傳注釋文字:「考錄諸書，子長名祚，此時以右朝請郎充四川宣撫司主管機宜文字，自荊南前去之任。」

〔註244〕《陸遊集·渭南文集》卷二七《跋陝西印章二》:「熙庚戌正月十九日夜閱故書得此，追思在山南時已二十年。同幙惟周元吉、閻才元、章德茂、張季長及餘五人尚亡恙爾。」章森並見陳亮詞《與章德茂侍郎》。

〔註245〕《陸遊集·渭南文集》卷三一《跋劉戒之東歸詩》:「乾道中，予與戒之同在宣撫使幙中，同舍十四五人，宣撫使召還予輩皆散去。范西叔、宇文叔介最先下世，其餘相繼凋落。至開禧中，獨予與張季長猶存。今春季長復考終於

軍樂事世間無。」〔註 246〕據載，王炎幕府在四川經營有方，他把四川宣撫使治所由綿谷（今四川廣元）遷至前沿陣地南鄭，整訓軍隊，加強邊防，出現了「閱兵金鼓震河渭，縱獵狐兔平山丘。露布捷書天上去，軍諮祭酒幄中謀」〔註 247〕的可喜局面。幕府將帥與僚屬共同陳獻計策、圖謀治兵防邊，在與金人的抗戰中取得了很大勝利，對維護宋朝邊境的安寧做出了一定貢獻。

孝宗一朝幕府得到了很大發展，而且由於幕府有一定的自主權，在幕主與屬官的共同努力下，不僅整飭了軍中紀律制度，而且治兵治財，增強了幕府防邊能力，在一定程度上解決了軍隊兵員及兵費等問題。隆興和議（1164）以後，宋金雙方保持了相當長時間的和平時期，承平之時，文武大臣多苟安習危於江南一隅，孝宗一朝「有恢復之君而無恢復之臣，故其出師才遇小衄，滿朝爭論其非，屈己請和而不能遂」〔註 248〕，廣大幕府並未發揮很好的作用。

寧宗開禧二年（1206），韓侂胄開禧北伐，開始廣用武將，並允許其辟幕，但因其所用非人，其幕府對抗金恢復之業並未發揮多少作用。南宋呂中議道：「恢復大計，當以人才為先。……今則總戎三邊者，誰歟？吳曦特膏腴之子弟，郭倪、郭倬、李爽、李汝翼、皇甫斌諸人，又皆猥瑣之庸才，平居暇日，不過克剝士卒，苞苴饋賂，圖為進身之梯媒甚者，且外交仇敵，以伺中國之動靜矣。」〔註 249〕

三、南宋幕府的特點及職能

唐代節鎮使府長官皆由武臣充任，而宋朝幕府長官主要由文人充任，幕府將帥如李綱、張浚、趙鼎、葉夢得、王炎、虞允文、鄭剛中、范成大、葉適、辛棄疾等皆為文臣。幕府職能主要是統制武將進行防戍、征戰活動。南宋幕屬有文臣有武臣，以文人為主。因為幕府將帥由重要府州長官兼任，故幕府將帥及文人僚屬兼處理地方民事。

與唐代相比，宋朝幕府制度呈現出鮮明的特點，即突出了「文」的一面。

江原。予年開九秩獨，幸未書鬼錄，偶得戒之郎君市徵君所藏送行詩，觀之恍然如隔世事也。」王炎幕府中文人，陸游所載屬官人名，見于北山《陸游年譜》考證。

〔註 246〕《獨酌有懷南鄭》，《劍南詩稿校注》卷一七，頁 1318。

〔註 247〕陸游《和周元吉右司過弊居追懷南鄭相從之作》，《劍南詩稿校注》卷二一，頁 1586。

〔註 248〕（元）劉一清《錢塘遺事》卷二《孝宗恢復》，叢書集成續編本。

〔註 249〕《續宋編年資治通鑒》卷一三，開禧二年四月條下引呂中言。

首先，幕府府主即邊防大臣以當朝著名的文人為主，既具軍事謀略，又具詩文之才，時人常以「詩書帥」稱之。如「元戎正直詩書帥，廉使曾臨父母邦」〔註 250〕，「柱林賴有詩書帥，好共驂鸞上玉堂」〔註 251〕，「玉節珠幢出翰林，詩書謀帥眷方深」〔註 252〕，「詩書元帥，威惠允洽」〔註 253〕，都稱幕府將帥為「詩書帥」。

這個「詩書帥」就其實質而言，指以詩書之才出仕而擔任軍事職能的「文帥」〔註 254〕，正所謂「制閫詩書帥，公朝侍從臣」〔註 255〕，是擔任軍事職能的文臣。他們不僅具備戍邊抗敵的軍事才能，而且具有很深的儒學修養與詩文之才。如安撫使李綱「入揔百揆，作股肱耳目之臣；出殿大邦，號禮樂詩書之帥。任是安危之責，孰踰耆舊之賢。」〔註 256〕既能為國卻敵、又能敦教萬民。李流謙稱四川制置使晁公武，「西南雄節制，人物妙爐錘」，為抗金擊兵立下了偉大功勞，而且「讀書萬卷破，轉物一機神。道德欣為御，文章妙斲輪」〔註 257〕，熟知禮樂詩書、道德文章。南宋文人筆下出現了「詩書帥」的大量描寫：「詩書謀帥，蓋若倚於長城；樽俎折衝，詎足煩於遊刃」〔註 258〕，將帥深識儒家禮樂，既具有英雄豪邁氣象，又具有雍容閒雅之儒將風範。「未說詩書帥，休論文章伯」〔註 259〕，「煩君傳語詩書帥，更寄臺城別後詞」〔註 260〕，「中軍合用詩書帥，上馬空慚矍鑠翁。橫槊賦詩君等事，何妨寓目此時同」〔註 261〕，

〔註 250〕周必大《送廣西譚景先經幹兼簡趙帥（思）朱漕（晞顏）（辛亥八月十七日）》，《全宋詩》卷二三二六，第 43 冊，第 26757 頁。
〔註 251〕李洪《送許季韶倅桂林》，《全宋詩》卷二三六六，第 43 冊，第 27171 頁。
〔註 252〕張孝祥《于湖集》卷三三《浣溪沙（劉恭父席上）》，《全宋詞》第 2199 頁。
〔註 253〕楊萬里《答福帥張子儀尚書》，《全宋文》卷五三一七，第 238 冊，第 165 頁。
〔註 254〕參見期刊王曾瑜《宋朝的文武區分和文臣統兵》，載《中州學刊》1984 年第 2 期。
〔註 255〕樓鑰《端明殿學士汪公（應辰）挽詞》，《全宋詩》卷二五四六，第 47 冊，第 29491 頁。
〔註 256〕劉一止《李綱知潭州兼安撫大使（改除宮祠）》。《全宋文》卷三二六六，第 152 冊，第 24 頁。
〔註 257〕《投晁子止制置三首》其三、其一，《全宋詩》卷二一一七，第 38 冊，第 23935 頁。
〔註 258〕王安中《與中山張侍郎啟》，《全宋文》卷三一五七，第 146 冊，第 315 頁。
〔註 259〕華岳《翠微南征錄》卷三《寄敬甫葉兄》，《全宋詩》卷二八七九，第 55 冊，第 55 冊，第 34372 頁。
〔註 260〕范成大《書懷二絕再送文季高兼呈新帥閻才元侍郎》其二，《全宋詩》卷二二六六，第 41 冊，第 25989 頁。
〔註 261〕虞儔《春大閱呈郡僚》，《全宋詩》卷二四六三，第 46 冊，第 28518 頁。

「風流人物詩書帥，萬字千鍾更屬誰」〔註 262〕，將帥皆熟知詩書禮儀，具有不凡的文學才能。

這些「詩書帥」具備不凡的兵謀將略。如劉錡在抗金鬥爭中建立了偉大功勳，當時人稱頌道：「今代詩書帥，收功百戰餘。」〔註 263〕葉夢得、王炎、虞允文等一批幕府將帥在抗擊金兵中也取得了很大成就。但總的看來，幕府將帥的「武」才，主要指兵謀將略，而非上陣殺敵的武藝，是「運籌帷幄，決勝千里之外」的戰略戰術。

在「詩書帥」的統領下，幕府在處理一系列軍事、民事中帶上了濃厚的儒家道德色彩。李廷忠在《通判府陳侍郎》一文中道：「以山水郡臨山水之縣，幸趨走於下風；有詩書帥撫詩書之民，謹奉承於寬教。」〔註 264〕明代孫雲翼注釋道：「左傳晉謀元帥趙衰曰：郤縠可臣，亟聞其言矣。悅禮樂而敦詩書，詩、書，義之府也；禮、樂，德之則也；德、義，利之本也。」〔註 265〕「詩書帥」一詞來源於《左傳》，「詩書帥」就是懂得詩書禮樂之教、仁義道德之修的將帥。這使「詩書帥」一詞帶上了明確的道德意義，體現出儒家思想中以仁義道德為本的觀點。所以，南宋時期幕府將帥都主張仁義興兵，反對窮兵黷武，如楊冠卿《與鄂州都統張提刑》其二：

> 貔虎雲屯細柳營，旌旗號令轉精明。人言郤縠詩書帥，自有孫卿仁義兵。關塞金湯今奠枕，江淮草木舊知名。家聲凜凜漢人傑，看取籌帷功業成。〔註 266〕

指出卻敵防邊的宋廷帥臣，「自有孫卿仁義兵」，體現出儒家思想仁義興兵的觀點。同時，儒士為幕府長官，也影響到宋朝的軍事政策，如楊冠卿《填維揚（以下四首投中隱）》一詩：

> 古人肉食無遠謀，腰錢騎鶴向揚州。春風十里珠簾卷，但看竹西歌吹樓。天朝選用詩書帥，上策公言須自治。屏翰堅持保障功，

〔註 262〕陳造《十絕句寄趙帥》其十，《全宋詩》卷二四四〇，第 45 冊，第 28258 頁。

〔註 263〕周必大《劉信叔（錡）太尉挽詞二首（壬午）》其一，《全宋詩》卷二三二〇，第 43 冊，第 26694 頁。

〔註 264〕《全宋文》卷六四五二，第 284 冊，第 229 頁。

〔註 265〕（宋）李廷忠撰、明．孫雲翼注《橘山四六》卷九，影印文淵閣四庫全書本。

〔註 266〕《全宋詩》卷二五五六，第 47 冊，第 29650 頁。

江淮益壯金湯勢。強敵不敢縱南牧，關塞煙迷芳草綠。兒童歌舞樂升平，一曲梅花細柳營。〔註 267〕

可以說，「詩書帥」的選用，與當時朝廷主張先「自治」以抗金政策有直接關係。體現了強調內心修性、持靜知止的儒家思想對兵學思想的滲透與對軍事政策的影響。

其次，南宋幕府僚屬亦具有突出的詩文之才。「但遣籃輿從太守，深知幕府盡詩人」〔註 268〕，「星聚群賢上幕賓，層軒高敞枕溪瀕。一時盧駱王楊輩，萬里東西南北人」〔註 269〕，「麗句早知何水部，舊交誰記柳儀曹。相如屬思寧遲久，不欲詼俳恐類皋」〔註 270〕，可見幕府中詩人薈聚的情況。「傳家不墜右丞相，入幕入佐東諸侯。……修禊蘭亭訪陳跡，應懷同醉仲宣樓」〔註 271〕，幕府文人有王羲之、王粲一樣的詩文之才。「幕府官閒詩思敏，賡酬亹亹筆生花」〔註 272〕，「共喜江山入尊俎，從教幕府省文書。感君肯出新詩句，恨我終思舊草廬」〔註 273〕，幕府文人在清閒之際常登臨遊覽尋求詩思進行創作。再如晁公遡詩中「昨提金鼓去平戎」的張君，「新詩硤內流傳滿，今有高人王右丞」，「遠景樓高風月清，酒酣要看筆縱橫。山川有待君知否，可是東坡賦不成」〔註 274〕，既能平戎殺敵，亦具有像王維、蘇軾一樣的詩文之才。

南宋幕府文人以輔助帥主治理戎幕、陳獻卻敵之策、處理軍事文案為主，屬於文職工作。這一點與唐代節度使使府屬官職能相同。徐度言：「唐諸節度使皆有上佐、副使、行軍長史、司馬之類是也。……國朝咸平中，張文定公齊賢以右僕射為邠、寧、環、慶等州經略使，兼判邠州，而奏請戶部員外郎直史館曾致堯為判官。慶歷史，西邊用兵，始用夏英公（竦）……而韓魏公（琦）、

〔註 267〕《全宋詩》卷二五五五，第 47 冊，第 29629 頁。

〔註 268〕葉夢得《諸幕府見和復答二首》其一，《全宋詩》卷一四〇七，第 24 冊，第 16206 頁。

〔註 269〕李彌遜《留題新安幕府聚秀軒》，《全宋詩》卷一七一二，第 30 冊，第 19284 頁。

〔註 270〕王庭珪《次韻張子家新除浙西撫幹見寄》，《全宋詩》卷一四六八，第 25 冊，第 16820 頁。

〔註 271〕洪适《送范子芬赴浙東機幕》，《全宋詩》卷二〇七八，第 37 冊，第 23442 頁。

〔註 272〕廖行之《和張王臣郊遊韻三首》其二，《全宋詩》卷二五二四，第 47 冊，第 29184 頁。

〔註 273〕朱熹《和戴主簿韻》，《全宋詩》卷二三八九，第 44 冊，第 27609 頁。

〔註 274〕晁公遡《送張君玉赴寧江幕府》七首之一、三、五，《全宋詩》卷一九九九，第 35 冊，第 22411 頁。

范文正公（仲淹）皆以雜學士為副使，又別置判官，皆唐之上佐類也。……熙寧中，呂汲公建言：『今緣邊經略使獨任一人，而無僚佐謀議之助，……請諸路經略使各置副使或判官一人，朝廷選差素有才略職司以上一人充，參謀一人，委經略使奏辟邊事有謀略知縣以上人充，……所以紓危難而適時用，聚聰明而濟不及也。……』自是之後諸路往往有之矣。」〔註 275〕南宋基本上承襲北宋制度，如薛季宣在《與虞丞相劄子》中稱：「古人所行，皆有節度、幕府專治文書，況於一日二日萬幾而可以輕為之耶？天下之事，當與天下之士議之，……必得四友之佐，贊帷幄之議者。」〔註 276〕可見幕府將帥常與屬官共議軍事問題。

在宋代幕職州縣官化的過程中，幕府文人僚屬也兼處理民事紛爭、治理財賦、教化邦民等事務，「杖策沖寒不作難，弓刀結束笑談間。便從幕府清民訟，已作戎車靖蠻蠻。」〔註 277〕如「四明吳先生名世巨儒，才高行尊，以斯道自任，未嘗屈節以阿世，青衫不調，殆一星終矣。頃以朝廷之命，主師席於東嘉，教人以正心誠意之學，每以身先之，不期年而士子皆有所矜式。太守端明李公下車之初，知先生之賢，延為蓮幕上客，先生以儒術飾吏治，談笑間而邦人陰受其賜」〔註 278〕，幕府文人以正心誠意之學教化萬民。宋代幕府文人也處理相關的財賦事務，如張浚開幕府於川陝時，其幕下文人趙開即是善於理財的代表。

南宋文人幕府長官周圍聚集了一批具有詩文之才的文人屬官。他們在抗敵防邊之餘，飲酒賦詩成為其生活的重要內容。這使幕府成為南宋詩文創作的重要場所，呈現出「戎」「詩」結合的文武風流。張栻送別友人時稱「幕府文書簡，韋編趣味長」〔註 279〕，可見幕府文人常從事文學創作活動。許及之《送石謙伯就許襄陽辟》一詩：「襄陽耆舊流風在，幕府文書並省餘。勿以修塗愁泛宅，不妨勝處憩安輿。碑存峴首堪懷古，詩憶槎頭匪為魚。萬里功名從此始，

〔註 275〕徐度《卻掃編》卷下，影印文淵閣四庫全書本。

〔註 276〕《全宋文》卷五七七九，第 257 冊，第 140 頁。

〔註 277〕韓元吉《送馬莊甫攝幕鄱陽用趙文鼎韻》，《全宋詩》卷二〇九七，第 38 冊，第 23666 頁。

〔註 278〕王十朋《送吳教授秉信歸省序》，《全宋文》卷四六二八，第 208 冊，第 379 頁。

〔註 279〕《游誠之來廣西相從幾一年今當赴官九江極與之惜別兩詩餞行》，《全宋詩》卷二四一八，第 45 冊，第 27912 頁。

勉旃聲價百碑碟。」〔註 280〕幕府文人常在詠懷古蹟與登臨名勝時賦詩作文。再如「平戎得路可橫槊，佐郡經時應賜環。把酒賦詩甘露寺，眼中那更有金山」〔註 281〕，「戎幕寇平高臥鼓，賓筵詩罷細銜杯」〔註 282〕，寫出了幕府文人佐郡治民、平戎卻敵與賦詩吟詠的生活狀態。當時人皆認為幕府是從事詩歌創作的絕好之地，如「聞道將軍如郤縠，不妨幕府有陶潛」〔註 283〕，認為幕府中有像陶淵明一樣的詩人。「君不見東陽沈隱侯，君不見宣誠謝玄暉，兩處雙溪清徹底，二子詩句清於溪。千載卻有曹夫子，天借古人作詩地。家在東陽寶婺邊，官在宣城蓮幕裏。……」〔註 284〕，認為幕府是成就詩人詩歌成就的重要原因。「幕府遊從盛一時，之人襟宇更瑰奇。西風莫作鱸蒓戀，越國江山日要詩。」〔註 285〕幕府詩人眾多，邊塞江山神助，有利於詩歌創作。「周南留滯幾年餘，筆力追還兩漢初。無地置君群玉府，因人貽我萬金書。」〔註 286〕文人久居於幕府還可以鍛鍊做詩的才能。

與唐代相比，宋朝幕府將帥與僚屬以文人為主。幕府將帥與文人僚屬是飽讀詩書的儒學之士，能夠賦詩作文、熟知兵謀將略，不以高超的武藝為突出特徵，改變了前代幕府將帥「武才」突出的特點。另一方面，宋代幕府與府州職能漸行重合，幕府文人亦向幕職州縣官轉化，故在宋金長期守和約好的背景下，南宋幕府文人的民事職能突出出來。加上南宋長期堅持守和路線，朝野上下沉溺於江南富庶的生活環境中苟安習危，南宋將帥幕府這一本來具有濃鬱戰爭色彩的軍事機構，演變成文人進行詩文創作的重要場所，消解了其防邊戍敵的軍事職能與肅穆氣氛，增加了一層厚重的人文氣息。所以，與唐代節鎮幕府相比，南宋幕府中「武」的一面逐漸淡化，突出了「文」的一面；在宋朝國勢衰弱的時代背景下，幕府文人帶上了一股濃厚的儒學書生氣，少了武士俠客的英雄氣。

〔註 280〕《全宋詩》卷二四五一，第 46 冊，第 28358 頁。
〔註 281〕韓元吉《送陸務觀得倅鎮江還越》，《全宋詩》卷二〇九七，第 38 冊，第 23667 頁。
〔註 282〕李彌遜《次韻康平仲侍郎從丞相張公登倚雲亭二首》其一，《全宋詩》卷一七一四，第 30 冊，第 19303 頁。
〔註 283〕葉適《送潘德久》，《葉適集．水心文集》卷八，第 113 頁。
〔註 284〕楊萬里《謝曹宗臣惠雙溪集》，《全宋詩》卷二二九八，第 42 冊，第 26391 頁。
〔註 285〕王十朋《送趙可大如浙西》，《全宋詩》卷二〇二六，第 36 冊，第 22708 頁。
〔註 286〕韓元吉《送周承勳赴荊南幕》，《全宋詩》卷二〇九七，第 38 冊，第 23666 頁。

四、南宋文人的入幕心態

南宋幕府主以文人為主，幕中有大量文人僚屬。與唐代相比，宋代幕府文人僚屬表現出截然不同的心態：唐代文人尚武崇俠，渴望建立邊功實現入世的理想；宋代文人很少表現出昂揚的從軍理想，一些入幕文人對其長期滯留幕府心懷不滿。這與宋代幕府制度有關，也與宋代重文輕武風尚下文人的價值觀有關。

（一）文人不樂入幕

唐代尤其是盛唐文人，常希望入幕邊塞、建立軍功，表現出奮發向上的昂揚理想與積極向上的精神面貌。與之相反，南宋文人對於從戎入幕很少有昂揚激情，而對長期沉淪於幕府表示不滿。如葉適《送曹潛夫》：「東南作闕歎年徂，遠遠參司到蜀都。元帥幕中須受辟，生羌界上也分符。閒吟杜甫詩千字，時載揚雄酒一壺。只我衰殘望君切，杜鵑聲裏認歸塗。」〔註287〕希望友人能夠早日回到權力中心。韓元吉《送馬莊甫攝幕鄱陽用趙文鼎韻》：「杖策沖寒不作難，弓刀結束笑談間。便從幕府清民訟，已作戎車靖蜑蠻。風雪幸無千里路，江湖才隔數重山。荊南桃李新開徑，屈指春融及早還。」〔註288〕希望友人早日離開風雪萬里的邊防之地，及早還朝。吳芾詩句：「不應蓮幕淹留久，會見楓宸拔擢新。便願朱顏長不老，穩看他日畫麒麟。」〔註289〕對入幕前途並不看好。

南宋幕府文人對於長期淹留幕府處理案牘工作表示不滿，如「當年棋酒漫追攀，幕府承平白晝閒。帥事卻來兵革後，官身唯冗簿書間」〔註290〕，「日上白門兵氣靜，春歸淮浦暗潮平。遙憐幕府文書省，時下滄浪自濯纓」〔註291〕，表現出時平無事的百無聊奈。「邊頭幕府文書省，功名之心灰似冷」〔註292〕，「半世功名誤，蒼顏幕府遊」〔註293〕，「白頭趨幕府，早已負平生」〔註294〕，

〔註287〕《葉適集・水心文集》卷八，第118頁。

〔註288〕《全宋詩》卷二〇九七，第38冊，第23666頁。

〔註289〕《送魏簽》，《全宋詩》卷一九六一，第35冊，第21899頁。

〔註290〕曹彥約《云隱李季可挽詩二首》其二，《全宋詩》卷二七三一，第51冊，第32172頁。

〔註291〕張孝祥《于湖集》卷七《張仲欽朝陽亭》，《全宋詩》卷二四〇三，第45冊，第27767頁。

〔註292〕許及之《聽劉念九丈二姬歌所和醉時歌明日亦次韻送似時已三鼓》，《全宋詩》卷二四四六，第46冊，第28308頁。

〔註293〕張栻《送周畏知二首》其二，《全宋詩》卷二四一八，第45冊，第27910頁。

〔註294〕葉適《送謝希孟》，《葉適集・水心文集》卷七，第98頁。

「晚歲清談淹幕府，中原喜氣望壺漿。頗聞時論憐衰朽，空愧君恩負寵光」〔註295〕，對兵休時無機會立功而淹留幕府表示憤慨。「幕客可能淹杜甫，郎官誰復識馮唐」〔註296〕，認為幕府淹沒文人詩才，為幕府文人像馮唐一樣老而無人賞識表示遺憾。王十朋詩《夜讀書於民事堂意有所感和韓公縣齋讀書韻》：「宦遊寓幕府，幽懷屬山林。兀坐窗幾間，默求聖賢心。……青銅每自照，白髮已見侵。事業浩無窮，筋力愧不任。丈夫固有志，寧在官與金。」〔註297〕抒發了長期沉淪於州縣幕府不得升遷的苦悶，表達了希望隱逸山林超脫世事的願望。

（二）南宋文人不樂入幕的原因

宋朝文人不樂於入幕，這與宋代的幕府制度有關，與宋朝重文輕武的政策及士風有關。

1. 與宋朝幕府制度有關

唐代幕府將帥可以不限出身自辟幕府，屬官有功者，即可以得到升遷，有的甚至出入公卿、位至宰輔。唐代白居易稱：「今之俊乂，先辟於征鎮，次陞於朝廷，故幕府之選，下臺閣一等，異日入為大夫公卿者十八九焉。」〔註298〕所以，大量落第舉子遊走於邊塞幕府，尋求入仕升遷之機。這種情況在宋代發生了根本性變化。

第一，宋代幕主雖然可以自辟幕屬，但其辟置權力有限。首先，幕官必須是有出身之人。北宋太祖時曾規定幕府不得奏辟屬官。北宋曾肇稱：「及我太祖皇帝踐祚之始，亦以人材為先。方是時，乘五代衰亂之餘，太祖皇帝征伐四方，粗定天下，制度典章尚多闕略。又自郭周以後，藩鎮幕府不得奏辟。」〔註299〕後來在一定程度上許其自辟僚屬，規定必須是有出身之人方可被辟入幕。這從北宋白衣劉貢甫上疏中可知：「唐有天下，諸侯自辟幕府之士，唯其才能，不問所從來，而朝廷常收其俊偉以補王官之缺，是以號稱得人。蓋必許其辟置，則可破拘攣，以得度外之士，而士之偶見遺於科目者，亦未嘗不可自

〔註295〕葉夢得《又答（晁激仲）》，《全宋詩》卷一四〇六，第24冊，第16189頁。

〔註296〕王十朋《送參議吳郎中》，《全宋詩》卷二〇三五，第36冊，第22827頁。

〔註297〕《全宋詩》卷二〇二六，第36冊，第22712頁。

〔註298〕明．彭大翼《山堂肆考》卷七五《入為公卿》引白居易《溫堯卿江陵府判官制》，文淵閣四庫全書本。

〔註299〕宋．趙汝愚《宋名臣奏議》卷一七，曾肇奏議《上徽宗論惟材是用無係一偏》，文淵閣四庫全書本。

效於幕府。取人之道，所以廣也。宋時雖有辟法，然白衣不可辟，有出身而未歷任者不可辟，其可辟者復拘以資格，限以舉主。蓋去古法愈遠，而倜儻跅弛之士，其不諧尺繩於科目，受羈縶於銓曹者，少得以自達矣。」〔註300〕

其次，幕官的升遷受到嚴格的限制。唐時幕府文人很容易建立軍功並得到升遷，「異日入為大夫公卿者十八九焉」，但宋時「幕府官清比縣僚，升沉何啻九牛毛」〔註301〕。這是因為幕官的注授升遷受制於朝廷，被納入到朝廷文武百官「隨資注擬」的序官體系中來。北宋蘇頌在上神宗皇帝的奏言中稱：「或曰：唐世自諸侯幕府入登臺省者多矣。而定之此除，豈為過邪？臣以謂不然，在唐方鎮盛時，有奏辟郎官御史以充幕府者，由此幕府增重。祖宗深鑒此弊，一切釐改，州郡僚佐皆從朝廷補授。大臣出鎮，或許辟官，亦皆隨資注擬，滿歲遷秩，並循銓格，非復如唐世之比。」〔註302〕幕府文人即使建立軍功也很少能得到不常之用。如建炎四年（1130），宣撫使張浚上奏言其幕官帥司參贊軍司劉子羽收復鄜延一路有功，詔除子羽列曹侍郎，但劉子羽除尚書禮部侍郎不到一個月就遭到臺諫的彈劾，認為「春官高選，子羽以幕府軍功得之，於事不類，乃命進子羽三官」〔註303〕。「於事不類」，指在宋代嚴格區分文武官員系統的情況下，不能以武事軍功轉至文官高位。

第二，宋朝嚴防幕府將帥與文人僚屬形成密切關係，專權作亂。如紹興八年（1138）五月，御史中丞常同彈劾張浚幕官劉子羽「及張浚用事，以狂誕不根之說感動之，遂居上幕，專權妄作，排斥異己，生殺廢置，在其一言。但知有浚，不知有陛下。浚在川陝，下視朝廷，而子羽號為腹心，專主富平之戰，使浚一舉而喪師三十萬，失地六十州，罪一也。斬趙哲之後，既赦諸將，自慕容洧以下，方列告於庭，而子羽曰，爾等頭亦未牢。洧遂首以環慶兵叛。金人乘之，因以大潰。其後諸將揭榜偽境，自以不負朝廷，專數浚與子羽之罪，罪二也。浚以聖旨便宜，一切稱制，改勅肆赦，無復人臣之禮，子羽身在幕府，實為謀主，罪三也。……」〔註304〕幕官的職權與作用之大未必如常同所言，常同此奏言名為彈劾劉子羽失職，其實旨在彈劾張浚開幕府權限之大，且認為劉

〔註300〕宋．馬端臨《文獻通考》卷三九《選舉考．辟舉》，文淵閣四庫全書本。

〔註301〕王庭珪《次韻張子家新除浙西撫幹見寄》，《全宋詩》卷一四六八，第25冊，第16820頁。

〔註302〕宋．趙汝愚《宋名臣奏議》卷五二，蘇頌奏議《上神宗繳李定詞頭》。

〔註303〕《要錄》卷三九，建炎四年十一月庚子條，第731頁。

〔註304〕《要錄》卷一一九，紹興八年五月丁酉條，第1925～1926頁。

子羽作為幕官「但知有浚，不知有陛下」、張浚「以聖旨便宜，一切稱制，改勅肆赦，無復人臣之禮」，認為張浚手握重權、與幕官形成密切關係擁兵自重，朝廷將難以駕馭。北宋初，宋太祖因為猜忌武將專權造成禍亂，故採取「杯酒釋兵權」的方法解除了武將對朝廷的威脅，建立起了以文治國的方針政策。隨著宋朝樞密——三衙體系軍事制度的完善，眾多文人帥臣入主樞密，成為最高的軍事機構長貳，文人還擔任抗金前線幕府主帥，統御軍隊抗敵作戰，並可自行辟置幕官，掌握了地方軍事、財政大權，將帥幕府權力擴大，又勾起了最高統治者猜忌權臣的心病。王夫之稱：「宋之猜防其臣也甚矣！鑒陳橋之已事，懲五代之前車，有功者必抑，有權者必奪；即至高宗，微弱已極，猶畏其臣之強盛，橫加鋟銷。」〔註305〕常同彈劾張浚正是自北宋以來朝廷嚴防將帥與幕官聯合、擅權作亂思想的集中體現。而每在此時，幕官往往首先被當作彈劾幕主的口實，如紹興三年（1133）常同奏言：「陛下乘此艱難，注意在將，而二三將臣，不能協心共謀，以濟國事。邇者淫雨害稼，地震輔郡，陰盛之象，殆謂此也。悉由幕府謀議之官，以妄言激怒主帥，贊畫無狀，理宜罷免。詔以付諸將。」〔註306〕常同因不滿劉光世、韓世忠等將帥權重，故借彈劾幕府謀議官之失而打擊幕主。

南宋幕官辟廢陟黜權皆在朝廷，幕主辟屬「便宜」之權極其有限，幕僚亦無多少升遷之望，幕府不再像唐代一樣是士人平步升遷的終南捷徑；宋朝幕府府主受到朝廷嚴密防範，文人屬官權力地位亦非常有限，其建立邊功的可能性也就小得多，唐代幕府文人能夠通過軍功得到不常升遷的情況已經發生了根本性變化。這是幕府制度在宋代很難得到發展、文人極少熱衷於從軍入幕的深層文化原因。

2. 與重文輕武的政策及士人價值觀有關

宋代自立國之初就確立了偃武興文的政策，朝野上下重文輕武，致使「文武二途，若冰炭之不合」〔註307〕，也形成了文人恥習武事的風氣。

當宋太祖以武力奪取後周政權，採取以文人儒士治國的方針，盡收武將兵權，以寬大柔厚養士。宋太祖曾對宰相趙普說：「五代方鎮殘虐，民受其禍，朕令選儒臣幹事者百餘，分治大藩，縱皆貪濁，亦未及武臣一人也。」〔註308〕

〔註305〕王夫之《宋論》卷一〇《高宗》，第197頁。
〔註306〕《要錄》卷六七，紹興三年八月己酉條，第1141頁。
〔註307〕《要錄》卷四二，紹興元年二月癸巳條，第773頁。
〔註308〕《續資治通鑒長編》卷一三，開寶五年十二月「是歲」條。

明確指出以儒臣文士分治藩疆，其禍小於武臣。宋太宗亦稱：「國家若無外憂，必有內患，外憂不過邊事，皆可預防。惟姦邪無狀，若為內患，深可懼也。」〔註309〕所謂「內患」者，無疑是指手握重兵重權的武將。宋廷把主要力量用於防治「內患」，至於嚴重的邊患，宋廷採取了以守和為主的策略，造成武備鬆懈，邊防虛弱。

在朝廷重文輕武政策的影響下，形成了文人輕視武人的價值觀，以文章儒臣為高尚，以軍功武將為下等。宋朝對待武臣的制度是「厚其祿而薄其禮」〔註310〕，禮輕則權輕，故雖然武臣奉祿待遇遠遠高於文臣，文人亦不願從事武事，亦不願以文資換武職。如北宋慶曆年間，曾以科舉出身的范仲淹任觀察使一職，范仲淹認為「朝廷用儒之要，莫若異其品流，隆其委注，眾皆望風稟畏，以濟邊事。比夫改為武帥，與之參用，功相萬也」〔註311〕，故屢次上書請辭〔註312〕。今人陳峰對此作了詳細論述〔註313〕。在以文人儒士治國的背景下，全社會都爭做儒臣文吏，士人對習儒業以進仕趨之若鶩。蘇轍曾稱：「今世之取士，誦文書，習課程，未有不可為吏者也。其求之不難，而得之甚樂，是以群起而趨之。凡今農工商賈之家，未有不捨其舊而為士者也。」〔註314〕文人以狀元為尚，「壯元登第，雖將兵數千萬，恢復幽、薊，逐強蕃於窮漠，凱歌勞還，獻捷太廟，其榮亦不可及矣。」〔註315〕文人普遍恥執干戈，恥習兵事，如張方平稱寫於天聖八年（1030）的《送古卞北遊序》一文中記載：「國家用文德懷遠，以交好息民，於今三紀，天下安於太平，民不知戰，公卿士人恥言兵事。」〔註316〕

南宋紹興和議後很長一段時間，在主和大臣把持國柄時，人們普遍諱言兵事，輕視武事。王炎稱：「自文武分為兩塗，士大夫不服習於騎射，而軍旅之士屬之武夫。士有談兵者，人必笑之。」〔註317〕趙翼《甌北詩話》中稱：「當

〔註309〕《續資治通鑒長編》卷三二，淳化二年八月丁亥條。
〔註310〕《群書考索後集》卷二一《張演論》，文淵閣四庫全書本。
〔註311〕《范仲淹全集·文集》卷一一《上呂相公書》。
〔註312〕《范仲淹全集·文集》卷一七《讓觀察使》第一、二、三表。
〔註313〕陳峰《從「文不換武」現象看北宋社會的崇文抑武風氣》，載《中國史研究》2001年第2期。
〔註314〕《上皇帝書》，《欒城集》卷二一。
〔註315〕田況《儒林公議》卷上，文淵閣四庫全書本。
〔註316〕《全宋文》卷八〇四，第38冊，第6頁。
〔註317〕《上葛樞密》，《全宋文》卷六〇九七，第270冊，第94頁。

時南渡之後，和議已成，廟堂之上，方苟幸無事，諱言用兵，而士大夫新亭之泣固未已也。」在重文輕武風氣下，人們對投筆從戎、入幕邊塞士人是不恥的，「時議者以為自兵興以來，士大夫一入軍中，便竊議而鄙笑之，指為濁流。」〔註 318〕即使在宋金戰爭日益嚴峻的形勢下，南宋文人依然尚文輕武，以執干戈、習武事為恥。如紹五年（1135）祠部員外郎林季仲轉對時稱：「幕官之賢否，係將帥之成敗。選用賓佐，不可不慎。今三四大帥，統重兵於外，能懷忠赤、共濟艱難，固無盧從史之事矣。獨未知賓佐皆如孔戡否也？近時文士鄙薄武人過甚，指其僚屬，無賢不肖，謂之從軍。雖有賢如戡者，往往未必屑就。文武一道也，何至如是之區別哉！」〔註 319〕文士普遍輕視武人，「從軍」竟然成了罵人的詞語。這種風氣直到南宋後期都未曾改變。宋理宗嘉熙三年（1239），余玠上書論事稱「方今指即戎之士為粗人，斥為噲伍」，在這樣的情況下，應該「視文武之士為一，勿令偏。有所重偏，則必至於激，文武交激，非國之福」，主張從政策上改變重文輕武的士風。〔註 320〕

在宋代重文輕武政策下，文人形成了重儒業、輕武功的士風，宋代文人對於從軍入幕沒有像唐代文人一樣昂揚熱烈的激情，與唐代「寧為百夫長，勝作一書生」的尚武之風相比，宋廷士風只剩下濃厚的書本經學氣。

3. 其他原因

宋代許多京朝官被外貶各地，充任地方或邊境幕府官員，幕府成了處置貶官的地方，亦是文人不願就職於幕府的原因。張栻《詩送陳仲思參佐廣右幕府》一詩：「舊說桂林好，君今幕府遊。江山資暇日，梅雪類吾州。煮海何多說，安邊更預謀。政應勤婉畫，不用賦離憂。」〔註 321〕「政應勤婉畫，不用賦離憂」，當時文人離開朝廷去邊境參佐戎幕，竟有一種「離憂」之思。「離憂」即屈原被逐後所賦《離騷》一文表達的中心意思。可見文人出任地方幕府屬官命運近於貶官。南宋時期，秦檜專權，排斥異己，一批文人常期滯留幕府，「自秦檜專國，朝士為所忌者，終身以添倅或帥幕處之，未嘗有為郡者」〔註 322〕，長期沉淪於下僚，使文人亦懼於入幕。而秦檜專政，濫用職權，凡附會迎合皆

〔註 318〕《要錄》卷一〇六，紹興六年十一月戊寅，第 1732 頁。
〔註 319〕《要錄》卷八九，紹興五年五月戊子條，第 1489～1490 頁。
〔註 320〕《御批歷代通鑑輯覽》卷九二，嘉熙三年二月。
〔註 321〕《全宋詩》卷二四一八，第 27909 頁。
〔註 322〕《宋史全文》卷二一下《宋高宗十五》，戊辰紹興十八年，第 1430 頁。

可升遷，眾多無甚操行之人亦懷速遷之望，故多不希望外任。如岳珂《桯史》稱：「秦檜為相，久擅威福。士大夫一言合意，立取顯美，至以選階一二年為執政，人懷速仕之望，故仕於朝者，多不肯求外遷，重內輕外之弊，頗見於詩。」〔註 323〕「外遷」無外乎以地方州郡或邊疆幕府處置。

最後，在宋金講和約好時期，朝廷採取與金人求和的政策，本來以戍邊抗戰為主要職責的將帥幕府，在沒有征戰機會的情況下，長期從事清閒的民事案牘工作，這與眾多文人希望從軍入幕尋求立功揚名理想相悖，故文人不願入幕。

（三）文人希望入幕的原因

在宋代重文輕武的風氣下，人們普遍不願從軍入幕，但也有一部分文人希望從軍入幕。這一方面與文人強烈的功名思想有關。宋金戰爭的時代背景，激發了文人強烈的入世理想，他們認為戰爭的時代背景為其建立功名提供了條件。

一方面則與文人強烈的社會責任感有關。在宋代戰爭形勢日益嚴峻的情況下，一批愛國志士嚮往軍營生活，希望投身戎幕保家衛國，「國家憂顧在西北，功名機會在西北。天下士不遊廣陵謁陳登，適荊依劉表，則入蜀客嚴武」〔註 324〕。他們「入幕之賓，以折衝尊俎為任；從軍之樂，以決勝笑談為功」〔註 325〕，希望「上馬擊狂胡，下馬草軍書」〔註 326〕。「壯歲旌旗擁萬夫，錦襜突騎渡江初」〔註 327〕的戰鬥生活是他們夢寐思之的人生理想。他們聲稱「平生氣概沖虹霓，恨無尺箠笞羌夷」〔註 328〕，「使星入蜀動佳占，幕府謨謀要子參」〔註 329〕，「書生亦多事，慷慨試經行」〔註 330〕，紛紛表達出從軍入幕的理想。

〔註 323〕《桯史》卷七《朝士留刺》，第 84 頁。
〔註 324〕劉克莊《送卓漁之羅浮序》，《全宋文》卷七五六五，第 329 冊，第 70 頁。
〔註 325〕莊綽《雞肋編》卷中，第 53 頁。
〔註 326〕陸游《觀大散關圖有感》，《劍南詩稿校注》卷四，第 357 頁。
〔註 327〕辛棄疾《鷓鴣天·有客慨然談功名因追念少年時事戲作》，見《全宋詞》第 2507 頁。
〔註 328〕樓鑰《送伯舅汪運幹（大雅）》，《全宋詩》卷二五三六，第 47 冊，第 29321 頁。
〔註 329〕朱翌《送王端材以宣諭屬官入川》，《全宋詩》卷一八六四，第 33 冊，第 20840 頁。
〔註 330〕張栻《送少隱兄赴興元幕》其二，《全宋詩》卷二四一七，第 45 冊，第 27900 頁。

對於以上兩點，前人多有研究，此不贅述。需要指出的是，尚武樂征思想始終不是南宋士林價值觀的主流。如陸游詩歌以言恢復、征伐事為主，其「宦劍南，作為歌詩，皆寄意恢復」〔註331〕，正像趙翼在《甌北詩話》中所統計的那樣：「入蜀後在宣撫王炎幕下……其詩之言恢復者十之五六。」〔註332〕但是，陸游的這種強烈的恢復理想與尚武精神，在當時的社會裏並不具有普遍性。

北宋以降，社會積貧積弱，逐漸形成了怯懦厭戰的社會心理和重文輕武的價值觀念。剛健的民族精神日益柔弱化，尚武精神消失，英雄崇拜讓位於隱士崇拜，積極的進取精神漸變為消極的退避。南渡後，怯懦厭戰的心理積重難返，朝廷當局不去抗戰，唯苟安恃和，一批欲有所作為、主張抗戰的英雄志士屢遭打擊迫害，唐代文人以入幕為尚、以建立邊功為榮的風氣一去不返，唐代那種渴望從軍邊塞的英雄理想也消失幾盡。南宋文人對於入幕的態度直接影響了南宋幕府文學的思想內容與藝術風格。

第三節　南宋文人出使金國

宋金戰爭時期，南宋出現了一批特殊身份的文人，這就是宋金交聘中的南宋使臣。「飛矢在上，行人在下」〔註333〕，自古行人與戰爭之關係就密不可分。「古者兵交，使在其間」〔註334〕，「使」始終與戰爭同時存在。所以，研究戰

〔註331〕《四朝聞見錄》乙集《陸游翁》，第65頁。

〔註332〕《甌北詩話》卷六第11則，第91頁。

〔註333〕宋·趙汝愚編《宋名臣奏議》卷一三七引富弼《上神宗答詔問北邊事宜》：「臣歷觀春秋洎戰國時，諸侯迭相征伐，兩兵已合，飛矢在上，行人在下，辨說解釋，遂各交締，而退卻復盟好者，比比皆是。況今釁端漸啟，兵尚未合，且可多方以理解釋，或能有濟。與其用征戰而決勝負，萬萬不侔也，彼此致疑。及禦戎二事，臣並得之羣論，非出胸臆，是皆目前眾所共知所共見必然之理，非事外別生奇異之策也。」

〔註334〕杜預注、孫穎達等正義《春秋左傳正義》卷三一，襄公十一年，見阮元校刻《十三經注疏》，頁1950；《春秋分紀》記載了昭公二十三年晉人執魯國行人之事，叔孫婼按語道：「周官大行人掌大賓之禮，及大客之儀，以親諸侯；小行人掌邦國賓客之禮，籍以待四方之使者。諸侯之行人，當亦通掌此事。釋例曰：使以行言，言以接事，信令之要，於是乎在。古者兵交，使在其間。或執殺之，皆譏也。」（卷四一《行人》）可見「行人」是以「言」行事，通過言辭來達到交際的目的；行人代表了「信」與「令」，故各國互相尊重行人，兩國相交時不斬來使遂成為約成俗成的習慣；而「古者兵交，使在其間」則說明了在春秋戰國時期，使臣與戰爭密不可分的關係。

爭中的文人，不可避免地要談到戰爭中的使臣。本節將在追溯使臣制度的基礎上，重點考述與戰爭關係尤其密切的泛使的職能、名目及南宋各朝派遣泛使的特點，探討南宋文人使臣的才能及使金表現。

一、使臣制度溯源

《漢語大詞典》釋「使」，即「使臣」，指「身負君命，出使外國的官員」。「使」在古代稱「行人」。「行人」的出現最早可以追溯到周朝，其職責是為了協調天子與諸侯、諸侯與諸侯之間的關係。據《周禮・秋官》載「大行人」條，漢代鄭元注曰：「主國使之禮。」唐代賈公彥疏：大行人、小行人、司儀「皆主賓客嚴凝之事故」〔註 335〕。「《周禮・秋官》大行人間問以諭諸侯之志，歸脤以交諸侯之福，賀慶以贊諸侯之喜，致禬以補諸侯之災。王之所以撫邦國諸侯者，歲遍存，三歲遍俯，五歲遍省，七歲屬象胥、諭言語、協辭命，九歲屬瞽史、諭書名、聽聲音，十有一歲達瑞節、同度量、成牢禮、同數器、修法則。小行人，使適四方，協九儀賓客之禮。」〔註 336〕周代有「大行人」行於諸侯之國，瞻視諸侯之喜樂哀痛之事，又有「小行人」行於四方，協調各國禮儀。在各諸侯國，沒有大行人、小行人的區別，「周官大行人掌大賓之儀，以親諸侯；小行人掌邦國賓客之禮籍，以待四方之使者，諸侯之使者亦通掌此事。」〔註 337〕「大行人」「小行人」在協調各諸侯國關係、使周天子能夠號令四方、維持天下統一具有至關重要的作用。

到了春秋戰國時期，「行人」的職能有所變化。此時，「禮樂征伐自天子出」〔註 338〕的局面已成為過去，社會進入一個動亂的時代，各種矛盾錯綜複雜地糾纏在一起，戰爭上升為時代的主要矛盾。使臣與戰爭的關係變得非常密切，使臣解決各國戰爭爭端的作用逐漸突顯出來。各國常派使臣奔走於各諸侯國之間，憑藉自己的才能說服對方，傑出的行人能夠以文才卻退敵軍、免除戰爭、保全國家。如《左傳・僖公三十年》記載：戰國時期鄭國的燭之武，從地緣學角度陳述秦滅鄭有害而無利，使秦撤軍，保住了鄭國。《左傳・僖公四年》記載楚國屈完以卓越的辯才使齊國退兵。燭之武、屈完都是戰爭

〔註 335〕《周禮注疏》卷三四《秋官・司寇第五》，文淵閣四庫全書本。
〔註 336〕秦惠田《五禮通考》卷二二七《賓禮八》，文淵閣四庫全書本。
〔註 337〕程公說《春秋分紀・職官書》，文淵閣四庫全書本。
〔註 338〕方苞《周官集注》卷七《夏官司馬第四》，文淵閣四庫全書本。

中的行人，他們以口舌折衝於秦、齊大軍之間，不動一兵一卒使敵軍退師，是戰國時期兵間之使的傑出代表。

「行人」在南北朝時期出現新的特點。南北朝是一個重門閥、重清議的時期，行人也不可避免地帶上了這一時代特點。南北兩朝都非常重視所遣使臣的門第出身與文化修養，以期在正式交聘時從文化上壓倒對方。使臣門第高貴而又才華橫溢，能夠在持節往返之間馳騁其才辯風華，籍此來宣傳和炫耀各自的文教之興，顯示其文化的優越性，一時間「南北通好，務以俊乂相矜，銜命接客，必盡一時之選，無才地者不得與焉」〔註 339〕。南北朝時期出現了一批優秀的行人，如王融、劉繪、李彪及「性貞慎寡欲，綜習經典」〔註 340〕的游明根、「閨門之禮，為世所推」〔註 341〕的盧度世等。由於南北朝長期對峙，兩國使臣主要是通過言辭進行文化較量，戰爭色彩較前代淡得多。

唐代是中國古代政治、經濟、文化達到極盛的時代，唐帝國以君臨天下的態勢處理唐王朝與周邊少數民族國家的關係。雖然唐代不斷地開邊拓土，但在軍事力量方面始終處於優勢，能夠以武力解決周邊爭端，或者以和親的方式與周邊國家保持長期友好臣屬關係。唐代也出現了一些著名的使臣，如郭子儀。郭子儀本是武舉出身，在與回紇的戰爭中，他隻身進入敵營，以其卓越的辯才使回紇退軍。北宋秦觀贊道：「何單騎以見虜，蓋臨戎而示情。……養威嚴於將軍之幕，角技巧於勇士之場。攻且攻兮天變色，戰復戰兮星動芒。如此則雖驍雄而必弊，顧創病以何長？符秦誇南伐之師，坐投淝水；新室恃北來之眾，立潰昆陽。固知精擊刺者，非為將之良；敢殺伐者，非用兵之至。」〔註 342〕指出郭子儀通過不戰達到攻城伐國的目的，是《孫子兵法》所謂「不戰而屈人之兵」的上善之策的最好體現。

與前代相比，宋朝與周邊民族國家的關係發生了重要變化。北宋以前，中原之國與邊境國家基本上處於一種臣屬關係，這與周朝時天子與諸侯的關係有相似之處。到了宋代，北方少數民族建立的政權遼國不再臣屬於宋朝，而成為與北宋地位平等的獨立國家，遼國稱宋為「南朝」，宋朝也逐漸稱遼為「北朝」。自宋真宗澶淵之盟後，宋遼互遣使臣成為制度，雙方於皇帝生日、

〔註 339〕《北史》卷四三《李崇傳》附《李諧傳》，第 1604 頁。
〔註 340〕《魏書》卷五五《遊根明傳》，第 1213 頁。
〔註 341〕《魏書》卷四七《盧玄傳》，第 1062 頁。
〔註 342〕秦觀《郭子儀單騎見虜賦》（汾陽征虜壓以至誠），《全宋文》卷二五七二，第 119 冊，第 292 頁。

新春正旦及喪慶大典時互派使臣，以示友好，相當於古代諸侯之間的交聘，不同於天子與諸侯之間的臣屬關係：「宋與契丹約為兄弟之國，凡生辰及正旦及大喪大慶，輒有信使往來，如古諸侯之交聘，非蕃國比也。」〔註343〕北宋一些著名文人如王安石、蘇頌、蘇轍等都曾作為大使出使遼國，或接伴遼國使臣，對宋遼保持友好和平關係作出了重要貢獻，通過和平形式為朝廷保住了大片疆土。如北宋仁宗慶曆三年（1043）正月，契丹泛使箐英等將至境，「群臣皆憚行」，時為右正言知制誥的富弼充當金使接伴使。富弼「每與之（金使）開懷盡言，冀以鈞得其情。英等以故亦推誠無隱，乃密以其主所欲者告弼。且曰：『可從從之，不從便以一事塞之。王者愛養生民，舊好不可失也。』」〔註344〕富弼回朝將金使所言告知朝廷，在得知金主希望守好約和的情況下，富弼堅決反對割地，金廷被迫同意。富弼此次伴使，保住了宋廷大片土地，其作用不亞於在戰爭中取勝。南宋胡寅對富弼深加讚賞：「昔富弼之使也，以一言息南北百萬之兵，可謂偉矣。」〔註345〕宋遼交聘時期，雖然兩國處於相對和平狀態，但由於宋遼雙方一直在為控制與反控制鬥爭著，宋遼使臣常在交聘中或明或暗地進行軍事與文化較量，帶有時顯的戰爭色彩。

在宋金且戰且和的百餘年裏，雙方沿襲北宋建立了交聘制度，「宋初通金，亦用契丹故事」〔註346〕，相當於古代諸侯邦交。由於兩國戰爭不斷，雙方都在交聘禮儀上較得失，就國書稱謂、受書禮儀等進行激烈的鬥爭，所以很難達成一致認識。宋徽宗宣和五年（1123年，金天輔七年），金使銀述可等使宋，「言今後通好，不知或為弟兄，或為叔侄，或為知友」，要明確交聘制度和禮儀，宋朝王黼「諭以敵國往來，只可用知友之禮」。〔註347〕北宋末年按照敵國知友之禮確立的宋金交聘制度規定雙方「每歲遣使，除正旦、生辰兩番永為常例外，非常慶弔別論也」〔註348〕。靖康之難後，宋金交聘制度發生了重大改變：一方面雙方互遣正旦、生辰等常使制度遭到破壞，直到高宗紹興十一年（1141年，金皇統元年）宋金簽訂「紹興和議」，規定「每年皇帝生辰並正旦，

〔註343〕秦惠田《五禮通考》卷二二六《金使入聘》下秦按語。
〔註344〕彭百川《太平治跡統類》卷八《仁宗朝契丹議關南地界》，文淵閣四庫全書本。
〔註345〕《再論遣使箚子（紹興五年五月）》，《全宋文》卷四一六二，第189冊，第166頁。
〔註346〕《五禮通考》卷二二六《金使入聘》下秦按語。
〔註347〕《三朝北盟會編》卷一五，宣和五年三月一日條，引《燕雲奉使錄》。
〔註348〕《三朝北盟會編》卷二十，宣和七年正月二十日條，引《宣和乙巳奉使行程錄》。

遣使稱賀不絕」〔註 349〕，常使之遣才形成制度固定下來，直至金朝滅亡；另一方面，由於戰爭的需要，雙方根據需要臨時派遣的泛使制度得到了很大發展，其職能突顯出來，發揮重要的歷史作用。宋金戰爭時期，南宋一批著名的文人如宇文虛中、洪皓、洪邁、洪适、范成大等都有出使金國的經歷。這些使臣勇赴國難，對維護宋室尊嚴、保護宋朝疆土、促進兩國文化交流等方面都做出了重要貢獻。宋金交聘中，商談和議、臨時所遣的泛使與戰爭的關係非常密切。同時宋朝在宋金表面和平狀態下的正旦、生辰等常使之遣，亦具有明顯的戰爭性質。〔註 350〕

二、南宋泛使名目及遣使目的

宋金交聘中的使臣名目繁多，聶叢岐把北宋使臣分為正旦使、生辰使、告哀使、遺留國信使、告登位使、祭奠國信使、弔慰使、賀登位使、賀冊禮使、回謝使（謝鄰邦弔賀者）、泛使、回謝使（答聘或因鄰邦請求而遣人有所磋商者）十二種。〔註 351〕其中泛使在北宋時期出現的次數並不多，但南宋時期卻是非常重要的一類，且與戰爭的關係尤其密切。本節將對泛使概念、職能、名目，南宋不同階段派遣泛使的目的及其反映的朝廷軍事政策，文人對於遣泛使的態度等問題進行論述。

（一）「泛使」的概念

「泛使」一詞的概念，聶崇岐在《宋遼交聘考》一文中稱：「普通聘問或有所報告要求於鄰邦者，曰國信使，俗稱泛使。」又稱：「正旦生辰二使皆每年互遣，泛使則無定期，余皆因事選派，亦無固定年月。」〔註 352〕指出泛使是有事與對方相商或有所請求於對方時臨時派出的，與正旦、生辰等按時派遣的使臣相對。賈玉英《有關宋遼交聘中泛使概念的幾點辨析》一文，首次對「泛使」的概念進行了辨析，認為：「宋遼交聘中的泛使不是國信使的俗稱，也不是一般的使節，更不是渡海而來的他國使者，而是國信使中與常使不同

〔註 349〕《金史》卷七七《宗弼傳》，第 1755 頁。

〔註 350〕如《要錄》卷一八四，紹興三十年二月戊午記載：同知樞密院事葉義、和州防禦使知閤門事劉允升假崇信軍節度使充大金報謝使副使金，「謝其來祭弔也。上亦恐金有南侵意，因使義問覘之。」葉義問此次使金本為報謝金人來弔祭皇太后，屬於「非常慶弔」的常使，但在非常時期也具有時顯的戰爭目的。

〔註 351〕聶崇岐《宋史叢考》，中華書局 1980 年版，第 283 頁。

〔註 352〕聶崇岐《宋史叢考》，第 287 頁。

的、往來不常的一種特別使節」〔註353〕。也就是說，按照使臣派遣的時間及職能，宋遼交聘中的使臣可以分為兩大類：一類是正旦、生辰及喪慶大典之時、雙方按照交聘制度派遣的使臣；另一類是臨時按照需要向對方派遣的使臣。〔註354〕

「泛使」是與誕辰歲節致禮所遣的正旦、生辰等「常使」相對的一類使臣，所謂「正旦、生辰之外，又有泛使」〔註355〕，「諜告敵欲遣泛使，滋又沮之曰：『泛使非誓約，雖至不敢上聞。』卒不至」〔註356〕。就其職能而言，泛使與古代很早就出現的「專使」相當。北宋蘇頌《華戎魯衛信錄總序》一文中稱：「南北將命往還約束，細大之務，動循前比，故次之以《條例》。凡此皆常使也，誕辰歲節，致禮而已。至若事幹大體，則有專使以導之，故次之以《泛使》。」〔註357〕明確指出「專使」即是泛使。早在春秋時期「專使」就已經出現，如「假令魯以專使參盟於大國，雖不得盟而無怒。今乃飾卑者之任，而幹大國之重，魯何倒行逆施而為此哉。」〔註358〕再如：「莊公死，子般、閔公皆遭賊弒。魯曠年無君，齊威以伯者之義，使高子來盟，平魯亂。春秋賢高子得專使之道，受命不受辭，終立僖公賢君而魯難遂已。」〔註359〕「專使」是有特殊使命的使臣，且有「專使之道」，即「專使」的行事原則——「受命不受辭」，體現了「專使」處理事務時臨機應變的特點。《詞源》釋「泛」為「廣泛，一般地」，「專」含有專門、特別的意思，二者在意思上似相反，大概由於宋代這一類使臣所遣次數不定、時間不定、目的各一，所以以「泛使」稱之。

據聶崇岐《宋遼交聘考》之「泛使」附表可知，宋遼交聘中雙方互遣泛使，但宋廷很少主動向遼國派遣泛使，倒是遼國不停地向宋廷派遣泛使，宋廷只是在遼國遣泛使商議某事之後，派使臣隨同遼國泛使報聘遼國，稱之為「報聘使」。據聶崇岐統計，宋向遼共遣泛使十九人次，除了一次「議和」，一次「告代夏」，一次「商議地界」之外，其餘全是「報聘」，可見宋遼交聘中的泛使之

〔註353〕《中國史研究》，2006年第2期。

〔註354〕《中國史研究》，2006年第2期。

〔註355〕《續資治通鑒》卷一三八，「孝宗隆興二年」，第3686頁。

〔註356〕杜大珪《名臣碑傳琬琰集》中卷五二，錄曾肇《曾公亮行狀》，文淵閣四庫全書本。

〔註357〕《全宋文》卷一三三七，第61冊，第341頁。

〔註358〕劉敞《春秋權衡》卷一五，莊公十九年，文淵閣四庫全書本。

〔註359〕孫覺《春秋經解》卷五，閔公二年，文淵閣四庫全書本。

遣，遼國處於主動，宋朝處於被動。〔註 360〕至於遼向宋派遣泛使的目的，多是向宋朝挑起事端，或要求增加歲幣，或要求割地。如晁說之稱：「彼往時所謂劉六符者，有古燕男子之風，嘗為其故虜主謀曰：『大遼雖與中國通和，要當十年二十年，必以事撓之，使中國知吾非怯而忘戰者。中國常惴惴不自德於歲幣，則大遼常有中國為之奉矣。』」〔註 361〕所以，每次對於遼國「泛使」之來，北宋大臣都惶恐不已，如宋神宗熙寧七年（1074）二月，遼朝泛使尚未到達開封，北宋「士大夫已洶洶」〔註 362〕。王安石在上朝時奏言：「彼以我為憚其泛使，今示以無所憚，彼或不遣；示以憚遣，則其來決矣。泛使於我何苦而憚其來也！」〔註 363〕從一個側面可以看出遼國遣「泛使」的挑釁目的，及宋人對於遼國泛使的懼怕心理。

與宋遼交聘相比，宋金交聘中的泛使發生了重大變化。首先，宋朝派往金國的泛使在人數與次數上都多得多。筆者通過統計《三朝北盟會編》《建炎以來繫年要錄》《金史·交聘表》《宋史》等文獻可知，從高宗建炎元年（1127）至寧宗嘉定元年（1208）的八十餘年裏，宋朝共向金國派遣泛使 60 餘次。其次，宋金交聘中的泛使之遣以宋朝為主動，金國則主要派遣報聘使使宋，答覆宋朝使臣所請之事，處於被動。另外，宋金交聘中宋朝泛使的職能在宋遼交聘的基礎上擴大了很多，性質也發生了根本性變化，從以報聘對方為主轉變成向金人商談和議、請求某事為主。這又集中體現在宋朝泛使複雜紛繁的名目上。

（二）南宋「泛使」名目例析

宋朝向金國派遣的泛使名目繁多，除了宋遼交聘時已經出現、報聘對方泛使時所派遣的「報聘使」外，還有諸如通問使、祈請使、上尊號使、稱謝使等。

報聘使

宋遼交聘時期，宋朝的報聘使是在遼國派遣泛使商議某事後，為答覆遼國派出的使臣。宋朝向金國派遣的報聘使與之相似，除了答覆金人所商議之事外，還常提出新的請求，如淳熙元年（1174）四月，張子顏、劉密等以報聘使使金即是。《宋史》記載，因三月金遣梁肅等來議事，故宋遣張子顏等報

〔註 360〕聶崇岐《宋遼交聘考》，見《宋史叢稿》，第 372～375 頁。

〔註 361〕《朔問下》，《全宋文》卷二八〇七，第 130 冊，第 128 頁。

〔註 362〕《續資治通鑒長編》卷二五〇，熙寧七年二月乙亥條。

〔註 363〕《續資治通鑒長編》卷二六三，熙寧八年閏四月丙申條。

聘〔註 364〕；《金史》記載，張子顏等此行還負有「求免起立接書」〔註 365〕的任務。

通問使（或稱「大金通問使」）

金人南侵，擄走徽、欽二帝。南宋立國之初，高宗遣使使金慰問二帝，多稱「通問使」。如建炎元年（1127）六月，「宣議郎傅雱特遷宣教郎，充大金通問使。」時議遣泛使，李綱奏曰：「今日之事，內修外攘，使國勢日強，則二聖不竢迎請而自歸。不然，雖冠蓋相望，卑辭厚禮，終恐無益，今所遣使，但當奉表兩宮致思慕之意可也。」〔註 366〕從李綱之言可見此次遣使的本意在於向二帝「致思慕之意」。後來，通問二帝只是名義，實則是借通問之機向金人商談議和條件，亦稱「大金通問使」或「金國通問使」。如建炎元年（1127）十一月，宋廷遣朝奉郎王倫、閤門宣贊舍人朱弁充大金通問使副使金。〔註 367〕據《要錄》記載：「朝奉郎王倫為大金通問使。時河東軍前通問使宣教郎傅雱、副使閤門宣贊舍人馬識遠至汴京，詔趣還，問所得金人意，復遣倫與閤門宣贊舍人朱弁見左副元帥宗維議事。」〔註 368〕可見，此前傅雱與此後王倫使金，都兼有與金人「議事」的任務。再如建炎三年（1129）五月，徽閣待制洪皓假禮部尚書「充大金通問使」，洪皓帶給金左副元帥宗維的國書中表明了高宗議和的態度，「願去尊號，用正朔，比於藩臣」〔註 369〕，「通問」亦是與金人議和。

軍前通問使（或稱「大金軍前通問使」「大金軍前奉表通問使」）

「軍前通問使」是以通問之名與金軍將帥商議和談事宜。如建炎二年（1128）十一月，右奉議郎魏行可假朝奉大夫尚書禮部侍郎充「大金軍前通問使」使金議和〔註 370〕，建炎三年（1129）九月，奉議郎張邵假禮部尚書充「大金軍前通問使」使金〔註 371〕，都是在通問金國元帥、國主的名義下，向金國提出議和請求。紹興三年（1133）五月，端明殿學士、同簽書樞密院事

〔註 364〕《宋史》卷三四《孝宗二》，第 657 頁。
〔註 365〕《金史》卷六一《交聘表中》，第 1433 頁。
〔註 366〕《要錄》卷六，建炎元年六月戊寅條，第 160～161 頁。
〔註 367〕《宋史》卷二四《高宗一》，第 450 頁。
〔註 368〕《要錄》卷一〇，建炎元年十一月辛卯條，第 240 頁。
〔註 369〕《要錄》卷二三，建炎三年五月乙酉條，第 484 頁。
〔註 370〕《要錄》卷一八，建炎二年十一月乙未條，第 368 頁。
〔註 371〕《要錄》卷二八，建炎三年九月丙辰條，第 554 頁。

韓肖冑充「大金軍前奉表通問使」〔註 372〕使金，不久，「樞密院言已遣使詣大金議和」〔註 373〕，下詔戒邊將生，可見韓肖冑使金亦在於講和。紹興四年（1134）八月，「吏部員外郎魏良臣、閤門宣贊舍人王繪辭，往金國軍前通問。上曰：『卿等此行，不須與金人計較言語，卑辭厚禮，朕且不憚，如歲幣歲貢之類不須較。』」〔註 374〕亦可見使金目的在於與金人議和。紹興二十六年（1156）張邵以「奉使大金軍前使」名使金，史載：「時金再入師渡河，而南朝廷求可使者，欲止其師，莫有應者。公慨然請行。上嘉之，特轉五官，授奉議郎直龍圖閣，借禮部尚書充奉使大金軍前使，楊憲副之。以泛使恩官其二弟祁、郙。」〔註 375〕從中可見張邵使金目的在於乞求金人退兵，屬於泛使。

奉迎梓宮使

靖康之難時，宋徽宗與其皇后鄭氏（欽宗時遷居寧德宮，稱寧德太后，後人亦稱寧德皇后，死後諡顯肅皇后，亦稱顯肅皇后）被金人俘虜北去。紹興二年（1132）顯肅皇后死於金朝五國城（今黑龍江依蘭），宋徽宗亦於紹興五年（1135）四月死於五國城。紹興五年（1135）五月，何蘚等使金獲悉這一消息，紹興七年（1137）正月回宋後彙報高宗。其後，宋廷派遣使臣與金人交涉，金人「許還梓宮及皇太后」〔註 376〕，答應將宋徽宗與顯肅皇后梓宮及宋高宗母韋氏歸還宋朝。宋廷遂派使臣使金奉迎梓宮，稱為「奉迎梓宮使」。奉迎梓宮使往往也擔負著與金人進一步議和的任務。如紹興七年（1137）十二月，宋廷遣徽閣待制王倫以「奉迎梓宮使」名使金，高繪副之，並請求金人歸還河南等宋朝故地。〔註 377〕紹興八年（1138）七月，端明殿學士王倫以「奉迎梓宮使」名使金，並議宋金地界及交聘名分。〔註 378〕紹興九年（1139）正月，王倫再次以「迎奉梓宮奉還兩宮交割地界使」使金，與金人議和，許金人歲貢銀絹共五十萬匹兩。〔註 379〕

〔註 372〕《要錄》卷六五，紹興三年五月丁卯條，第 1103 頁。

〔註 373〕《要錄》卷六五，紹興三年五月乙亥條，第 1106 頁。

〔註 374〕《要錄》卷七九，紹興四年八月乙未條，第 1296 頁；卷八〇，紹興四年九月乙丑條，第 1311 頁。

〔註 375〕《三朝北盟會編》卷二二二，紹興二十六年七月條。

〔註 376〕《要錄》卷一一七，紹興七年十二月癸未條，第 1894 頁。

〔註 377〕《要錄》卷一一七，紹興七年十二月丁亥條，第 1895 頁。

〔註 378〕《要錄》卷一二一，紹興八年秋七月乙酉、丁亥條，第 1951 頁。

〔註 379〕《要錄》卷一二五，紹興九年正月丙戌條，第 2034 頁。

祈請使

有事請求金人，或請求息兵講和，或請歸徽宗、鄭后梓宮，或請歸河南陝西等地，統稱之為「祈請使」。如紹興九年（1139）六月，同簽書樞密院事王倫使金「乞歸父喪」〔註 380〕，即為祈請使。此次王倫使金被拘，紹興十四年（1144）拒不仕金被殺。紹興二十一年（1151），巫伋等以祈請使名使金，《金史》稱宋遣使「奉表祈請山陵地」〔註 381〕，《宋史》稱「遣巫伋等為金國祈請使，請歸淵聖皇帝及皇族，增加帝號等事」〔註 382〕，可見此次使金是向金人有所請求。范成大於乾道六年（1170）閏五月使金，史載：「遷成大起居郎，假資政殿大學士，充金祈請國信使。國書專求陵寢，蓋泛使也。」〔註 383〕請求金人歸還河南等地，「祈請使」為泛使。

申議使

有事需要與對方商議時所派遣的使節，其職能與「祈請使」相似。如淳熙三年（1176）四月，湯邦彥「為右司諫，奉詔充申議使，使敵求陵寢地」〔註 384〕。

上尊號使

自唐代開始，有「尊號之典」，宋承之。史稱：「尊號之典，唐始載於禮官。宋每大祀，群臣詣東上閤門，拜表請上尊號，或三上，或五上，多謙抑弗許；始允所請，即奏命大臣撰冊文及書冊寶。其受冊多用祀禮，畢日，御正殿行禮，禮畢，有司以冊寶詣閤門奉進入內。」〔註 385〕時四夷外國亦多派遣使臣祝賀。宋朝派往金國的「上尊號使」即祝賀金國國主冊封尊號。從遣使時間與目的看來，上尊號是在對方有大的慶典時派遣使臣祝賀，本屬於常使，但在宋金對峙時期，宋朝借遣使賀金主上尊號窺探敵情，具有臨時性目的，故亦屬於泛使。如紹興二十六年（1156）四月，「陳誠之假資政殿學士，蘇煜假崇寧軍節度使副之，為泛使，上金國主尊號也。」〔註 386〕上尊號使有時也是為了向金人請求某事，如乾道八年（1172）二月，姚憲等「使金賀上

〔註 380〕《金史》卷六〇《交聘表上》，第 1400 頁。
〔註 381〕《金史》卷六〇《交聘表上》，第 1406 頁。
〔註 382〕《宋史》卷三〇《高宗七》，第 572 頁。
〔註 383〕《宋史》卷三八六《范成大傳》，第 11868 頁。
〔註 384〕《宋史全文》卷二六上《孝宗五》，第 1792 頁。
〔註 385〕《宋史》卷一一〇《禮志第六十三》，第 2639 頁。
〔註 386〕《三朝北盟會編》卷二二一，紹興二十六年四月十八日條。

尊號，附請受書之事」〔註 387〕，與「祈請使」職能相當。

稱謝使（或稱「奉表稱謝使」）

這一類使臣與常使中的答謝使不同。答謝使是在對方賀本國正旦、生辰及喪慶大典後派遣的回謝對方的使臣。宋朝向金國派遣的稱謝使，往往並無名目可謝，僅僅為了窺覘敵情。如紹興二十九年（1159）六月，「同知樞密院事王綸為大金奉表稱謝使、保信軍承宣使知閤門事曹勳副之」，《要錄》在該條下注曰：「不知當時所謝何事也。」〔註 388〕八月王倫使回，還朝入見言：「鄰國恭順和好無他。」可見王倫此次使金目的在於窺探敵情。史載：「時宰相欲遣大臣為泛使覘敵，且堅盟好。綸請行，乃以綸充稱謝使，曹勳副之。」〔註 389〕可知「稱謝使」王倫乃為泛使，並非定有某事報謝對方。

奉表起居稱賀使（或稱「大金起居稱賀使」）

紹興三十一年（1161），金主遷都汴京。宋朝大臣有的認為金國遷都意在圖謀南侵，應當屯兵備邊，有的則認為金主僅於洛陽觀花，無南侵之意。故宋朝議遣泛使，以賀金主遷都為名窺探金人意圖，稱「奉表起居稱賀使」，或「大金起居稱賀使」。臨時所遣，亦屬於泛使。史載，紹興三十一年（1161）四月，同知樞密院事周麟之「為大金奉表起居稱賀使，賀金主遷都」〔註 390〕。紹興三十一年（1161）六月，樞密都承旨徐嚞等假資政殿大學士「充大金起居稱賀使」〔註 391〕，《三朝北盟會編》引《遺史》道：「徐嚞、張掄為泛使，去盱眙軍館中以待。金人接伴使副到泗州，即渡淮。」〔註 392〕明確指出徐嚞、張掄「大金起居稱賀使」為泛使。

奉使大金國信使

宋朝設有國信所，專門館客他國使者，其中設有國信使、國信計議使等官，其職責主要是處理外交事務。宋朝亦有以「奉使大金國信使」稱泛使的情況，如建炎三年（1129）三月，中書侍郎王孝迪、武功大夫忠州防禦使辛道宗等充「奉使大金國信使」使金，《要錄》在該條下記載：「朱勝非以金在江北，恐挾

〔註 387〕《宋史》卷三四《孝宗二》，第 653 頁。

〔註 388〕《要錄》卷一八二，紹興二十九年六月甲申條，第 3023 頁。

〔註 389〕徐乾學《資治通鑒後編》卷一一八，紹興二十九年六月甲辰條，文淵閣四庫全書本。

〔註 390〕《要錄》卷一八九，紹興三十一年四月辛未條，第 3167 頁。

〔註 391〕《要錄》卷一九〇，紹興三十一年六月戊辰條，第 3188 頁。

〔註 392〕《三朝北盟會編》卷二二九，紹興三十一年七月二十一日條下引。

此而來，乃建言『未知敵帥所在，宜先遣小使』。」〔註 393〕故可知王孝迪此次出使以窺測敵情為目的，臨時所遣，屬泛使。

綜上所述可知，宋朝向金國派遣的泛使名目繁多，但有一個明確的共同點，即根據臨時需要不定時派遣，故成為與「常使」相對的一類使臣。另外，宋朝向金國派遣泛使的目的一般不是為了報聘對方，而是有事相商，有事相求，或者是借商議事情之機打探金國軍情，都與戰爭有關，體現了「古者兵交，使在其間」〔註 394〕的特點。

陳戍國在《中國禮制史（宋遼金夏卷）》中有一段話：「儘管南宋趙構執政時期的主和政策十分糟糕，不得人心，但我們並不認為這個時期的外交毫無建樹，至少可以說：『泛使』之設應是這個時期的創造。《宋史》三百七十二《王綸傳》：『（紹興）二十九年六月，朝論欲遣大臣為泛使覘敵，且堅盟好。綸請行，乃以為稱謝使。』卷三百七十四《胡銓傳》、卷三百八十三《陳俊卿傳》提到『泛使』，則是孝宗時期的事了。」〔註 395〕陳戍國把「泛使」之設的時間定在南宋高宗朝，忽視了北宋泛使的情況，主要是因為在宋遼交聘中，北宋向遼主動遣泛使次數少、名目單一、處於被動，而南宋使金泛使則人次多、名目豐富、處於主動的緣故。陳戍國認為宋朝最早派出的有姓名可考的使金「泛使」是南宋高宗紹興二十七年（1157）的王綸，則是由於不辨泛使名目的原因，而南宋史書文獻所載泛使亦不反限於《胡銓傳》和《陳俊卿傳》。

（三）南宋各朝的泛使之遣

靖康之難後宋室南渡。宋金南北對峙的百餘年裡，宋朝屢次向金國派遣泛使，根據筆者統計，高宗朝（1127 至 1163）共向金國派遣泛使達四十餘次，孝宗朝（1163 至 1189）共派遣泛使十一次，寧宗朝從慶元元年（1195）至嘉定和議（1208）為止，共向金國派遣泛使六次。不同階段派遣泛使頻率不一，目的也不一樣。從南宋不同歷史階段泛使之遣的頻率與目的，大致可以看出宋朝處理宋金軍事、外交問題的政策。所謂「使事為兵家機權」〔註 396〕，南宋

〔註 393〕《要錄》卷二一，建炎三年三月戊子條，第 425 頁。

〔註 394〕杜預注、孫穎達等正義《春秋左傳正義》卷三一，襄公十一年，見阮元校刻《十三經注疏》，第 1950 頁。

〔註 395〕陳戍國《中國禮制史（宋遼金夏卷）》，湖南教育出版社 2001 年版。

〔註 396〕胡寅《再論遣使箚子（紹興五年五月）》引張浚言，《全宋文》卷四一六二，第 189 冊，第 165 頁。

朝野上下都非常重視使臣的選擇，文人對於遣使是否適合提出了不同的觀點，是他們政治軍事態度的集中體現。

1. 高宗朝的泛使之遣

高宗向金國派遣泛使次數為南宋皇帝之最，其中又以南渡初期、紹興中期和議期間、紹興末期為遣使密集期。就其名目而言主要有通問使、祈請使、軍前通問使等。「通問」是以慰問徽、欽二帝的名義與金人商談和議；「祈請使」主要是請歸河南陵寢地、梓宮皇族，都旨在與金人商談和議；「軍前通問使」主要是請求金軍息兵講和。可見高宗所遣泛使雖名目不一，但絕大多數都是以向金人求和為目的，體現了其以主和為主的政治路線。對於高宗向金人求和的外交政策，不同歷史階段的文人表現出不同的態度，是文人戰爭立場的體現。

南渡之初，文人一般對遣泛使議和未提出異議。因為當時為形勢所迫，宋廷別無選擇，只好向金人乞和約好為宋廷的繼續存在與發展求得喘息之機。如紹興三年（1133），「樞密院言已遣使詣大金議和，朝廷發榜戒邊將生事，翰林學士兼侍讀綦密禮上書奏曰：『陛下懲強敵之侵凌，念兩宮之阻遠，不憚卑詞以通使，屈己以議和。上以為宗廟社稷靈長之計，下以息海內元元戰伐之苦。至誠交感，外域革心，甚盛德也』。」〔註 397〕並不反對遣使議和。紹興八年（1138），高宗對勾龍如淵與秦檜等朝臣說道：「士大夫但為身謀，向使在明州時，朕雖百拜，亦不復問矣。」〔註 398〕高宗所謂「向使在明州」指建炎三年（1129）避敵南逃明州的事情，可見在建炎初期，士大夫並不反對向金人遣使議和。但此時也有部分文人反對遣使議和，如魏良臣認為在宋廷國力弱於金國的情況下，「遂遣使命，淹延歲月，墮欲奮之士氣，乖違附之民心。……萬一敵革前日之弊，所至按兵不擾，遲以歲月，人心苟安，則大事將去矣」〔註 399〕。中書舍人胡寅斥責朝廷「遣使求和，以苟歲月」、不事邊防的做法，他稱「自建炎丁未至於紹興甲寅，所謂卑辭厚禮以問安迎請為名而遣使者，不知幾人矣。……於和議事皆已試用，了無功效，此策不足中興」〔註 400〕，認為金人以二帝之名向宋廷要挾無窮，而宋朝遣使通問只是中了金人的詐和圈套，無益於宋朝中興。

〔註 397〕《要錄》卷七二，紹興四年正月丙寅條，第 1202 頁。
〔註 398〕《要錄》卷一二四，紹興八年十二月戊寅條，第 2034 頁。
〔註 399〕《要錄》卷八一，紹興四年十月辛巳條，第 1324～1325 頁。
〔註 400〕《要錄》卷八九，紹興五年五月丙戌條，第 1487、1489 頁。

紹興中期，在得知徽宗與鄭后死於金國後，高宗遂以奉迎梓宮使為名，屢次派遣泛使與金人商談和議事宜，這遭到了朝臣的普遍反對。如秘書省正字范如圭獻書於秦檜曰：「……古之人有命將出師、誓滅鯨鯢以迎梓宮者矣。雖其力小，勢窮不能有濟，而名正言順，亦可以無愧於天下後世。未聞發幣遣使，祈哀請命，以求梓宮於仇讎之手者也。」〔註 401〕批判朝廷藉口請求梓宮向金人遣使議和，只能助長金人驕侈傲慢的態度，而金國在宋廷苟延歲月時積蓄力量、壯大國勢、不時南侵，其結果將不堪設想，代表了此時朝臣的普遍觀點。紹興中期，高宗不顧群情鼎沸，無視北伐抗金的大好形勢，與主和權相秦檜合謀，奪岳飛、劉光世、韓世忠等抗金大將兵權，謀害流放抗金將領，並先後派遣王倫、莫將、劉光遠、魏良臣等人使金議和。這遭到朝臣的激烈反對，如著名主戰大臣胡銓連上二疏，乞斬王倫、秦檜、孫近三人頭以謝天下，在朝野引起很大反響，「都人喧騰，數日不定」〔註 402〕。

紹興末年，金國海陵王完顏亮南侵，宋金戰事不斷。面對宋金日益緊張的局勢，高宗與主和大臣一道又謀遣使求和，引起主戰文人的強烈反對。如校書郎馮方稱：「若曰遣泛使，則將命往來，不過謹守常議而已。互相提防，例不敢分外出一語。雖百輩何益？況吾之國勢未振，人無不挾借（闕），雖有富弼者，決不能與敵交口辨事也。」〔註 403〕主張朝廷加強武備以待敵人南侵，而不是遣使求和，恃和苟安。另如陳康伯、汪澈等人亦反對遣使議和，認為當務之急乃在加強軍事防備。

縱觀高宗朝的泛使之遣可知，高宗遣泛使其目的在於向金人商談和議，體現了其主和的一貫政策。朝臣對於遣使求和的態度隨著時局的變化而變化：南渡初，朝臣主張暫時與金人議和，為宋朝的延續發展求得喘息之機；紹興中期及以後時期，文人普遍反對遣使議和，這與北宋滅亡、亡國破家的切膚之痛近在眼前的現實有關，亦與以儒學思想安身立命的文人士大強調「夷夏之辨」、反對稱臣「夷狄」的思想有關。

2. 孝宗朝的泛使之遣

孝宗向金國派遣泛使主要集中在乾淳初年。隆興北伐失敗後，孝宗先後派

〔註 401〕《要錄》卷一二三，紹興八年十一月辛亥條，第 2000 頁。

〔註 402〕《要錄》卷一二四，紹興八年十二月庚辰條引，第 202 頁。

〔註 403〕《三朝北盟會編》卷二二五，紹興三十一年正月丁亥條引馮方《論措置之策》。

遣王邁、王之望、周葵、魏杞、王抃使金商談和議之事。這與高宗朝遣使議和目的並無二致，但孝宗並非主動向金人乞和，而是通過祈使相關事項，為宋廷爭取權利地位，並帶有起釁開邊為北伐抗金尋求口實的目的。

孝宗於乾道年間、淳熙初年多次遣泛使，確切可考者包括以下幾次：乾道元年（1165）「遣李若川等使金賀上尊號」〔註 404〕、乾道六年（1170）祈請使范成大使金，「求陵寢地，且請更定受書禮」〔註 405〕、乾道八年（1172）「遣姚憲等使金賀上尊號，附請受書之事」〔註 406〕、淳熙元年（1174）張子顏報聘〔註 407〕、淳熙三年（1173）湯邦彥「奉詔充申議使使敵求陵寢地」〔註 408〕。與高宗朝相比，孝宗朝的這幾次泛使之遣有本質區別，其目的不在於使金議和，而是在宋金「隆興和議」後相對和平時期，向金人祈請改變受書禮儀、要求金人歸還河南之地，試圖改變宋金不平等地位，為宋廷爭取權力地位，是孝宗主戰路線的集中體現。史載孝宗「銳意恢復」〔註 409〕，即位之初，就一改高宗朝的主和「國是」，開始變被動議和為主動出戰，故他屢次派遣泛使以挑釁金人，為北伐抗金尋求口實，並籍以應對以主靜守和政策為主的太上皇帝高宗。其中以乾道六年（1170）遣祈請使范成大為典型代表。

乾道六年（1170）要求向金國派遣泛使的發起者是著名主戰大臣虞允文，史稱：「虞允文之始相也，建議請使金人，以陵寢為請。」〔註 410〕主戰將帥張浚逝世後，虞允文就成為孝宗倚重的大臣，期以北伐復興的重任。虞允文議遣使請河南陵寢地，借機挑釁金人、達到出師北伐的目的，可見遣使目的是為了抗金戰爭，而非議和。虞允文本已薦李燾使金，但李燾上書稱此番使金有所乞請，金人必不從，不從則執使，自己無生還可能，固辭，孝宗遂遣范成大。史載：「遷成大起居郎，假資政殿大學士充金祈請國信使，國書專求陵寢，蓋泛使也。」〔註 411〕范成大道：「無故遣泛使，近於起釁，不執則戮。」〔註 412〕道出了孝宗此次遣泛使以「起釁」的目的。

〔註 404〕《宋史》卷三三《孝宗一》，第 631 頁。
〔註 405〕《宋史》卷三四《孝宗二》，第 648 頁。
〔註 406〕《宋史》卷三四《孝宗二》，第 653 頁。
〔註 407〕《宋史》卷三四《孝宗二》，第 657 頁。
〔註 408〕《宋史全文》卷二六上《孝宗五》，第 1792 頁。
〔註 409〕《續資治通鑒》卷一三八，「孝宗隆興元年」，第 3664 頁。
〔註 410〕《宋史全文》卷二五上《宋孝宗三》，第 1724 頁。
〔註 411〕《宋史》卷三八六《范成大傳》，第 11868 頁。
〔註 412〕《宋史紀事本末》卷七七《隆興和議》，第 824 頁。

對孝宗此次遣泛使，朝中大臣包括先前著名的主戰大臣多持反對態度。左僕射陳俊卿力陳使不可遣：「……欲俟一二年間，彼之疑心稍息，吾之事力稍充，乃可遣使。往返之間，又一二年。彼必怒而以兵臨我，然後徐起而應之，以逸待勞。此古人所謂應兵，其勝十可六七。」〔註413〕認為遣使近於挑釁，如果金人怒而起兵，國無所待，必致禍亂。吏部尚書陳良祐論奏：「今遣使乃啟釁之端，萬一敵騎犯邊，則民力困於供輸，州郡疲於調發，兵拏禍結，未有息期。……況止求陵寢，地在其中，曩亦議此，觀其答書，幾於相戲。凡此二端，皆是求釁。」史稱：「良祐力止泛使，懼開釁端。」〔註414〕陳良祐反對遣使，也是因為怕遣使遭到金人拒絕，反而開啟兵端，而在朝廷「將帥庸鄙，類乏遠謀」的情況下，一旦戰爭爆發，宋朝將國勢危矣。吏部郎中兼權起居郎張栻亦反對遣使。張栻是宋代著名主戰派大臣張浚之子，少年得志。「隆興初，始以軍事入奏，首勸孝宗皇帝以明義復讎、正名絕和，孝宗異其言，而君臣之契合。凡奏對開陳，忠義憤激，未嘗不以讎恥未雪，不共戴天為憂。」可見張栻屬於主戰文人。但乾道六年（1170）「時宰有以恢復為己任者，謂敵衰弱可圖，乃遣泛使欲開兵隙。栻又獨為上言兵弱、財匱、官吏誕謾，未有必勝之形。」〔註415〕張栻認為：「今日但當下哀痛之詔，明復讎之義。修德立政，用賢養民。選將帥、練甲兵，以內修外攘、進戰退守之事通而為一。且必治其實而不為虛文，則必勝之形隱然可見矣。」〔註416〕張栻反對遣使尋釁，主要認為如果戰爭爆發，宋廷無「必勝之形」，無益反貽禍，在當前的形勢下，朝廷應該加強內政之修，然後伺機北伐。孝宗最終不顧群議，毅然派范成大使金。范成大此次使金無功而返，還差點被殺。

淳熙元年以後，在朝廷主守派逐漸佔據主導力量、士人風尚日益習安的情況下，孝宗逐漸失去了遣使尋釁的熱情。而淳熙三年（1176）湯邦彥使金，辱沒國家尊嚴，則是孝宗不復遣使的重要原因。淳熙三年（1176），孝宗再次派遣湯邦彥以右司諫充申議使使金，求陵寢地。史載「邦彥至燕，敵人拒不納。既旬餘，乃命引見，夾道皆控弦露刃之士，邦彥大怖，不能措一詞而出」，辱命而還，還朝後被貶官流放新州。從此，孝宗一方面受高宗主和路線牽制，一

〔註413〕《續資治通鑒》卷一四一，「孝宗乾道六年」，第3776頁。
〔註414〕《宋史》卷三八八本傳《論》，第11902、11920頁。
〔註415〕《歷代名臣奏議》卷二八二，衛涇奏議，文淵閣四庫全書本。
〔註416〕《宋史全文》卷二五上《宋孝宗三》，第1728頁。

方面也因出使無果，朝中無可倚重的大臣，故徹底失去了遣使求釁的激情，「自是河南之議始息，不復遣泛使矣」。〔註417〕

除了隆興和議期間遣使議和外，孝宗乾淳年間的泛使之遣，多向金人請求某事，如范成大、湯邦彥使金即是，前面所舉姚憲以上尊號使名使金，亦旨在要求改變受書之禮，都是旨在試圖改變宋金不平等地位，為宋廷奪回已經喪失的權力，借機挑釁金人渝盟，為北伐抗金尋求口實。這體現了孝宗志在抗金的政治理想，是其主戰路線的集中體現，與高宗朝主動遣使議和有本質區別。對於孝宗遣泛使以挑釁金人的行為，宋朝文人包括先前一些著名的主戰文人多持反對態度，這是因為時變勢異，朝臣普遍認識到戰爭對於生民利益、朝廷經濟造成了巨大破壞，而宋廷軍事力量孱弱，無必勝之形勢，故反對遣使開釁；另一方面，與朝廷習安已久、苟安之風正盛有關；另外，孝宗乾道、淳熙年間理學興盛，理學家高談「修內攘外」，把內講性命道德、內修政治綱紀作為治國之要略，則是理學家反對冒然興兵、主張以守為備戰爭觀的重要思想文化背景。

3. 寧宗朝的泛使之遣

孝宗隆興和議（1164）至寧宗開禧北伐（1206）以前，宋金大致上保持南北共治的和平狀態，雙方每年按時互遣正旦、生辰等常使。就泛使而言，除了孝宗幾次遣使祈請某事之外，宋朝很少向金國派遣泛使，光宗朝則無泛使之遣，寧宗開禧年間至嘉定和議前後，因為韓侂胄興師北伐，宋朝向金國派遣數次泛使，其目的主要在打探敵情、伺機北伐，及戰後議和。

開禧北伐是權臣韓侂胄發起的、繼孝宗隆興北伐後的又一次主動伐金戰爭。值得注意的是，在韓侂胄有意發起戰爭之前，其時的賀金正旦、生辰常使亦具有了泛使的性質，體現出戰爭中使臣的特點。如嘉泰三年（1203）正旦使鄧友龍使金，歸言金可伐，且上倡兵之書，韓侂胄「北伐之議遂起」〔註418〕，可見鄧友龍使金負有打探敵情的任務。開禧元年（1205）六月，生辰使李壁使金回，即言：「敵中赤地千里，斗米萬錢，與韃為讎，且有內變。」〔註419〕回來即倡言興兵北伐，使金亦具有瞭解敵國國情的目的。

寧宗朝的泛使之遣集中在開禧北伐失敗後宋金議和期間。韓侂胄曾先後派遣方信孺、林拱辰、王柟等人使金議和。宋朝主和大臣史彌遠謀殺韓侂胄等

〔註417〕《宋史全文》卷二六上《孝宗五》，第792頁。

〔註418〕《續資治通鑒》卷一五六，「寧宗嘉泰三年」，第4214頁。

〔註419〕《四朝聞見錄》乙集《開禧兵端》，第88頁。

人並函韓首以奉金後，曾於嘉定元年（1208）正月以試禮部尚書許奕、福州觀察使吳衡使金，「奉誓書通謝」〔註 420〕，與金人議和，並簽訂「嘉定和議」，屬於泛使。嘉定和議以後，南宋的歷史走向後期。隨著蒙古興起，形成了宋蒙金三國鼎立的格局與錯綜複雜的關係，宋金交聘中的南宋泛使之遣逐漸減少，並隨著金國滅亡而消亡。

三、南宋文人使臣之選及其使金表現

「古者兵交，使在其間」〔註 421〕，就歷史作用而言，使臣是戰爭的重要補充，很多在戰場上得不到解決的問題，往往能夠通過使臣解決。宋金對峙時期，宋金交聘中的使臣較之北宋有更高才能、膽識、節操的要求。南宋眾多使金文人能夠不辱使命、全節而還，為保全宋朝疆土、維護宋室尊嚴做出了一定貢獻。

首先，使臣應具有卓越的辯才。辯才即「專對之才」，是使臣最基本的要求。「孔子曰：『使乎！使乎！』蓋歎其使人之難也。且謂使於四方，不能專對，為辱君使命。」〔註 422〕專對之才即具有通過口辯而折服對方的才能。古代行人出使，非常重視其辯才，《漢書・藝文志・詩賦略序》稱：「古者諸侯卿大夫交接鄰國，以微言相感，當揖讓之時，必稱詩以諭其志，蓋以別賢不肖而觀盛衰焉。」古代行人在進行外交活動時，有一要務就是賦詩言志，其特點是婉轉表達，不卑不亢，藉以加強兩國之間的關係。

戰爭時期，使臣卓絕的辯才，往往能夠樹威儀於敵庭，起到威懾敵人的作用，「俾使北庭，使一言足以雄中國之威，奪強鄰之氣。譬說禍福，以厭抑啟疆之心」〔註 423〕。若使臣無辯才，則「遂俾遠戎之邦，有輕中國之意。萬一觀我釁隙，失其歡心，則損體固多，生事不細」〔註 424〕。北宋孫洙稱使臣

〔註 420〕《金史》卷六二《交聘表下》，第 1480 頁。

〔註 421〕杜預注、孫穎達等正義《春秋左傳正義》卷三一，襄公十一年，見阮元校刻《十三經注疏》，頁 1950。兵間之使，往往以商談軍事、和議等問題為主，都是因為臨時派遣，與兩國友好和平時期正常交往的「正旦」「生辰」等常使相對，屬於「泛使」。但是，宋金交聘時期，因為宋金之間始終處於戰爭對峙狀態，即使是和平狀態下兩國的常使之遣也具有明顯的戰爭性質。

〔註 422〕張方平《請選差北使文武官》，《全宋文》卷七八六，第 37 冊，第 76 頁。

〔註 423〕祝淵編《古今事文類聚遺集》卷九，引孫洙《擇使》。

〔註 424〕趙抃《論王拱辰等入國狂醉乞行黜降狀》，《全宋文》卷八八三，第 41 冊，第 170 頁。

必須「辯論通古今、剛直有威望者，俾使北庭……其舉動言辭，小不合者無法以繩之，非有大過類可闊略，使得馳騁辯博，應變不窮，則專對造命之士出矣」〔註425〕。認為使臣必須能夠辯通古今，而且朝廷應該給予使臣一定的權宜之權，使其馳騁辯駁，樹威嚴於敵庭。秦觀稱：「古者，列國之大夫聘於塗者，肩摩而轂擊，兵之交則使在其間，若非辯士為之，則安能專對而不辱於君命耶？」認為使臣非具辯駁之才，不足以專對。關於辯才，秦觀指出：「所謂辯士者，必以其具三德，明五機，而利口者不與焉」，具有「識」「才」「學」三德，非誇誇其談、巧言令色之類。〔註426〕北宋出使遼國的大臣以儒臣為主，「天子命儒臣，遐方重專對」〔註427〕，因為儒臣既懂得禮儀，又具有豐富的知識儲備，且具備殺身成仁的儒家倫理道德。

宋金交聘中南宋使金使臣由正副使二人帶領，其中正使為文人，副使為武人，而出使是否能夠達到目的，文人正使的作用至關重要。故南宋朝廷在正使的選擇上，亦把辯才作為重要標準。如建炎元年（1127）五月，宋廷多次「募忠信能專對之士奉使金國」〔註428〕。六月，傅雱被朝廷授以大金通使，就是因為李綱薦其有「專對之才」〔註429〕。建炎三年（1129）使金的洪皓被高宗稱為「議論縱橫，熟於史傳，有專對之才。」〔註430〕馮檝甚至要求作為副使的武臣亦必須有「識見、謀畫、膽氣、辭辯」以副正使，「聞見議遣使，此正得策。然為今日之使，全藉有識見、謀畫、膽氣、又有辭辯副之，乃能有濟」〔註431〕。南宋使臣在使金過程中也的確表現出了非凡的辯才，如方信孺在開禧北伐失敗後使金議和，金人責難宋軍失信擅起兵端，方信孺指出金人誘使吳曦叛宋在先，宋廷出兵在後，故不為失信啟釁；金元帥諷刺宋朝據東南立國，不足以抵擋金軍，方信孺指出東南之富足以安邦定國。〔註432〕打擊了金人的囂張氣焰，維護了宋室尊嚴。葉紹翁記載：「方見元帥，元帥叱問之曰：『前日何故稱兵？今日何故求和？』詞色俱厲。公從容對曰：『前日主

〔註425〕祝淵編《古今事文類聚遺集》卷九，引孫洙《擇使》。
〔註426〕《進策·辯士》，《全宋文》卷二五八一，第120冊，第5頁。
〔註427〕梅堯臣《梅堯臣編年校注》卷八《送王紫微北使》，朱東潤編年校注，上海古籍出版社1980年版。
〔註428〕《三朝北盟會編》卷一〇二，建炎元年五月三日條。
〔註429〕《三朝北盟會編》卷一〇八，建炎元年六月八日條。
〔註430〕《三朝北盟會編》卷二二一，紹興二十五年十一月。
〔註431〕《要錄》卷一一七，紹興七年十二月戊辰條，第1891頁。
〔註432〕《四朝聞見錄》乙集《函韓首》條，第75頁。

上興兵復讎，為社稷也；今日屈己求和，為生民也。二者皆是也。』元帥笑而不復詰。開國（即楊圭）乃文忠真公之外舅，嘗對真歎息云：『我輩更喫五十年飯，也不會如此應對。』」〔註433〕可見方信孺之辯才為時人所激賞。

其次，從歷史記載可知，南宋出使金國的使臣還具有一定的共謀武藝。如紹興二十六年（1156）出使金國的翰林學士兼侍讀陳誠之，因為懂得兵書，故為高宗所用，升為樞密院事。「先是，誠之因奏事，上曰：『卿文人讀書，乃知兵務如此之熟。』遂進用之」〔註434〕，而「誠之三至北庭，頗見信，後有往聘者，必問其安否云」〔註435〕。其文韜武略給金人留下了深刻的印象。紹興三十年（1160）賀金正旦使虞允文，本一文人，但武藝精深，「起居舍人虞允文為賀大金正旦使，知閤門事孟思恭副之。允文至金廷，與館客者偕射，一發中的，君臣驚異。」〔註436〕乾道六年（1170）賀金正旦使司馬伋也具有高超武藝，「司馬伋等賀生辰，至金，丙辰，金主命護衛中善射者與宋使宴射，伋等中五十，護衛才中其七。金主謂左右將軍曰：『護衛十年，出為五品職官，每三日上直，役亦輕矣，豈徒令飽食安臥而已！弓矢未習，將焉用之！』」〔註437〕司馬伋為文人使臣，宴射時中五十，而金護衛才中七，對比懸殊，難怪金主怒不可遏，痛批其護衛「飽食安臥」、無甚用處！

另外，不辱使節、不畏死難的精神節操亦是使臣的重要要求之一。宋金戰爭時期，眾多使臣被金人拘禁，史載：「靖康以來，迄於建炎，使於金人而不返者至數人。若陳過庭、若聶昌、若司馬樸、若滕茂實、若崔縱、若魏行可，皆執於北荒，歿於王事，而司馬樸之節，尤為可觀。」〔註438〕「始朝廷遣人使敵，自宇文虛中之後，率募小臣，或布衣借官以行。如倫及朱弁、魏行可、崔縱、洪皓、張邵、孫悟輩，皆為所拘。」〔註439〕在這樣的情況下，非凡的膽識與勇赴國難的愛國精神顯得更為重要。南宋朝廷要求使臣不僅能夠誦詩賦志、具有卓絕的辯才，具備一定的武才，還要求使臣具備高尚的操守，具有不畏死難的膽識和不辱使節的精神。「南北通好，嘗藉使命增國之

〔註433〕《四朝聞見錄》丙集《方奉使》條，第128頁。
〔註434〕《要錄》卷一七九，紹興二十八年二月丙申，第2958頁。
〔註435〕《要錄》卷一七二，紹興二十六年四月庚寅，第2833頁。
〔註436〕《續資治通鑑》卷一三三，「高宗紹興三十年」冬十月丁未條，第3534頁。
〔註437〕《續資治通鑑》卷一四一，「孝宗乾道六年」，第3771頁。
〔註438〕《要錄》卷一四九，紹興十三年八月庚子條，第2405頁。
〔註439〕《要錄》卷五七，紹興二年八癸卯條，第995頁。

光，必妙選行人，……其鄰國之接待聘使，必亦選有才行者充之」〔註440〕，「古之使四方者，或取其誦詩三百，或貴其行己有恥。誦詩三百通乎經也，是以多專對之能。行己有恥，謂之士也，是以有不辱之節。」〔註441〕南宋一批使金使臣都表現出這種義無反顧的無畏精神，如高宗建炎元年（1127）以修武郎、閤門宣贊舍人為通問副使的朱弁，在金人讓正使王倫與他以抓鬮的形式決定誰當回朝時，朱弁要求留在金國作為人質，只要求王倫留下使臣信印，「受而懷之，臥起與俱」。金人強迫其出仕偽齊劉豫，朱弁以死相抗，連金人也為之感動，「致禮如初」。〔註442〕另如高宗建炎二年（1128）以祈請使使金的宇文虛中，雖然在金人逼迫下出仕金朝，但始終未曾忘記亡國之仇，「莫邪利劍今安在，不斬姦邪恨最深」，「人生一死渾閒事，裂眥穿胸不汝忘」，都表現了以死殉國的決絕。〔註443〕南宋施德操在《北窗炙輠錄》中稱：「宇文虛中在金作三詩，所謂『人生一死渾閒事』云云，豈李陵所謂欲一效范蠡曹沫之事？」「始不負太學讀書耳。」〔註444〕該書記載宇文虛中事：「虛中仕金為國師，遂得其柄，令南北講和，大母獲歸，往往皆其力也。近傳明年八月間，果欲行范蠡曹沫事，欲挾淵聖以歸。前五日為人告變，虛中覺有警，急發兵，直至北主帳下，北主幾不能脫，遂為所擒。」〔註445〕宇文虛中最終因謀反南歸，事覺後全家以身殉國，淳熙初被追贈開府儀同三司，謚肅愍，南宋朝庭最終也認可了他的忠義節操。而乾道六年（1170），以祈請使身份使金的范成大，亦表現出不屈淫威、不辱使命的民族氣節，為後人所景仰。范成大明知「無故遣使，近於挑釁，不執則戮」，依然要求前往，「已立後，為不還計」〔註446〕，體現出義無反顧的大無畏精神與強烈的愛國情感，雖無功而還，但其不畏國難的精神卻給金人以威懾，維護了宋室尊嚴。

如果使臣不具備高尚的節操與勇氣膽識，往往不僅達不到出使目的，還在敵庭徒增恥辱。如淳熙三年（1176）以申議使使金的湯邦彥使金求陵寢地，「邦彥至燕，敵人拒不納。既旬餘，乃命引見，夾道皆控弦露刃之士，邦彥

〔註440〕趙翼《廿二史箚記》卷一四《南北朝通好以使命為重》，第294頁。
〔註441〕周麟之《宋鈞使回轉官》，《全宋文》卷四八一四，第27冊，第117頁。
〔註442〕《宋史》卷三七三《朱弁傳》，第11551、11552頁。
〔註443〕宇文虛中《虜中作三首》，《全宋詩》卷一四三二，第25冊，第16495頁。
〔註444〕施操德《北窗炙輠錄》卷上，文淵閣四庫全書本。
〔註445〕施操德《北窗炙輠錄》卷上。
〔註446〕《宋史紀事本末》卷七七《隆興和議》，乾道六年閏五月，第825頁。

大怖，不能措一詞而出」，辱沒使命，使南宋朝廷自此以後再也不敢派遣使臣，「自是河南之議始息，不復遣泛使矣」。〔註 447〕也有臨陣脫逃者，如紹興三十一年（1161）宋廷遣同知樞密院事周麟之使金，但「至是北使出嫚言，且聞金主親提兵將大舉，聲勢極可畏。麟之大恐，不敢直辭其行，第委曲言：『事已如此，不必遣使，雖遣使無益』」，主張「宜練甲申儆，靜以觀兵」。〔註 448〕

宋金交聘中的正使都是文人，在特殊時期副使也是文人。〔註 449〕這些使金的文人都具有很深的文學修養，有些本身就是南宋重要的詩人，如范成大、許及之、洪皓等。即使是作為副使的武臣，有些也具很深的文學修養，如朱弁不僅寫下了大量詩歌，還創作有《風月堂詩話》，曹勳寫下了大量詩詞。他們在使金過程中寫下的一批詩歌，這些作品真實地記錄下了北宋滅亡、異族入主的歷史，具有一定的歷史文獻作用，同時也清晰地呈現了南宋文人在戰爭時期獨特的心靈感受與民族情感，是南宋愛國主義作品的重要組成部分。

本章小結

環境尤其是政治環境對人的行為具有重要的影響。戰爭的時代背景，是南宋文人生存的政治環境與社會條件。這深刻地影響了南宋文人的行為：文人普遍關注軍事、研習兵學，談兵成為一時風尚；文人統兵、入幕，直接參與軍事實踐活動；文人出使金國，採取非戰爭的形式解決戰爭問題。

其一，南宋文人普遍談兵論戰研習兵學，一時文人談兵勃興。這一方面表現在文人在上疏、策問、奏對、詩賦中談論軍事問題，另一方面表現在文人自覺研習、創作兵學著作。南宋文人從儒家經義出發，論證「儒」「武」相通、

〔註 447〕《宋史全文》卷二六上《孝宗》，第 1792 頁。

〔註 448〕《要錄》卷一九〇，紹興三十一年五月壬辰條，第 3174 頁。

〔註 449〕紹興三年（1133），「尚書吏部侍郎韓肖胄為端明殿學士、同簽書樞密院事充大金軍前奉表通問使；給事中胡松年試工部尚書，充副使。」李心傳在此條下引趙甡之《遺史》云：「上命朱勝非擇副使，勝非言：『故事，當用武臣，時方艱危，不宜專拘舊制，遂薦松年。』」（《要錄》卷六五，紹興三年五月丁卯條）因為自宋遼交聘以來副使皆由武臣充任，但宋代武將多由軍功或門蔭轉遷，多無能之輩，用文人擔任副使，體現了當時嚴峻的形勢為使臣提出了更高要求，也可見在戰爭時期朝廷尤其重視使臣的派遣。胡松年使金過偽齊見劉豫，劉豫欲以君臣之禮見宋使，胡松年以非凡的辯才迫使劉豫以「敵國之禮」見之，且表達了宋朝收復偽齊故地的決心，為宋朝贏得了尊嚴，這是一般武將副使難以做到的（《要錄》卷六七，紹興三年七月乙丑條，第 1129 頁）。

儒士兼習武事的必然性，為其以儒學家身份談論兵事提供了理論依據。南宋文人談兵勃興，是宋朝帝王「與士大夫共治天下」的文化背景下文人高揚的主體精神使然，與宋朝武舉制度的完備發展有關，而宋金對峙時期深重的憂患意識是文人普遍談兵的關鍵原因。

其二，南宋文人直接參與軍事實踐：一方面統兵征戰，開幕府以治兵抗敵；一方面文人受辟於將帥幕府。與唐代相比，宋代幕府發展艱難，其發展情況與戰爭形勢密切相關。宋代幕府呈現出鮮明的「文」的特徵，幕府府主主要以文人擔任，他們具有深厚的儒學修養與詩書才能，幕府文人僚屬亦具有深厚的文學修養；幕府長官常由重要府州長官兼任，幕府文人僚屬向幕職州向官轉化，既擔任軍事職責，又處理地方民事。宋代幕府文人普遍不願意從軍入幕，這與宋代幕府權力有限、幕職升遷困難、朝廷重文輕武等因素有關。

其三，南宋文人常出使金國。分為兩類：一則為正旦、生辰等常使。常使本與戰爭關係不大，是兩國正常交聘中的友好使節，但因為宋金戰爭始終存在，故南宋的常使之遣也常具有戰爭的性質。一則為根據需要臨時所遣的泛使。泛使與戰爭的關係非常密切，而且是在宋金戰爭時期才得到高度發展的一類使臣。泛使名目複雜，南宋各朝所遣泛使頻率不一，是其軍事外交政策的體現，不同時期的文人對於遣泛使提出自己的觀點，是文人戰爭觀的體現。由於戰爭形勢嚴峻，南宋在使臣的選擇上要求嚴格，不僅具有非凡的辯才、具備一定的武藝，還要有不畏艱難的高尚節操與非凡的膽識氣魄。南宋文人使臣在保存國土、維護尊嚴、促進宋金文化交流上做出了重要貢獻。